BASTEI
LÜBBE

Paul Kaihla
Ross Laver

Der Mann, der sich Moses nannte

Ins Deutsche übertragen
von Malte Heim

TRUE CRIME
Der wahre Kriminalfall

BASTEI
LÜBBE

BASTEI-LÜBBE-TASCHENBUCH
Band 13 613

Erste Auflage:
Januar 1995

Deutsche Lizenzausgabe 1995
Bastei-Verlag Gustav H. Lübbe
GmbH & Co., Bergisch Gladbach
Originaltitel: Savage Messiah
Lektorat: Dr. Edgar Bracht
Titelbild: Canada Wide
Feature Service
Unser Titelbild zeigt
Rock Thériault
Umschlaggestaltung:
Quadro Grafik, Bensberg
Satz: KCS GmbH,
Buchholz/Hamburg
Druck und Verarbeitung:
Brodard & Taupin, La Flèche,
Frankreich
Printed in France

ISBN 3-404-13613-6

Der Preis dieses Bandes
versteht sich einschließlich der
gesetzlichen Mehrwertsteuer.

Unseren Familien gewidmet

DANKSAGUNGEN

Man sagt, die Wahrheit sei seltsamer als jede Dichtung. Nur wenige wahre Dramen bestätigen die Weisheit dieser Redensart besser als die merkwürdige und schreckliche Odyssee des Rock Thériault. Während wir uns bemühten, das komplizierte Denken und die dunklen Umtriebe dieses diabolischen Genius auszuloten, waren wir immer wieder von der Verdorbenheit der Welt schockiert, die er für sich selbst und seine Anhänger geschaffen hatte. Am meisten ließ uns das Wissen erschauern, daß diese Ereignisse nicht der verschrobenen Phantasie eines Schundromanautors entsprungen waren.

Zu einer Zeit, in der verderbliche Kulte wieder einmal im Licht der Öffentlichkeit stehen, bietet die Geschichte von Rock Thériaults Gruppe eine Fallstudie über die Auswüchse von Machthunger einerseits und Untertanengeist. Wir hoffen, daß dieses Buch all denjenigen als warnendes Beispiel dienen wird, die von ihrem Naturell her vielleicht gefährdet sind, dem verführerischen Charisma eines selbsternannten Propheten zum Opfer zu fallen. Auch für Sozialarbeiter, Pädagogen und Jugendschutzbeauftragte mag die Lektüre dieses Buches nützlich sein.

Was Sie lesen, wird Sie vielleicht entsetzen. Viele Menschen – vermutlich vor allem Rock selbst – würden es lieber sehen, wenn das ganze Ausmaß dieser Greuel im verborgenen bliebe. Aber wir als Journalisten hatten den Eindruck, es liege im Interesse der Öffentlichkeit, einen vollständigen Bericht über Rocks Leben und seine Verbrechen vorzulegen. Wir haben es als unsere Pflicht betrachtet, Licht in Ereignisse zu bringen, die vor Gericht niemals vollständig enthüllt und deshalb nur einer Handvoll Untersuchungs- und Gerichtsbeamten bekannt wurden. Die Tatsache, daß Rock heute noch Macht über einige seiner Anhänger hat, unterstreicht die Notwendigkeit, eine breitere Öffentlichkeit zu informieren.

Ohne die großzügige Mithilfe vieler Menschen hätte dieses Buch nicht geschrieben werden können. Von mehr als einhundertfünfzig Informanten in drei Provinzen und zwei Staaten möchten wir denjenigen in Rocks Gefolge danken, die die Stärke und den Mut aufbrachten, uns von ihren Erfahrungen zu erzählen. Sechs der neun überlebenden Erwachsenen seiner zweiten Kommune haben uns großzügig ihre Zeit geopfert. Auch den Verwandten mehrerer Mitglieder der Kommune möchten wir unsere tiefe Dankbarkeit ausdrücken – darunter Gisèle Martineau, Gisèle Laflamme und Victoria Labrie.

Ebenso wertvoll war die Mitarbeit der Ontario Privincial Police – insbesondere von Detective Constable Bob Bowen von der Coboconc-Abteilung und Detective Inspector Bob Adams von der Kriminalpolizei Torontos.

Außerdem schulden wir den Kronanwälten James Stewart und Rick Bagg Dank; Dr. Andrew Malcolm; Dr. David Wolfe; Gordon Manktelow vom Simcoe County Department of Social Services; Georgia Brown und Robert Penny vom Kawartha-Haliburton-Kinderhilfswerk; Betty-Jean Moyle; Douglas Devnich, Georges Hermans, Pierre Zita und Don Donesky von den Siebenten-Tags-Adventisten; Alex, Joanna, Elizabeth und Diane Joseph aus Big Water, Utah; Paul Forbes, Assistent des Polizeichefs von Murray City, Utah; Eddy Auclair vom Stadtrat in Thetford Mines; dem Ahnenforscher Steven White am Center für Neuschottische Studien an der Universität von Moncton; und dem hilfreichen Stab der Robarts Library der Universität von Toronto, der Metro Toronto Reference Library und der Lindsay Public Library.

Wir möchten uns auch für die Arbeit der freien Journalistin Ann McLaughlin aus Montreal bedanken, die mit drei der Kommunenmitglieder sowie mit einer Vielzahl von Menschen, die Rock Thériault aus seinen früheren Jahren kannten, Interviews auf Französisch führte.

Dieses Buch verdankt darüber hinaus vieles der Hilfe und Ermutigung durch Freunde, Verwandte und Kollegen. Bob Lewis, Verleger des *Maclean's,* bot uns freundlicherweise seine Unterstützung an und tolerierte unsere Erschöpfung; Leila Virtanen verbrachte Stunden mit der Abschrift der Bänder; Erin Elder schenkte und ihre Zeit und ihr fotografisches Geschick; David Rasmussen stellte den Computer, auf dem dieses Buch geschrieben wurde, und war uns eine unbezahlbare Hilfe bei technischen Problemen; Sean McCluskey half uns mit weitergehenden Computerkenntnissen aus; Professor Cam Tolten sowie Kimberley Johanssen steuerten ihre Kenntnisse bei; und Leena Huhtilainen half uns als Dolmetscherin. Wir danken auch John Neale und der übrigen Crew bei Doubleday Canada, die uns sachkundig durch den Veröffentlichungsprozeß geleiteten: Maggie Reeves, Christine Harrison, Jill Lambert, Dara Rowland, Robert Mackwood und die freiberufliche Mitarbeiterin Tania Craan. Besonderen Dank schulden wir Simon Chester und der Anwaltsfirma McMillan Binch.

Und schließlich sind wir drei Personen zu tiefstem Dank verpflichtet, ohne deren Rat und harte Arbeit wir es nicht geschafft hätten: David Lavin, unserem Freund und Agenten; John Pearce, Verlagsleiter bei Doubleday Canada, der uns den außerordentlichen Gefallen tat, persönlich unser Manuskript zu redigieren und es sehr stark zu verbessern; und Cathy Rasmussen, die Gespräche führte, Briefe und Dokumente übersetzte und die ganze Zeit über unseren Mut hochhielt.

Noch eine Anmerkung zu den Namen, die im Text vorkommen. Die weitaus meisten von ihnen sind echt, aber wir haben Maßnahmen ergriffen, die Identitäten von einigen der Opfer Rocks zu schützen. Die Nachnamen von Gisèle Tremblay und Marise Lambert sind Pseudonyme, ebenso wie die Vornamen aller Kinder, die in der Kommune geboren wurden (mit Ausnahme von Samuel und Eleazar, die nicht mehr leben). Auch die Namen von Jean-Marc Martin und Virginia McIntyre, die am Rande auftauchen, sind erfunden.

Die Hauptfigur in diesem Buch wurde auf den Namen Roc*h*

Thériault getauft, aber er nannte sich *Rock*, nachdem er seine Anhänger aus Quebec hinausgeführt hatte. Wir haben diese letztere Namensform der Einfachheit halber im ganzen Buch beibehalten.

Paul Kailah
Ross Laver
Toronto, im Juli 1993

GISÈLES GEHEIMNIS

Der Mensch ist weder Engel noch Tier, und das Unglück will, daß, wer den Engel will, das Tier macht.

Blaise Pascal*

Orillia, eine größere Stadt mitten in Ontario, auf der Landenge zwischen dem Simcoe- und dem Couchiching-See gelegen, ist vielleicht besser als Mariposa bekannt, ein fiktiv verfremdeter Ort in Stephen Leacocks humoristischem Roman *Sunshine Sketches of a Little Town* von 1912. Orillia hat sich bis heute vieles von seiner Wunderlichkeit bewahrt, aber die optimistische Konjunktur, die es in Leacocks Tagen aufwies, ist vergangen. Seine Außenbezirke – einst Ackerland – sind durch die Pest der Hamburger-Buden, Pizza-Paläste und Tankstellen mit Selbstbedienungs-Restaurants verunstaltet; dieselbe Art von schäbiger Fast-Food-Seligkeit, wie sie die Ränder jeder korrupten Kleinstadt in Nordamerika verklärt. Und wie so viele heruntergekommene Gemeinden ist auch Orillia dem Auto und den vierspurigen Autobahnen zum Opfer gefallen. Familien, die früher vielleicht ihre gesamten Einkäufe am Ort erledigt hätten, springen heute in ihre Mini-Vans und nehmen die stundenlange Fahrt nach Süden zu den wuchernden Discount-Kaufhäusern in der Umgebung Torontos auf sich.

Die Straße hinab, hinter dem aus roten Backsteinen erbauten Opernhaus Orillias, zeugen mit Brettern verschalte Ladenlokale und stillgelegte Fabriken von der mißlichen Wirtschaftslage der Stadt. Nahebei sind Gruppen schäbiger viktorianischer

* Pensées, 358, Heidelberg: Lambert Schneider, 1954

Häuser wie zufällig an schlaglochübersäten Straßen verteilt. Die altersschwachen Mietshäuser mit ihrer abblätternden Farbe, die aussieht, als wäre sie zu Leacocks Zeiten aufgetragen worden, sind heute Billig-Unterkünfte für Streuner, Trinker und andere Menschen, denen das Leben schlechte Karten gegeben hat.

Gordon Manktelow kennt diese Menschen gut. Im Sommer 1989 hatte ihn das Simcoe County Department of Social Services als Fürsorge-Sachbearbeiter Orillia zugeteilt. Er war ein adretter, ein wenig nervöser Mann mit einem gepflegten Schnauzbart und einem gefälligen Lächeln. Er tat seine Arbeit, wie er alles im Leben anging: mit der Gewissenhaftigkeit eines Buchhalters und dem Ehrgefühl eines Pfadfinders. Obwohl er sich seinem sechzigsten Lebensjahr näherte, fuhr er kaum einen Morgen zur Arbeit, ohne einen Fünfkilometerlauf absolviert zu haben – eine Gewohnheit, die noch aus seiner achtundzwanzigjährigen Dienstzeit beim kanadischen Militär stammte. Seine Nachbarn und Freunde mochten sich heimlich über seine geregelte Lebensweise lustig machen, aber tief innen beneideten sie Manktelow, der den Körper eines Vierzigjährigen hatte.

Seiner Arbeit widmete er sich mit derselben, an Besessenheit grenzenden Hingabe. Wenn er über einen seiner weniger erfreulichen Fälle sprach, wurde Manktelow manchmal unverhohlen abfällig, als würden die Schecks, die er ihnen überreichte, von seinem privaten Bankkonto eingelöst. Aber meistens tendierte er in die andere Richtung und schacherte und haderte mit den Erbsenzählern seiner Dienststelle, um einen Vorteil für seinen Klienten herauszuschinden. Einige Leute waren es einfach wert, daß man sich ihretwegen ins Zeug legte, andere nicht. Und was auch immer man von ihm sagen mochte, Manktelow versicherte sich selbst, daß er für niemanden den Narren abgab.

Als Manktelow am Morgen des 11. August 1989 – es war ein Freitag – von seiner Wohnung in einer hübschen Mittelklasse-Wohngegend in der benachbarten Stadt Barrie nach Orillia hineinfuhr, war er auf Schwierigkeiten gefaßt. Wie es sein gewohnter Stundenplan, der von montags bis freitags galt, vorsah, hatte er am Vortag an einer Telefonzelle angehalten, um das Hauptbüro des Fürsorgeamtes im nahegelegenen Midhurst anzurufen und seine Weisungen entgegenzunehmen. Unter dem halben Dutzend neuer Antragsteller des Tages stach ein Name besonders hervor: Gisèle Tremblay, alleinlebend, kein Geld, besitzlos, so bald wie möglich besuchen. Die Anschrift war ihm vertraut: Manktelow erinnerte sich, schon viele Male dort gewesen zu sein, um nach einer seiner längerfristigen Klientinnen zu schauen – einer reizbaren alten Hauswirtin, die allein lebte und trank, als gäbe es kein Morgen.

Es war warm und dunstig, als Manktelow seinen Dienstwagen, einen Ford Tempo, vor dem zweistöckigen Haus mit Steildach parkte. Während er das Radio abstellte und den Zündschlüssel abzog, fragte er sich, ab die alte Frau wieder einmal betrunken sein mochte – und ob Gisèle Tremblay sich als ebenso schwierig wie ihre Vermieterin erweisen würde. Er klopfte an der Tür und wartete ungeduldig. Fast sofort kam die Vermieterin und ließ ihn ein. Kaum stand er im Wohnzimmer, rief sie hinauf, daß Gisèle herunterkommen solle.

Sie kam, und Manktelow war sofort angetan von ihr.

Sie war klein, sehr schlank, von gepflegtem Äußeren und recht attraktiv mit ihren braunen Haaren und Augen und ihrem scheuen, sanften Lächeln, das den Eindruck vermittelte, als würde sie zerbrechen, wenn man sie nur berührte. Die alte Frau – offensichtlich ungeduldig, die Miete für die erste Woche zu kassieren – hing herum wie ein schlechter Geruch. Sie fluchte und beschwerte sich bei Manktelow, daß ihre junge Mieterin dumm und nicht einmal der englischen Sprache mächtig sei. Aber Manktelow ahnte, daß sich hinter Gisèles zerbrechlichem Äußeren ein wacher Geist verbarg. »Als sie die Treppe herunterkam, wirkte sie verängstigt und eingeschüchtert; wie ein wildes Tier«, erinnerte er sich später. »Also gab ich mir besondere Mühe, sie ein wenig zu beruhigen, denn die Vermieterin war wirklich sehr geschwätzig.«

Endlich gelang es Manktelow, die lästerliche alte Frau aus dem Zimmer zu komplimentieren, so daß er in Ruhe mit seiner neuen Klientin sprechen konnte. Er holte den Fürsorgeantrag aus seiner

Brieftasche und setzte sich neben die Frau. In gebrochenem Französisch – den halb vergessenen Resten einer in Quebec verbrachten Kindheit – erfragte er ihre Lebensdaten. Alter: Achtunddreißig. Frühere Tätigkeit: Bäckerin. Geburtsort: In der Nähe von Baie St. Paul, einer kleinen Stadt am Nordufer des St.-Lorenz-Stromes. »Als sie meinen Akzent hörte, taute sie etwas auf, aber sie war immer noch ziemlich verschüchtert«, sagte er. »Ich war damals erst seit einem Jahre Sozialarbeiter, aber ich hatte bei der Armee einiges gesehen. In den Familien des Militärs und beim Militär selbst gibt es viel Mißtrauen. Sie sah wirklich wie jemand aus, der mißbraucht worden war.«

Manktelow suchte, während sie redete, in ihrem Gesicht und in ihrer Körpersprache sorgfältig nach Hinweisen auf ihre Vergangenheit. »Ich fragte sie, woher sie kam, und ich konnte sehen, daß sie sich unbehaglich fühlte. Sie gab an, für einen Verwandten gearbeitet zu haben – ein Cousin oder Schwager oder dergleichen –, der eine Bäckerei besitze. Sie sagte, sie sei alleinstehend und habe keine Kinder. Nun, schließlich hatten wir das Formular ausgefüllt, und ich versicherte ihr, daß es keine Probleme geben würde, falls sie die Wahrheit gesagt hatte. Ich sagte, ich würde mich bemühen, in vierundzwanzig Stunden einen Scheck für sie zu haben, weil ich sie als Notfall einstufen würde.«

Wie sich herausstellte, hatte Gisèle nicht die Wahrheit gesagt – wenigstens nicht die ganze Wahrheit.

Später am Tag hielt Manktelow beim Büro in Midhurst an, um den Antrag abzugeben und einen Scheck über hundertfünfzig Dollars mitzunehmen – genug, wie er dachte, um seine neue Klientin für eine oder zwei Wochen über Wasser zu halten, bis sie die erste monatliche Unterstützung erhalten würde. Aber es gab eine Störung. Als die Frau im Computerraum den Namen Gisèle Tremblay in die Tastatur tippte, erschien er doppelt auf dem Bildschirm. Eine Bürgerin mit demselben Namen und Geburtsdatum in Newmarket -- einer fast nur von Pendlern bewohnten Siedlung nördlich von Toronto – bezog bereits Unterstützung. Die Angestellte griff sofort nach dem Scheck.

»Ich mußte wegtauchen und darum kämpfen«, erinnerte sich Manktelow mit hörbarem Ärger. »Ich sagte der Frau am Computer: ›Das fällt nicht in Ihren Bereich. Es ist mein Scheck für meine Klientin.‹ Sie erwiderte: ›Nun, ich muß es meinem Vorgesetzten melden.‹ Und ich sagte: ›Tun Sie das, aber inzwischen geben sie mir meinen Scheck.‹ Und ich machte, daß ich mit dem Scheck hinauskam, bevor sie mit dem Chef reden konnte.«

Bei all seiner Entschlossenheit wußte Manktelow nicht, was er tun sollte. Auf der einen Seite hatte er nicht die Absicht, sich von einer gerissenen, kleinen Schwindlerin aufs Kreuz legen zu lassen; so süß und unschuldig sie auch aussehen mochte. Andererseits verriet ihm etwas an ihr – ihr zu Tode erschrockener Blick, die Art, wie sie scheu lächelte und den Kopf widerstrebend zur Seite beugte, wenn sie über ihre Vergangenheit sprach –, daß sie in Schwierigkeiten war und Hilfe brauchte.

Er mußte mehr über Gisèle Tremblay in Erfahrung bringen.

Am nächsten Morgen ließ er sein Lauftraining ausfallen und fuhr sofort zu ihrer Wohnung. Natürlich erwartete ihn hinter der Tür die verschrobene Vermieterin. Sie stank nach billigem Fusel und abgestandenem Zigarettenrauch. »Die Alte hing ständig um mich herum, weil sie das Geld roch«, sagte er. »Ich konnte sehen, daß Gisèle wirklich nervös war, also schlug ich vor, daß wir zu meinem Wagen gehen sollten.« Sie setzten sich in den Ford und fuhren zum Stadtzentrum. Schließlich hielt Manktelow vor einer von einem alten Ehepaar betriebenen Schnellgaststätte, in der sie Kaffee trinken und sich ungestört unterhalten konnten.

Manktelow kaufte ihr eine Packung Craven As. Sie dankte ihm so überschwenglich für die Zigaretten und den Kaffee, als hätte er ihr soeben mitgeteilt, daß sie einen vollständig bezahlten Urlaub in einem Fünf-Sterne-Strandhotel in der Karibik gewonnen hatte. Sie antwortete zwar stets sofort auf seine Fragen,aber ihre Antworten wirkten unvollständig.

Die ganze Zeit über brachte Gisèle nicht ein einziges Mal die Sprache auf das Geld. Selbst als Manktelow sie zum Haus zurückfuhr, fragte sie nicht, ob er den Scheck bei sich habe oder ob sie jemals einen bekommen würde. Sie war bereits die Treppe zur Haustür halb hinaufgestiegen, als er sie zurückrief und ihr bedeutete, noch einmal in den Wagen zu steigen.

»Gisèle, ich muß Ihnen eine Frage stellen«, sagte er.

Sie schaute ihn furchtsam an, wie ein junges Mädchen, das etwas falsch gemacht hatte, aber nicht sicher war, wieviel ihre Eltern wußten.

»Sie haben in Newmarket Unterstützung bezogen.«

»Ja«, erwiderte sie, ohne mit der Wimper zu zucken.

»Sie bekamen dort Geld.«

»Ja.«

»Haben sie nichts mehr davon?«

»Nein.«

Gisèle wirkte beinahe erleichtert. Sie erklärte rasch, daß sie in Newmarket in einer Frauenunterkunft gewohnt und das Geld gebraucht hatte, um sich ein Zimmer mieten und allein leben zu können. Sie hatte sich um einen Job als Haushälterin bei einem jungen Paar in der Stadt beworben, aber bevor sie in die Wohnung der beiden einziehen konnte, kamen der Ehefrau Bedenken – wie Gisèle zu glauben schien, weil sie ein wenig zu hübsch war, und die junge Frau ihrem Mann nicht über den Weg traute. Da sie keinen Ärger wollte, nahm Gisèle den nächsten Bus und verließ die Stadt.

»Sie erzählte mir diese Geschichte sehr unbeteiligt und leichthin«, erinnerte sich Manktelow. »Sie machte keinerlei Ausflüchte. Ich hatte Zeit, mir eine Meinung zu bilden. Ich beschloß, ihr zu glauben, und händigte ihr den Scheck aus. Dann fuhr ich sie zur National Trust, wo ich ein Konto besaß, und ließ den Scheck einlösen. Auf unserer Rückfahrt zum Haus schärfte ich ihr ein, das Geld zu verstecken, weil die alte Frau habgierig sei.«

Am Ende der Woche hatte Manktelow eine neue Unterkunft für Gisèle gefunden: ein Single-Apartment in dem einstöckigen Holzanbau eines alten Backsteinhauses, ein paar Blocks die Straße hinunter. Am Umzugstag fuhr er in einem Privatwagen – einem kleinen Nissan Pick-up – nach Orillia, um ihr bei der

Einrichtung der neuen Wohnung zu helfen. Er mußte das nicht tun, aber er wollte es.

Es war ungefähr um diese Zeit, sagte Manktelow später, als die Hölle losbrach.

Eines Nachmittags spürte ihn ein Sozialarbeiter-Kollege auf, während er seine Runden machte. Er empfahl Manktelow eindringlich, sofort im Büro anzurufen – es schien sich um eine Art Notfall zu handeln. Manktelow hielt an der nächsten Telefonzelle, kramte in der Hosentasche nach einer Münze und wählte die Nummer des Fahrdienstleiters. Es lag eine dringende Nachricht aus dem Fürsorgeamt in Lindsay vor, einer mittelgroßen Stadt, eine Fahrstunde in südöstlicher Richtung. Sie wollten, daß er das Büro anrief.

Manktelow rief an und erstarrte bei dem, was er hörte.

»Es stellte sich heraus, daß Gisèle auf der Suchliste stand, und es hatte etwas mit einer Sekte zu tun«, sagte er später. »Sie glaubten, daß mehrere Mitglieder der Sekte entflohen und untergetaucht waren. Sie suchten vor allem nach einem Mann, auf den in ganz Kanada eine Belohnung ausgesetzt war. Sie wußten, daß Gisèle seine Frau war, und glaubten, daß sie auch seinen gegenwärtigen Aufenthaltsort kannte. Die Angelegenheit war dringlich, denn dieser Bursche hatte soeben einer Frau mit dem Beil einen Arm abgehackt.«

Wenn Manktelow ein weiches Herz für diejenigen hatte, die vom Glück verlassen waren, lag dieses daran, daß er selbst schon auf der Schattenseite gelebt hatte. Neun Jahre zuvor war er aus dem Militärdienst ausgeschieden. Als pflichtgetreuer Soldat, der für seine Tapferkeit an der Front in Korea ausgezeichnet worden war, hatte er sich in achtundzwanzig langen Dienstjahren zum Lieutenant Corporal und dann zum Captain in der Verwaltung der Armed Forces Medical Services hochgedient. Aber sobald er die Uniform ausgezogen hatte, fing alles an, schiefzulaufen.

Es war mitten in einer Rezession. Er fand keine feste Anstellung und fiel in eine tiefe Depression. Mehrere Jahre lang wurde er von einem Job ohne Aufstiegsmöglichkeiten zum nächsten herumgestoßen. Einmal arbeitete er sogar als Hilfskraft in einer Autowäscherei am Ort. Der Verlust seines Selbstvertrauens zerstörte schließlich auch die Ehe. »Wir leben immer noch unter demselben Dach, aber das ist auch alles«, sagte er. »Sie macht ihren Kram, und ich kümmere mich um meinen.«

Eine der Beschäftigungen, denen Manktelow nachging, bestand darin, daß er ein Selbsthilfezentrum für Menschen ins Leben rief, die wie er arbeitslos waren. Die Gruppe traf sich regelmäßig, um Ratschläge auszutauschen, wie man einen Job finden konnte, und um einander zu stützen. Seine Bemühungen erregten schließlich die Aufmerksamkeit des Simcoe Department of Social Services, und es endete damit, daß er als Berater und Sozialarbeiter eingestellt wurde.

Plötzlich hatte Manktelow das Gefühl, eine neue Aufgabe im Leben zu haben. Seine Kumpel bei der Armee hatten immer gesagt, er sei nicht für das Militär geschaffen; er sei zu sensibel. Seine Freunde im zivilen Leben sagten, im Herzen sei er immer noch ein Soldat. Mit seinem distinguierten, grauen Haar, dem penibel gepflegten Schnäuzer und seiner Vorliebe für seidene Halstücher und Tweed-Jacken sah er wie ein puritanischer, britischer Colonel aus, der sich die größte Mühe gab, sich bei einem Weekend auf dem Land aufzulockern.

Manktelow selbst sah sich gern als schneidigen Burschen. Aber als er dort in der Telefonzelle an der Straße stand und mit dem Arbeiter des Kinderhilfswerks in Lindsay über Gisèles Geschichte sprach, fühlte er sich wie ein Magenkranker. Er notierte sich Namen und Telefonnummer des Mannes, der die Untersuchung leitete: Constable Bob Bowen vom Ontario Province Police Department in Coboconc, einem einundvierzig Kilometer nördlich von Lindsay gelegenen Nest.

Manktelow bekam Bowen ans Telefon und stellte sich vor. Er stolperte sozusagen über seine eigenen Worte, als er berichtete, wie er Gisèle Tremblay geholfen hatte, eine neue Wohnung zu finden.

Bowen fragte, ob jemand außer ihm wisse, wo Gisèle sich aufhielt.

»Nur Sie, ich und die Kinderhilfe«, erwiderte Manktelow. »Ich habe mit niemandem im Büro über sie gesprochen, und nach dem, was Sie mir gesagt haben, werde ich es auch weiterhin nicht tun.«

Bowen schilderte ihm in groben Zügen den Fall, so weit er ihn kannte. Gisèle hatte gemeinsam mit mehreren anderen Frauen, einer Handvoll Männern und einem bärtigen Franzosen, den sie Moses nannten, auf einem abgelegenen, unbebauten Fleckchen Erde östlich von Coboconc in einer Kommune gelebt. Der wirkliche Name des Franzosen lautete Rock Thériault. Vor ein paar Wochen war eine der übrigen Frauen aus der Kommune in der Notaufnahme des Krankenhauses von Newmarket aufgekreuzt – ihr fehlte ein Arm. Daraufhin hatte die Polizei die umliegenden Wälder nach Thériault durchkämmt – ohne Erfolg.

»Wir sprachen, und Bob war ganz wild darauf, herzukommen und Gisèle zu holen. Ich sagte: ›Nun, Bob, ich denke, wenn Sie kommen, wird sie fort sein. Sie werden sie als Zeugin verlieren.‹ Er sagte, vermutlich hätte ich recht; aber was konnten wir tun? Ich erwiderte: ›Ich habe sie jetzt sicher in dem Haus untergebracht – niemand weiß, wer sie ist.‹ Er schien sich etwas zu beruhigen und sagte: ›Okay, wenn wir bereit sind, werden wir ein Übereinkommen treffen. Sprechen Sie inzwischen weiter mit Gisèle und schauen Sie, was Sie aus ihr herausholen können.‹«

Manktelow konnte es kaum erwarten, Gisèle wiederzusehen. Er fuhr zu ihrem Apartment, drückte auf die Türklingel und trat ungeduldig von einem Bein aufs andere, während er darauf wartete, daß sie öffnete. Er versuchte, sich auszumalen, wie er ihr die Neuigkeiten mitteilte.

»Gisèle, wir müssen miteinander reden«, sagte er ernst, als sie endlich erschien.

Sie bat ihn herein und ließ sich mit gekreuzten Beinen auf den senfgelben, mit Troddeln versehenen Teppich nieder. Die einzigen Einrichtungsgegenstände des holzverkleideten Raumes waren eine kleine Anrichte und eine fünfzehn Zentimeter dicke Schaumstoffmatratze, die als Bett diente.

Er studierte ihr Gesicht, um ihre Reaktion einschätzen zu können, und wiederholte, was er soeben von Bowen erfahren hatte. Er erwartete eine Äußerung des Schocks, aber er irrte sich. »Ich erzählte ihr von der Frau mit dem abgehauenen Arm, und sie sagte nur nüchtern ›ja‹. Es hörte sich an wie: ›Na, und?‹ Da wußte ich, daß sie es schon die ganze Zeit über gewußt hatte.«

Von diesem Tag an widmete sich Manktelow dem Fall – und Gisèles Leben – mit erneuertem Elan. Er hatte ihr bereits einen Job am Fließband verschafft, bei dem sich zeigte, daß sie eine gewissenhafte und fleißige Arbeiterin war. Obwohl sie nicht länger staatliche Unterstützung bezog, traf er sich weiterhin drei- oder viermal wöchentlich mit ihr. Oft holte er sie von der Arbeit ab und fuhr sie nach Hause oder in ein Restaurant in der Nähe, wo sie stundenlang miteinander redeten. Bei anderen Gelegenheiten spazierten sie an den See und verbrachten den Abend damit, ins Wasser zu starrten – in ein Gespräch vertieft –, während die Sonne hinter ihnen versank.

Einmal blätterte Manktelow die Zeitung durch, als ihm die Anzeige eines Discount-Bettengeschäfts in die Augen fiel. Er sprang in seinen Nissan Pick-up und fuhr zu dem Laden. »Ich kämpfte zäh und verbissen und erstand ein Einzelbett für neunundsiebzig Dollars oder einen ähnlich lächerlichen Preis. Ich erinnere mich immer noch an Gisèles Gesicht, als ich damit ankutschiert kam – Sie wissen schon: Aah, ooh, jetzt kommen wir also zur Sache. Es war das erste Mal, seit sie erwachsen war, daß sie ein eigenes Bett besaß, und ich bin sicher, sie glaubte, er habe einen Preis.«

Allmählich öffnete Gisèle sich. Sie erzählte, wie sie Thériault vor einigen Jahren in Quebec City kennenlernte; wie sie mit einigen anderen jungen Männern und Frauen in Thetford Mines zusammengelebt hatten; und wie Thériault sie allmählich davon überzeugte, daß er eine Art Messias sei. Anfangs war Rock der Schwarm aller Frauen – charmant, welterfahren und intelligent; ein Mann, der die Natur liebte und keiner Fliege etwas zu Leide tun würde. Er schien sich mit allem auszukennen und konnte einen stundenlang in seinen Bann schlagen, wenn er über seine eigenen Bibelauslegungen redete.

Aber dieser Mann, den sie als Moses verehrten, besaß auch eine dunkle Seite. Nachdem er seine Anhänger in die Wildnis geführt hatte, nahm er acht Frauen als seine Bräute und zwang sie, an wilden, trunkenen Orgien teilzunehmen. Wenn er wütend war, bestrafte er seine Sex-Sklavinnen mit dem Wüten eines zornigen Gottes – er griff sie mit der Peitsche, mit der Axt, sogar mit dem Schweißbrenner an.

Gisèle sprach nicht viel über diese Vorfälle. Sie war immer noch sichtbar eingeschüchtert. Thériault schien in ihren Augen allmächtig zu sein. Tief innen zweifelte sie sogar daran, daß es der Polizei jemals gelingen würde, diesen Mann zu verhaften.

»Ich ließ sie einfach reden«, erinnerte Manktelow sich. »Sie hatte ständig wiederkehrende Alpträume. Jede Nacht stellte Thériault sie und schoß mit einem Gewehr auf sie oder verfolgte sie mit einem Messer. Sie lief fort, aber jedesmal holte sie jemand ein und brachte sie zurück.«

Paradoxerweise verstärkte sich bei Manktelow das Gefühl, daß Gisèle etwas verbarg, je mehr sie erzählte. Allmählich übte er Druck auf sie aus. Er sagte, sie müsse zu ihrem eigenen Besten alles herauslassen und sich von ihrer Qual befreien. Aber er achtete darauf, ihr nicht zu sehr zuzusetzen. Wenn er zu weit ging, so stellte er sich vor, mochte sie leicht verschwinden – und ihren Weg zurück zu Thériault finden. Es war wichtig, daß er ihr Vertrauen aufbaute. Nur dann würde sie die Kraft aufbringen, sich den Geheimnissen zu stellen, die in ihr noch verborgen sein mochten. In den folgenden Wochen beruhigte und tröstete er Gisèle geduldig, während er zugleich in sie drang, die ganze Wahrheit zu erzählen.

Der langerwartete Durchbruch fand in der ersten Woche im Oktober statt.

Gisèle teilte Manktelow mit, sie habe ihm etwas ›sehr, sehr Schlimmes‹ mitzuteilen, und sie wolle am Freitag – dem Beginn des Thanksgiving-Wochenendes – nach Arbeitsschluß um fünfzehn Uhr mit ihm sprechen. Er holte sie am vereinbarten Tag bei der Fabrik ab. Unterwegs hielten sie kurz an, um eine Dose Kentucky Fried Chicken und eine Flasche Rotwein zu kaufen, und fuhren zu Gisèles Apartment.

Wieder einmal setzten sie sich auf den Boden einander gegenüber, und Gisèle begann zu sprechen. Sie ließ keine Gefühle erkennen, als hätte sie die Verbindung zwischen ihrem Gehirn und dem Herzen abgeschnitten. Ihre Erinnerungen sprudelten lebhaft hervor: lebendige Beschreibungen dunkler Rituale und blutrünstiger Handlungen, die Manktelow erschauern ließen. »Sie konnte nicht mehr aufhören mit ihrer Beichte, nachdem sie einmal angefangen hatte. Es war wirklich gewalttätig und krankhaft in dieser Sekte zugegangen – es hatte keine Schranken gegeben.«

Als alles vorüber war, fühlte Manktelow sich so benommen wie ein angeschlagener Boxer. »Gisèle«, fragte er mit schwacher Stimme, »ist es in Ordnung, wenn ich jetzt nach Hause fahre?« Sie umarmten sich, und er verabschiedete sich.

Heute, Jahre später, sagt er immer noch, die Heimfahrt an diesem Abend sei seine schlimmste überhaupt gewesen. Während sein Wagen den Highway entlangraste – vorbei an Tankstellen und Raststätten –, wollten ihm Gisèles Horror-Geschichten nicht aus dem Kopf gehen. Vor allem fragte er sich, wie die Sektenmitglieder es hatten zulassen können, daß Thériault eine schöne, junge Frau zum Tode verurteilte.

DAS KLEINE MÄDCHEN IN DER DACHKAMMER

In den fünfziger Jahren, vor der Zeit jener sozialen und politischen Unruhen, die als die Stille Revolution bekannt wurden, war Französisch-Kanada noch eine klosterartige, hierarchisch geordnete Gesellschaft, die wie ein Feudalstaat von der römisch-katholischen Kirche und einer autoritären Provinzialregierung beherrscht wurde. Quebec – eine Enklave Französisch sprechender Bürger, die durch einen historischen Zufall auf einem englischen Kontinent festsaßen – war ein Überbleibsel des vor-revolutionären Frankreich. Anders als im übrigen Nordamerika waren hier staatliche Gewalt und Kirche kaum voneinander getrennt. Die Angst vor der Assimilation nährte eine Belagertenmentalität, die jeden Schritt in Richtung einer demokratischen Reform ausschloß. Man betrachtete die Interessen des Kollektivs als schädlich für das Wohlergehen des Individuums. »Die Legislatur von Quebec ist eine Festung, die wir um jeden Preis verteidigen müssen«, donnerte Maurice Duplessis, der autokratische Premier, der die Provinz von 1944 bis 1960 regierte. »Sie ist es, die es uns ermöglicht, die Schulen zu errichten, die uns passen; unsere Sprache zu sprechen; unsere Religion auszuüben und Gesetze zu schaffen, die auf unsere Bevölkerung zugeschnitten sind.«

Duplessis' Regierung umklammerte die Nacht mit eisernem Griff, preßte Geld aus nahezu allen Geschäften in der Provinz und setzte die Polizei ein, um Zusammenschlüsse zu erschlagen, Demonstrationen zu verbieten und Oppositionspolitiker zu drangsalieren. Am Wahltag kaufte der Parteiapparat schamlos Stimmen und verstopfte Wahlurnen. Die Kirche steuerte in den meisten Fällen unkritische Unterstützung bei; im Gegenzug ließ die Regierung katholischen Schulen, Krankenhäusern und anderen Einrichtungen großzügige Mittel zufließen. Besonders in kleinen Städten und ländlichen Gegenden war das Wort des Priesters Gesetz.

In der zweiten Hälfte der fünfziger Jahre erlebte Quebec einen tiefgreifenden, wirtschaftlichen Wandel. Duplessis unterstützte unermüdlich private Unternehmen und öffnete ausländischen Investoren weit die Tore. Die Vereinigten Staaten stellten einen unermeßlichen und hungrigen Markt für Nutzholz, Erz und hydroelektrische Energie dar und ermöglichten der Regierung ein umfassendes Programm zum Bau von Highways und Brücken. In der Folge wurden riesige Gebiete der Provinz wirtschaftlich erschlossen. Bei Zehntausenden von Familien entlang dem Nordufer des St.-Lorenz-Stromes und im Saguenay-Tal stellte sich mäßiger Wohlstand ein, als Geld in diese Region floß und der Bedarf an Ingenieuren gewaltig zunahm. Oft waren die Männer wochen- oder monatelang außer Haus und lebten in Work camps in der Wildnis im Norden.

In einer dieser Familien wurde am 16. März 1951 ein Mädchen geboren. Es war das fünfte von sieben Kindern, die in einem weißen, zweistöckigen Holzhaus in dem Dorf St.-Joseph-de-la-Rive, zehn Kilometer flußaufwärts von Blaie St. Paul, im County Charlevoix aufwuchsen. Für ein kleines Mädchen mit lebhafter Phantasie und einer großäugigen Liebe zu den Wundern der Natur war es ein idyllischer Ort. Im Sommer unternahm man lange, ausgelassene Spaziergänge durch die üppige Landschaft der Umgebung, durch Felder voller Wildblumen und Wälder, die vom Duft der Pinien und Zedern erfüllt waren. Im Winter schufen weich gerundete Schneehügel ein glitzerndes, weißes Meer, das sich bis zu den Bergen mit ihren kuppelförmigen Gipfeln erstreckte, die auf den Horizont im Osten zu marschierten.

Gisèle Tremblays früheste Erinnerungen entsprechen in vielerlei Hinsicht jenen der meisten ländlichen Quebecer – eine Kindheit, angefüllt mit Schlittenfahrten, gemeinsamen Schlittschuhläufen, Ahornsirup-Schlemmermählern und Picknicks an langen, trägen Julinachmittagen auf von Sonnenlicht überfluteten Wiesen.

Leider war ihr Leben zu Hause nicht annähernd so angenehm.

Gisèle sah niemals den Ort, an dem ihr Vater arbeitete, aber sie wußte, daß es weit fort war – irgendwo im Norden, wo Karibuherden umherstreiften und Männertrupps mit großen, lauten Maschinen arbeiteten, die schwarzen Rauch ausstießen. Sie dämmten Flüsse ein und fluteten Wälder, um riesige neue Seen zu schaffen. Papa war Dieselmechaniker in Manicouagan, wo die Straßen endeten und die noch nie kartographierte Wildnis des Nordens begann. Er verließ ihr Heim immer für sechs oder sieben Monate an einem Stück, um an den mächtigen, neuen Wasserkraftwerken zu arbeiten, die eines Tages Elektrizität in die Wohnhäuser und Fabriken von Quebec und dem Staat New York liefern würden.

Obwohl sie ihn so selten sah, verehrte Gisèle ihren Papa über alles. Ihren Schulfreundinnen gestand sie ein, daß sie ihn in Wirklichkeit nicht so gut kannte. Aber in ihren Augen konnte er nichts falsch machen – niemand konnte ihm das Wasser reichen. Sie lebte nur für den Augenblick, an dem Papa durch die Tür kam, mit Zuckerzeug beladen und randvoll mit exotischen Geschichten über seine Abenteuer im Busch. Und nichts auf Erden kam der Freude gleich, die sie fühlte, wenn er sich in seinen tiefen Schaukelstuhl setzte und Gisèle mit seinen mächtigen, muskulösen Armen auf seinen Schoß hob. Es kam ihr so vor, als säße sie stundenlang dort, sanft auf dem Pinienholzboden vor- und zurückschaukelnd und in das lodernde Feuer starrend. Jahre später erinnerte sie sich immer noch lebhaft an diese Abende. »Ich sitze auf dem Schoß meines Vaters«, sagte sie sehnsuchtsvoll in ihrem gebrochenen Englisch, »in diesem Schaukelstuhl, und er schaukelt und schaukelt mit mir. Bei niemandem sonst kann ich mich so sicher fühlen.«

Wenn es nur immer so gut gegangen wäre. Aber sobald ihr Vater fort war, war der Tremblay-Haushalt alles andere als glücklich. Vielleicht war Gisèles Mutter deshalb deprimiert und reizbar, weil sie spürte, daß ihr Mann sie nicht liebte. In all den

Jahren sah Gisèle nicht ein einziges Mal, daß ihre Eltern einander geküßt oder umarmt hätten. Sie schienen unfähig, länger als ein paar Stunden ohne Zank und Streit miteinander auszukommen. Vielleicht wurde Mama auch einfach nicht damit fertig, in einem Hunderte von Kilometern von der nächsten Stadt entfernten Provinznest allein sieben Kinder großzuziehen. Denn in einem Dorf wie St.-Joseph-de-la-Rive konnte eine verheiratete Frau nur herzlich wenig zu ihrem Vergnügen unternehmen, was der gnadenlosen Kritik der spitzmäuligen Kirchgänger entgangen wäre.

Woran auch immer es gelegen haben mag – Madame Tremblay war nicht eben das Muster einer aufmerksamen und liebenden Mutter. Nie zeigte sie ihren Kindern ihre Zuneigung körperlich. »Meine Mutter war nicht gut zu mir. Sie schaute nie nach den Kindern«, sagte Gisèle. »Sie hat mich nicht eigentlich verletzt, aber ich lernte nichts über das Leben von ihr. Und wenn ich Hilfe brauchte, war sie nicht wie eine Mutter zu mir – nie sagte sie: ›Komm her, Kleines, ich werde dich beschützen.‹« Tatsächlich war es Gisèle, die sich manchmal in der Rolle der Beschützerin wiederfand. Sie erinnerte sich, bei mehreren Gelegenheiten ihre ältere Schwester Josephine vor Schlägen geschützt zu haben, die Mama ihr mit einem schwarzen Lederriemen zufügen wollte, nur weil sie zu spät nach Hause gekommen war.

Gisèle war sieben, als sie in die Schule kam, aber meistens konnte sie nur an drei Tagen pro Woche in die Schule gehen. An den übrigen Tagen zog ihre Mutter sie zum Putzen und Waschen heran; oder sie mußte ihre beiden jüngeren Brüder – Guy, der fünf war, als Gisèle in die Schule kam, und Maurice, der noch ein Baby war – beaufsichtigen. »Ich war die kleine Mutter«, meinte Gisèle in Erinnerung an jene Jahre. »Ich schaute nach meiner Mutter, ich schaute nach dem Haus, ich achtete auf alles. Sie hinterließ das Haus gern in völligem Durcheinander.« Sonntags kochte Gisèles Mutter für die ganze Familie. Aber in der übrigen Zeit mußten die Kinder sich selbst mit dem beköstigen, was sie im Kühlschrank vorfanden.

Während Gisèle im Haus saubermachte, ging die Mutter aus.

Sie schien sich überall wohler zu fühlen als zu Hause. Manchmal teilte Madame Tremblay ihren Kindern mit, daß sie Freunde besuchen würde. Meistens gab sie keine Erklärungen ab. Sie nahm einfach ihren Mantel vom Haken, ging hinaus und ließ die Kinder in der Obhut einer älteren Frau zurück, die nebenan wohnte. Gisèle nannte sie *grandmére*. Ihre wirklichen Großeltern waren tot.

Als Gisèle neun Jahre alt war, hatten ihre drei älteren Brüder und Josephine das Haus verlassen, um sich allein durchzuschlagen. Mittlerweile ging es *grandmére* von nebenan schlechter, sie konnte kaum auf sich selbst aufpassen, geschweige denn auf die Tremblay-Kinder. Also zerrte Gisèles Mutter die drei kleinen Kinder unbeirrt die Treppe hoch in eine fensterlose Dachkammer, wenn ihr der Sinn danach stand, auszugehen. Während sie die Treppe wieder hinabstieg, zog sie die Falltür hinter sich zu und verschloß sie mit einem Eisenriegel.

Während sie den leiser werdenden Schritten ihrer Mutter nachlauschten, preßten Guy und Maurice ihre Gesichter an das staubige Gitter im Boden, das über der Küche lag, um noch einen Blick von ihr zu erhaschen, wenn sie hinauseilte. »Ich erinnere mich an meinen Bruder Maurice ... er war so klein damals ... er schrie, ›Mama, Mama, komm zurück, Mama.‹ Und ich tröstete ihn, ›Nein, nein, ist gut; Gisèle ist ja hier.‹ Mutter blieb stundenlang weg und wir hatten Angst. So ging es jahrelang.«

Nur wenn Papa zu einem seiner beiden jährlichen Besuche zurückkehrte, ging es im Heim der Tremblays fast normal zu. Gisèles Mutter blieb zu Hause und spielte die Rolle einer treusorgenden Hausfrau und Mutter. Sie kaufte Lebensmittel ein, hielt das Haus tiptop in Ordnung und kochte sämtliche Mahlzeiten. Papa erkannte offenbar nie, daß es sich um ein Schauspiel handelte. Gisèle sagte kein Wort, aber innerlich brannte sie vor Wut. Sie schwor sich, falls sie jemals einen Ehemann fände, würde sie ihm die ergebenste Frau sein, die sich ein Mann nur wünschen konnte. Sie würde all das sein, was ihre Mutter nicht war – treu, liebevoll und aufmerksam.

Ihr Vater – die Person, die sie anbetete und der sie mehr vertraute als irgend jemandem sonst auf der Welt – verstärkte dieses Gefühl. Manchmal, wenn er mit seiner Frau gestritten hatte, nahm er Gisèle beiseite, schüttelte betrübt den Kopf und beklagte den Zustand seiner Ehe. »Er sagte immer zu mir, ›Gisèle, wenn du heiratest, mußt du mit deinem Mann gehen, auch dann, wenn er in ein anderes Land ziehen will. Was auch passiert, du mußt an seiner Seite bleiben‹.« Sie nahm sich diese Worte zu Herzen.

Als sie noch klein war ging Gisèle gern in die Schule. Aber später begann sie, die Autorität der katholischen Nonnen, die die Schule leiteten und in allen Klassen unterrichteten, in Frage zu stellen. Ständig kommandierten die Schwestern sie herum und impften ihr das Gefühl ein, sie sei ein böses Mädchen. Kalt und herrisch, wie sie waren, erinnerten sie Gisèle an ihre Mutter. Sie lernte die Nonnen hassen.

In der sechsten Klasse verließ sie die Schule.

Als ihr Vater davon hörte, stieg er in den Bus und fuhr die fünfhundert Kilometer von Manicouagan nach St.-Joseph-de-la-Rive – und schon am folgenden Tag saß Papas kleines Mädchen wieder im Klassenzimmer. Sie setzte ihren Unterricht noch vier Jahre lang im nahegelegenen Baie St. Paul fort. Algebra und Physik fand sie interessant, aber ihre eigentliche Liebe galt der Kunst. Sie malte und bastelte leidenschaftlich gern. Ihre engste Freundin war eine Lehrerin, die neun Jahre älter als sie war und sie häufig auf einen Drink – Scotch, Bier; einfach alles – in ihre Wohnung einlud. Sie lachten und erzählten sich bis spät in die Nacht Geschichten, aber Gisèle scheute davor zurück, über ihr Leben zu Hause zu erzählen. »Ich habe nie mit jemandem über meine Probleme gesprochen. Ich wollte nicht, daß alle über meine Familie Bescheid wußten – das wäre ehrlos gewesen. Ich glaubte nicht, daß mir jemand helfen könnte, also behielt ich den Schmerz für mich.« Diese Einstellung zog sich wie ein Leitmotiv durch ihr ganzes Leben.

Ja älter Gisèle wurde, desto schlimmer wurden die Zustände zu Hause. Madame Trembay explodierte beim geringsten

Anlaß. Und nichts machte sie wütender als Geldprobleme. In all den Jahren hatte Papa alle zwei Wochen einen Scheck geschickt – Geld, das für die Haushaltung, Lebensmittel und Kleidung der Familie gedacht war. Aber nach Aussage ihrer Tochter verschwendete Mama das meiste davon, verwöhnte sich mit Luxuskleidern und ausgefallenen Geschenken. Am meisten schätzte sie es, sich schick anzuziehen und mit dem Zug nach Quebec City oder Montreal zu fahren, um die Großstadtvergnügungen zu genießen.

Endlich – Gisèle war siebzehn und stand kurz vor dem Abschluß der zehnten Klasse – entdeckte Papa, daß ein großer Teil seines hart verdienten Geldes vergeudet wurde. Als er auf Besuch zu Hause war, teilte er Gisèle mit, von nun an würde er die Schecks direkt an sie adressieren. Es wäre ihre Aufgabe, die Rechnungen zu bezahlen und das Haushaltsbudget zu verwalten. Ihrer Mutter sollte sie pro Woche nur so viel Geld geben, daß sie sich das Nötigste leisten könne.

Mama ging an die Decke. Sie würde auf keinen Fall zulassen, daß ihre Tochter ihr vorschrieb, was sie mit dem Geld – das ihrer Meinung nach rechtmäßig ihr zustand – zu tun oder zu lassen hatte. Sie marschierte geradewegs aus dem Haus und kam ein paar Stunden später mit einem Koffer zurück, knallte ihn auf Gisèles Bett und starrte sie wütend an. »Sie sagte nur, ›du oder ich. Wenn du nicht gehst, gehe ich‹.«

Gisèle konnte nicht schlafen und weinte die ganze Nacht über. So zwischen ihren Eltern zu stehen, war das letzte, was sie wollte, also begann sie, Auszugspläne zu schmieden, sobald sie das Schuljahr beendet hatte. Im September hatte sie in Quebec City ein Zimmer für sich und einen Job als Verkäuferin hinter der Theke der Damenwäscheabteilung eines Kaufhauses gefunden.

»Es war eine harte Zeit für mich«, erinnerte sie sich. »Ich verdiente fünfundvierzig Dollars die Woche, und davon gingen fünfundzwanzig für die Miete drauf. Ich hatte kein Geld, um mir Kleidung zu kaufen, also nahm ich Kredite auf und schöpfte sie aus. Ich war ahnungslos damals. Ich hatte einen eigenen, kleinen Herd, aber mir fehlte oft das Geld, um mir etwas zu essen zu kaufen. Meistens aß ich nur Brot mit Butter. Ich war einsam und fing an zu trinken.«

Eines Abends im Jahre 1969 – ein Jahr nach ihrem Umzug nach Quebec City – lernte Gisèle beim Tanzen Robert kennen. Mit seinen achtundzwanzig Jahren war er zehn Jahre älter als sie. Heute, in der Rückschau, kann sie kaum verstehen, wie sie sich ihm jemals hingeben konnte. Aber damals war sie ein leicht zu beeindruckendes, junges Mädchen aus einem kleinen Dorf, und Robert war ein hübscher, wortgewandter Charmeur, der sich in der Stadt auskannte. Er wirkte wie ein Mann, der ein Mädchen unter seine Fittiche nehmen und beschützen konnte. »Ich denke, ich habe meinen Vater in ihm gesehen«, erinnerte Gisèle sich mit wehmütiger Stimme. »Ich mochte immer Männer, die älter waren als ich. Ich war wie ein kleines Mädchen. Ich glaubte alles, was die Älteren sagten.«

Jedenfalls brauchte Gisèle nicht lange, um herauszufinden, daß Robert auch weniger liebenswerte Seiten besaß. Er war ein Säufer. Morgens stieg er mit trüben Augen aus dem Bett, fluchte auf alles, was sich bewegte, und öffnete die erste von vielen Bierflaschen, um die Dämonen zu verscheuchen, die das Trinken am Vorabend erzeugt hatte. Den ganzen Tag hockte er vor dem TV und schaute sich Quizsendungen und Seifenopern an, während Gisèle zur Arbeit ging. Wenn sie nach Hause kam, war er bei den härteren Sachen angelangt.

Robert glaubte ans Teilen. Alles, was er besaß, gehörte auch ihr – nicht, daß er viel besessen hätte, denn er schien allergisch gegen Arbeit zu sein. Und alles, was sie hatte – allem voran ihren Lohn – nahm er an sich.

Es dauerte nicht lange, da begann Roberts ständiges Trinken auf Gisèle abzufärben. Was sonst konnten man tun, wenn man mit jemandem wie ihm zusammen war? Anfangs zog sie Bier und Wein vor, aber nach einer Weile übernahm sie seine Gewohnheit, reinen Alkohol mit 7-Up zu mischen. Für zwei Leute mit einem schmalen Budget war dies eine der billigsten Arten, betrunken zu werden.

Eines Sonntags spürte Gisèle am Nachmittag einen scharfen Schmerz im Bauch. Am Montag morgen versuchte sie, zur Arbeit zu gehen, aber sie war schweißgebadet und hatte solche Schmerzen, daß sie kaum aufstehen konnte. Robert fuhr sie ins Krankenhaus. »Fünf Minuten später lag ich auf dem Operationstisch«, erinnerte sie sich. »Als sie mich aufgeschnitten hatten, sahen sie, daß meine Eingeweide entzündet waren. Einer der Ärzte sagte: ›Gisèle, wenn Sie so weitermachen, werden Sie sich vom Leben verabschieden müssen‹.« Zwei Jahre lang trank sie keinen Schluck Alkohol mehr. Im Jahr 1972 überredete Robert seine Freundin, mit ihm nach Montreal zu ziehen. Sie mieteten sich ein Apartment in St. Léonard, in einem Arbeiterviertel, in dem vorwiegend Italiener wohnten. Gisèle arbeitete an der Kasse in einem Dominion-Laden. Der Job war in Ordnung, aber Montreal gefiel ihr nicht. Quebec City mit ihren von Pferden gezogenen *calèches* und die engen Straßen mit Kopfsteinpflaster war hübscher gewesen. Montreal war für ein Mädchen vom Land zu groß; es gab zu viele Menschen, und es war zu unpersönlich. Sie hatte das Gefühl, nicht atmen zu können.

Das Leben mit Robert wurde von Tag zu Tag unerträglicher. Er war in schlechte Gesellschaft geraten. Gisèle erfuhr später, daß er und seine Freunde Banken überfallen hatten, aber damals wußte sie nur, daß Robert tagelang verschwand und dann wieder auftauchte – die Taschen voller Geld.

Einmal – er war wieder einmal ausgeflogen – standen plötzlich drei Polizisten mit einem Durchsuchungsbefehl vor ihrer Tür. Sie platzten herein und kehrten in der Wohnung das Unterste zuoberst. Sie suchten nach Bargeld und Schecks. Mit leeren Händen stapften sie wieder hinaus und überließen das Aufräumen der erschrockenen Gisèle.

Kurze Zeit später tauchte Robert mit einem seiner Freunde auf – einem wirklich harten Burschen in einer abgeschabten Lederjacke, der Gisèle eine Gänsehaut verursachte. An der Art, wie sie einander angrinsten – wie zwei Jungen, die soeben einen Baseball durch das Fenster eines Nachbarn geworfen hatten –, spürte Gisèle, daß die beiden etwas ausgeheckt hatten.

Roberts Kumpan förderte aus einem Papierbeutel eine große Keramik-Keksdose zu Tage, die bis an den Rand mit frisch gedruckten gefälschten Zwanzig-Dollar-Scheinen gefüllt war. Robert erklärte Gisèle, daß sie ihre Hilfe brauchten. Sie sollte die Blüten mit auf die Arbeit nehmen und sie gegen Original-Noten umtauschen, wenn ihr Boß nicht hinschaute. »Ich sagte, sie sollten die Dose wieder mitnehmen – ich hätte mit dem Ding in meinem Haus nicht schlafen können«, erinnerte sie sich. »Aber ich war wirklich erschrocken, denn ich würde in Schwierigkeiten stecken, wenn ich den Mund aufmachte. Mein Freund stellte die Blüten nicht selbst her, aber er kannte den Burschen, der sie machte. Und solchen Menschen kann man nicht trauen.« Hinterher erfuhr Gisèle, daß die Polizei sie zwei Monate lang beschattet und darauf gewartet hatte, daß sie versuchen würde, die gefälschten Banknoten loszuwerden.

Etwa um diese Zeit – inzwischen schrieb man das Jahr 1973 – sagte Robert zu Gisèle, er wolle sie heiraten und eine Familie gründen.

Bis zu diesem Zeitpunkt hatte sie zweimal versucht, ihn zu verlassen. Sie hatte genug von seiner Trinkerei, seinen zwielichtigen Freunden und von den Gerüchten, daß er sich mit anderen Frauen herumtreibe. Dennoch gab sie immer nach, wenn er sie um Verzeihung bat.

Aber eine Heirat? Das war etwas völlig anderes. Der Rat ihres Vaters fiel ihr immer wieder ein – falls sie heiraten wollte, mußte sie bereit sein, ihrem Mann für den Rest ihres Lebens zu folgen und ihm zu gehorchen. Sie konnte sich nicht vorstellen, es bei Robert so zu halten. Und sie konnte sich nicht vorstellen, Kinder von ihm zu haben. Sie mochte ihr eigenes Leben verpfuscht haben, aber sie wollte dieses Leben nicht einem unschuldigen, kleinen Kind zumuten. »Ich schaute ihn an und dachte, *dich heiraten?* Ich wollte ihn nicht als Vater meiner Kinder. Was würde er mit ihnen anstellen? Er konnte ihnen nichts Gutes bieten. Und diese Überlegung half mir, ihn zu verlassen.« Später hörte Gisèle, daß Robert eine Frau um fünfunddreißigtausend Dollar betrogen hatte. Kurz darauf wurde er in den Straßen Montreals erschossen.

Da sie sich nirgendwo sonst hätte hinwenden können, nahm Gisèle den Bus zurück zum Haus ihrer Eltern in St.-Joseph-de-la-Rive. Papa war wieder zu Hause. Er arbeitete jetzt als Steuermann auf Lastkähnen, die den St.-Lorenz-Strom befuhren. Gisèle wäre vielleicht für immer dort geblieben; es war so schön, wieder bei ihrem Vater zu sein. Aber sie und ihre Mutter hatten ständig Reibereien. Gisèle versuchte ihrer Erinnerung nach viele Male, eine vernünftiges Gespräch mit ihrer Mutter zu führen. Aber es war nicht zu übersehen, daß Madame Tremblay ihre Tochter nicht im Haus haben wollte. Für ihren Geschmack mischte sich Gisèle zu oft in ihre Angelegenheiten ein, indem sie ständig fragte, wie sie das Geld ihres Vaters ausgab. Nach einem Jahr ging Gisèle erneut fort und zog nach Quebec City.

Sie wandte sich wieder an den Laden, wo sie schon früher gearbeitet hatte, sprach mit ihrem alten Personalchef und bekam einen Job in der Abteilung für Sportbekleidung. Sie wohnte bei ihrer Schwester Josephine, die sich von ihrem ersten Mann getrennt hatte und in ihrem eigenen Apartment wohnte. Zum ersten Mal in ihrem Leben fühlte Gisèle sich frei und glücklich – sie hatte Geld in der Tasche, war unabhängig und genoß die Gesellschaft ihrer Schwester. An den Wochenenden gingen sie manchmal aus, um zu tanzen und Jungen zu treffen. Für eine hellhäutige Vierundzwanzigjährige mit einem hübschen Lächeln war es nicht schwer, Männerbekanntschaften zu machen. Da war ein gewisser Dave, ein Junge aus Montreal – Angestellter der Stadtverwaltung, der Englisch sprach und nur wenig Französisch verstand. Er ließ sich gelegentlich in der Stadt blicken, aber die Rendezvous mit Gisèle bedeuteten ihm offensichtlich weitaus mehr als ihr.

Eines Tages im *Carnival* – dem alljährlichen, zweiwöchigen Quebecer Winterfest – lasen Gisèle und ihre Schwester in der Zeitung die Ankündigung eines Tanzabends in einem Holiday Inn in der Nähe. »Wir schauten einander an und sagten, *bon*, heute abend gehen wir aus.«

Das Lokal war zum Bersten voll, und die Band spielte alte

Rock'n'-Roll-Titel aus den fünfziger und sechziger Jahren. Gisèle und Josephine setzten sich an einen Tisch in der Nähe der Tanzfläche und bestellten zwei Drinks. Von Zeit zu Zeit kamen junge Burschen an den Tisch und baten um einen Tanz. Seit Monaten hatten die beiden jungen Frauen nicht mehr so viel Spaß gehabt.

Plötzlich bemerkte Gisèle einen gutaussehenden Mann mit Schnäuzer und leicht gelichtetem Haar. Er stand an einem Tisch im Hintergrund des Tanzsaales und rauchte Zigaretten. Er schien ein paar Jahre älter als sie zu sein. Auf dem Tisch neben ihm waren Holzkrüge, Telefone aus Holz und anderer handgeschnitzter Tand ausgestellt. Gelegentlich ergriff der Mann eine Handvoll Holzkrüge und ging von Tisch zu Tisch, um sie anzubieten.

Als er an den Tisch der beiden Mädchen kam, lächelte er Gisèle breit an und sagte, die Krüge kosteten zehn Dollars pro Stück – aber ein hübsches Mädchen wie sie könne einen für acht Dollars haben.

»Zuerst mochte ich ihn nicht«, erinnerte sie sich, »aber wir wechselten ein paar Worte, und er schien interessaant zu sein. Er wußte eine Menge, und er war sehr höflich. Mir gefiel die Art, wie er mich zum Tanzen einlud. Es war nicht so, als hätte ich ihn angeschaut und mich in ihn verliebt oder dergleichen, aber ich unterhielt mich gut mit ihm.« Sie verbrachte den Rest des Abends damit, daß sie mit dem Fremden tanzte und ab und zu auch eine Einladung von einem anderen Mann annahm.

Als der Abend sich seinem Ende zuneigte, sagte der hübsche Fremde zu Gisèle, er habe ein Zimmer im Hotel, und sie sei eingeladen, die Nacht dort zu verbringen. »Ich erwiderte: ›Nein, ich bin zum Tanzen hergekommen, und zu sonst nichts‹.« Aber bevor sie mit Josephine nach Hause ging, gab sie dem Mann ihre Telefonnummer. Er sagte, sein Name sei Rock Thériault.

Es war der 13. Februar 1976 – ein Freitag.

DIE ANFÄNGE

Gisèle Tremblay war nicht die erste Frau, die sich von Rocks Gewandtheit betören ließ, und sie sollte auch bei weitem nicht die letzte sein.

In seiner Heimatstadt Thetford Mines – hundert Kilometer südlich von Quebec City – hatte Rock eine Frau, Francine Grenier, und zwei wilde Jungen, Rock Jr. und François. Aber das Familienleben hatte ihn niemals sonderlich interessiert. Dies lag weniger an seinem ausgeprägten Geschlechtstrieb – obwohl sein Appetit auf fleischliche Vergnügungen zweifellos beachtlich war –, sondern vielmehr an seinem unersättlichen Hunger nach Anerkennung und Beifall. Er *bettelte* bei den Frauen förmlich um Aufmerksamkeit. Mit seinem breitschultrigen, muskulösen Körper, dem koboldhaften Grinsen und den saphirblauen Augen, die so intensiv leuchteten, als könnten sie Löcher in Betonplatten brennen, fiel es Rock nicht schwer, die Bewunderung der Frauen auf sich zu ziehen.

»Er kann einen geradezu hypnotisieren«, sagte Francine Grenier zu einem Quebecer Journalisten, der sie 1978 interviewte; anderthalb Jahre nachdem ihre Ehe mit Thériault in die Brüche gegangen war. »Und wenn eine Frau unsicher ist, kann er sie *alles* glauben machen.«

Rocks eindrucksvolles Äußeres machte nur einen Teil seiner unwiderstehlichen Anziehungskraft aus. Jeder, der ihm zum ersten Mal begegnete, war von seiner menschlichen Wärme und Sensibilität beeindruckt. Die Frauen fanden ihn romantisch; Männer wurden durch sein umwerfendes Selbstbewußtsein und seine sorglose, hemmungslose Lebensart angezogen. Wenn jemand in Schwierigkeiten steckte, war Rock stets der erste, der ihm half. Wenn seine Freunde entmutigt waren, rettete er rasch die Situation und bot Trost und kluge Ratschläge.

Rock war der geborene Gesellschafter. Er liebte es, seine Zeit in Thetfords heruntergekommenen Kneipen zu verbringen, Witze zu erzählen und seine Saufkumpanen über die großen Tagesfragen aufzuklären. Ganz gleich, um welches Thema es ging – Medizin, Politik, Psychologie oder Religion –, Rock hatte immer eine Antwort parat. Er konnte keine akademischen Bildungsgrade vorweisen – er war schon früh von der Schule gegangen und verdiente als Holzschnitzer und Zimmermann nur knapp seinen Lebensunterhalt. Aber das war für ihn ohne Belang. In seinem Selbstbild hatte Rock sich weit über seinen bescheidenen Lebensstandard erhoben. Er hielt sich für einen großen Autodidakten und Intellektuellen; einen Mann mit Ideen. Und daß ihm in den Kreisen, in denen er verkehrte, intellektuell kaum jemand das Wasser reichen konnte, störte ihn kaum – er war bei seinen Zuhörern nicht wählerisch. Es war ein merkwürdiges Schauspiel: ein grobschlächtiger Mann mit massigen Händen und derbem Gesicht, der umgeben von einem Haufen benebelter Trunkenbolde in einer schmuddeligen, verräucherten Kneipe, deren Teppiche nach abgestandenem Bier stanken Hof hielt.

Aber die Persönlichkeit hinter diesem einnehmenden Gehabe stellte ein brisantes Gemisch aus Überheblichkeit und Selbstmitleid dar. Er war ein berüchtigter Nörgler, der sich endlos über nahezu alles beklagte. Bei Rock nahmen die kleinen Probleme epische Ausmaße an. Was andere als rauhen Hals oder Laufnase bezeichnet hätten, war für ihn lebensbedrohend. Seine Ehe mag nicht zufriedenstellend gewesen sein, aber *er* hatte nichts falsch gemacht. Seine Frau – so beklagte er sich bei Freunden – war ein herzloser, selbstsüchtiger Zankteufel, der sich einen Dreck um seine Probleme scherte und mit der Hälfte aller Männer in der Stadt herumgemacht hatte.

In Wirklichkeit enthüllten Rocks Behauptungen mehr über ihn selbst als über die anderen. Er hatte Francine Grenier 1963 geheiratet, und in den frühen Siebzigern fing er an, vom Pfad der Tugend abzuweichen. In den letzten drei Jahren seiner Ehe wurde er der Stadt-Don-Juan. Er suchte sich junge Frauen aus, auf die seine blumigen Redewendungen und seine romantischen Gesten Eindruck machten. Rock schien die Frauen überall aufzulesen – in Bars, in Kinos, an Supermarktkassen. Er war fähig, dem unscheinbarsten Mädchen einzureden, es besäße Anmut und Schönheit einer griechischen Göttin. Seine Verabredungspartnerinnen überschüttete er mit langen, lyrischen Liebesbriefen und sang ihnen etwas vor, während sie Hand in Hand unter dem Sternenhimmel spazieren gingen. Es war kitschig, aber in einer trostlosen Arbeiterstadt wie Thetford Mines herrschte kein Mangel an jungen Frauen, die unter so viel Galanterie dahinschmolzen.

Wenn er sich nicht gerade bemühte, junge Frauen zu beeindrucken, erheischte er ihr Mitgefühl, indem er über seinen schlechten Gesundheitszustand sprach. Der Scherz machte die Runde, daß er ein hoffnungsloser Hypochonder sei. Anfang seiner Zwanziger gewöhnte er sich an, Freunde aus seiner Kindheit auf der Straße anzuhalten, traurig den Kopf zu schütteln und ihnen zu versichern, er habe Krebs im letzten Stadium. Ärzte, die ihn untersuchten, fanden niemals etwas, was diese Diagnose unterstützt hätte. In Rocks Augen war dies nur ein weiterer Beweis für die Unzulänglichkeit der herrschenden Medizin.

Tatsächlich war Rocks Gesundheit alles andere als robust. Als Teenager hatte er ständig scharfe, stechende Schmerzen im Unterleib gespürt. Mit dreiundzwanzig mußte er wegen eines Zwölffingerdarmgeschwürs eine fünfstündige Operation im Sacre-Coeur-Hospital in Montreal über sich ergehen lassen. Dr. Robert Weigand, der Chirurg, schnitt zugleich mit einem Geschwür an der Mageninnenwand ein zehn mal achtzehn Zentimeter großes Stück aus dem Organ. Später im selben Jahr verschlechterte sich Rocks Zustand erneut, und Dr. Weigand mußte ein weiteres, kleineres Stück Magen entfernen und seine Magennerven durchtrennen.

Jahre später sollten Gerichtspsychiater sich fragen, ob die

Geschwüre des intelligenten, wißbegierigen jungen Mannes auf verlängerten Kindheitsstreß zurückzuführen seien. »Im Grunde erinnert Mr. Thériault ein wenig an einen ›Renaissance-Menschen‹. Seine Hauptschwierigkeit könnte darin bestehen, sich reibungslos in eine andere als eine Gelehrten-Gesellschaft einzufügen«, beobachtete Dr. Bryan Jones, der sich 1992 in der Millhaven Institution – einer ausbruchsicheren Strafvollzugsanstalt in der Nähe von Kingston, Ontario – dreimal mit Rock unterhielt.

»Vielleicht würde er sich heute in einer solchen gelehrten und bildungsbeflissenen Gemeinschaft befinden, wenn seine Kindheit und Jugend weniger gestört gewesen wären und er bessere Chancen erhalten hätte.«

Rock Thériault wurde am 16. Mai 1947 als Sproß einer der ältesten Familien im Lande geboren. Nach Steven White – einem renommierten Ahnenforscher an der Universität von Moncton – können alle Thériaults, die heute in Kanada leben, ihre Herkunft bis zu Jean und Perrine Thériault zurückverfolgen, die in den vierziger Jahren des 17. Jahrhunderts nach Nordamerika auswanderten. Sie sollen aus der Gegend von Poitou an der französischen Westküste stammen. Gemeinsam mit etwa fünfzig anderen Familien ließen sie sich in Port-Royal, einem Dorf in Nova Scotia, Neuschottland, am Ufer der Bay of Fundy, nieder und gründeten somit die erste landwirtschaftliche Siedlung von Europäern auf einem Boden, der heute kanadisch ist. Statt die Wälder im Landesinneren abzuholzen, siedelten sich die Akadier an den Buchten der Küste und in den Tälern an. Sie bauten Deiche, um das fruchtbare Land zu schützen, das die mächtigen Gezeiten der Bay of Fundy ansonsten zweimal täglich überschwemmmt hätten.

Obwohl das Land, das die Thériaults bebauten, einem *Seigneur* gehörte, erfreuten sie sich bald eines bescheidenen Wohlstands. Die von Dämmen geschützten Gezeitenmarschen eigneten sich hervorragend zum Anbau von Feldfrüchten und Gras, das als Heu an Tiere verfüttert wurde. Sie hielten gemeinsam mit den übrigen Familien große Rinderherden, züchteten Schafe zur Wollgewinnung und legten Apfelbaumgärten an, deren Saat aus Frankreich stammte – der Ursprung der blühenden Annapolis-Valley-Obstindustrie. Als Jean Thériault 1671 starb, hinterließ er fünf Söhne und zwei Töchter, deren Familien sich von Port Royal aus ausbreiteten und Grandpré gründeten, das heutige Wolfville.

Um 1750 gab es etwa fünfunddreißig Thériault-Familien in Neuschottland, und die meisten von ihnen hatten zehn oder zwölf Kinder. Aber inzwischen hatten die Engländer im Kampf mit Frankreich um die Herrschaft in Nordamerika die Oberhand gewonnen. Im Jahre 1755 nahm ein Trupp von zweitausend Freiwilligen aus Neuengland die französische Garnison bei Beauséjour ein, das an der heutigen Grenze zwischen Nova Scotia und New Brunswick gelegen ist. Obwohl die Akadier während der gesamten französisch-englischen Kolonialkriege dieses Jahrhunderts neutral geblieben waren und anboten, als Beweis für ihre Loyalität ihre Schußwaffen abzuliefern, waren die Kommandanten Nova Scotias nicht zu überzeugen: Lieutenant Governor Charles Lawrence befahl, daß seine zweitausend antikatholischen Freiwilligen die Neuengländer deportierten und auf die Dreizehn Kolonien aufteilten. Seine Männer verbrannten Häuser und Scheunen, rissen Gemeinschaften und festgefügte Familien auseinander. Auf Schiffen zusammengepfercht und nur mangelhaft mit Nahrung und Wasser versorgt starb schätzungsweise ein Drittel der sechs- bis zehntausend deportierten Akadier während des Exodus oder kurz darauf.

Von den Thériaults wurden viele nach Virginia geschickt, wo man sie ablehnte und nach England verschiffte. Nachdem sie sieben Jahre lang in Internierungslagern zugebracht hatten, repatriierten die Engländer sie nach Frankreich. Im Jahre 1785 endlich segelten sieben Schiffsladungen mit Akadiern – darunter viele Thériaults – über den Atlantik zurück und ließen sich in Louisiana nieder. Heute leben viele Tausend Sprößlinge Jean

Thériaults unter der Million Akadier oder Cajuns dieses Staates.

Den glücklichen Neuschotten gelang die Flucht aus ihren Häusern, bevor Lawrences Truppen sie zusammentreiben konnten. Sie gelangten als Flüchtlinge nach Neufrankreich (heute der Staat Quebec) und ließen sich in unkultivierten Landstrichen oder auf Ländereien nieder, die im Besitz von religiösen Orden waren. Sie waren dazu verdammt, ihren Lebensunterhalt durch Landwirtschaft, Jagd und Fischen zu sichern. Unter ihnen waren zwei von Jean Thériaults Ururenkeln, Paul und Joseph Thériault, die in der Nähe von Rivière Quelle am Südufer des St.-Lorenz-Stromes gegenüber von Baie St.-Paul siedelten und neunzehn Kinder großzogen. Alle Thériaults am unteren St.-Lorenz-Strom stammen von diesen beiden Familien ab.

Hyacinthe Thériault, Rocks Vater, gehört zu diesem Clan. Geboren 1921 in Rivière-du-Loup, zog er später ins Saguenay-Tal und gründete mit seiner jungen Braut Pierrette eine Familie. Sie lebten in einem einfachen Holzhaus in Rivière-du-Moulin, einem kleinen Dorf, das inzwischen von der Stadt Chicoutiomi vereinnahmt worden ist. Sie hatten nicht viel Geld – Hyacinthe arbeitete als Anstreicher und Gelegenheitsarbeiter –, aber sie waren ergebene Katholiken und wußten von Anfang an, daß sie eine große Familie haben wollten. Ihr erstes Kind – ein Mädchen, das sie auf den Namen Claudette taufen ließen – kam 1945 zur Welt. Später wurden Rock, Rémy, Lauraine, Rosaire, Richard und Rachel geboren. Monique, eine weitere Tochter, starb als Säugling.

Viele Jahre später, als Rock eine Anklage wegen Totschlags erwartete, beklagte sich Hyacinthe Thériault bei der Polizei über die tollen Geschichten, die sein ältester Sohn über die Familie erzählte. »Er erfindet Dinge. Einmal – nachdem meine Tochter Monique gestorben war – erzählte er jemandem, ich hätte die Leiche zehn Monate lang behalten, bevor ich sie begrub. Das ist nicht wahr.«

Als Rock sechs Jahre alt war, zog die Familie an den Rand von Thetford Mines, einer Asbestminenstadt mit achtzehntausendfünfhundert Einwohnern auf halbem Weg zwischen dem St.-Lorenz-Strom und der Grenze zu Maine. Hyacinthe baute einen Bungalow aus weißen Zementsteinen in Chemin de l'Aeroport (Airport Road), einer halb ländlichen Gegend, in der Grundstücke wegen des Flugzeuglärms billig waren. Rocks Eltern schickten ihn und seine Geschwister in ein Vier-Zimmer-Landschulhaus namens St.-Anne's, das Unterricht bis zur siebten Klasse anbot. Keiner von Rocks ehemaligen Klassenkameraden kann sich entsinnen, daß eines der Thériault-Kinder seine Bildung im College Lasalle, der nächsten, zehn Kilometer entfernt in der Stadt gelegenen High-School, fortgesetzt hätte. »Sie waren Hinterwäldler«, sagte Léandre Vachon, der auf einer Farm neben dem Haus der Thériaults aufwuchs. »Selbst, wenn sie auf die High-School gegangen wären, glaube ich nicht, daß Weiterbildung diese Leute verändert hätte.«

Immerhin erwies sich Rock an der St. Anne's-Schule als intelligenter Schüler, der bestrebt schien, seinen Lehrern zu gefallen. Wenn er nicht auf Vachons Farm bei der Heuernte half oder das Vieh fütterte, vertiefte er sich in Bücher. Oft brachte er sie in seiner Schultasche mit nach Hause, um im Bett liegend darin zu lesen – eine Angewohnheit, die ihn im Thériault-Haushalt ein wenig zum Exzentriker machte. Sein Vater – ein Diabetiker, der die Familie über Wasser hielt, indem er kleinere Arbeiten in der Stadt erledigte – war nicht der richtige Mann, um intellektuelle Neugier zu ermutigen.

Hyacinthes einzige wahre Leidenschaft war die Religion. Er gehörte zu einer autoritären Prostestgruppe – den White Berets –, die sich für die konservativen Werte in der katholischen Kirche stark machte. Die White Berets leiteten sich von der Créditiste-Bewegung her, die im ländlichen Quebec während der Großen Depression in einer Zeit tiefgreifender wirtschaftlicher und gesellschaftlicher Umbrüche entstanden war. Ebenso wie ihr Gegenstück in Alberta – die Social Credit Party –, bezog die Créditiste-Bewegung ihre Inspiration aus den Schriften von Major C. H. Douglas, eines britischen Ingenieurs und Luftwaffenreservisten, der glaubte, die zunehmende Konzentration der wirtschaftlichen und politischen Macht bei den großen Banken und Regierungen führe unvermeidlich zu wirtschaftlicher Not bei den Massen. Douglas forderte von der Regierung, sie solle dieses Problem lösen, indem sie das ökonomische System dezentralisiere und regelmäßige Dividenden an die Verbraucher verteile.

Im Gegensatz zu der Social Credit Party in Alberta hatten die Créditisten nur wenig Erfolg bei den Wählern. Mitte der vierziger Jahre ließen ihre Anführer sie sterben und bildeten eine radikalere, autokratische Organisation mit Namen Union des Electeurs. Ihre Mitglieder erkannte man an den weißen Baretten.

Indem sie sich aus der Politik zurückzogen und sich immer mehr der Religion zuwandten, gewannen die *berets blancs* – wie sie genannt wurden – eine aktive Gefolgschaft unter den von Existenzängsten geplagten Männern der Mittelklasse im ländlichen Quebec. Ihre Anführer waren Louis Even und Gilberte Côté-Mercier, zwei Journalisten und ergebene Katholiken, die sich gegen die englische Unternehmerklasse, die allgemeine Schulpflicht und liberale Kirchenreformen stark machten. Charismatisch und diktatorisch, wie sie waren, veranstalteten sie politische Massenversammlungen, bei denen ihre Anhänger mit militärischer Präzision marschierten. Noch heute gehen die White Berets von Tür zu Tür, um neue Anhänger und Abonnenten der Zeitschrift *Vers Demain* (Dem Morgen entgegen) zu werben. Dieses Blatt ist ebenso wie *Michael*, sein englischsprachiges Gegenstück, mit anti-semitischen Anspielungen auf jüdische Bankiers und korrupte Politiker gespickt, die auf die ›absolute Weltherrschaft‹ aus sind.

Einige Kritiker gingen so weit, zu sagen, die Bewegung erinnere an eine religiöse Sekte. Wie dem auch sei, für Hyacinthe Thériault boten die White Berets eine Zuflucht vor den Lasten des Säkularismus und der Moderne. Als Mann von bescheidenem Auskommen und geringer Bildung hatte er kein Verständnis für schnellsprechende Männer in großen Limousinen und teuren Anzügen, die so viele unverdiente Privilegien genossen.

Er war entschlossen, dafür zu sorgen, daß seine eigene Familie nicht in diese Falle tappte. Als überzeugter Katholik und stolzer Quebecer Nationalist gelobte er sich selbst, seinen Kindern Achtung und Ehrfurcht vor Gott beizubringen.

Jeden Sonntag sammelte Hyacinthe seine Kinder ein – sie trugen alle weiße Barette – und begab sich mit ihnen auf Missionsreise in ein Nachbardorf. Sie gingen mit der Sammelbüchse von Haus zu Haus. Hyacinthe klopfte an, und wenn der Wohnungsinhaber öffnete, fielen die Thériault-Kinder auf die Knie, wie ihr Vater es ihnen beigebracht hatte, beugten die Köpfe und sprachen ein Gebet. Sobald sie beim ›Amen‹ angelangt waren, bat der alte Mann um eine Spende für die Zeitschrift der White Berets und ihr Anliegen. »Wir sahen den alten Thériault sein weißes Barett aufsetzen und die Familie zu ihren Treffen marschieren«, erinnerte sich Roger Beaulieu, sechsundsechzig Jahre alt, pensionierter Arbeiter und einer von dem halben Dutzend Nachbarn des Thériault-Grundstücks. »Die Menschen hier mochten so etwas nicht sehr.«

Dem jungen Rock ging es ebenso. Statt die religiösen Überzeugungen seines Vaters bereitwillig zu übernehmen, haßte er sie. Er fand es peinlich, diese Barette zu tragen, wie ein kleiner Soldat durch die Gegend zu marschieren und Fremde um milde Gaben zu bitten. Seine Freunde hänselten ihn erbarmungslos. Diese Erfahrung impfte ihm tiefen Abscheu gegen die katholische Kirche ein, die er mit Peinlichkeiten und Demütigungen in Verbindung brachte. Noch als Erwachsener loderte jedesmal, wenn er einen Priester in seiner Robe oder ein Bildnis der Jungfrau Maria erblickte, der Haß in ihm auf.

Der junge Rock beklagte sich häufig darüber, daß er mit seinen Geschwistern zu den sonntäglichen Missionen gezwungen wurde, aber das machte die Dinge nur schlimmer. Hyacinthe, ein reizbarer Mann mit traurigen, eingesunkenen Augen und einem dünnen, schwarzen Schnäuzer, glaubte fest an die Legitimität strengster elterlicher Zucht. Auch Pierrette lernte, ihrem Mann zu gehorchen. Sie war eine zerbrechliche, übernervöse Frau mit geschürzten Lippen und schwachen Augen und einem unbändigen Willen, ihre Kinder zu bändigen. »Man hörte sie einen Kilometer weit die Straße hinab die Kinder anschreien – niemand konnte wie sie schreien«, sagte ein Nachbar.

Sogar die Spiele, die Hyacinthe mit seinen Söhnen spielte, hatten paramilitärischen Charakter. Eines dieser Spiele nannte er ›bone‹ (Knochen). Léandre Vachon erinnerte sich: »Sie saßen am Küchentisch mit ihren schweren Schuhen an den Füßen und traten einander vors Schienbein, bis einer von ihnen sich ergab.«

Aber die Bemühungen des alten Thériault, seine Kinder zu disziplinieren, waren nicht ganz erfolgreich. Die übrigen Kinder machten sich gut, wie er seinen wenigen Freunden erzählte, aber Rock war ein ständiger Stachel in seinem Fleisch. Zugegeben, er hatte Köpfchen – er hatte sich sogar selbst beigebracht, Englisch zu sprechen. Aber er war ein Klugscheißer. Ständig machte er Schwierigkeiten und gab Erwachsenenen Widerworte. Wenn der Vater ihn auf frischer Tat dabei ertappte, daß er Münzen aus dem Portemonnaie seiner Mutter stahl oder hinter dem Feuerholzstapel Zigaretten rauchte, versuchte Rock irgendwie, die Schuld auf seine Brüder und Schwestern abzuwälzen. »Er konnte sich immer aus der Verantwortung herausreden«, klagte Hyacinthe einmal. »Er war als Kind nicht körperlich aggressiv – er ließ sich kaum einmal in Kämpfe verwickeln.« Aber er lernte rascher als andere Kinder, wie man andere Menschen manipulieren konnte.

»Ich habe den Jungen nie geschlagen«, fügte Hyacinthe hinzu, »aber ich habe ihn bestraft, wenn es nötig war.«

Es ist schwer zu sagen, wie oft eine solche Bestrafung stattfand. Heute, da sein erstgeborener Sohn traurige Berühmtheit erlangt hat, weigert sich Hyacinthe, mit Außenstehenden über die Angelegenheiten seiner Familie zu sprechen. »Ich will weder über ihn reden noch seinen Namen hören«, schrie der alte Mann einen Reporter vom *MacLean's*-Magazin an, der im Januar 1993 an sein Haus kam. »Ich habe sieben Kinder großgezogen, und nur dieser eine Junge hat sich so entwickelt.«

Rock beklagte sich als Kind kaum bei seinen Freunden über

sein Leben zu Hause. Aber einmal sagte er zu Emilien Vachon, Léandres älterem Bruder, seine Eltern brächten ihm nicht genug Aufmerksamkeit entgegen. Er behauptete, Rosaire, sein jüngster Bruder, würde am Eßtisch immer als erster bedient. Rosaire habe mit den Fäusten auf den Tisch getrommelt und seine Mutter angebrüllt: »Wo bleibt mein Essen?«

Sicher ist, daß die Nachbarn keine ernsthaften Probleme im Heim der Thériaults vermuteten. Rocks Vater trank dann und wann, aber er war nicht abhängig. Er schien im Gegenteil ein recht redlicher Mann mit starken Prinzipien zu sein; ein Vater, der nicht wollte, daß unter seinem Dach unrechte Dinge geschahen. Zu Fremden war er nicht übermäßig freundlich – zum Beispiel pflegte er die Volkszähler der Gemeinde von seinem Grundstück zu weisen, um dann am Wahltag im Wahllokal zu erscheinen und auf sein Wahlrecht zu pochen. Aber keines seiner Kinder schien Angst vor ihm zu haben, erinnerte sich Emilien Vachon:

»Claudette kam oft am Abend in unser Haus; etwa zu der Zeit, als sie fünfzehn Jahre alt war und ich mich mit ihr traf. Wenn ich sie abholte, schärfte die Mutter ihr ein, um neun Uhr am Abend wieder zu Hause zu sein. Also, wir hatten unseren Spaß bei uns zu Hause, und plötzlich merkte sie, daß es eine halbe oder ganze Stunde später geworden war. Aber sie machte nie viel Geschrei deswegen. Ich meine, wenn sie Angst vor ihrem Vater gehabt hätte, würde sie eine Verspätung nicht so leicht genommen haben.

Claudette und ich gingen ins Kino, und wir unterhielten uns oft. Rock, der einige Jahre jünger war, kam manchmal mit. Und beide erwähnten nie etwas in der Art, daß sie ihre Eltern haßten.

Als wir ein wenig älter waren, begannen wir mit Mr. und Mrs. Thériault auszugehen. Wir gingen alle zusammen auf ein paar Drinks zum Gasthaus. Rocks Eltern waren immer gut gelaunt, und wir waren als Bonvivants bekannt – die ganze Bande. Mr. Thériault bat mich zweimal, ihn und seine Frau zur Bahnstation zu fahren, wo sie den Zug nach Rimousky nahmen. Ich glaube, ihre Verwandten lebten dort. Also, mein Freund und ich saßen vorn im Auto, und sie saßen auf dem Rücksitz. Wir kauften uns gemeinsam eine große Flasche Bier und fingen an, auf der Fahrt davon zu trinken. Sie kicherten und küßten sich sogar. Ich erinnere mich daran, gedacht zu haben, wie nett es war, daß zwei verheiratete Leute sich wie verliebte Vögel aufführten.«

Wie sein Vater heute weigerte sich auch Rock viele Jahre lang, über seine Kindheit zu sprechen – zumindest in der Öffentlichkeit. Seine eigenen Memoiren von 1981 beschönigten seine Kindheit und widmeten ihr nur anderthalb von insgesamt einhundertdreiundsiebzig Seiten des Buches. Außerdem ist vieles von dem, was er über seine frühen Jahre schrieb, unwahr. Er behauptete, als er fünf war, sei seine Familie nach Abitibi gezogen, einer gottverlassenen Gegend im nördlichen Quebec nahe der Grenze zu Ontario. »Meine schönsten Augenblicke«, schrieb er, »waren die Stunden, in denen ich durch die Felder streifte und mich daran erfreute, Insekten, Vögel und alles, was sich in der Natur bewegt, zu beobachten.«

»Der Wald war mir verboten«, fuhr Rock fort, »und meine Mutter sagte mir immer wieder, ich solle nicht hineingehen. Dort könnte ich mich leicht verletzen oder einem Bären begegnen. Das machte den Wald in meinen Augen nicht weniger attraktiv. Jedesmal, wenn ich mich ihm näherte, kämpften in mir Furcht und Faszination wie Titanen . . . Oh, wie ich mir wünschte, älter zu sein, meine Furcht zu besiegen, diesen Wald meiner Träume durchqueren zu können.«

In den nachfolgenden Jahren baute Rock diese Geschichte weiter aus. In einem 1989 geführten Gespräch mit dem Psychiater Dr. Andrew Malcolm aus Toronto berichtete er von einer Reihe mystischer Begegnungen und Offenbarungen, die seinen Angaben nach aus seiner frühen Kindheit datieren. Dr. Malcolm schrieb später, Rock habe seine Berichte begonnen, »indem er darstellte, was nur als vorsätzlicher Versuch beschrieben werden kann, Mythen zu schaffen. Er sagte, als er ein Kind gewesen war, sei er oft im Moor hoch im Norden herumgehüpft. Eines Tages habe er sich plötzlich einer Mutter-Bärin mit zwei Jungen gegenübergesehen. Sie balgte auf dieselbe Weise mit ihm herum, wie sie mit ihren Jungen balgte – und unter dieser Idylle verging der ganze Nachmittag.

Er behauptete, er habe mit sechs Jahren Kinderlähmung bekommen und erst mit acht sprechen gelernt und kaum laufen können, bevor er zwölf war. Dann – 1954 in Thetford Mines – hatte er einen Traum, in dem er sich selbst eine Rolle in einem Spiel um den heiligen Joseph und die Geburt Christi spielen sah. Ein Jahre später spielte er tatsächlich den heiligen Joseph mit der seligen Jungfrau. Danach brach sich ein kleiner Junge die Zähne heraus, und Rock half ihm und bewirkte eine gewisse Heilung. Denn er habe sich systematisch mit Moosen, Kräutern und Pflanzen befaßt und seine Fähigkeiten als Heiler verfeinert. Bald konnte er Ochsen und Eber kastrieren, ohne daß Blut geflossen wäre. Er bemerkte, daß er bei Menschen und Tieren Verrenkungen beheben konnte. Er konnte sogar gebrochene Gliedmaßen heilen. Obwohl er nur sieben Klassen in der Schule erreichte, brachte er sich selbst eine Menge über Drogen und über viele andere medizinische Behandlungsmethoden bei.«

Aber wer den erwachsenen Rock gut kannte, hörte eine ganz andere Geschichte. Er beklagte sich immer wieder, daß sein Vater ihn häufig schlug und bestrafte, indem er ihn in den Keller sperrte. In der Geschichte, die er 1985 seinem Familienarzt diktierte, behauptete Rock außerdem, er sei als Kleinkind durch einen heftigen Stoß in den Unterleib verletzt worden. »Er erzählte mir wiederholt, daß sein Vater ihn aus nichtigen Anlässen heftig in den Magen boxte und hart anfaßte«, erinnerte sich Gisèle Tremblay, seine zweite Frau. »Er sagte, sein Vater habe ihn eine Treppe hinabgestoßen, als er neun oder zwölf Jahre alt war. Danach kam er wegen Geschwüren ins Krankenhaus.«

Francine Laflamme – eine andere Frau, die eine Anhängerin von Hyacinthes Sohn wurde – sagte, Rock habe ihr wiederholt erzählt, er sei »als Kind so heftig mißhandelt worden, daß die Ärzte nach einer Magenresektion sagten, seine inneren Organe seien verletzt.«

Zwei Jahre nach Dr. Malcolms Gespräch mit Rock arrangierte Rocks Anwalt ein Treffen zwischen seinem Klienten und Bryan Jones, dem Leiter der gerichtsmedizinischen Abteilung des Kingston Psychiatric Hospital. Wenigstens einmal versuchte Rock, sich von seinen prahlerischen Geschichten über idyllische Begegnungen mit der Natur und dem Tierreich zu distanzieren. Jones schrieb später, Rock scheine unter heftigen emotionellen Konflikten zu leiden, die ihre Entstehung Mißhandlungen in der frühen Kindheit verdanken. »Er berichtet, seine Eltern – zumindest sein Vater, den er als gewalttätigen Alkoholiker beschrieb – hätten ihn mißhandelt. Jetzt fühlten sie sich wegen der Folgen für ihren Sohn schuldig. Er macht sich Sorgen, daß seine Eltern mit diesem Schuldgefühl im Herzen sterben werden, und er ist entschlossen, etwas aus sich zu machen, um zu beweisen, daß man diese frühen Jahre vergessen kann.«

In der Schule in St. Anne galt Rock als künstlerisch und auch sonst begabter Schüler. In den neunziger Jahren waren seine Leistungen in allen Fächern gut. »Er war intelligent, anstellig, und gab sich große Mühe«, erinnerte sich Gabrielle Jacques, die Rock und seine ältere Schwester Claudette unterrichtete. »Er machte stets seine Hausaufgaben. Man konnte sich auf ihn verlassen.«

Auf dem Schulhof liebte er es, mit den anderen Jungen herumzutollen, und im Ringkampf besiegte er sie dank seiner überlegenen Körperkraft. Aber es geschah alles nur aus Spaß – niemand bezeichnete ihn als Tyrann.

In den beiden Jahren, in denen sie Rock unterrichtete, bekam Gabrielle Jacques dessen Eltern nicht ein einziges Mal zu Gesicht. Dennoch war ihre Vorstellung von dieser Familie positiv: »Die Thériault-Kinder hatten immer eine volle Lunch-Box, waren anständig gekleidet, sauber, und man mußte kein besonderes Auge auf sie haben«, sagte sie. »Wir hatten den Eindruck, daß ihre Eltern gut für sie sorgten.«

Weiterhin sagte Gabrielle, bei der Prüfung nach der siebten Klasse habe Rock von allen Kindern aus Thetford am besten abgeschnitten. In jenem Herbst trug er sich für die achte Klasse in einer in der Nähe gelegenen Junior High School ein.

Kurz vor seinem vierzehnten Geburtstag überraschte Rock seine Lehrer, indem er die Schule verließ. Wie sein Vater nahm er Gelegenheitsarbeiten in der Umgebung an: Er schaufelte im Winter Schnee und schnitt im Sommer Gras. Es war nichts Aufregendes, aber er war sein eigener Boß. Rock haßte nichts mehr, als Befehle von anderen entgegenzunehmen. Und zu Hause bekam er schon genug Befehle.

In der Stadt war er als einer der ›Jungs‹ bekannt. Er hatte eine Menge Freunde und hing in Bars, Clubs und Tanzlokalen herum. Rock konnte gut Geschichten erzählen, und wenn er einmal nicht dabei war, schien etwas zu fehlen.

»Er sah gut aus«, sagte André Grégoire, ein Einheimischer, der als Teenager mit Rock befreundet war. »Er hatte einen verschlagenen Blick, aber wenn er sprach, lächelte er immer leicht. Er hatte nie Probleme, an Mädchen zu kommen, das ist sicher.«

Tatsächlich war Rock auf seinen Ruf als Frauenheld stolz. Er wußte, daß er dem anderen Geschlecht etwas Besonderes zu bieten hatte. »Seit meiner Kindheit«, so schrieb er später, »habe ich immer daran geglaubt, daß ich anders war; nicht irgendwer. Das galt nicht nur für meine Denkweise, sondern auch in anatomischer Hinsicht.« Um es klar herauszusagen, er war ungewöhnlich gut bestückt.

Eines Abends lernte der junge Frauenheld beim Tanz in Vimy Ridge, einem kleinen Dorf in der Nähe von Thetford Mines, eine gewisse Francine Grenier kennen. Sie war ein eher robustes denn zierliches Mädchen – drei Jahre jünger als Rock –, das aus einer großen Familie in der Nachbargemeinde Coleraine stammte. Sie hatte schmale Lippen, eine Vorliebe für teuren Schmuck, und trug ihr Make-up so dick auf, daß sie ein wenig billig aussah. Rock war kein Krösus – das war für jedermann offensichtlich –, aber er wußte, wie man ein Mädchen beschwatzt und konnte bei jedem Thema mitreden. Sie verliebte sich rasch in ihn.

Am Rememberance Day* 1967 – dem hundertjährigen Jubiläum Kanadas – heiratete das junge Paar in der Kirche St.-Joseph-de-Coleraine. Es war eine traditionelle Hochzeit mit vielen Gästen. Alle Brüder und Schwestern und die Eltern Rocks sowie Francines Eltern und Geschwister waren zugegen. Die Mitglieder der Brautfamilie waren in der Gegend als Leute berüchtigt, mit denen man sich besser nicht anlegte. Ihre Brüder waren Draufgänger, die ständig in Barschlägereien verwickelt waren. Nach der Aussage von Freunden hatten sie dies von ihrem Vater, der ›ein echtes Original‹ war.

Laut Hyacinthe Thériault war die Ehe zwischen Rock und Francine ›stürmisch und von Anfang an unselig‹.

Aber Francine hat sie ganz anders in Erinnerung. Kurz nach ihrer Heirat baute Rock ihnen ein anderthalbstöckiges Holzhaus mit ungeglätteten Pinienholzwänden, einer tiefen Veranda und einem hohen, gemauerten Kamin. Die Adresse lautete 3041 Airport Road, etwa einen Kilometer die Straße hinab von dem Haus der Eltern Rocks entfernt.

Kurze Zeit später zogen Rock und Francine nach Montreal und überließen ihr Haus Remy. Rock fand eine Arbeit bei der Feuerwehr; sein Job war es, Öfen zu begutachten und Kamine zu reinigen. Sie hatten zwar kein Geld im Überfluß, konnten aber behaglich leben. Und Rock genoß es, hier zu sein. Nach ein paar Drinks verwandelte er sich in einen Komödianten; einen Alleinunterhalter – er genoß es, sich darzustellen.

* 11.Nov., in Kanada gesetzlicher Feiertag im Andenken an die Toten der beiden Weltkriege.

Fünf Monate nach der Heirat wurde Francine schwanger. Am 10. Januar 1969 brachte sie einen Sohn zur Welt, Rock Sylvain. Im Sommer 1970 wurde sie erneut schwanger. Aber bevor sie im April darauf François, ihrem zweiten Sohn, das Leben schenkte, wurde Rock ernsthaft krank. Es war die Zeit, als er wegen Zwölffingerdarmgeschwüren ins Krankenhaus eingewiesen wurde.

Die Magenresektion schien tiefgreifende Auswirkungen auf ihn zu haben. Den Sommer über hockte Rock stundenlang über medizinischen Fachbüchern, während Francine Windeln wechselte und ihren Jungen säugte. Als er im Herbst zum zweiten Mal unters Messer kam, wußte er über seine Erkrankung und die Operation genauestens Bescheid.

Aber der Eingriff schien seinen Zustand nur zu verschlimmern. Vier Monate später erbrach Rock sich und hatte starke Schmerzen im Unterleib. Im Januar darauf sagte ihm sein Magenspezialist, er litte an einer seltenen, nicht zu behandelnden Störung – dem Dumping-Syndrom –, die sich bei etwa fünf Prozent der Patienten einstelle, die sich einer solchen Operation unterzögen. Auf Grund der Verletzung der Magennerven verliert der Magen in solchen Fällen seine Fähigkeit, die Nahrung durchzukneten. Der Mageninhalt bleibt fest, und erst, wenn größere Flüssigkeitsmengen hinzukommen, kann sich die Masse rasch aus dem Magen in die Eingeweide bewegen. Auf diese Weise hat der Körper nur sehr wenig Nutzen von der aufgenommenen Nahrung. Das Dumping-Syndrom verursacht Schwäche und in manchen Fällen heftige Schmerzen.

Rock begann, Antacida und verschreibungspflichtige Schmerzmittel zu nehmen, um seine Beschwerden zu lindern. Aber die Schmerzen sollten ihn für den Rest seines Lebens begleiten. Darüber hinaus schien die Operation ihn psychisch zu verändern. Die Leute sagten, in seinem Kopf hätte etwas geklickt. Er entwickelte eine Besessenheit von der Medizin und klagte darüber, daß er allmählich sterbe. Bis zu diesem Zeitpunkt hatte sich Rock als verantwortungsbewußter und aufmerksamer Ehemann gezeigt. Jetzt wurde er leichtsinnig und interessierte sich nur noch für sich selbst; offenbar davon überzeugt, daß niemand Probleme hatte, die sich mit den seinen messen konnten. »Seine Magenoperation war ein bedeutender Wendepunkt in unserem Eheleben«, sagte Francine später. »Es war eine schwierige Zeit für mich.« Ein anderer Bekannter Rocks aus jenen Jahren sagte: »Er pflegte Geschichten über seine Operation zu erzählen und den Leuten zu sagen, seine Innereien bestünden jetzt aus Plastik.« Kurz darauf kündigte Rock bei der Feuerwehr und zog mit seiner jungen Familie wieder nach Thetford Mines.

Wieder einmal bewies Rock seinen Erfindungsreichtum. Er besann sich auf seine Fähigkeiten als Holzschnitzer und Zimmerer und eröffnete einen Laden auf dem Grundstück seines Vaters. Er schnitt mit einer Kettensäge Baumäste ab und fertigte aus ihnen rustikale Möbel, aufwendig verzierte, hölzerne Uhren und Trophäen. Aber am besten verkaufte er Bierkrüge, die er in Bars feilzubieten begann. Er fing an, indem er einen rindenbedeckten Abschnitt eines Baumastes auf einer Drehbank aushöhlte, dann befestigte er mit Dübeln und ein paar Tropfen Leim einen unbearbeiteten Griff an der Seite und überzog das Ganze mit Schellack.

Zu Beginn verdiente Rock mit seinen Arbeiten genug Geld, um seine Familie zu ernähren und einzukleiden, aber später wurde er immer unberechenbarer. Es war, als sähe er in seinen Leiden einen Freibrief, alles zu tun, was er wollte – ohne Rücksicht auf die Gesellschaft und die Meinung anderer. Sein eigenes Vergnügen schien ihm über alles zu gehen. Damals, als sie frisch verheiratet waren, hatte der eifersüchtige junge Ehemann verlangt, daß Francine züchtige lange Kleider trug, um ihre Sittsamkeit nicht zu gefährden. Plötzlich ermutigte er sie, Miniröcke zu tragen und sprach ständig von Sex. Einmal bat er die Verwandten seiner Frau um Erlaubnis, auf ihrem Farmland eine Nudistenkolonie zu gründen. Sie schlugen es rundweg ab. Eine der Cousinen Francines erinnerte sich: »Mag sein, daß er seiner Zeit voraus war, aber sein rascher Gesinnungswandel ließ uns vermuten, daß bei ihm eine Schraube locker war.«

Anfang der siebziger Jahre befaßte sich Rock auch mit der lokalen Politik. Als ein paar Nachbarn einem Bürgerkomitee beitraten, um sich gegen die übliche Praxis der Vergabe von Bauerlaubnissen zu wehren, besorgte er sich ein Exemplar der Kommunalgesetze und lernte sie von A bis Z auswendig. »Er verblüffte uns alle mit seinem Wissen, also ließen wir ihn im Komitee sitzen«, erinnerte sich Léandre Vachon. »Wenn es eine Gesetzeslücke gab, fand er sie und nutzte sie voll und ganz aus. Er war gut.« Rock genoß das Rampenlicht. Er bewarb sich und erhielt im Dezember 1975 einen Sitz im Stadtrat als einer der beiden Repräsentanten des Airport-Road-Distrikts, der etwa zweitausend Bürger vertrat. Aber sowohl seine Kollegen in der Politik als auch die Mitglieder des Bürgerkomitees hatten wegen seiner Sturheit und seiner störenden Unfähigkeit, bei Verhandlungen Kompromisse zu schließen, bald genug von ihm. »Er schlug mit den Fäusten auf den Tisch und sagte: ›Ich will dies; ich will jenes‹«, sagte Vachon. »Also mußte immer einer von uns anderen einschreiten und die Situation regeln, bevor sie außer Kontrolle geriet.«

Eddy Auclair, ein Veteran, der seit zwanzig Jahren in der Gemeindepolitik tätig war, beschrieb seinen früheren Kollegen als Scharlatan: »Thériault hatte seine Bürgergruppe hinter sich und wollte alles ändern. Er trug die Kommunalgesetze immer in einer Aktentasche mit sich herum. Wenn ihn jemand auf der Straße anhielt und ihm eine Frage über eine städtische Verordnung stellte, holte er an Ort und Stelle sein Kommunalgesetzbuch hervor und zitierte das entsprechende Gesetz.

Rock ging ohne Logik vor; er sprach sich im Rat gegen alles und jedes aus. Er wollte die Verhältnisse in der Stadt sofort ändern. Er hatte eine ganze Menge guter Ideen, aber sie waren finanziell nicht durchführbar. Er wollte neue Straßen und Spielplätze bauen und alte Häuser renovieren; alles mögliche. Aber er konnte nicht rechnen. Die Verwirklichung seiner Pläne hätte die Stadt in den Ruin getrieben – wir wären völlig abgebrannt gewesen. In der Tat befaßten wir uns mit den Spielplätzen, aber wir konnten uns den Unterhalt nicht leisten und mußten einen der Plätze wieder schließen.«

Im Mai 1976 blieb Rock den Verwaltungssitzungen plötzlich fern. Die übrigen Räte schlossen ihn schließlich aus, indem sie eine obskure Verordnung heranzogen, nach der Mitglieder aus dem Rat ausgeschlossen werden konnten, wenn sie länger als drei Monate abwesend waren.

Irgendwann zu dieser Zeit beschloß Rock entgegen dem Rat seines Arztes, die Medikamente für seine Verdauungsprobleme fortzulassen. Er beklagte sich darüber, daß die Tabletten seine Männlichkeit schwächten und ihm das Wasserlassen erschwerten. Er begann, stark zu trinken – offenbar, um die Schmerzen in seinem Verdauungssystem zu betäuben.

Obwohl Rock weiterhin seine Holzschnitzereien in Thetford Mines und Umgebung verkaufte, war seine Familie auf die Gelder der staatlichen Fürsorge angewiesen, und Schulden häuften sich an. Aber er beteuerte seinen Bekannten in der Stadt gegenüber, sein Geschäft liefe ausgezeichnet. »Er lief mit herauslugendem Scheckbuch in der Gesäßtasche herum, damit alle sehen konnten, wie wohlhabend er sei«, sagte ein Einwohner der Stadt. »Er ging umher und schrieb jedermann Schecks aus, die alle platzten.«

Francine wußte nicht genau, wieviel Geld Rock seine Schnitzereien einbrachten. Das einzige, was sie genau wußte, war, daß sie nicht viel davon zu sehen bekam. Ständig standen Gläubiger vor der Haustür – und gewöhnlich war sie diejenige, die sie beschwichtigen mußte. Rock erzählte ihr, er müsse wegen Geschäften fort, aber sie hatte den Verdacht, daß er mit anderen Frauen herumlief. Inzwischen drohte der alte Thériault, Rock von seinem Grundstück zu verjagen, weil er Rechnungen auf seinen Namen ausstellen ließ.

Endlich ging Rocks Geschäft pleite. Die Kreditgesellschaft rückte an, nahm das Haus in Besitz und zwang Francine und die Kinder, in ein Apartment zu ziehen. Sie arbeitete als Kellnerin, um Geld zum Leben zu haben. Rock konnte von ihr aus zur Hölle fahren.

Bei all den Entwicklungen nahmen nur wenige von Rocks Freunden und Verwandten viel Notiz von seiner zunehmenden Faszination von okkulten Dingen – eine häufige Erscheinung bei jungen Menschen mit Wahnvorstellungen. Schon Jahre zuvor hatte André Grégoire ihn überredet, der Ortsgruppe des Aramis Club beizutreten, dem französisch-kanadischen Äquivalent der Shriner.* Nach und nach hatte er sich zum Vorsitzenden des Komitees hochgearbeitet, das die Einhaltung der geheimen Regeln der Gesellschaft für neue Mitglieder überwachte.

Aber sobald er die Kontrolle über das Komitee erlangt hatte, machte Rock sich daran, die Rituale abzuändern. Der Orden war mit der katholischen Kirche liiert, und Rock nutzte die Gelegenheit, dieser Institution, die er in seiner Kindheit hassen gelernt hatte, eins auszuwischen. Eines Tages erschien er grinsend bei einem Treffen. Er trug einen langen, schwarzen Umhang mit einer Teufelsfratze als Emblem. Die übrigen Mitglieder waren schockiert, aber das schien Rocks Vergnügen nur zu vermehren. »Er wollte, daß alle neuen Mitglieder das Bild Satans auf dem Rücken trügen, und ähnliche Verrücktheiten«, sagte Grégoire und schüttelte bei der Erinnerung den Kopf. »Wir waren nur ein Haufen normaler, katholischer Burschen. Wir konnten mit seinen seltsamen Ideen nichts anfangen.«

* Mitglieder des Ancient Arabic Order of Nobles of the Mystic Shrine (Alter arabischer Orden der Vornehmen vom Heiligen Schrein). Hilfsorden der Freimaurer.

DIE VERFÜHRUNG

»Gisèle, ich habe etwas für dich – eine Art verspätetes Geschenk zum St.-Valentinstag. Kann ich rüberkommen? Ich verspreche, daß es nur ein paar Minuten dauern wird.«

Rock war beharrlich. Es war eine Woche her, seit er Gisèle Tremblay im Tanzsaal des Holiday Inn kennengelernt hatte. Es war Freitag, und er war am Morgen in seinen Truck gesprungen und die zwei Stunden bis Quebec City gefahren. Er hatte bei dieser Fahrt nicht vor, irgendwelche Geschäfte zu tätigen. Er war nur daran interessiert, sich mit Gisèle zu treffen. Er hatte mit seinem Anruf bis Mittag gewartet, weil er sich ausrechnete, daß sie bereits fürs Wochenende frei bekommen hatte.

Dave, ihr Freund aus Montreal, den sie gelegentlich traf, würde in die Stadt kommen, um sie morgen zu treffen. Aber Rock hatte ja gesagt, daß sein Besuch in ihrem Apartment nur kurze Zeit beanspruchen würde. Was konnte es schaden, wenn sie ihn empfing?

Sie nannte ihm ihre Anschrift, und wenige Minuten später stand er vor der Tür. Er trug denselben Anzug wie am letzten Wochenende und umklammerte zwei rote Rosen und einen seiner geschnitzten Krüge.

»Hier, das hast du vergessen«, sagte er lächelnd und reichte ihr den Krug. »Und mach dir bitte keine Gedanken über das Geld; es ist ein Geschenk.«

Er machte ihr ein Kompliment wegen ihres Aussehens, und sie lud ihn ins Wohnzimmer ein, wo Josephine fernsah.

Fünf Stunden später war Rock immer noch da.

Den ganzen Abend über unterhielt er die beiden Frauen mit Geschichten aus seinem Leben, über den Aramis Club und seine Karriere in der Lokalpolitik. Es war nicht immer amüsant. Er beschrieb auch seine Magenoperation mit allen Einzelheiten und erzählt, wie sein Vater ihn als Kind geschlagen hatte. Einmal ging Rock nach draußen zu seinem Wagen und angelte eine Flasche Cognac unter dem Sitz hervor. Er brachte sie hinein und bot Gisèle und ihrer Schwester einen Schluck an. Sie tranken jede ein Glas, aber mit Rock konnten sie nicht mithalten. Er trank das Zeug, als hätte er es mit der Muttermilch eingesogen.

Inmitten einer der Schauergeschichten Rocks klingelte das Telefon, und Gisèle ging zum Apparat. Am anderen Ende der Leitung war Dave. Er rief aus Montreal an, um sich zu erkundigen, ob sie immer noch für Samstag abend verabredet seien. Sicher, sagte Gisèle, die Versprechen sehr ernst nahm.

»Nachdem ich aufgehängt hatte«, sagte Gisèle, »schaute Rock mich an, als hätte ich ihn soeben tief verletzt. *Oh, armer Junge; er wird ganz allein gelassen.* Also sagte ich zu ihm: ›Hey, ich habe nichts mit dir‹. Nach ein paar Minuten hatte er es überwunden und erzählte munter weiter.«

Sie unterhielten sich die ganze Nacht über. Um sechs Uhr am Morgen hatte Rock drei Viertel des Cognacs verputzt, und Gisèle wünschte sich verzweifelt, in ihr Bett kriechen und ein wenig schlafen zu können. Endlich sagte sie zu Rock, daß sie sich ausruhen müsse – sie wolle nicht wie ein Wrack aussehen, wenn Dave am Nachmittag käme. Rock machte ein Gesicht wie ein verwundeter Welpe. Aber Gisèle bestand auf ihrer Nacht und erklärte, es sei in Ordnung, wenn er auf der Couch schlafen wolle.

Als Dave am Nachmittag kam, lag Rock immer noch schnarchend auf der Couch. Thériault verschlief, wie Gisèle das Haus verließ. Sie verbrachte die Nacht mit Dave im Holiday Inn, wo sie tanzten, anschließend ging sie mit ihm in sein Hotelzimmer.

Am Sonntag kehrte sie kurz vor Mittag in ihr Apartment zurück. Rock war nicht mehr da. In ihrem Schlafzimmer fand sie einen auffällig plazierten Umschlag vor. Darin befand sich ein zwei Seiten langer Brief, geschrieben in einer zuckersüßen Prosa und gespickt mit intimen Bekenntnissen. Rock bekannte Gisèle seine Liebe und klagte, daß sie ihn verletzt habe, indem sie die Nacht mit einem anderen Mann verbrachte. Aber das sei in Ordnung – er vergebe ihr.

Noch zwei Jahre später waren zwei Sätze aus dem Brief in Gisèles Gedächtnis eingebrannt. »Er schrieb, er sei drauf und dran, sich richtig in mich zu verlieben, und er wolle, daß ich die Mutter seiner Kinder werde.« Diese Geständnisse wirkten ein wenig übertrieben, wenn man bedenkt, daß die beiden sich erst zweimal getroffen hatten. Aber Gisèle hatte schon immer eine Schwäche für romantische Gesten gehabt.

Zwei Wochen lang hörte sie nichts von Rock, dann stand er plötzlich wieder vor ihrer Tür, und sie lud ihn zum Tee ein. Er war etwa eine halbe Stunde lang bei ihr, als ein Bote mit einem Dutzend roter Rosen kam – eine kleine Aufmerksamkeit von Dave. Kurz darauf rief ihr Liebhaber aus Montreal an, um ein dringendes Treffen mit ihr zu verabreden.

Gisèles Gast blieb noch ein wenig länger, dann ging er. Sie entwickelte allmählich sehr zärtliche Gefühle für Rock und wußte nicht, was sie zu Dave sagen sollte.

Wie sich zeigte, war die dringende Angelegenheit, über die Dave mit ihr sprechen wollte, die Heirat. Er wollte wissen, ob Gisèle Lust hatte, zu ihm nach Montreal zu ziehen. Wenn alles gut ging, würden die sechs Monate später heiraten. Aber Gisèle wollte nichts davon wissen. Nach vier Jahren mit Robert war das letzte, was sie wollte, mit einem anderen Mann zusammenleben. Allein schon die Vorstellung der Ehe ließ sie sich wie eine Gefangene fühlen. »Eine Heirat ist wie ein paar Handschellen – man kommt leicht hinein und nur schwer wieder hinaus«, pflegte sie zu sagen.

Als Dave das Thema Heirat eine Woche später noch einmal zur Sprache brachte, benutzte sie die Gelegenheit als Vorwand, die Beziehung zu beenden. Ihrer Schwester sagte sie, sie sei eine freie Frau.

Als Rock das nächste Mal zu Besuch kam, ließ sie ihn über Nacht bleiben.

Er war genau so, wie es sein Brief versprochen hatte: leidenschaftlich, nachdenklich und romantisch. »Er war alles, was eine Frau sich von einem Mann wünschen kann«, erinnerte sich Gisèle. »Gutaussehend, sehr höflich, tief religiös, sehr zärtlich.« In seinen Armen fühlte sie sich so sicher wie zuletzt auf dem Schoß ihres Vaters im Schaukelstuhl in St.-Joseph-de-la-Rive. Sie konnte förmlich fühlen, wie sie sich verliebte.

Aber eines machte ihr Sorgen. Rock liebte es, über sich selbst zu reden – über sein Holzschnitzgeschäft, seine medizinischen Kenntnisse, seine blühende, politische Karriere und über vieles mehr. Aber wenn sie die Sprache auf sein persönliches Leben brachte, wurde er jedesmal merkwürdig ausweichend.

»Eines Abends tranken wir Scotch in der Hotelbar, und ich sagte: ›Rock, ich möchte mit dir reden, aber nicht hier.‹ Wir gingen also zum Wagen, und ich stellte ihm eine Frage. ›Bist du verheiratet? Ich will nämlich keine Probleme bekommen.‹ Er sagte, er sei verheiratet, und dann brach er in Tränen aus. Er weinte und weinte. Er sagte, er sei krank. Er habe Krebs, und niemand kümmere sich um ihn. Wie er es darstellte, war seine Frau ständig mit anderen Männern unterwegs, und sie war eine schlechte Mutter. Aber er . . . Er war so rein, so gut. Er kannte mich. Er wußte, wie ich reagieren würde.«

Gisèle reagierte, indem sie ihre Arbeit bei dem Warenhaus kündigte, um bei Rock zu bleiben. Sie verbrachten den Sommer 1976 – als die meisten Kanadier von den Olympischen Spielen in Montreal in Bann geschlagen waren –, indem sie kreuz und quer durch die Provinz reisten, in einem Zelt schliefen und Rocks Schnitzereien auf Jahrmärkten verkauften. Die Schecks von Gisèles Arbeitslosenversicherung ermöglichten ihnen den Lebensunterhalt. Rock nahm Gisèle mit nach Riviére-du-Moulin und zeigte ihr das Haus, in dem er geboren war. Er erklärte, daß seine Eltern ein paar Jahre lang dort gelebt hatten, bevor sie ihn in die entlegene, nördliche Region von Abititi mitgenommen hatten, wo er in den Wäldern herumgetollt war und eine bleibende Liebe zur Natur entwickelt hatte.

Er empfand auch eine bleibende Liebe zum Alkohol. Den ganzen Sommer über trank Rock viel. Eines Tages im August – auf einem Jahrmarkt in Sherbrooke – blieb das junge Paar bei dem Fahrer eines Labatt's Truck hängen, der im Zuge einer Werbekampagne Freibier anbot. Rock trank den ganzen Nachmittag und den Abend über, dann kroch er ins Zelt und begann, sich heftig zu erbrechen. Plötzlich verlor er die Besinnung. Gisèle – überzeugt, daß er sterben würde – lief zu dem Bier-Truck zurück, um Hilfe zu holen. Eine Ambulanz kam und fuhr ihn ins Krankenhaus, wo er die Nacht über blieb.

Rock verstand es jedoch, Gisèle bei guter Laune zu halten. Sobald sie in einer neuen Stadt eintrafen, schloß er Freundschaft mit Kaufleuten, Polizisten und Politikern; er lud sie zu einem Bier ein und erzählte ihnen anzügliche Geschichten und Witze. Er war ein unverbesserlicher Schelm. Einmal, in Dolbeau in der Nähe von Lac St.-Jean, ging er mit einem Krug voll Erdbeeren in ein Strip-Lokal und überredete eine der Tänzerinnen, ihn bei ihrer Nummer mitwirken zu lassen. Als sie kurze Zeit später auf der Bühne erschien, hatte sie je eine Erdbeere an ihren Brustwarzen befestigt. Plötzlich stand Rock auf, stieg im Rhythmus der Musik zu der Stripperin auf die Bühne und begann, an den Erdbeeren zu knabbern. Seine Trinkkumpanen brüllten vor Lachen, ohne zu wissen, daß alles vereinbart worden war.

Ein anderes Mal gewann er den Inhaber eines vornehmen Restaurants für einen seiner Gags. Er taumelte in übel riechender, abgerissener und schmuddeliger Kleidung an einen der Tische und spielte einen Betrunkenen. Unter den Blicken der entsetzten Gästen klaubte er ein dickes Steak von einem Teller und stopfte es sich in die Hosentasche. Die Gäste waren schon im Begriff, die Polizei zu rufen, als Rock und der Besitzer des Restaurants verkündeten, das Ganze sei nur ein Scherz gewesen. Als Rock den erschrockenen Gästen anbot, ihre Rechnungen zu bezahlen, ließen sie sich rasch beruhigen. Der

Abend endete damit, daß sie ihn wie einen alten Freund behandelten.

Die ganze Zeit über hatte Gisèle das Apartment in Quebec City behalten, das sie gemeinsam mit Josephine bewohnte. Aber Rock bat sie immer wieder – anfangs sanft, später mit mehr Nachdruck –, nach Thetford umzuziehen. Er sagte, er sei mit Francine fertig und sie hätte ihr Haus verkauft. Gisèle könne dort ein hübsches Apartment mieten, und wenn das Geld von der Arbeitslosenversicherung ausbleibe, könne sie von der Fürsorge leben. Inzwischen würde er eine Menge Geld mit seinen Schnitzereien verdienen.

Am Ende des Sommers befolgte Gisèle seinen Vorschlag. Sie schaute die Zeitungsanzeigen durch und fand ein preiswertes Apartment in Thetford in einer umgebauten Garage im Hinterhof eines großen Nachkriegshauses. Das Apartment bestand nur aus einem kleinen Schlafzimmer, einem Wohnzimmer mit Teppichboden und einer kleinen Küche, aber für eine Person reichte der Platz aus, und Rock konnte bleiben, wann immer er wollte. An den Wochenenden kam er mit den beiden Jungen vorbei, Rock Jr., der jetzt sieben war, und dem fünfjährigen François. Gisèle liebte es über alles, die beiden Jungen um sich zu haben, die den Rest der Woche bei ihrer Mutter verbrachten. Natürlich machte es Francine wahnsinnig, daß Rock Jr. und François gelegentlich Gisèle ›Mama‹ nannten.

Anfangs waren Rock und Gisèle wie alle jungen, verliebten Paare; sie gingen in Bars, tanzten die Nacht hindurch und liebten sich. Aber als der Herbst dem Winter wich, bemerkte Gisèle eine Veränderung an Rock. Er hatte sich immer schon stark für Religion interessiert, aber jetzt schien eine wahre Besessenheit daraus zu werden. Er schimpfte über die katholische Kirche, die er für böse und so gefährlich wie den Teufel persönlich erklärte. Den Priestern und Bischöfen gehe es nur darum, ihren unglückseligen Gemeindekindern Spenden abzuschwatzen – Geld, das für kunstvolle Kirchen und nutzlose Statuen der Heiligen Jungfrau verschwendet würde.

Rock sagte zu Gisèle, sein privates Bibelstudium hätte ihm

eine ursprünglichere und reinere Quelle der Spiritualität erschlossen. Sie war auf den Seiten des Alten Testaments zu finden, wo die Schlachtlinie zwischen dem Guten und dem Bösen klar gezogen würde. Immer, wenn er kam, um die Nacht über zu bleiben, ließ er einen langen Vortrag über die alten Propheten und die Lektionen vom Stapel, die sie der modernen Welt beibringen konnten.

»Er sprach über Gott und die Bibel – wie dachte ich darüber? Er saß dort bis drei Uhr morgens und erzählte mir von den zehn Geboten und vom Alten Testament. Um die Wahrheit zu sagen, ich hatte mich nie zuvor wirklich um Gott gekümmert. Aber er zog eine Bibel aus der Tasche und erklärte mir bestimmte Passagen. Eine Sache, über die zu reden er wirklich liebte, war die Rolle der Frau – daß es hieß, die Frau solle dem Mann untertan sein. Er deutete auf die Seite der Bibel und sagte: ›Siehst du, Gisèle? So muß es sein. Ich möchte, daß du ein bißchen darüber nachdenkst.‹«

DIE GROSSE ERWECKUNG

Die Kirche Adventisten des siebten Tags gehört zu der Reihe von fundamentalistischen Sekten, die zwischen 1825 und 1850 – einer Periode der religiösen Erweckungsbewegungen, die als die Zweite Große Erweckung bekannt ist – im Nordosten der Vereinigten Staaten entstanden.

Wie schon ihr Name besagt, markierte die Bewegung das Wiederaufleben einer früheren Woge des Verkündungseifers, die in den dreißiger Jahren des 17. Jahrhundert Neuengland und die Mittleren Kolonien überschwemmte. Die Saat der Ersten Großen Erweckung säte der puritanische Fanatiker Jonathan Edwards in seiner Kirche in Southampton, Massachusetts, als Reaktion gegen das Aufkommen des Liberalismus und den sichtbaren Niedergang der Frömmigkeit. Edwards spie Feuer und Flamme, wenn er die Verderbtheit der Menschen anprangerte und die Ungläubigen warnte: »Gott hält sie über den Höllenschlund, wie man eine Spinne oder ein abscheuliches Insekt über das Feuer hält.« Seine Lehren sorgten für gewaltige Aufregung in den Kolonien, aber die Bewegung erstarb so rasch, wie sie aufgelebt war, unfähig, sich gegen das Fortschreiten von Vernunft und Wissenschaft zu behaupten.

In den zwanziger Jahren des 19. Jahrhunderts flackerten im Staate New York und den Erie-Kanal entlang so viele Verkündungsbewegungen auf, daß diese Gegend ›Burned-over Distrikt‹ (›verbrannter Distrikt‹) benannt wurde. Die Fertigstellung des großen Kanals im Jahre 1825 hatte die Industrialisierung in diesem Landstrich beschleunigt. Fabriken und Walzwerke brachten neuen Wohlstand, veränderten auch die soziale Struktur der bis dahin festgefügten Agrargesellschaft so rasch, daß viele Männer und Frauen entwurzelt wurden und sich nach der vermeintlichen Stabilität der guten alten Zeit zurücksehnten. In der ganzen Gegend hatten charismatische Prediger riesigen Zulauf bei ihren oft sündhaft langen Gottesdiensten. Viele der Hörer weinten, schrien und heulten, wälzten sich auf dem Boden und sprachen in Zungen. Eine Erweckungsgruppe – die Oneida Community, 1848 von John Humphrey Noyes ins Leben gerufen – glaubte an eine ›umfassende Hochzeit‹, bei der alle Männer als mit allen Frauen verheiratet betrachtet wurden. Sie lehnten die herkömmliche Vorstellung von der Familie ab, und es stand jedem Gruppenmitglied frei, eine sexuelle Beziehung zu jedem Partner aufzunehmen, der damit einverstanden war. Die Gruppe erhielt sich selbst durch Verkauf von kunsthandwerklichen Gegenständen.

Der Anspruch der Zweiten Großen Erweckung bestand darin, herkömmliche christliche Werte hochzuhalten. Aber statt eine Rückkehr zu den etablierten Konfessionen zu befürworten, brachte sie eine Reihe neuer Sekten und Splittergruppen hervor, darunter die Oneida, die Shaker und Amana-Bewegung. Die meisten dieser Gruppen versuchten, christliche Ideale mit sozialistischen Prinzipien zu verquicken. Die berühmteste Sekte jener Periode war die von Joseph Smith gegründete Kirche Jesu Christi der Heiligen der Letzten Tage – die Mormonen –, die sich in den dreißiger Jahren des 19. Jahrhunderts im Norden des Staates New York bildete und 1848 nach Utah übergriff. Die Mormonen hatten die Polygamie zur Doktrin erhoben.

Ein weiterer, führender Prediger war William Miller, ein ehemaliger baptistischer Farmer aus Dresden, New York. Er gründete die Millerite- oder Adventistenbewegung und bekehrte mehr als hunderttausend Geistesschwache in den Vereinigten Staaten und Kanada. Miller verließ sich auf seine private Bibelauslegung, die ihn zu der Überzeugung brachte, daß die Welt am 22. Oktober 1844 enden würde. Tausende seiner Anhänger verkauften ihren Besitz, kleideten sich in Roben und warteten auf Hausdächern, auf Hügeln und Heuhaufen auf die Wiederkunft, weil sie glaubten, erhöhte Standorte würden ihre Himmelfahrt erleichtern. Ein Konvertierter in Port Perry, Ontario, gab in der Annahme, daß die kommende Apokalypse sie ohnehin vernichten würde, eine Hundert-Morgen-Farm mit allen Einrichtungen fort. Sarah Tertwilligar in Oshawa, eine andere Anhängerin, bewehrte sich mit seidenen Schwingen und sprang von einem Dach, überzeugt, daß sie in den Himmel emporgehoben würde. In dem benachbarten Ort Mariposa im südwestlichen Zipfel von Victoria County in der Nähe von Lindsay, Ontario, redete ein bekehrter Millerite namens Hoover sich ein, er sei eine Gottheit, und verkündete seinen Nachbarn, er werde die acht Kilometer über den Scugog-See nach Caesárea wandeln. Hunderte von Ortsansässigen kamen, um Zeugen des Kunststücks zu werden. Sie johlten und spotteten, als Hoover im Wasser versank.

Zu Millers Pech kam der angekündigte Tag der Vergeltung und verstrich ereignislos. Der Tag wird im Sprachgebrauch als ›die Große Enttäuschung‹ bezeichnet.

Viele Anhänger Millers traten danach aus der Bewegung aus, aber eine Handvoll Gläubige setzte sie fort. Ellen White, die bekannteste Mormonin, behauptete, eine Vision gehabt zu haben: Christus war nur deshalb nicht materialisiert, weil er sich entschieden hatte, ›das himmlische Heiligtum statt des irdischen‹ zu säubern. Der Herr hatte damit begonnen, über die Menschheit zu richten, sagte Ellen White, und würde nur diejenigen in den Himmel einlassen, die gezeigt hatten, daß sie es wert waren.

Ellen Whites Predigten führten schließlich im Jahre 1863 zur Gründung der Kirche der Adventisten des Siebten Tags in Battle Creek, Utah. Sie schrieb dreiundfünfzig Bücher und erklärte verschiedentlich, das Tragen von Perücken führe zu Krankheiten, weil sie das Gehirn einengten, Masturbation töte ›Zehntausende‹, und enge Korsetts führten zu vererbaren Deformierungen.

Heute befindet sich das Zentrum der Kirche der Adventisten in Washington, D. C. Mit sieben Millionen Anhängern in hundertfünfundachtzig Ländern – darunter zweiundvierzigtausend kanadischen Mitgliedern in dreihundertachtundzwanzig Kirchen – ist sie zu einer weltweiten Bewegung geworden. Die Anhänger glauben an die Einhaltung des Samstags als Sabbath, an die Taufe durch Untertauchen und die unmittelbare Wiederkunft Christi, nach der die lebenden und die wiedererweckten Bedürftigen Unsterblichkeit erlangen. Die Schriften der Kirche wimmeln von Hinweisen auf das Ende der Welt und lehren, daß die Verderbtheit zunehmen wird, während die Apokalypse näherrückt. Der Höhepunkt soll eine sieben Jahre währende Schlacht zwischen den Mächten des Bösen und den guten Kräften sein. Zu jener Zeit wird der Antichrist (›Das Tier‹ in der Offenbarung des Johannes) eine globale, militärische und wirtschaftliche Herrschaft ausüben. Nach dem Historiker Paul Boyer, Autor des Buches *When Time Shall Bo No More: Prophecy Belief in Modern American Culture (Wenn die Zeit aufhört: Der Glaube an Prophezeiungen im modernen Amerika)*, führen Apokalypse-Gläubige eine Reihe von ›Zeichen der Zeit‹ an, um ihre Vorhersagen zu bekräftigen. Dazu zählen der Holocaust, die Gründung des Staates Israel im Jahre 1948, Israels Wiederinbesitznahme von Ost-Jerusalem im Jahre 1967, die Gründung der europäischen Gemeinschaft, den Ausbau eines weltweiten Computernetzes und die Umweltverschmutzung.

Viele Adventisten meiden nicht nur Alkohol und Tabak und halten die orthodoxen jüdischen Gebote bezüglich der Nahrung ein – sie essen darüber hinaus gar kein Fleisch und verwenden statt dessen Soja-Produkte. Außerdem unterhält die Kirche dreihundertfünfundzwanzig medizinische Kliniken, vierhundertfünfzig Colleges und höhere Schulen sowie nahezu viertausend Grundschulen in der ganzen Welt.

Aber obwohl die Kirche der Siebenten-Tags-Adventisten ständig neue Mitglieder an sich zieht – besonders ärmere Mitglieder oder Außenseiter der Gesellschaft –, wurde sie in den letzten Jahren durch interne Auseinandersetzungen und Debatten über Ellen Whites Glaubwürdigkeit als Prophetin erschüttert. Einige Dissidenten behaupten, die Trancen, aus denen sie ihre Inspirationen bezog, seien in Wahrheit epileptische Anfälle gewesen. Zudem werfen sie ihr vor, ihre Ideen bezüglich der Ernährung seien Plagiate der Ergebnisse von zeitgenössischen Forschern wie John Kellog, dem Erfinder der Cornflakes gewesen. Seit den dreißiger Jahren versucht das Establishment der Adventisten des Siebten Tags darum, sich von einer rechten Splittergruppe loszusagen, die behauptet, die Lehre in reinerer Form zu vertreten als die Kirche selbst. Diese Partei, die unter der Bezeichnung Davidianer bekannt ist, wurde von Victor Houteff gegründet, einem bulgarischen Emigranten und Adventisten, der in der Gegend um Los Angeles wirkte. Er glaubte, daß die Wiederkunft Christi zwar unmittelbar bevorstünde, aber erst stattfinden könne, wenn die Kirche sich geläutert habe. Da sein Buch die Funktionäre der Kirche gegen ihn aufbrachte, verließ Houteff Kalifornien und gründete eine Farm in Waco, Texas.

Nach Houteffs Tod im Jahr 1955 begann seine Gruppe, sich aufzulösen. Aber Florence, seine Witwe, zog eine große Schar neuer Anhänger an sich, indem sie behauptete, daß die Welt Ostern 1959 enden würde. Hunderte von Adventisten kündigten ihre Arbeitsstellen, verkauften ihr gesamtes Habe und pilgerten nach Waco, um dort den Tag des Gerichts zu erwarten. Viele von ihnen gingen wieder fort, als die Prophezeiung sich als falsch erwies, aber die glühendsten Gläubigen blieben und versicherten Ben Roden – einen neuen Propheten – ihrer Treue. Als er 1978 starb, übernahm seine Witwe Lois seinen Platz.

Sechs Jahre später tauchte ein gescheiterter Rock-Gitarrist und desillusionierter Adventist namens Vernon Howell in Waco auf und versuchte, sich zum Anführer der Davidianer aufzuschwingen, indem er mit Lois Roden schlief. Er war vierundzwanzig, sie war siebenundsiebzig. Frühere Mitglieder des Kultes sagen, Roden habe Trauer wegen Howell empfunden, der zugegeben hatte, übermäßig der Masturbation zu huldigen. Bald danach wandte er sich von der ältlichen Prophetin ab und erklärte, er sei der siebente und letzte Engel, die in der *Offenbarung* erwähnt werden, und er sei auf die Erde gesandt worden, um das Neue Jerusalem vorzubereiten.

Im Jahr 1988 war es Howell – der die Schule nach der neunten Klasse verlassen hatte – dank seines Charmes und seiner ungewöhnlichen Überzeugungskraft gelungen, die Herrschaft über das Waco-Lager zu übernehmen. Er änderte seinen Namen in David Koresh um (Koresh ist der hebräische Name für Cyrus, den persischen König, der 539 vor Christus Babylon unterwarf und den Juden erlaubte, nach Jerusalem zurückzukehren), und verkündetete, Gott wolle, daß er ein neues Haus David mit vielen Frauen gründe. Von dieser Zeit an beherrschte er jeden Lebensbereich im Lager. Er benutzte dazu Isolation, Furcht und andere wohlbekannte Mittel der Gehirnwäsche. Seine Anhänger begannen jeden Morgen um 5 Uhr 30 mit einem paramilitärischen Training – wie man es von Camps der Navy her kennt –, während Koresh bis 14 Uhr im Bett lag. Dann erteilte er seinen erschöpften Jüngern, die von knappen Brot- und Wasserrationen lebten, Bibellektionen. Wer während seiner Predigt taumelte oder im Verlauf seiner apokalyptischen Sermone einschlief, wurde von einem von Koreshs Lieutenants mit einem Ruder verprügelt, auf dem die Worte *It ist Written* (Es steht geschrieben) eingraviert waren.

Koreshs' größte Besessenheit schien jedoch der Sex zu sein. Er erklärte, sein Samen sei göttlich, und als Stellvertreter Gottes müsse er die totale Kontrolle über das sexuelle Leben seiner Anhänger haben. Während die übrigen Männer im Lager gezwungen waren, zölibatär zu leben, nahm er ihre Frauen und Töchter – von denen einige erst elf Jahre alt waren – als seine Konkubinen. In den geschwächten Köpfen seiner Jünger schienen die Bestrafungen und die sexuellen Exzesse nur Koreshs' Göttlichkeit zu bestätigen.

Zu Beginn hielten die Behörden notgedrungen einen Waffenstillstand mit Koresh ein, da sie keine Zeugen auftreiben konnten, die bereit gewesen wären, gegen ihn auszusagen. Aber im Februar 1993 – nachdem Beschwerden eingegangen waren, daß die Gruppe illegal Waffen horte – stürmten hundert Bundesbeamte das Lager. Vier Beamte und sechs Kultmitglieder starben im Feuergefecht, das den Beginn einer einundfünfzig

Tage andauernden Belagerung ankündigte. Am 19. April schließlich unternahm das Federal Bureau of Investigation einen neuerlichen Angriff. Koresh, der die ganze Zeit über gewarnt worden war, daß er nicht mit dem Leben davonkommen würde, befahl seinen Anhängern, das Lager anzuzünden. Er und einundsiebzig weitere Menschen starben in den Flammen.

Die Kirche der Adventisten des Siebten Tags hatte von Anfang an gegen die Davidianer gekämpft. Die Praktiken dieser Sekte jedoch ähneln jenen vieler anderer Bekehrungsreligionen. Die Adventisten führen, um Anhänger zu gewinnen, stark propagierte ›Kreuzzüge‹ oder ›Verkündungsseminare‹ durch. In der Regel setzt sich ein Pastor, der bereits für eine Gemeinde sorgt, für drei oder vier Wochen an einem Stück in eine benachbarte Stadt ab. Nachdem sie einen Saal gemietet haben, geben er und seine Assistenten Zeitungsanzeigen auf und verteilen Handzettel mit Einladungen an die Einwohner der Stadt, einem Seminar über eine Frage von allgemeinem Interesse beizuwohnen. Themen sind zum Beispiel: ›Ist die Familie veraltet?‹ oder ›Wie wird die Welt enden?‹.

Das Verfahren folgt einem altbewährten Rezept. Diejenigen, die beim ersten Seminar erscheinen, werden eingeladen, an einem Folgetreffen einen oder zwei Tage später teilzunehmen. Danach folgen weitere Treffen, die für die Dauer des Kreuzzuges vier- oder fünfmal pro Woche stattfinden. Bald wenden sich die Themen von allgemeineren Fragen ab und den Lehrinhalten der Adventisten zu. Die Neugierigen bleiben fort und lassen einen Bodensatz von Schwarmgeistern zurück. Das Endziel des Pastors besteht darin, potentielle Anhänger in ihren Wohnungen zu besuchen, um sie für die Konvertierung vorzubereiten. Wenn alles gut läuft, tauft er sie – und schafft den Kern einer neuen Gemeinde. Schließlich schickt das offizielle Büro der Kirche – als Konferenz bekannt – einen Pastor mit der Aufgabe, die Schäfchen zu betreuen.

Georges Hermans war Ende der siebziger Jahre einer der erfolgreichsten Kreuzfahrer der Adventisten in Quebec und Pastor der St.-Léonard-Kirche im suburbanen Montreal. Hermans – ein untersetzter, bebrillter Mann mit einem väterlichen Lächeln – war in der ganzen Provinz als der sympathische Gastgeber einer religiösen Samstag-Nachmittag-Sendung mit Namen *Il Est Écrit* (Es steht geschrieben) bekannt. Er kündigte sein persönliches Erscheinen irgendwo in der Provinz im TV an, und Kirchenmitglieder verteilten Handzettel mit Hermans Foto sowie Zeit- und Ortsangaben einer bevorstehenden Versammlung. Diese Vorgehensweise erwies sich als erfolgreich. Als religiöser Rattenfänger übernahm Hermans die Moderation beim ersten oder den beiden ersten Treffen, um die Zügel danach einem weniger bekannten Pastor zu überlassen.

Entweder Ende Januar oder Februar 1977 hatte sich die Kirche der Adventisten des Siebten Tags Thetford Mines zum Ziel ausgesucht. Handzettel gingen hinaus, in den Zeitungen erschienen Anzeigen, und Hermans kündigte seiner Fernsehgemeinde an, daß er am folgenden Samstag in Thetford Mines über die Zukunft der Menschheit zu sprechen gedenke.

Am ersten Abend dieses Kreuzzuges war ein glattrasierter Neunundzwanzigjähriger mit tiefblauen Augen und einer schimmernden Glatze anwesend. George Hermans kann sich nicht erinnern, an jenem Abend mit Rock Thériault gesprochen zu haben, aber schon bald war ihm der seltsame, junge Mann ein nur allzu vertrauter Anblick.

»Er fiel mir als jemand auf«, sagte Hermans Jahre später, »der leicht zum Fanatiker werden könnte.«

Nach den beiden ersten Versammlungen in Thetford Mines gab George Hermans das Kommando an einen Teilzeit-Prediger aus Montreal namens Nathan Prosper ab, der den Kreuzzug noch etwa einen Monat lang fortsetzte. Rock kam immer wieder, angezogen von der Botschaft der Adventisten, die spirituelle Rettung stehe kurz bevor. Unter den Adventisten war es ganz anders als in der Kirche, in der er aufgewachsen war – es gab keine mit Schmuck überladenen Altare, keine unverständlichen Rituale, keine kalten, abweisenden Priester, die versuchten, ihren Schäfchen Schuldgefühle einzujagen.

Prosper und seine Kollegen waren bescheidene Männer, die persönliches Interesse am Leben ihrer Mitmenschen zeigten. Sie waren einfach gekleidet und brauchten nichts als die Bibel, um das Wort der Propheten zu predigen. Rock war bewußt, daß sein Vater wegen seiner Entscheidung, dem katholischen Glauben abzuschwören, außer sich sein würde. Es dauerte nur ein paar Wochen, bis Prosper Rock dazu überredet hatte, sich taufen zu lassen.

Als Prosper nach Montreal zurückkehrte, nahm Pierre Zita seinen Platz ein. Zita war ein schlanker, neunundzwanzig Jahre alter Pastor, der auf der westindischen Insel Guadaloupe aufgewachsen war und in Frankreich studiert hatte, bevor er 1973 nach Kanada emigrierte. Die Gemeinde, die er übernahm, war winzig – ›nur sechs Erwachsene und ein paar Kinder‹ –, deshalb bauten sie keine Kirche, sondern mieteten sich einen Hotelraum für ihre Samstagmorgen-Gottesdienste. Der Raum befand sich in einem Autobahn-Motel am Stadtrand; einem dieser Orte, an denen der ständige Lärm der vorbeifahrenden Lastwagen das einzige erwähnenswerte Merkmal darstellt.

Sie trafen sich morgens um 9 Uhr 30 und sangen fünfzehn Minuten lang Hymnen. Dann hielt Zita einen stundenlangen Samstagsunterricht ab, der dem Studium der Ziele der Adventisten des Siebten Tags gewidmet war und gewöhnlich mit einer Frage der folgenden Art begann: ›Wem sagte Jesus Christus, daß er auf die Erde zurückkommen wird?‹ oder ›Was wird Christus tun, wenn er kommt?‹ Es folgten fünfzehn Minuten Pause und anschließend eine Gebetsstunde. Gegen Mittag war der Gottesdienst beendet. Nach einer einfachen Mahlzeit begann die Gruppe mit einem ›Zeugen‹-Gang von Tür zu Tür, um das Wort Gottes zu verbreiten.

Rock wurde unter seinen Mit-Aventisten als ›Bruder Thériault‹ bekannt. Er hörte auf zu trinken und zu rauchen und gewöhnte sich eine vegetarische Diät an. Und er stellte schon früh seine Künste als Anwerber unter Beweis, indem er Gisèle zu den Treffen anschleppte und sie drängte, seinem Beispiel zu folgen.

»Als er zum ersten Mal damit herausrückte, teilte er mir mit, er hätte ein paar Siebten-Tags-Adventisten kennengelernt, die wirklich sympathisch seien – sehr spirituell und zugleich sehr natürlich«, erinnerte sich Gisèle. »Das war ein Priester, der jeden Samstag Treffen abhielt, ein Schwarzer, der oft mit Rock sprach. Ich vermute, der Priester wollte nicht, daß Rock mit einer Frau zusammenlebte, die nicht seine Frau war, denn Rock fing plötzlich an, in seinem Truck zu schlafen. Wir hatten immer noch Sex, aber er wollte, daß es sehr spirituell aussah, also machte er ein hübsches Bett hinten in seinem Truck. Und Rock sah so religiös aus, müssen Sie wissen.«

Tatsächlich hatte Rock am Leben Christi, seiner Auferstehung und anderen Teilen des Neuen Testaments wenig Interesse. Aber er schien eine fast morbide Faszination für die Idee der Wiederkunft und der Scheidung der Menschheit in die Verdammten und die Gesegneten zu empfinden. Die Apokalypse würde die Erde von den Ungläubigen reinigen – von Menschen wie seinem Vater, seine ihm entfremdete erste Frau und all die engstirnigen Eiferer bei den White Berets.

Rock schien es auch zu genießen, eine interessierte und mitfühlende Zuhörerschaft für seine eigennützigen Geschichten zu haben. Er erzählte ihnen von seinen Geldnöten und von seiner herzlosen Ex-Frau – wie sie ihn aus dem Heim der Familie geworfen hatte und ein sündiges Leben führte, trank, fluchte und hurte wie eine Teufelsschülerin. René Verville, einer seiner neuen Freunde, hatte Mitleid mit Rock und bot ihm einen Schlafplatz in jenem leeren Lagerhaus an, in dem er plante, ein Holzbearbeitungsgeschäft zu gründen. Verville, ein glühender Christ, der drei Jahre zuvor zu den Adventisten gestoßen war und eine Erdarbeiten-Firma in Montreal führte, hielt Rock für den idealen Mann für die Leitung seines geplanten, neuen Unternehmens. Er wirkte fromm und gewissenhaft und behauptete, praktisch alles aus einem Stück Holz herstellen zu können. Rock zog im Februar in das Lagerhaus und richtete sich in einem kleinen Raum mit einem Bett und mehreren Heizlüftern ein. Er versprach, Verville zu entlohnen, indem er das ganze Gebäude säuberte und den Laden einrichtete, so daß er im Frühjahr eröffnen könne. Aber seinen großsprecherischen Ankündigungen folgten keine Taten. Die meiste Zeit über lungerte Rock einfach herum und jammerte über seine Krankheiten. »Er arbeitete zwar ein bißchen, aber eigentlich habe ich ihm geholfen«, sagte der heute vierundsechzigjährige Verville. »Ich wußte nie, woran ich bei ihm war. Manchmal fuhr ich ihn wütend an, und er brach in Schluchzen aus. Es war erbärmlich.« Bald gelangte Verville zu der Erkenntnis, daß Rock nicht annähernd so talentiert war, wie er behauptet hatte. »Ich nehme an, man könnte sagen, daß er sich zum schlechten verändert hatte. Seine Brust schwoll an, und er fing an, zu übertreiben. Das passiert bei Leuten, die mehr zu wissen glauben als alle übrigen – Satan nimmt sie in Besitz.«

Verville beschloß, auszusteigen, bevor er noch mehr Geld verschwendete. Er verkaufte das Lagerhaus und erklärte Rock, er werde ausziehen müssen. Aber es gab keinen Unmut. Verville bürgte für einen Kredit über zweitausend Dollars und verhalf dem Konvertierten zu einer neuen Unterkunft.

Auch Zita begann, an Rocks Aufrichtigkeit zu zweifeln. Es gefiel ihm nicht, wie der arbeitslose Zimmermann, der nach der siebten Klasse von der Schule gegangen war, sich bei jeder Gelegenheit mit seiner überlegenen Intelligenz brüstete. »Anfangs wirkte Rock sehr ernsthaft und bereit, sich von Gott leiten zu lassen«, erinnerte sich der Pastor. »Aber er war einer von denen, die vorgeben, alles zu wissen. Er behauptete, bei den Knights of Columbus* gewesen zu sein und gelernt zu haben, Menschen zu hypnotisieren. Ich habe ihm nicht viele Fragen über seine Vergangenheit gestellt, weil wir glauben, daß

* ›Ritter des Columbus‹. Internationale Bruderschaft und Wohltätigkeitsorganisation katholischer Männer, gegründet 1882 in New Haven, Connecticut. (Anm. d. Übers.)

Gott uns allen vergeben kann, solange wir zu Jesus aufschauen. Aber ich wußte, daß er ein Trinker gewesen war, und ich hatte den Eindruck, daß er eine Menge Böses getan hatte.«

Im Mai beschloß Zita, Rock zu helfen, einen Job als Verkäufer von Schriften der Adventisten zu bekommen. Er nahm ihn in die Montrealer Vorstadt Longueuil mit – gleichsam das Hauptquartier dieser Kirche – und stellte ihn Gabriel Saintus vor. Saintus' Aufgabe als Verlagsleiter war es, die rund fünfzig ›Bücher-Verkünder‹ in der Provinz zu beaufsichtigen, die von Tür zu Tür gingen und Schriften über Ernährung, Gesundheit, Ehe und Elternschaft verkauften. Diese Pamphlete stellten eine wichtige Einnahmequelle für diese Kirche dar und bereiteten gleichzeitig die Anwerbung neuer Mitglieder vor.

Als früherer Hinterhofkünstler mag Rock nicht der ideale Kandidat für Saintus' Programm gewesen sein, aber niemand konnte leugnen, daß er über ein bemerkenswertes Verkaufstalent verfügte. Für ihn hatte sich nur das Objekt geändert. Statt in gewöhnlichen Kneipen schlampig gemachte Zehn-Dollar-Bierkrüge zu verhökern, zog Rock jetzt im Anzug und Krawatte durch die Stadt und verkaufte religiöse Traktate. Sein Verkaufsausweis, der neben einem blauen Lilienwappen ein paßbildgroßes Schwarzweißfoto zeigte, wies ihn als ›offiziellen Bevollmächtigten des Gesundheits- und Heimdienstes, Quebec‹ aus. Innerhalb weniger Wochen hatte er sich den Ruf als einer der Spitzenverkäufer unter den ›Bücher-Verkündern‹ in der ganzen Provinz verdient. Er war adrett und höflich und arbeitete hart. Natürlich, so dachte Saintus bei sich selbst, war er ein wenig fanatisch – aber wer wollte sagen, daß so etwas unbedingt schlecht sein mußte? Die Kirche brauchte energische, extrovertierte Vertreter, um die Botschaft der unmittelbar bevorstehenden Wiederkunft Christi zu verbreiten.

Mittlerweile hatte Prosper auch Gisèle getauft, und sie fing an, Rock auf seinen Verkaufsmissionen zu begleiten. Sie bewunderte ihn wegen seiner Fähigkeit, sich bei völlig Fremden einzuschmeicheln. Sobald ein potentieller Käufer die Tür öffnete, ließ Rock ein breites Grinsen sehen, zückte seinen Ausweis und begann ein Gespräch über das Wetter, den Geschmack des Wohnungsinhabers – »Oh, was für ein wunderhübsches Wohnzimmer Sie haben, Madame« – oder ein anderes nebensächliches Thema. Innerhalb von Minuten hatte er einen ansonsten vernünftigen Menschen dazu beschwatzt, fünfzig Dollars für eine Reihe Selbsthilfe-Bücher hinzulegen.

Die Kommissions-Struktur dieser Kirche erlaubte Rock, bis zu vierzig Prozent des Geldes, das er eingenommen hatte, in die eigene Tasche zu stecken – manchmal kam er auf Hunderte von Dollar in einer Woche. Zita war beeindruckt und dachte, Rock könnte auch der ideale Mann sein, ihm bei einem therapeutischen Programm zu helfen, einem fünftägigen Kursus zum Abgewöhnen des Rauchens. Der Körper sollte entgiftet werden – eine Vorbedingung für die spirituelle Gesundheit. Das Programm bestand aus einem Wechsel von Fasten, ausgiebigen Genuß von Quellwasser und Fruchtsäften sowie der Einnahme hoher Dosen Vitamin B und C. Gemäß den Schriften der Adventisten schwemmt die Flüssigkeit Nikotinablagerungen aus dem Körper, während die Vitamine für Energie sorgen, damit man den Tabak als Anregungsmittel nicht vermißt.

Rock begann, den Kurs so abzuhalten, wie Zita es ihm gezeigt hatte, immer jeweils mit nur einem Klienten. Aber sein Unternehmerinstinkt drängte ihn zu einer ehrgeizigen Vorgehensweise. Jedesmal, wenn er sich beim Buchverkauf dank seiner Wortgewandtheit Einlaß in ein Wohnzimmer verschafft hatte, schaute er sich nach Aschenbechern, Zigarettenpackungen und anderen aufschlußreichen Zeichen um. Dann ließ er anklingen, daß er ebenfalls Raucher gewesen war, aber – dem Herrn sei Dank! – auf das Geheimnis gestoßen worden war, wie man damit aufhören konnte. Zeigte der Wohnungsinhaber daraufhin auch nur das geringste Interesse, lud Rock ihn oder sie herzlich ein, an einer freien Beratung teilzunehmen, die er das Glück hatte, an eben diesem Wochenende anbieten zu können. »Sie werden natürlich verstehen, daß ich nicht versuche, Druck auf Sie auszuüben. Immerhin geht es um Ihre Gesundheit.« Zu allem Überfluß holte er manchmal noch eine Fotografie einer krebsbefallenen Lunge aus der Jackentasche, die er aus einer staatlichen Aufklärungsschrift ausgeschnitten hatte.

Seine Methode hatten einen traumhaften Erfolg. Nach kurzer Zeit stellten sich Dutzende von Rauchern bei Rocks Treffen ein, die hofften, zu Nichtrauchern zu werden. Und nachdem sie sich schon die Mühe gemacht hatten, an einem Sonntagabend herzukommen, war es nur noch ein kleiner Schritt, sie zu einer fünftägigen Gruppensitzung zu überreden, die ihnen helfen würde, ihrem Laster zu entsagen. Für Rock war es auch ein persönlicher Durchbruch – die Kirche und die Seminare umgaben ihn mit einer Gloriole der Achtbarkeit. Zum ersten Mal in seinem Leben hatte er das Gefühl, eine Basis zu haben, von der aus er nach der Macht greifen konnte.

Rock war nicht der einzige, der von seinen Leistungen entzückt war. Auch von anderen Kirchenmitgliedern regnete es Lob für seinen missionarischen Eifer. Saintus, Zita und Hermans gratulierten ihm und sagten ihm, seine Strategie, die Bücher-Verkündung als Anwerbegelegenheit für die fünftägigen Raucherberatungen zu nutzen, sei brillant und innovativ. Sie lobten sein Organisationstalent und drängten ihn, seine Ideen anderen Adventisten mitzuteilen. Rock trank die Lobesbezeugungen so begierig in sich hinein, wie ein Schwamm Wasser aufsaugt.

Schon bald sollte Hermans bedauern, daß er und seine Kollegen Rocks Ego derart gestärkt hatten. Er fragte sich, ob die Kirche ihrem neuen Mitglied möglicherweise einen Bärendienst erwiesen hatte, indem sie sein anscheinend unkontrollierbares Verlangen nach Macht über andere gefördert hatte.

ALLE KINDER GOTTES

Der Bekehrungsanwärter hat zwei Dinge im Sinn: erstens, seine derzeitige Unvollständigkeit oder seinen Irrtum, die ›Sünde‹, der zu entrinnen er begierig ist; und zweitens, das positive Ideal, das zu erreichen er sich sehnt.

William James, *Die Vielfalt der religiösen Erfahrung*

Im Frühsommer 1977 – ein paar Wochen, nachdem Rock seine erste Raucherberatung abgehalten hatte –, entschied Pastor Zita, daß es an der Zeit sei, weitere Seelen zu retten. Er studierte die Karte, um seinen nächsten Kreuzzug zu planen, und entschied sich für Plessisville, einen Neuntausend-Seelen-Ort, umgeben von sanften Hügeln, fünfzig Kilometer nordwestlich von Thetford Mines. Wie gewohnt, kündigte Hermans das erste Treffen im Fernsehen an. Inzwischen mietete Zita einen Versammlungssaal in Plessisville.

Bei der ersten Versammlung erschienen fünfzehn Einheimische, um Zita über die Schwächen der Menschen sprechen zu hören – ein beachtliches Ergebnis in einer Provinz, die schon lange eine Bastion des Katholizismus war. Unter den Zuhörern befanden sich drei höfliche, junge Frauen, die einander von der High School her kannten. Sie waren in Begleitung eines zottelhaarigen Mannes – Jacques Fiset –, der ein wenig älter als die Frauen zu sein und bereits ein oberflächliches Wissen über die Kirche zu besitzen schien. Es stellte sich heraus, daß Fisets Eltern von Zeit zu Zeit Hermans Show sahen und schriftlich bei der Quebecer Zentrale der Adventisten um Informationsmaterial gebeten hatten. Ihr Sohn war neugierig auf die Lehren der

Kirche geworden und hatte drei Freundinnen überredet, ihn zum Treffen zu begleiten. Auf Zita wirkten die vier wie bescheidene, gutwillige Kinder aus katholischen Heimen, die mit ihrer Religion unzufrieden geworden waren. Als die Versammlung sich ihrem Ende näherte, lud er sie ein, in ein paar Tagen wiederzukommen. Sie schienen ihm reif für die Bekehrung.

Im Monat darauf fuhr Zita zwei- oder dreimal wöchentlich von Thetford Mines nach Plessisville, um Fiset und die drei jungen Frauen – Solange Boilard, einundzwanzig; Chantal Labrie, neunzehn; und Francine Laflamme, achtzehn Jahre alt – zu treffen. Er fragte sie, was sie vom Leben erwarteten, und sie erwiderten, sie seien nicht ganz sicher, aber das Leben müsse noch etwas anderes zu bieten haben als nur einen gutbezahlten Job, dem man zwanzig Jahre lang nachging, damit man sich ein hübsches Haus und einen großen Wagen leisten konnte. Nach und nach machte Zita sie mit der Philosophie der Adventisten des Siebten Tags vertraut – daß Jesus Christus sich darauf vorbereite, auf die Erde zurückzukehren und die Gerechten von den Verdammten zu scheiden. Er schenkte jedem von ihnen eine Bibel und empfahl ihnen, die Offenbarung des Johannes zu lesen, das letzte Buch der Bibel. Deren Botschaft, so sagte Zita, sei mißverständlich: Je tiefer die Menschheit in Verderbtheit und Laster versinkte, desto unaufhaltsamer nähere sich die Welt der Apokalypse. Die Probleme des ausgehenden 20. Jahrhunderts – Kriege, Umweltverschmutzung, Promiskuität und Habsucht – seien sichere Anzeichen dafür, daß Gott bald Vergeltung an jenen üben würde, die in der Bibel als ›die Hunde und die Zauberer, die Unzüchtigen und die Mörder, die Götzendiener und jeder, der die Lüge liebt und übt‹ bezeichnet werden. Die Offenbarung prophezeie, daß in der Endschlacht zwischen dem Guten und dem Bösen Hungersnot, Krankheiten, Erdbeben, gewaltiger Hagel, Feuerseen und Heuschreckenschwärme die Sündigen monatelang ohne Unterlaß quälen würden. Aber jene, die der Versuchung widerstanden hatten, werden ›Priester Gottes und Christi sein und mit ihm als Könige herrschen die tausend Jahre‹.

Zita bat Rock, ihn auf seinen Fahrten nach Plessisville zu begleiten. Obwohl der Starverkäufer nur wenige Monate älter war als der Prediger, hielt Zita ihn für sehr erfahren in den weltlichen Dingen. Er spürte, daß Rock ein gutes Vorbild abgeben würde. Immerhin war er noch vor einigen Monaten ein mittelloser Trinker gewesen; ein unglücklicher Flüchtling aus einer gescheiterten Ehe. Mit dem Segen des Herrn hatte er sich in einen frommen und arbeitsamen Mann verwandelt.

Alles verlief nach Plan. Rock saß stundenlang mit den vier jungen Leuten zusammen und sprach über den Tag des Gerichts und die Sünden der gottlosen Welt. Ihr Leben mochte ihnen leer und sinnlos vorkommen, sagte er, aber wenn sie seinem Beispiel folgen würden, könnten sie ihre Zeit auf Erden wahrhaft sinnvoll verbringen. Es war mehr als nur eine Frage der persönlichen Erfüllung. Sie konnten auch anderen Menschen helfen – genau wie er, Rock Thériault.

Solange, das hübscheste der vier Mädchen und von rebellischem Wesen, war anfangs skeptisch. Aber dank Rocks faszinierender Erscheinung wurde auch sie eine aufmerksame Zuhörerin. Für die drei jungen Frauen war es schmeichelhaft zu glauben, sie könnten Gottesdienste verrichten und anderen helfen, obwohl sie über keine besonderen Talente verfügten.

Bald besuchten Zita und Rock ihre jungen Lehrlinge zu Hause und lernten ihre Eltern kennen. Der junge Pastor dachte, es sei nur noch ein Frage der Zeit, bis sie einen Abschluß tätigen und darum bitten würden, getauft zu werden. Tatsächlich hatte Zita nur zur Hälfte recht: Sie waren im Begriff, sich auf eine spirituelle Reise zu begeben, aber ihr Ziel sollte nicht die Adventistenkirche sein.

Solange war am 2. März 1956 als die jüngste von vier Jungen und drei Mädchen geboren und in Inverness, Quebec, von Raoul und Laurette Boilard aufgezogen worden. Inverness war ein kleiner, landwirtschaftlicher Flecken, sechzehn Kilometer östlich von Plessisville, an einer malerisch gewundenen Landstraße. Es wies vereinzelte, um die Jahrhundertwende erbaute Farmhäuser und Hütten zur Gewinnung von Ahornzucker auf. Solange' Eltern betrieben hauptsächlich eine Meierei, hielten aber auf ihrer bescheidenen Drei-Felder-Farm auch mehrere Pferde sowie verschiedene andere Tiere.

Als Solange geboren wurde, waren Raoul und Laurette beide dreiundvierzig Jahre alt, und sie war ein wenig verzogen, wie es bei den jüngsten Kindern in einer Familie häufig vorkommt. Aber sie war in der Grundschule eine kluge, wißbegierige Schülerin gewesen und hatte gute Noten nach Hause gebracht. An den Wochenenden spielte sie oft draußen mit ihrem Bruder Gilles, der ein Jahr älter war. Solange hatte vier oder fünf gute Freundinnen in der Schule, aber ihre liebsten Spielkameraden waren die Katzen, die in der niedrigen, langgestreckten Holzscheune neben dem zweistöckigen Farmhaus lebten. Sie betete die Katzen an. Sie liebte es, sie ins Haus zu bringen und Schule mit ihnen zu spielen. Sie setzte sie auf Stühle und spielte die Lehrerin. Ihre Mutter, Lauretta, eine leise sprechende Frau, die nicht mehr als einen Meter fünfzig groß war, stand bei solchen Gelegenheiten an der Tür und schaute entzückt zu. Die Katzen saßen aufmerksam auf den Stühlen und schienen jedem Wort Solanges zu lauschen.

Aber das Leben auf der Farm war nicht immer leicht. Solange' Vater, ein großer, hagerer Mann mit einem grauen Haarschopf, erzog seine vier Söhne streng. Besucher hatten ihn seine Kinder niemals schlagen sehen, aber er knallte mit der Peitsche, wenn es ans Arbeiten ging. Und wenn die Arbeit nicht nach seinen strengen Maßstäben erledigt worden war, ließ er ein Donnerwetter vom Stapel, daß dem unglückseligen Empfänger des Giftes, das er verspritzte, der Kopf schwirrte. Man sagte, von seinen sieben Kindern habe nur eines ihm nahegestanden – Doris.

Raoul Boilard trieb seine Söhne einen nach dem anderen aus dem Haus. Sie alle verließen schon früh die Schule und das Elternhaus. Als erster Clairmont, der sieben Jahre älter als Solange war. Er ging als Teenager nach Britisch-Kolumbien, wo er als Holzfäller arbeitete. Nur ein paar Jahre später – 1969 – starb er bei einem Autounfall. Da Raouls übrige Söhne nicht bereit waren, ihm auf der Farm zu helfen, konnte der Vater sie nicht länger halten. Im Jahr 1971 verkaufte er die Ranch und zog mit den verbliebenen Familienangehörigen nach Lyster, einem kleinen Dorf in der Nähe. Er hatte sein Geld immer sehr gut angelegt und jeden Pfennig zweimal herumgedreht, deshalb konnte er sich jetzt mit zweihunderttausend Dollars auf der Bank zur Ruhe setzen.

In den ersten fünfzehn Jahren seiner Ehe hatte Raoul keinen Tropfen Alkohol angerührt. Aber er gewöhnte sich das Trinken an, als Solange noch im Krabbelalter war. In Lyster, wo er mehr Freizeit hatte als früher, wurde Raouls Problem mit dem Trinken ständig schlimmer. Alle paar Monate ging er ins Wirtshaus und kam tagelang nicht nach Hause zurück. Wenn er wiederkam – oder von seinen Kumpanen nach Hause getragen wurde –, bevor er wieder nüchtern war, bekam er Anfälle. Er machte alle Mitglieder seiner Familie nieder – demütigte sie in einem Sperrfeuer grausamer Beschimpfungen.

Die Sauftouren fanden stets vor großen Familienereignissen statt – Sommerurlaub, Heirat oder Weihnachtsmesse –, wenn sie alle abweichenden Pläne zunichte machten. Später sollte Solange Freunden ihr Herz ausschütten und ihnen sagen, wie sehr sie ihren Vater haßte. Sie sprach davon, wie sie mit neun oder zehn Jahren nächtelang wach im Bett gelegen und vor Furcht gezittert hatte, während ihr Vater ihre Mutter im Raum nebenan vergewaltigte. Ihr kam es so vor, als wäre das Haus stundenlang von trunkenem Geschrei und Weinen erfüllt gewesen. Oft verkroch Solange sich in einen Schrank, rollte sich zu einem Ball zusammen und bemühte sich, kein Geräusch zu machen, aus Angst, ihr Vater könne sie finden und ihr weh tun.

Etwa um die Zeit, als die Familie nach Lyster zog, begann Solange, mit dem Bus die fünfzehn Kilometer nach Polyvalente La Samare zu reisen, einer aufstrebenden höheren- und Berufsschule in Plessisville, die damals etwa eintausendachthundert Schüler hatte. Ihr bestes Fach war Mathematik. Nach der

Schule spielte sie Broomball* im Saal – eine der wenigen Wintersportarten, die Mädchen in Quebec damals spielten.

Mit achtzehn Jahren trug Solange sich in ein dreijähriges Business-administration-Programm** am Junior College in Thetford Mines ein. Sie wohnte in einem kleinen Apartment in Collegenähe und fuhr jedes Wochenende mit dem Bus zum Haus ihrer Eltern, um bei ihrer Mutter zu sein. Sie war ein schlankes, sehr gut aussehendes Mädchen mit langem, braunem Haar, schien aber nur wenige Freunde zu haben. Sie brachte nie einen Jungen mit, um ihn ihren Eltern vorzustellen.

Im zweiten Studienjahr veränderte ihr Verhalten sich allmählich. Sie fing an, mit Jacques Fiset herumzuhängen, einem Farmerssohn, der in derselben Straße wie sie aufgewachsen war. Er war ein paar Jahre älter als Solange, besaß einen unkonventionellen Geschmack und hatte alles mögliche ausprobiert, von Marihuana bis zur Schwarzer Magie. Solange begann dem Unterricht fernzubleiben, und Freunde der Familie hatten sie in Verdacht, Drogen zu nehmen. »Einmal gingen mein Mann und ich zu einer Hochzeit, und Solange sollte auf unsere Kinder aufpassen«, erinnert sich Gisèle Martineau, Solanges älteste Schwester. »Als wir später nach Hause kamen, sagte mein Schwager, er sehe ihr an, daß sie *stoned* sei. Ich nehme an, wir wollten das Problem nicht sehen.« Durch Fiset lernte Solange nach und nach zwei weitere Freundinnen kennen, Chantal Labrie und Francine Laflamme. Beide Mädchen hatten dieselbe High-School besucht, aber Solange war ihnen um zwei Klassen voraus. Sie waren eher Bekannte als Freundinnen. Außer ihren für Teenager typischen Unsicherheiten teilten sie den Wunsch miteinander, ihren Eltern und dem Klaustrophobie erzeugenden Kleinstadtleben zu entkommen. Jaques Fiset war nicht gerade ein welterfahrener, junger Mann, aber er hatte wenigstens ein paar billige Aufregungen zu bieten.

* Spiel ähnlich wie Eishockey, bei dem Besen als Schläger und Volleybälle statt der Pucks verwendet werden.

** Studium auf Universitätsniveau mit Kursen in allgemeiner Unternehmensführung, Management und Praxis.

Victoria Labrie hat ihre Tochter als zerbrechliches Kind in Erinnerung, als ›sehr zart und emotinell anfällig‹. Chantal wurde am 30. Mai 1958 als das zweitälteste von sechs Kindern geboren, die bei einer streng katholischen Familie in Laurierville, einem zehn Kilometer von Plessisville entfernten Dorf, aufwuchsen. Rosaire, ihr Vater, war Lastwagenfahrer.

In ihrem letzten Jahr an der Polyvalente La Samare erlitt Chantal Lähmungserscheinungen und mußte mehrere Wochen lang dem Unterricht fernbleiben. Sie begann, Vitaminzusätze zu nehmen und entwickelte eine Besessenheit in bezug auf gesunde Ernährung. Sie war ein sehr gehemmtes Mädchen mit Sommersprossen und blauen, weit auseinanderstehenden Augen. »Ich erinnere mich, daß sie ungewöhnlich scheu und introvertiert war«, sagte Gason Nadeau, ihr Englischlehrer in der elften Klasse. Sie gehörte zu den Mädchen, die bei jeder Gelegenheit versuchten, sich in die äußerste Ecke des Raumes zu drücken. Selbst unter Freunden hatte sie eine Art, den Kopf auf die Seite zu legen und geistlos ins Leere zu starren, die an ein verschüchtertes Backenhörnchen erinnerte. In ihrer eigenen, kleinen Welt verloren, tröstete sie sich mit Tagträumen von einem Märchenprinzen, der sie eines Tages mit sich nehmen und für sie sorgen würde.

Verglichen mit Chantal war Francine Laflamme geradezu eine Exhibitionistin. Ihre Mutter sagte gern, sie habe ›Charakter‹, andere hätten sie als eigensinnig oder störrisch bezeichnet. Auf jeden Fall war sie gesprächig und klug, Eigenschaften, die einen tiefsitzenden Minderwertigkeitskomplex in bezug auf ihr Aussehen überspielten. Sie hatte eine breite, flache Stirn und einen eckigen Unterkiefer, der sie ein wenig männlich erscheinen ließ. Hungrig nach der Zuneigung der Jungen an der Schule, erwarb sie sich rasch einen Ruf als Partymädchen. Freunde sagten, sie sei bereits in ihrem dreizehnten oder vierzehnten Lebensjahr mit Jungen intim geworden und habe auch schon mit weichen Drogen experimentiert.

Im Sommer 1977 lebte Francine immer noch zu Hause bei ihren Eltern, Gisèle und Jean Marie, sowie einem jüngeren Bruder und einer jüngeren Schwester. Sie hatte die High School hinter sich und freute sich darauf, sich in diesem Herbst für einen Mode-Designer-Kurs am Junior College in Sherbrooke einzutragen.

Eines Abends im Spätsommer dieses Jahres erschien Rock im Haus der Labries, um Chantal eine Bibelstunde zu geben. Chantal wartete draußen mit ein paar Freundinnen, während Rock hineinging und sich zum ersten Mal Chantals Eltern als jemand vorstellte, der ›im Leben schon alles außer Mord gesehen und getan‹ hatte. Victoria Labrie gefiel dieser Ton gar nicht. Wollte dieser seltsame Mann eine Lebensbeichte ablegen oder wollte er sich nur wichtigmachen?

Die Labries sahen sich gern als fortschrittliche Eltern, und so wäre es ihnen niemals eingefallen, ihrer neunzehnjährigen Tochter vorzuschreiben, mit wem sie herumhängen konnte und mit wem nicht. Sie wußten, daß Chantal ihnen vermutlich ohnehin nicht zugehört hätte. Aber Victoria Labrie brauchte nicht lange, um zu merken, daß Chantals neuer Mentor ein Aufschneider und Betrüger war. Als sie an jenem Abend im Wohnzimmer standen, fragte sie Rock nach seiner Vergangenheit aus. »Er sprach lange mit mir über seinen religiösen Glauben, und jedesmal, wenn er eine meiner Fragen nicht beantworten konnte, kniete er nieder und sang und fiel in Trance«, erinnerte sie sich. »Ich glaube, er mochte uns nicht. Er wußte, daß wir ihn durchschaut hatten.«

Chantal war immer ein schwermütiges, introvertiertes Kind gewesen, aber ihr immer engerer Kontakt mit Rock schien ihre Niedergeschlagenheit zu vertiefen. Sie nannte Rock ›Meister‹ und begann, ständig eine Bibel mit sich herumzutragen. Sie umklammerte ihre Bibel wie einen Talisman zur Abwehr böser Geister. Bald bemerkte Victoria Labrie, daß ihre Tochter das Lachen verlernt hatte. Etwas schien sie zu quälen. Chantal war nicht mehr dasselbe Mädchen, das sie neunzehn Jahre lang aufgezogen hatte. Die Eltern spürten, wie ihre Tochter ihnen allmählich entglitt.

Zurück in Thetford Mines, wußte Gisèle Tremblay nicht, was sie von Rocks religiösen Eskapaden halten sollte. Jeden Samstagmorgen fuhren er oder Zita nach Plessisville, holten Francine, Chantal und Solange ab und kehrten rechtzeitig zum Sabbat-Gottesdienst um 9 Uhr 30 nach Thetford zurück. Beim ersten Mal hatte sich Zita erboten, die drei jungen Frauen für eine Nacht bei sich aufzunehmen und sie am Sonntag nach Plessisville zurückzufahren. Aber das Angebot kam zu spät. Rock – der Gisèle gegenüber kein Wort darüber verlauten ließ – hatte das Trio bereits überredet, die Wochenenden in ihrem Ein-Zimmer-Apartment zu verbringen.

Solange, Francine und Chantal waren von Rock fasziniert. Keines der Mädchen hatte jemals zuvor einen Mann getroffen, der ein solches Selbstvertrauen ausstrahlte. Als Lehrer war er weit komischer und unterhaltender als alle Lehrer auf der Schule. Die Dinge, über die er sprach – Gottes Plan für die Menschen, der bevorstehende Untergang der modernen Zivilisation – waren von enormer Bedeutung. Aber noch mehr fiel ins Gewicht, daß er sich für seine Zuhörerinnen interessierte – für ihr Leben, ihre Ziele und ihre Gefühle. Die Gespräche mit Thériault eröffneten den Mädchen eine neue Welt. Nach Rock hatte die Kirche der Adventisten eine wichtige Mission für sie. Sie konnten die Menschen lehren, sich richtig zu ernähren, sich vom Haß zu befreien und Gott in ihr Alltagsleben einzubringen. In ihrer Sehnsucht, sich von der übrigen Gesellschaft abzuheben und eine Botschaft des Friedens und der Liebe zu verbreiten, hatten sie vieles mit den Blumenkindern und Jesusfreaks der sechziger und siebziger Jahre gemeinsam.

Auch Rock fühlte sich geschmeichelt. Er genoß seine neue Rolle als religiöser Mentor und sonnte sich in der Aufmerksamkeit, die man ihm entgegenbrachte. Und seine Beziehung zu den Mädchen war nicht nur spiritueller Natur. Während Gisèle anwesend war, kam es nicht in Frage, daß er Sex mit einem der Mädchen hatte, aber er ahnte, daß es nicht viel brauchen würde, sie zu verführen. Das war für einen Mann, der erst vor kurzem einer verkorksten Ehe entronnen war, ein erhebendes Gefühl.

Bald führte er eine weitere junge Frau in seine kleine Herde ein. Nicole Ruel wirkte in vielerlei Hinsicht noch verwirrter und unsicherer als die übrigen. Sie war am 20. Mai 1957 als Tochter von Ferdinand und Jeanne D'Arc Ruel in D'Israeli geboren worden, ebenfalls einem kleinen Dorf, das eine halbe Fahrtstunde von Thetford Mines entfernt lag. Nicole war immer ein glückliches und fleißiges Kind gewesen, bis im Oktober 1975 ihre Mutter starb.

Nicole war ihrer Mutter stets nahe gewesen, und nach deren Tod veränderte sie sich allmählich. Sie verließ die Schule nach der zwölften Klasse und begann zu trinken und Drogen zu nehmen – gewiß Marihuana, aber ihr Vater hatte den Verdacht, daß sie auch stärkere Substanzen nahm. Kurze Zeit später zog Nicole nach Thetford Mines. Ihr Name tauchte in Geschichten über Pillen, Nadeln und Prostitution auf. Eines Tages lud Rock sie ein, an einer Raucher-Beratung teilzunehmen. Wenige Tage darauf lebte sie in Gisèles Apartment.

In jenem Monat war Claude Quellette, ein arbeitsloser Vierundzwanzigjähriger, in eine Diskothek seiner Geburtsstadt Victoriaville, fünfundzwanzig Kilometer südwestlich von Plessisville gekommen. Er hatte die High School nach der elften Klasse verlassen und sich ziellos herumgetrieben. Er lebte noch bei seinen Eltern und dachte daran, im Herbst auf eine Optiker-Fachschule in Longueuil zu gehen. Er war ein scheuer, junger Mann von leichtem Körperbau und mit einem schwarzen Schnäuzer. Aber an jenem Abend im Sommer 1977 wollte er etwas ›losmachen‹. Er nahm ein paar Drinks an der Bar der Diskothek, um seinen Mut zu stärken, und näherte sich dann einer jüngeren Frau mit einem schamlosen Lächeln und schulterlangen, braunen Haaren – Francine Laflamme.

Claude blieb den ganzen Abend über in Francines Nähe. Sie ließ ein paar Bemerkungen über die Kirche der Adventisten des Siebten Tages fallen. Sie sagte, sie habe kürzlich einen Prediger getroffen und nehme Bibelstunden bei ihm. Claude hatte seine eigene Geschichte. Nach dem Verlassen der Schule hatte er sechs oder sieben Jahre lang eifrig Drogen genommen. Er war von Marihuana und Haschisch auf LSD übergegangen und hatte gelegentlich härtere Drogen wie Morphium gespritzt. Er betonte rasch, daß er nicht abhängig war. Er nahm nur Drogen, um sich in die Gesellschaft einfügen zu können. Auf alle Fälle war er seit einem Jahr clean. »Ich war es leid, immer mit denselben Leuten herumzuhängen und stoned zu sein«, erklärte er später. »Ich wollte Bewegung in mein Leben bringen.«

Claude gehörte zu denen, die alles einmal ausprobieren. Drogen schienen ihm keine Antwort zu sein, also meldete er sich für Meditationskurse an und versuchte eine natürliche Ernährungsweise. Nun schlug Francine ihm vor, bei einer ihrer Bibelstunden vorbeizukommen. Claude dachte kurz über das Angebot nach, dann fiel ihm ein, daß einer seiner Cousins zur Baptistenkirche übergetreten war und es ihm gut zu bekommen schien. Ein Versuch konnte nicht schaden, sagte er sich. Außerdem würde es ihm Gelegenheit verschaffen, sich an Francine heranzumachen.

Aber Francine hatte anderes im Sinn. Als Claude beim ersten Treffen erschien, stellte sie ihn Zita vor. In der nächsten Sitzung gesellten sich Rock, Solange und Jacques Fiset hinzu. Es blieb Claude nicht verborgen, daß Francine in den charismatischen Prediger verknallt war, und im Verlauf des Abends begann auch er, dessen Kraft zu spüren. Während er Rocks tiefer, honigsüßer Stimme lauschte, beschloß er, dem Adventismus eine Chance zu geben. »Es hörte sich wie eine gute Idee an; so, als könne es Spaß machen«, sagte er später. »Mit meinem Leben war alles in Ordnung. Ich wollte einfach nur etwas Neues machen und andere Leute treffen. Ich ahnte nicht, auf was ich mich einließ.«

Mit jeder Woche, die verging, wurde es in Gisèles Apartment enger. Zuerst schliefen Jacques Fiset und die drei Mädchen an den Wochenenden dort. Dann zog Nicole Ruel ein, der bald darauf Claude Ouellette folgte. Und zu allem Überfluß gewöhnte sich Francine an, ihre besten Freundinnen von der High School mitzubringen, Marise Lambert, achtzehn Jahre alt, und die zwanzigjährige Josée Pelletier. Marise war noch sehr kindlich. Sie hatte bisher bei ihren Eltern gelebt, die ein Konstruktionsbüro in Plessisville leiteten. Josée kannte Francine seit fünf Jahren. Beide Mädchen planten, im Herbst nach Sherbrooke zu ziehen, wo es eine private Sekretärinnenschule gab.

Natürlich verwirrte diese Entwicklung Gisèle zunehmend. Ein paar Monate vorher hatte sie viel Zeit an Rocks Seite verbracht, mit ihm von Tür zu Tür Bücher der Adventisten verkauft und geholfen, die Raucherberatungen zu organisieren. Und jetzt hatte sie so viel Hausarbeit zu erledigen – für Rocks Anhänger zu kochen und sauberzumachen –, daß sie kaum Zeit hatte, an die frische Luft zu gehen:

»Die meisten der Mädchen wohnten bei ihren Eltern, verbrachten aber die Wochenenden bei mir. Rock sagte ihnen, sie sollten sich wie zu Hause fühlen. Es nicht mehr mein Apartment. Ich mußte das Essen zubereiten und hinter den Mädchen aufräumen, als wäre ich ihre Mutter. Tatsächlich glaube ich, daß einige von ihnen sich in Rock verliebten, als sie ihn das erste Mal sahen – Chantal, Nicole, und auch Francine ein bißchen. Ich habe sie nie für schlechte Mädchen gehalten; sie waren auf der Suche nach einer neuen Lebensweise. Sie berührten einander viel, bürsteten einander die Haare und massierten sich. Mir gefiel das, aber ich verstand es nicht. Ich war es von meinem Elternhaus her nicht gewöhnt.

Und dann fingen die Mädchen an, dieselben Sachen mit Rock zu machen. Sie streichelten ihn und massierten seine Schultern. Oh, Mann, sagte ich mir, *das* gefällt mir aber gar nicht. Ich war überhaupt nicht damit einverstanden, und ich wurde eifersüchtig. Aber dann dachte ich wieder, mein Freund will Priester werden, worüber also machte ich mir Sorgen? Er rauchte und trank nicht einmal mehr, und ich war sicher, daß er nie mit einer anderen Frau schlafen würde. Die ganze Zeit redete er über Gott und den Gehorsam. Er sagte, wenn ich Gott wahrhaft liebte, würde ich all diesen Frauen die Tür öffnen und versuchen, ihnen zu helfen. Wie ich vermute, hatte ich tief innen das Gefühl, daß etwas an der Sache faul war, aber mein Problem war immer die Frage: Wem glaube ich, Gott oder Rock? Und er sagte immer zu mir: ›Wenn du diesen Menschen nicht hilfst, wird Gott das nicht vergessen.‹«

DIE KRANKENSCHWESTER

Für Generationen wohlhabender, blaublütiger Torontoer war das Wort Muskoka der Inbegriff verträumter, sonniger Julinachmittage, atemberaubender Strände mit von den Wellen ausgewaschenen Felsen und dichter, grüner Wälder, deren Böden mit einem Teppich aus Moos und Piniennadeln bedeckt war.

Das Muskoka-Seengebiet, zweihundert Kilometer nördlich von Toronto gelegen, war über ein Jahrhundert lang im Sommer der Tummelplatz für die herrschende Klasse Torontos. Bis ins ausgehende 18. Jahrhundert lebten nomadische Indianer dort, die in Tepees wohnten. Im Jahr 1615 durchquerte der große französische Entdecker Samuel de Champlain dieses Gebiet als erster Weißer. Später richteten Jesuitenmissionare aus Neufrankreich Außenposten südlich von Muskoka ein, in einem Gebiet, das unter der Oberhoheit der Huronen-Konföderation stand. Die Gegend trug ihren Namen nach Mesqua Ukie, einem Häuptling der Algonquin, der zwei Verträge unterzeichnete, die das Seengebiet 1815 den Briten unterstellten.

Die erste bedeutendere Welle weißer Siedler ließ jedoch noch bis in die zweite Hälfte des 19. Jahrhunderts auf sich warten. Einer der berühmtesten Pioniere war Richard George Penson, ein britischer Lithograph, der 1986 aus London kam. Die folgenden Jahrzehnte brachten einen Boom im Tourismus-Geschäft mit sich. Um gut betuchten viktorianischen Familien etwas bieten zu können, rodeten Unternehmer Land und errichteten großzügige Urlauberanlagen komplett mit Krocket-Rasen, Tanzsälen und Tennisplätzen. Penson war unter den ersten, die diese neuen Geschäftschancen wahrnahmen. Er eröffnete 1879 ein Hotel namens Ferndale Rock auf einer hohen, felsigen Klippe am Lake Rosseau.

Im Jahr 1926 wurde das vornehme Hotel von der Canadian Keswick Conference übernommen, einer internationalen christlichen Vereinigung, die es als religiöse Zuflucht anbot, bis es 1976 bankrott ging. Zu den zusätzlichen Einrichtungen aus dieser Periode gehörte ein terrassiertes Amphitheater mit Ausblick auf den Strand für Morgenandachten im Freien, in einer Bucht am Nordufer des Sees. Als das Hotelgebäude in den Vierzigern abbrannte, erbauten die Eigentümer ein dreistöckiges Landhaus mit zwanzig Gästezimmern, Terrazzoböden und Dachfenstern. Einundsechzig weitere Bauten auf dem zweihundertsiebzehn-Morgen-Landbesitz erweiterten das Bettenangebot auf über vierhundert.

Mitte der achtziger Jahre war der Gesangs- und Gebetschor nur noch eine Erinnerung. Das Klingeln der Registrierkassen hatte ihn zum Verstummen gebracht. Im Januar 1984 hielt Wayne Skinner – ein vierunddreißigjähriger, risikofreudiger Unternehmer mit einer Schwäche für weiße Endlos-Limousinen und teure Schweizer Uhren – eine Pressekonferenz ab, auf der er seine Pläne für ein zwanzig-Millionen-Dollar-Casino-Hotel an diesem Ort vorstellte. Er und andere Investoren hatten das Land ein paar Monate zuvor für eins Komma drei Millionen Dollars erworben. Das Lake Rosseau Village Inn wurde schon bald eröffnet. Es war ein Vergnügungspark für Erwachsene im Geiste der hedonistischen achtziger Jahre. Zu den Entwürfen gehörten Pläne für mehrere Restaurants mit Schankerlaubnis und insgesamt fünftausendsechshundert Plätzen, eine Diskothek und ein Showroom à la Las Vegas.

Aber Skinners Träume von einem zweiten Las Vegas hoch im Norden zerplatzten rasch. Einen Monat vor der geplanten Einweihung enthüllte das Toronto Board of Education Staff Credit Union, daß zwei der Gesellschafter mehr als elf Millionen Dollar aus nicht genehmigten Anleihen in das Projekt gesteckt hatten. Die Kreditgesellschaft schrie Betrug, kündigte sämtliche Kredite und rief nach ihren Anwälten. Skinner war gezwungen, seine Pläne zu begraben.

Seither kündigten immer wieder blauäugige Unternehmer

großartige Pläne für den Lake-Rosseau-Besitz an. Aber bisher konnte keiner von ihnen seine Ideen verwirklichen. Heute – fast ein Jahrzehnt nach Skinners närrischem Einfall – kündigt ein vor sich hin rostender Koloß aus stahlarmiertem Beton, der wie eine Tempelruine eines untergegangenen Reiches aus den Wäldern emporragt, noch immer von seinem unseligen Fantasyland.

Zwischen 1976, als die Canadian Keswick Conference ihren Bankrott erklärte, und 1983, als Wayne Skinner mit seinen Bulldozern und Bautrupps anrückte, war das Gelände im Besitz der Kirche der Adventisten des Siebten Tags. Ebenso wie seine früheren Besitzer, benutzte sie es für ihre Zusammenkünfte, mußte aber dann feststellen, daß der Unterhalt zu teuer war.

Der Verantwortliche in jenen Jahren war ein Adventisten-Pastor, ein Endfünfziger namens Don Donesky. Er war ein stets gut gelaunter Allroundmann, zugelassener Klempner und Elektriker, der sich gern damit brüstete, alles reparieren zu können – ›außer gebrochene Herzen und Tagesanbrüche‹. Und das war auch gut so, denn es verging kaum ein Tag, ohne daß eine altersschwache Pumpe oder ein Schalter in dem einst so vornehmen Sitz den Geist aufgegeben hätte.

Dennoch rühmte Donesky den Keswick-Besitz wegen seiner Ruhe und Naturschönheit. Er nannte den üppigen Pinienwald, den kristallklaren See und die massive, zwei Milliarden Jahre alte Felsformation, die aus dem Boden und dem Wasser ragte, ›das schönste Stück Landbesitz in den Muskokas‹. An warmen Sommervormittagen waren die einzigen vernehmbaren Laute der Ruf eines Seetauchers und das hypnotische Klatschen der Wellen an die Felsküste.

Natürlich war es hier nicht immer so beschaulich. Während der zehnwöchigen Sommersaison fielen täglich nicht weniger als viertausend Besucher zugleich auf dem Gelände ein und scheuchten Donesky und sein fünfundzwanzigköpfiges Team herum. Wenn es am hektischtsen zuging, war es begreiflich, daß der Nächstbeste, der sich mit sauberer Kleidung und einem ehrlichen Gesicht an der Tür zeigte und nach einem Job fragte, diesen auch bekam.

Der Juli des Jahres 1977 war einer dieser hektischen Monate. Als sich zwei attraktive, Französisch sprechende Frauen Ende ihrer Zwanziger mit Rucksäcken am Haupttor zeigten, war es daher nicht verwunderlich, daß Donesky sie auf der Stelle als Zimmermädchen einstellte.

Ihre Namen waren Gebrielle Lavallée und Yolande Guinnebert. Yolande sprach von den beiden das bessere Englisch. Sie erklärte, sie seien einige Monate lang gewandert und suchten nach einem Platz, wo sie sich niederlassen konnten und Gelegenheit hatten, sich ein wenig Taschengeld zu verdienen. Darüber hinaus war Yolande selbst eine Adventistin des Siebten Tags. Und Gabrielle, eine getaufte Katholikin, entwickelte Interesse am Adventismus.

Donesky bedauerte seine Entscheidung nicht. Die beiden jungen Arbeiterinnen waren höflich und fleißig. Sie paßten sich gut in den Stab ein. Donesky pflegte zu sagen, wenn diese Frauen einen Raum gesäubert hätten, könne man vom Boden essen.

Und noch etwas mochte Donesky an Gabrielle und Yolande. Sie stürzten sich von Anfang an ins Bibelstudium. Nach der Arbeit setzten sie sich regelmäßig mit ihm zusammen und diskutierten über die Lehrsätze der Adventisten – daß Jesus Christus bald wieder in seiner Menschengestalt erscheinen würde, um ein tausendjähriges Königreich der Herrlichkeit zu eröffnen, daß er die Welt von allen Sünden reinigen und die Arbeit vollenden würde, die Menschen wieder zu Gott zu führen.

Gabrielle, eine schlanke, anmutige Brünette mit hohen Wangenknochen, begann davon zu reden, daß sie zum Adventismus übertreten würde. Aber Donesky war nicht davon überzeugt, daß es der richtige Zeitpunkt war. Zum einen war er sich nicht ganz über Grabrielles Beweggründe sicher. Es wäre besser, so sagte er sich, noch ein wenig zu warten und den Unterricht fortzusetzen.

»Ich erinnere mich, gedacht zu haben, daß ein Geheimnis um sie war; eine Seite von ihr, die sie für sich selbst behielt. Es war, als suche sie, sich an etwas zu klammern, um einen gewissen Schutz zu haben. Ich vermute, daß etwas in ihrer Vergangenheit verborgen war, das sie vor mir geheimhalten wollte.«

Erst Jahre später sollte Don Doneskys Schülerin anfangen, mit ihrer geheimnisvollen, unschönen Vergangenheit herauszurücken.

Gabrielle Paquarette Lavallée wurde am Sylvesterabend 1949 als jüngstes von dreizehn Kindern in Chicoutimi geboren – nur wenige Kilometer von dem Dorf entfernt, in dem Rock Thériault als Kleinkind lebte. Evelyne, ihre Mutter, und ihr Vater Ovide, der in einer Papiermühle arbeitete, konnten es sich nicht leisten, sie aufzuziehen. Sie gaben sie gleich nach ihrer Geburt in einem katholischen Waisenhaus im nahen La Baie ab. Laut Gabrielle – die behauptet, sich lebhaft an ihre Kindheit erinnern zu können –, waren die Nonnen streng und lieblos. Sie schlossen das Kind manchmal in einen dunklen Schrank ein, wenn sie weinte oder sich weigerte, ihr Porridge zu essen.

Gabrielle war drei, als ihre Eltern sie wieder aus dem Waisenhaus holten. Anfangs war sie entzückt, bei ihrer Familie zu sein, aber die Freude des kleinen Mädchens verwandelte sich in Kummer, als sie entdeckte, daß ihre Mutter – eine stark religiöse Frau, die im Haus das Sagen hatte und sie einen großen Teil der Hausarbeit tun ließ – so kalt und streng wie die Nonnen war. Gabrielle klagte darüber, daß Madame Lavallée das wenige an Liebe, das sie zu vergeben hatte, Gabrielles jüngerem Bruder zukommen ließ. Während Gabrielle die Küche säuberte, im Garten arbeitete oder Holz hackte, spielte ihr jüngerer Bruder oder lungerte untätig im Haus herum.

An diesem Punkt ihres Lebens werden die Dinge verworren. Gabrielle hat in all den Jahren nur sehr zögernd über ihre weitere Kindheit gesprochen. Ihren Freundinnen sagte sie nur, daß ihr Vater an Lungenentzündung starb, als sie fünf Jahre alt war.

Aber in einem Interview mit Paul Kailah im Februar 1993 gab sie zu, sich zu erinnern, daß sie sich in einem ›psychischen Aufruhr‹ befunden hatte, als sie am Lake Rosseau aufkreuzte.

Frage: Weshalb waren Sie in einem Aufruhr?
Antwort: Nun, wegen meiner Kindheit und der Art und Weise, wie ich aufgezogen wurde. Ich kam aus einer wirklich gestörten Familie... Ich meine, sogar sexueller Mißbrauch...
F: Was bedeutet das, wenn Sie sagen »gestörte Familie«?
A: Mein Vater war Alkoholiker... Als ich anfing, in der Therapie vor zwei Jahren meine Kindheit zu erforschen, war ich wirklich erschrocken, weil ich etwas spürte. Und ich sagte: »Mein Gott, ich weiß nicht, wann ich es überwinden werden.« Aber ich wollte es tun... Also fing mein Unterbewußtsein nach ein paar Monaten an, die Bilder der Familie zu untersuchen – Träume –, um mir ein Verständnis nahezubringen; mir den sexuellen Mißbrauch vor Augen zu führen, den ich erlitten hatte. Ich konnte zwei Personen sehr deutlich sehen. Natürlich folgte danach ein sehr schmerzlicher Prozeß.
F: Wollen Sie damit sagen, daß Sie diese Vorfälle in der Kindheit aus Ihrem bewußten Denken verbannt haben?
A: Natürlich. Wissen Sie, für ein Kind ist so etwas sehr traumatisch. Man benutzt diesen Verdrängungsmechanismus, um zu überleben. Ein Kind weiß es nicht besser. Man kann nicht vernünftig darüber nachdenken, wie ein Erwachsener.
F: Geschah dieser Mißbrauch durch ein Familienmitglied?
A: Durch meinen Vater und einen anderen Mann.
F: Das zu hören tut mir leid.
A: Aber natürlich war ich mein ganzes Leben lang ein Opfer... Man muß über den ganzen Schaden weinen, den man als Kind erlitten hat, wenn man will, daß das Kind in einem wächst und ein Erwachsener wird. Und das habe ich zwei Jahre lang getan. Ich habe dieses Kind

bei der Hand genommen und gesagt: »Ich bin bei dir. Hab' keine Angst. Ich verstehe dich und will dir helfen, über diese Sache hinwegzukommen.« Heute weiß ich genau, daß ich körperlich wie auch geistig eine dreiundvierzig Jahre alte Frau bin. Ich bin nicht mehr dieses Kind. Ich mußte so weit kommen, um den Teil von mir selbst zu erreichen, der verschwunden war, und dann mußte ich ihn zurückholen können, weil ich meine Identität verlor, als ich sehr jung war ...

F: Wissen Sie, wie alt Sie waren, als diese Dinge geschahen?

A: Ja, ich habe mich als kleines Mädchen gesehen. Ich war vier Jahre alt, als der Mißbrauch anfing.

F: Das ist sehr jung ...

A: Ja, ich bin mein ganzes Leben lang ein Opfer gewesen. Nicht erst seit meinem vierten Lebensjahr, sondern seit ich zum ersten Mal außerhalb des Mutterleibes atmete. Weil ich sogar meine Geburt wiedererlebte ... Sie nennen es die Rebirthing-Technik. Ich habe es bei mir selbst gemacht. Ich sah mich sogar im Bauch meiner Mutter und fühlte, wie sehr sie mich ablehnte, weil sie einen Jungen haben wollte. Und ich wußte, daß ich mich schon im Mutterleib abgelehnt fühlte. Im letzten Augenblick half sie mir nicht, dort herauszukommen, weil sie unter Anästhetica stand. Also mußte ich es aus eigener Kraft schaffen. Ich hatte die Chance, gleich jetzt zu sagen: »Nun, ich kann hier und jetzt sterben oder weitermachen.« Und ich sagte: »Nein.« Ich bin sehr zäh, weil ich beschloß, den Geburtskanal zu durchqueren und dieses Leben auf mich zu nehmen.

F: Haben Sie niemanden gehabt, der Ihnen hätte helfen oder Sie beschützen können, als Sie ein kleines Mädchen waren?

A: Wer hätte das sein können? Wenn die Dinge bei einem Kind so liegen, sind auch die Brüder und Schwestern Opfer. Sie sind ebenso Opfer, wie das mißbrauchte

Kind, weil sie zu Hause sind und es mitansehen und nichts dagegen tun können. Und wenn sie größer sind, wollen sie nicht darüber sprechen, weil es zu schmerzlich ist, daran zu denken.

F: Gab es keine Nachbarn oder Leute vom Kinderhilfswerk, die Ihnen und Ihren Geschwistern hätten helfen können?

A: Ich glaube nicht, daß es damals in Quebec schon ein Kinderhilfswerk gab. Und ich kam aus einer sozial sehr schwachen Familie. Meine Familie war nicht sehr intellektuell.

Gabrielle selbst strebte eindeutig höher hinaus. Nachdem sie 1967 die High-School abgeschlossen hatte, trug sie sich in ein Junior College in Chicoutimi ein, um Krankenpflege zu studieren. Als sie drei Jahre später graduierte, hatte sie sich zu einer eindrucksvollen, selbstbewußt wirkenden Zwanzigjährigen mit seidigen, schulterlangen Haaren, hohen Wangenknochen und einer einstudierten Pose der Überlegenheit entwickelt.

Am 9. Juli 1970 wurde sie als registrierte Krankenschwester zugelassen. Sofort begann sie, in der Notaufnahme eines Krankenhauses zu arbeiten. Aber sie fühlte sich zunehmend durch die engstirnige Provinz-Mentalität in Saguenay Valley gehemmt. Besonders unzufrieden war sie mit ihrem Privatleben. Sie hatte eine Affäre mit einem verheirateten Mann, der – nachdem er sie eine Weile vertröstet hatte – sich weigerte, seine Frau zu verlassen. Sie zog nach Montreal und bekam einen Job in der Herzstation des Royal-Victoria-Krankenhauses. Nach vier Monaten bat der Pflege-Direktor sie zu kündigen, weil sie einem Patienten versehentlich das falsche Medikament gegeben hatte – ein Irrtum, der verhängnisvolle Folgen hätte haben können.

In Montreal traf Gabrielle einen jungen kanadischen Diplomaten und verliebte sich in ihn. Kurz, nachdem sie angefangen hatten, einander zu treffen, ließ er sich nach Spanien versetzen.

Die verliebte junge Krankenschwester gab ihr Apartment auf, um ihm übers Meer zu folgen, und sagte ihren Freundinnen, sie sei sicher, daß ihr gut aussehender Liebhaber ihr einen Heiratsantrag machen würde. Als sie entdeckte, daß er nicht die Absicht hatte, sie zu heiraten, brach ihr das Herz. Tatsächlich traf er damals bereits andere Frauen.

Zu bestürzt und verwirrt, um nach Kanada zurückzukehren, reiste Gabrielle nach Paris und schaute sich nach einer Arbeit um. Ihr letzter Job als Krankenschwester war eine neunmonatige Tätigkeit in einem Krankenhaus in Neuilly-sûr-Seine in den Pariser Außenbezirken. Sie verließ das Haus nach Meinungsverschiedenheiten mit dem Direktor. »Damals hängte ich meinen Beruf für immer an den Nagel, weil ich gegen Medikamentenmißbrauch war; gegen die chemische Therapie, die man den Patienten verpaßte«, erinnerte sie sich. »In gewisser Hinsicht hatte ich eine Art Vision in bezug auf die Behandlung von Patienten – heute nennen wir es ganzheitliches Heilen. Also machte ich mich auf die Suche nach mir selbst. Ich reist überall hin: nach Europa, Südamerika, Mittelamerika und Mexiko.«

Im Verlauf ihrer Suche verliebte Gabrielle sich erneut, diesmal in einen früheren Heroinabhängigen, der gelegentlich Marihuana und Haschisch von Kolumbien aus nach Nordamerika schmuggelte. Die beiden lebten eine Weile in Mexiko, dann in Los Angeles, wo sich Gabrielle angewöhnte, massenhaft Drogen zu nehmen, und viel Geld benötigte. Mit Einverständnis ihres Freundes arbeitete sie unter dem Künstlernamen ›Foxy Lady‹ als Stripperin. Sie war stolz auf ihre Talente als Tänzerin und schrieb sich sogar in Choreographie-Klassen ein, um ihre Kunst zu verbessern. Aber die Feststellung, daß die Männer, die ihr bei ihrer Darbietung zujubelten und applaudierten, etwas anderes als die Würdigung ihrer Kunst im Sinn hatten, deprimierte sie. Sie brach mit dem Drogendealer, posierte für ein Foto, das in einem pornographischen Magazin erschien, und zog zu einem Nachtclubbesitzer in die Wohnung, der viel älter als sie war.

Mittlerweile war Gabrielle sehr unzufrieden mit ihrem Leben

geworden. Irgendwann Ende 1975 oder 1976 traf sie Yolande Guinnebert wieder, eine junge Frau aus der Normandie, die in Paris zu ihren engsten Freundinnen gezählt hatte. Die beiden jungen Frauen beschlossen, gemeinsam durch Mittelamerika zu reisen. Sie landeten schließlich bei einem Missionssanatorium in Guatemala, wo Gabrielle – begierig, eine gesündere Lebensweise anzufangen – begann, alternative Medizin, Massage und Chiropraktik zu studieren. Das Haus wurde von einem Mitglied der Adventisten des Siebten Tags geführt. Gabrielle war in einem streng katholischen Heim aufgewachsen, aber sie betrachtete die Religion ihrer Mutter als scheinheilig und unzeitgemäß. Sie wußte auch bei den Adventisten nicht, ob sie mit allem einverstanden war, aber sie bewunderte die Art und Weise, wie diese Kirche mit der Naturmedizin umging; ihre Philosophie, Geist und Körper als Einheit zu behandeln.

Bevor sie den Kurs beendete, hatte Gabrielle eine Auseinandersetzung mit dem Pastor, der das Sanatorium leitete – und ging fort. Später klagte sie darüber, der Mann sei ›zu starr‹ gewesen und habe sie gedrängt, den Posten als Oberschwester des Krankenhauses zu übernehmen.

Danach reisten Gabrielle und Yolande nach Toronto zurück. Sie verbrachten dort ein paar Monate – in denen Gabrielle für ein Import-Export-Unternehmen arbeitete –, aber bald packte sie erneut die Reiselust. Yolande erwähnte, sie habe von einer Einrichtung der Adventisten gehört, die sich nur ein paar Stunden von der Stadt in nördlicher Richtung entfernt befand.

Etwa zu der Zeit, als Gabrielle Lavallée nach Lake Rosseau unterwegs war, prahlte Rock Thériault vor Gabriel Saintus mit dem Erfolg seines Bücherverkaufs und der Raucherberatungsstellen. Zutiefst beeindruckt, lud Saintus den Mann ein, ihn auf ein einwöchiges Seminar zu begleiten, das er für die rund hundert Kirchenangehörigen in Kanada organisiert hatte, die Adventisten-Literatur von Tür zu Tür verkauften. Rock sollte dort Gelegenheit haben, die Großen der Adventisten kennenzulernen. Außerdem sollte ihm die Gegend, wo das Seminar stattfand, erlauben, sich ein wenig zu entspannen und auszuruhen. Die Versammlung fand in einer abgelegenen religiösen Einrichtung in Ontario statt, die bei den Adventisten unter dem Namen ›Keswick‹ bekannt war.

Rock war von der Einladung geschmeichelt und entzückt. Obwohl er sich als Jugendlicher selbst Englisch beigebracht hatte, war er noch nie außerhalb des Staates Quebec gewesen. Und jetzt würde ihm eine weltweite Organisation die Kosten für einen Aufenthalt in einer großen Einrichtung bezahlen. Ohne Saintus zu fragen, nahm er sich die Freiheit, seine jungen Bewunderer mit sich zu bitten. Er wollte ihnen zeigen, wie wichtig er war, und ihnen einen Eindruck verschaffen, was sie erwartete, wenn sie sich an ihn hielten. Am Tag der Reise stiegen Solange und ein oder zwei andere in Claude Ouellettes altgedienten Chevy Impala und machten sich auf die zehnstündige Fahrt zum Lake Rosseau. Inzwischen fuhren Rock und Gisèle nach Longueuil und gesellten sich für den Rest der Fahrt zu Saintus.

Saintus wollte unterwegs dem kanadischen Zentrum der Kirche einen Besuch abstatten, einem schmucklosen, zweistöckigen Ziegelsteinbau in Oshawa, in östlicher Richtung nicht weit von Ottawa entfernt. Sobald Rock das Verwaltungsgebäude erblickte, ließ er eine Schmährede über die Verschwendungssucht der Kirche vom Stapel. Er sagte zu Saintus, das Gebäude sei für eine Organisation, die von sich behauptete, Gottes Instrument zu sein, viel zu aufwendig. Im Anschluß daran ließ er sich über den privaten Lebensstil von Kirchenbeamten wie Saintus aus. Ihre Häuser waren zu groß, ihre Autos zu teuer und ihre Bankkonten zu fett.

Saintus wollte seinen Ohren nicht trauen: *Dieser Knabe ist seit nicht einmal sechs Monaten Adventist und tut schon so, als besäße er ein Monopol auf die universale Wahrheit,* sagte er sich.

Rock gefiel die Landschaft am Lake Rosseau. Es dauerte nicht lange, bis er in eines seiner polternden, rührseligen Selbstgespräche über die Herrlichkeit der Schöpfung Gottes vertieft war. Aber noch mehr reizten ihn die beiden attraktiven, Französisch sprechenden Frauen, die den Sommer über in der Zentrale arbeiteten. Rock schoß sich sofort auf sie ein. Als sie sich zum ersten Mal trafen, spürte Gabrielle, wie seine Präsenz den Raum ausfüllte, als sei ein geruchloses Nervenreizmittel in die Luft freigesetzt worden. Als sie in seine blauen Augen starrte, die ihr keine Sekunde lang auswichen, hatte sie das unmittelbare Gefühl, daß er all ihre Geheimnisse kenne. Er gab ihr die Hand und stellte sich als Leiter der Quebecer Delegation vor. Er war sich der Wirkung, die er auf sie hatte, voll bewußt. »Ich spürte eine Kraft, die von seiner Hand ausging«, erinnerte sie sich. »Sie verbrannte meine Hand. Einige Sekunden lang konnte ich sie ihm nicht entziehen. Ich wollte es, aber es war, als klebten unsere Hände zusammen. Ich weiß noch, daß ich dachte, dieser Mensch besitzt eine Menge Charisma.«

Rocks Interesse an Gebrielle schien noch stärker zu werden, als er hörte, daß sie eine Krankenschwester war. Er sagte ihr, es sei immer sein Traum gewesen, seinen Mitmenschen zu helfen, und dabei gebe er den ganzheitlichen Heilmethoden den Vorzug. Seine neuartigen Raucherberatungen hätten schon Hunderte von Menschen vom Tabakteufel befreit, und einige davon hätten sich seinem Kreuzzug angeschlossen. Ab und zu ließ er einen medizinischen Begriff einfließen, damit Gabrielle ihn nicht für einen Quacksalber hielt.

Gabrielle spürte in Rocks Gegenwart eine undefinierbare Ruhe. Sie vertraute ihm instinktiv und erzählte ihm spontan ihre ganze Lebensgeschichte – ihr unseliges Liebesleben, ihren Drogenmißbrauch, ihre Arbeit als Stripperin. Sie war nicht besonders stolz auf alles, was sie getan hatte, aber sie hatte im Verlauf der Jahre viele seltsame Träume und Visionen erlebt, die anzudeuten schienen, daß sie im Leben einen höheren Plan zu erfüllen hatte. Einmal hatte sie in der Nacht im Bett gelegen, zur Decke emporgeschaut und ein helles Licht gesehen, in dessen Mitte ein in eine Tunika gekleideter Mann stand. Der Mann hatte eine bemerkenswerte Ähnlichkeit mit Rock gehabt. Rock und Gabrielle waren beide sicher, daß das Schicksal sie zusammengeführt hatte.

Später am selben Tag nahm Rock Gisèle beiseite und erzählte ihr von seiner jüngsten Entdeckung. Er versicherte Gabrielle, daß sie für die Gruppe von unschätzbarem Wert sein würde – eine erfahrene Krankenschwester, die ihnen dabei helfen konnte, Gottesarbeit zu verrichten.

Aber als Gisèle die junge Krankenschwester am nächsten Tag persönlich kennenlernte, war sie unbeeindruckt. Sie sah eine junge Frau, die viel zu hübsch und weit davon entfernt war, demütig zu sein.

»Wir aßen zu Mittag, als sie hereinkam und sich direkt neben Rock setzte. Er stellte sie uns vor. Aber Gabrielle schien nicht zu uns zu passen. Sie war zu selbstgefällig. Mich behandelte sie wie den letzten Dreck. Wir alle konnten ihr in keiner Hinsicht das Wasser reichen. Sie hatte eine höhere Schulbildung als wir genossen. Außerdem verwendete sie diese großkotzigen Modewörter. Rock fragte mich später, was ich von ihr halte, und ich erwiderte: ›Ich möchte nicht ihre Freundin sein. Sie ist mir zu versnobt. Behalt sie für dich allein.‹ Aber Rock war vernarrt in sie. Ich nehme an, er wollte, daß ich Gabrielles Freundin würde, um den anderen ein Beispiel zu geben.«

Rock versuchte eine Woche lang Gabrielle dazu zu überreden, mit ihm nach Quebec zu gehen. Er ließ sie nie allein. Gabrielle blieb unentschlossen. Selbst Gisèle – die von der Aussicht, daß diese neue junge Frau sich zu ihrer Gruppe gesellte, nicht gerade begeistert war –, mußte zugeben, daß Rock sich bei diesem Werbeunternehmen selbst übertraf.

Am letzten Tag des Wochenend-Seminars überraschte Rock Gabrielle, als sie im Waschraum Bettücher zusammenlegte. Er verwandte eine ganze Stunde lang seinen Charme auf sie, aber sie konnte sich immer noch nicht entschließen.

Wiederum eine oder zwei Stunden später hatte Gabrielle sich erweichen lassen. »Nun, warum nicht? Ich werde mit diesem

Mann zu tun haben. Und sollte ich irgendwann feststellen, daß es nicht so klappt, wie ich es mir vorgestellt habe, gehe ich einfach wieder.«

Als sie schließlich ihren Fehler erkannte, sollte es zu spät sein. Sie würde bitter für ihre Entscheidung bezahlen müssen.

Donesky hatte nicht einmal Gelegenheit, sich von den beiden jungen Frauen, die er erst drei Wochen zuvor eingestellt hatte, zu verabschieden. Gabrielle verschwand einfach und nahm Yolande mit sich. Donesky hatte keine Erinnerung an den Mann, der ihm das Paar entführt hatte.

Saintus hingegen ließ sich die ganze Woche über laufend berichten, was Rock tat, und was er hörte, gefiel ihm nicht. Ein Vorfall war besonders bemerkenswert. Anscheinend hatte Rock sich vom Hotel entfernt und war auf einen felsigen Hügel geklettert, um allein zu beten. Während sie den Hügel emporstiegen, hatte er die übrigen gebeten, ihn allein weitergehen zu lassen. Er behauptete, eine Vision gehabt zu haben. Der Himmel sei blendend weiß geworden und Gott habe zu ihm gesprochen. Er sagte, der Boden, auf dem er niederknien wolle, sei geheiligter Grund.

Als Saintus von diesem Vorfall hörte, dachte er sofort an die biblische Erzählung über Moses. Er war davon überzeugt, daß Rock die Grenze der geistigen Gesundheit überschritten hatte. Er tat so, als unterhalte er einen persönlichen Kontakt zu Gott.

DER AUSZUG

Hütet euch vor den falschen Propheten, die in Schafskleidern zu euch kommen, inwendig aber reißende Wölfe sind.

Matthäus 7:15

Als Rock mit seinen jungen Anhängern nach Thetford Mines zurückkehrte, hatte er ein paar praktische Probleme zu lösen. Da war zuerst Gisèle, die durch das Interesse ihres Freundes an jungen, leicht verführbaren Frauen immer besorgter wurde und sich durch all die Schläfer und Schlafsäcke, die über den Wohnzimmerboden in ihrem Apartment verstreut lagen, zunehmend gestört fühlte. Sie war älter als die meisten der übrigen und ließ sich weniger leicht durch Rocks religiöse Demagogie beeindrucken. Insgeheim wünschte sie sich, er würde seine Aufmerksamkeit ein wenig von Gott ab- und ihr zuwenden.

Gisèle wurde auch Rocks ständiges Predigen leid. Den ganzen Abend lang lag er den jüngeren Frauen in den Ohren, sie sollten das Rauchen und Trinken aufgeben, und zitierte Bibelsprüche. Von Zeit zu Zeit hatte Gisèle Mitleid mit den Mädchen und bat Rock, sie für eine Weile in Ruhe zu lassen. Aber statt ihr für ihr Einschreiten zu danken, wandten sich einige der jungen Frauen gegen sie. Solange gehörte zu den fanatischsten.

»Hey, was glaubst du, wer du bist?« fuhr sie Gisèle an. »Rock weiß, was er tut. Er kennt die Bibel besser als du.«

Das frustrierte Gisèle noch mehr. Vielleicht war sie auf Solange und die anderen nur eifersüchtig, aber etwas sagte ihr, daß es nicht normal war, wenn ein Haufen erwachsener Männer und Frauen den ganzen Tag über auf dem Boden eines

Apartments herumsaß und beifällig nickte, während ein Holzschnitzer, der sich zum Bibelexperten aufgeschwungen hatte, ihnen Vorlesungen über die Notwendigkeit hielt, ihr Leben in Ordnung zu bringen und sich dem Willen Gottes zu unterwerfen. Andererseits wirkten diese Leute nicht normal. Nicole zum Beispiel war kaum mehr als eine Landstreicherin. Und Chantal mußte man nur anschauen, um zu sehen, wie verdreht sie war. »Sie sieht wie eine Tote aus«, klagte Gisèle Rock gegenüber. »Sie weint wegen nichts und deprimiert alle, die mit ihr zu tun haben.«

Auch mit Gabrielle, Rocks neuester Errungenschaft, war Gisèle nicht einverstanden. Seit ihrer Ankunft in Thetford Mines sprach sie fast ständig über sich selbst, über ihre Erfahrung als Krankenschwester und ihre exotischen Reisen in ferne Länder. Sie gehörte zu den Menschen, bei denen das Wort eitel noch geschmeichelt ist. Was andere taten, genügte nie ihren Ansprüchen.

Darüber hinaus fing Gabrielle an, auch dort ihre Anwesenheit spürbar zu machen, wo sie am wenigsten willkommen war. Bis jetzt hatte sich Gisèle auf die Wochenenden mit Rocks beiden Söhnen Rock Jr. und François gefreut. Sie liebte es, die beiden zu verwöhnen, sie am Abend ins Bett zu stecken, sie zu küssen und ihnen komische Geschichten vorzulesen – ›genau wie eine Mutter‹, sagte sie sich selbst. Aber eines Abends – kurz, nachdem sie aus dem Keswick zurückgekehrt waren – ging sie ins Schlafzimmer und fand Gabrielle und die beiden Jungen auf dem Boden kniend vor. Gabrielle sprach ihnen Gebete vor und erzählte ihnen von Gott – in demselben gedämpften, ehrfurchtsvollen Ton, wie Rock in solchen Fällen zu sprechen pflegte.

Gisèle wußte nicht, ob sie lachen oder weinen sollte. Aber je länger sie darüber nachdachte, desto mehr brannte ihre Wut darüber, wie diese dreiste Krankenschwester, die mit gewichtigen Worten um sich warf, in ihr Leben eingedrungen war und ihr die Show stahl. Sie war so wütend, daß sie Lust hatte, Gabrielle in ihr hochnäsiges, kleines Gesicht zu schlagen.

Schließlich sagte Gisèle zu Rock, daß sie ihn verlassen würde. Sie nahm den Bus nach Quebec City und ging geradewegs zum Haus ihrer Eltern in St.-Joseph-de-la-Rive. Ihre Mutter gab sich kühl und zurückhaltend, aber ihr Vater war erfreut, sie wiederzusehen. Sie hatte nicht das Herz, ihm zu sagen, wie es in Thetford Mines gelaufen war, aber in ihrer ersten Nacht zu Hause lag sie stundenlang schlaflos im Bett und schluchzte ins Kissen. Sie dachte daran, sich umzubringen. Immer, wenn sie die Augen schloß, erblickte sie Rocks anziehendes, lächelndes Gesicht. So sehr sie sich auch bemühte; es gelang ihr nicht, ihn sich aus dem Sinn zu schlagen. Er hatte in den vergangenen achtzehn Monaten eine solche Bedeutung in ihrem Leben angenommen, daß ohne ihn nicht mehr viel übriggeblieben zu sein schien. Sie empfand jene verzweifelte Einsamkeit, die liebeskranke Teenager erleben, wenn sie getrennt werden.

Ein paar Tage nach ihrer Ankunft klingelte das Telefon. Sie hob ab und hörte Rocks tiefe, besänftigende Stimme. Eine warme Woge der Euphorie überlief sie, wie ein Schuß Heroin in die Vene bei einem Junkie sie erzeugt.

»Gisèle, in deinem Herzen weißt du, daß du hierher zu mir gehörst«, sagte er. Ihr fiel auf, daß Rock genau wußte, auf welche Knöpfe er drücken mußte, um sie zu ihm zurückzuholen, aber trotzdem hatte sie nicht die Kraft, ihm zu widerstehen. »Ich brauche dich, und die Jungs brauchen dich. Und du weißt, wie sehr wir dich lieben – du bist die erste Frau, die ich jemals in meinem Leben geliebt habe. Du und ich, wir haben so vieles für Gott zu tun. Ich kann meine Arbeit nicht ohne dich weiterführen.«

Gisèle versuchte, mit ihm über ihre Gefühle in bezug auf die anderen Frauen und darüber zu sprechen, wie sie eine Fremde in ihrem eigenen Apartment geworden war. Aber Rock hatte auf alles eine Antwort. Er versicherte ihr nochmals, er versuche nur, diesen jungen Mädchen zu helfen. Sie seien in unglücklichen Heimen unter ständigem Mangel an Zuneigung groß geworden – Gisèle sollte dies besser als alle anderen verstehen können. Jetzt waren sie drogenabhängig. Falls nicht bald etwas geschehe, seien sie für ihr ganzes Leben verdorben. Wenn man ihnen einen Platz bot, wo sie eine Weile bleiben konnten, und ihnen half, eine bessere Art zu leben zu entdecken, hätten sie vielleicht eine Chance. Sicher sei es nicht ganz einfach, sagte Rock, aber Gisèle möge an das Gute denken, das sie und Rock tun konnten. War das bißchen Unbequemlichkeit wirklich ein zu hoher Preis?

Gisèle kam sich selbstsüchtig und beschämt vor. Rock hat recht, sagte sie sich – diese jungen Menschen brauchen Hilfe. Sie packte ihre Sachen wieder ein, umarmte ihren Vater zum Abschied und nahm den nächsten Bus zurück nach Thetford Mines.

Rocks zweites Problem war Zita. Schon vor Monaten hatte der Pastor das neue Mitglied beiseite genommen, Gisèle erwähnt und Rock an den Glauben der Kirche und an die Heiligkeit der Ehe erinnert. Es war nicht richtig, sagte Zita, die Nächte in den Armen einer Frau zu verbringen, mit der man nicht verheiratet war.

Rock war schnurstracks aus dem Raum gegangen und hatte eine ganze Gruppe weiterer Zimmergenossinnen rekrutiert.

»In jenem winzigen Apartment lebte ein ganzer Haufen – Rock, Gisèle, Gabrielle, ein Mädchen aus Frankreich, Francine, Chantal, Solange, Jacques Fiset, Nicole und manchmal Rocks beide Söhne«, erinnerte sich Zita. »Die Leute in der Stadt fragten sich, was da vor sich ging, und ein paar von ihnen fingen an, gegen die Kirche zu sprechen. Also habe ich mit Rock geredet. Er sagte, er schlafe in seinem Truck. Nun, vielleicht tat er das von Zeit zu Zeit, aber ich glaube, er lebte in diesem Apartment. Ich sagte, wenn sie Jesus Christus folgen wollten, müßten sie jedes seiner Gebote erfüllen. Aber Rock wollte niemandem zuhören – auch mir nicht.«

Nicht nur die Kirche der Adventisten fühlte sich von der Flüchtlingslageratmosphäre in Gisèles Apartment abgestoßen. Solange Boilards Schwester Gisèle Martineau war eine von den vielen Nachbarn und Familienmitgliedern, die den Verdacht hatten, daß sich hinter Rocks religiöser Fassade etwas Böses verbarg. Sie wußte, daß Solange und mehrere der übrigen Mädchen seit der High-School Drogen genommen hatten. Und jetzt war sie sicher – ungerechtfertigt, wie sich herausstellen sollte –, daß sie sich prostituierten, um ihrer gesetzeswidrigen Gewohnheit frönen zu können. Ihrer Überzeugung nach war Rock nichts weiter als ein windiger, aber cleverer Kleinstadtzuhälter.

Es muß auch Rock bewußt gewesen sein, daß die jungen Menschen, die er um sich versammelt hatte, bald anfangen mochten, ernsthaft über ihr weiteres Leben nachzudenken. Es besteht kein Zweifel daran, daß er seine neue Rolle als Wohnzimmerguru, Vorbild und Allzweck-Berater genoß, aber wenn er wünschte, daß der gegenwärtige Zustand längere Zeit anhielt, mußte er sich etwas Neues ausdenken, um die Gruppe zusammenzuhalten. Ihnen die Schule auszureden, genügte nicht.

Als erstes engagierte er mehrere der jungen Leute in den Dienst als Bücherverkündiger. Aber als Zita anfing, Fragen zu stellen, schien es Rock zu widerstreben, seine jungen Bewunderer zu eng mit den Kirchenleitern zusammenzubringen. Auf jeden Fall glaubte Rock, *er* sei derjenige, der sie zusammenhielt. Hatte Zita ihn nicht zu jenen frühen Treffen in Plessisville eingeladen, weil er nicht fähig war, die Menschen aus eigener Kraft zum Übertritt zu bringen?

Nachdem er eine Weile nachgedacht hatte, fiel Rock eine Lösung ein. Er würde weiterhin seine Raucherberatungen abhalten, aber von jetzt an wollte er zum Abschluß ein vegetarisches Essen einführen, bei dem er sich weitgehend auf von den Adventisten anerkannte Speisen beschränkte, wie Bohnenquark-Topf, Linsensuppe und Möhrenkuchen. Das würde den Frauen eine Menge Arbeit einbringen und seine ständigen Erinnerungen daran bekräftigen, daß sie Mitglieder eines Teams waren. Und falls einer der Gäste sich nach dem Essen dazu bemüßigt fühlen sollte, in die Tasche zu greifen und ein paar Dollars zur Gottesarbeit beisteuerte – nun, es wäre unhöflich, sie abzulehnen. Tatsächlich glaubte Rock, diese Spendenbereitschaft fördern zu können, indem er ›spontan‹ verkündete, Gaben – Bargeld oder Schecks, das kümmerte den Herrn nicht – würden dankbar entgegengenommen. Natürlich erfolgte dies immer, *nachdem* alle gegessen hatten und sich vielleicht schuldig fühlten, die grenzenlose Großzügigkeit der Gruppe ausgenutzt zu haben.

Nachdem er den Markt in Thetford Mines mit seinen Raucherberatungen und Büchern gesättigt hatte, begab sich Rock auf die Landstraße, wie ein Schlangenölverkäufer im Wilden Westen. Jedes Wochenende nahmen sie sich eine andere Stadt in erreichbarer Entfernung von Thetford Mines vor, verkauften Bücher von Tür zu Tür und verteilten Handzettel. Außerdem besuchten sie den Verleger der örtlichen Zeitung, der in den meisten Fällen einen Artikel über die wohltätige religiöse Gruppe in Auftrag gab, die in der Stadt war, um eine freie Raucherberatung abzuhalten und ein vegetarisches Essen zu geben. Meistens schaffte Rock es, daß man ihm einen öffentlichen Saal oder eine Schulturnhalle jeweils zwei oder drei Stunden lang für fünf Tage kostenlos überließ. Zu Beginn ermahnte er die Teilnehmer, ihre Körper zu reinigen, indem sie für die nächsten fünf Tage auf den Fleischgenuß verzichteten, eine Menge Wasser tranken und nur Obst, Gemüse und Salat aßen. Als nächstes folgte eine Diashow, um die schädlichen Folgen des Rauchens zu verdeutlichen. Außerdem gab es Lektionen darüber, wie man der Versuchung widerstand, sich eine Zigarette anzuzünden, indem man eine kalte Dusche nahm oder sich positive Sätze vorsagte – im Grunde eine Art Nichtraucher-Mantra. Am Ende des Fünf-Tage-Programms ließ Rock die Frauen einen langen Tisch mit Salaten und großen Platten mit Speisen decken. »Die Seminare waren beliebt«, erinnerte sich Claude Ouellette. »Und wenn Rock sie abhielt, brachte er die Leute zum Lachen und unterhielt sie den ganzen Abend.«

Nach allem, was man hört, waren diese Beratungen tatsächlich ein Erfolg – nicht weniger als fünfundachtzig Prozent der Teilnehmer stellten das Rauchen ein, wenn auch nur vorübergehend. Als sich die Erfolge der Beratungen herumsprachen, schnellten die Teilnehmerzahlen in die Höhe. Oft stellten sich fünfzig oder sogar hundert Menschen ein. Jeder von ihnen spendete im Durchschnitt zwanzig Dollar. Einige der leichtgläubigeren Teilnehmer schrieben Schecks bis zu hundert Dollar aus. Als zusätzliche Einnahmequelle errichtete die Gruppe einen Stand, an dem überteuerte Lebensmittel aus biologischem Anbau verkauft wurden – Produkte, die Claude oder Rock in Montreal besorgen.

Alles in allem keine üble Methode, seinen Lebensunterhalt zu verdienen. Rock – ein bankrotter Bierkrugverkäufer ohne abgeschlossene Schulbildung – nahm mit Hilfe einer bunt gemischten Hilfstruppe aus abgebrochenen Studenten, Drogenabhängigen und einer unzufriedenen Krankenschwester wöchentlich zwei- oder dreitausend Dollar ein.

Zu den Orten, die Rock bereiste, gehörte auch Ste.-Marie, eine Stadt mit rund neuntausend Einwohnern, die zu den ältesten Siedlungen in der Beauce-Region südlich von Quebec City gehört. Als die Gruppe an einem Tag im September 1977 dort ankam, schwärmten die Frauen aus, um von Tür zu Tür zu gehen und Bücher der Adventisten zu verkaufen und Raucher für die Teilnahme an der geplanten Beratung zu gewinnen. Kurz darauf fanden sie den ersten Kunden – einen schlanken, drahtigen jungen Mann mit widerspenstigen, braunen Haaren, vorgeschobener Unterlippe und buschigem Bart. Er hielt ein sechs Monate altes Mädchen in den Armen und kaufte ein Buch über Kindererziehung, weil er – wie er erklärte – sich Sorgen darüber machte, wie die Kinder in dieser chaotischen Welt aufwuchsen.

Als er später in dieser Woche mit seiner Frau – die, wie er selbst, nicht rauchte – bei der Beratung erschien, faßte Rock die beiden sofort als potentielle Rekruten ins Auge. Beim Gespräch erfuhr er, daß der Mann Jacques Giguère hieß, vierundzwanzig Jahre alt und Bauarbeiter war. Seine Frau Maryse Grenier war ein Jahr jünger als er und arbeitete als Sekretärin beim größten Unternehmen der Stadt, der Vachon-Kuchenfabrik, die einen großen Teil der bei den Quebecern beliebten

Zucker-Naschereien herstellte. Maryse war still und zurückhaltend. Sie blieb am liebsten zu Hause und kochte, nähte oder sah fern. Wenn sie sich unter Leute mischte, geschah dies oft in der Absicht, in den Bars ein Auge auf Jacques zu haben. Wenn er allein ausgegangen und spät nach Hause zurückgekehrt war, warf sie manchmal in einem heftigen Eifersuchtsausbruch Gegenstände durch das Apartment.

Jacques war eher fügsam. Obwohl er einen braunen Karate-Gürtel hatte, sprach er mit leiser Stimme und war sensibel. Er war das vierte von dreizehn Kindern. Erst kürzlich hatte er beschlossen, ein Haus für seine neue Familie zu bauen. Aber bevor er damit anfangen konnte, wurde sein jüngerer Bruder Yvon bei einem Unfall mit einer Maschine auf der Familienfarm getötet. Jacques, der Yvon immer ungewöhnlich nahegestanden hatte, sank in eine tiefe Depression und verfluchte Gott, daß Er diese Tragödie zugelassen hatte. Später sagte Jacques, er habe seine Identität verloren und sei auf der Suche nach einem neuen Lebenssinn. Ihre spirituelle Suche hatte Jacques und Maryse dazu veranlaßt, Vegetarier zu werden und es mit dem Fasten zu versuchen.

Für Jacques war die Begegnung mit Rock eine Offenbarung. Er saß dort, die Augen weit aufgerissen, der Blick gebannt, als der charismatische Prediger seine Ideen von persönlicher Erfüllung durch Diäthalten und Gebet auseinanderlegte. Für Jacques flog die Zeit förmlich vorbei. Rock würzte seinen Sermon ständig mit Scherzen und Anekdoten und schmeichelte seinem Publikum wie ein erfahrener Politiker. »Ich hatte nie zuvor jemanden mit so viel Selbstvertrauen gesehen«, erinnerte Jacques sich später. »Ich glaubte und wollte glauben, was er sagte.«

Die Familien der jungen Anhänger Rocks in Thetford Mines wurden zunehmend besorgter.

Claudes Eltern verbrachten Stunden mit dem Versuch, ihren Sohn zu überreden, daß er seinen Plan, am Optiker-College zu studieren, nicht aufgeben solle. Aber Claude gab nicht nach. Er sagte seiner Familie, er habe nach Jahren des ziellosen Herumlungerns endlich ein neues Ziel gefunden. Tatsächlich wäre er vielleicht wieder auf die Schule gegangen, wenn es ihm sein Stolz als junger Mann nicht verboten hätte. Er war dreiundzwanzig Jahre alt, und es hätte ihn verlegen gemacht, Francine, Solange und den übrigen gegenüber zuzugeben, daß er die Gruppe verließ, weil seine Eltern wünschten, daß er wieder auf die Schule ging.

Aber etwa um dieselbe Zeit eröffnete Solange ihren Eltern, sie würde nicht mehr auf das College in Thetford Mines gehen, sondern mit Rock und ihren neuen Freunden reisen. Ihrer Mutter erklärte sie, nach den College-Regeln habe sie zehn Jahre Zeit, das Studium abzuschließen. Vielleicht erwartete sie, daß dieser Hinweis die vierundsechzigjährige Frau beruhigen würde, aber er hatte das Gegenteil zur Folge. Laurette Boilard weinte tagelang und trauerte darum, daß sie ihre Tochter lange Zeit nicht wiedersehen würde.

Kurz darauf erlitt Laurette einen Nervenzusammenbruch. Noch Monate danach saß die kleine Frau jeden Freitagmittag am Küchenfenster und wartete auf den Bus von Thetford Mines.

Es war, als erwarte sie, Solange mit ihrem Kleiderbeutel aussteigen zu sehen, um ihre Eltern zu besuchen, wie sie es jedes Wochenende getan hatte, seit sie ihr Heim verließ, um aufs College zu gehen.

Wenn Solanges Mutter beunruhigt war, so waren Chantals Eltern buchstäblich außer sich. Victoria Labrie – die Rock schon von dem Augenblick an mißtraute, als sie ihn zum ersten Mal gesehen hatte – sprach mit dem Familienarzt über ihre Tochter. Er empfahl, mit Chantal zu einem Psychologen zu gehen.

»Ich brachte sie in die Sprechstunde und ließ sie beim Arzt«, erinnerte sich Victoria Labrie. »Ich dachte, das Gespräch würde nur ein paar Stunden dauern, aber als der Doktor aus seinem Sprechzimmer kam, teilte er mir mit, Chantal habe sich einverstanden erklärt, sich zu einer vierwöchigen Untersuchung ins Krankenhaus zu begeben. Ich war überrascht, daß Chantal zugestimmt hatte, aber mag sein, daß sie es tat, um uns zu beruhigen.«

Das Einschreiten der Familie Labrie stellte Rock an eine Art Scheideweg. Ständig Zitas Fragen beantworten zu müssen, war schon schlimm genug; aber diese Eltern wurden allmählich wirklich lästig. Zudem war die Gruppe für Gisèles Apartment zu groß geworden – für neue Mitglieder war einfach kein Schlafplatz mehr auf dem Boden frei. Es war an der Zeit, seine Zelte abzubrechen. In Ste.-Marie hatte er ein Schild mit der Aufschrift ›Zu vermieten‹ an einem zweistöckigen Holzhaus mit einem Ladenlokal im Parterre und mehreren Schlafräumen im ersten Stock gesehen. Ohne jemandem etwas davon zu sagen, fuhr er eines Morgens im Oktober die fünfundvierzig Minuten ins Beauce-Gebiet und mietete das Haus.

Er behielt diese Neuigkeiten mehrere Tage lang für sich. Er wollte seine jungen Anhänger nicht verscheuchen, indem er ankündigte, daß er mit der Gruppe aus der Gegend fortziehen wollte, in der sie aufgewachsen waren. Aber von Zeit zu Zeit fragte er sich laut, ob es nicht an der Zeit sei, eine ständig geöffnete Beratungsstelle zu eröffnen. Auf diese Weise könne man mehr Menschen helfen. Gott wäre dies gewiß wohlgefällig.

Es dauerte nicht lange, bis sie sich diese Idee zu eigen machten. Gabrielle war eifrig darauf bedacht, ihr Geschick als Krankenschwester anzuwenden und sprach bald von nichts anderem mehr als davon, wie wunderbar diese Idee sei. Und Gisèle war ohnehin dafür, weil es die Raumnot beenden würde.

Endlich – nach etwa einer Woche – verkündete Rock, er habe ein geeignetes Objekt in Ste.-Marie gefunden. Sie könnten sofort dort hinziehen – sobald sie Chantal von diesen kalten, gefühllosen Doktoren mit ihren chemischen Therapien und den neumodischen, elektronischen Instrumenten befreit hätten, die den Körper behandelten, als sei er eine Maschine.

Sie stiegen alle zusammen in den Truck und fuhren in das Krankenhaus. Bei all den vertrauten Gesichtern an ihrem Bett und all den Umarmungen, Küssen und Tränen der Wiedersehensfreude brauchte Chantal nicht sehr lange, um sich zu entscheiden. Innerhalb weniger Stunden war sie wieder in Gisèles Apartment und half mit, für den Umzug zu packen. Als ihre Eltern erfuhren, daß sie das Krankenhaus verlassen hatte, war Rocks Truck mit seiner lachenden und singenden Ladung bereits unterwegs nach Ste.-Marie.

Wenn es in der Geschichte der Gruppe von Rock Thériault jemals eine glückliche Zeit gegeben hat, so war es die im Beauce-Gebiet.

Die Einrichtung der Beratungsstelle schien jedermann in der Gruppe neue Energie zu verleihen. Sie hatten ein Ziel vor Augen. Sie hatten sich auf ein großes, neues Abenteuer eingelassen. Die meisten von ihnen betrachteten es als die erste, bedeutende Leistung in ihrem kurzen und bislang ereignislosen Leben. An dem Tag, an dem sie das Schild über dem Ladenlokal anbrachten – Healthy Living Clinic (Beratung für gesundes Leben) –, empfand jeder von ihnen großen Stolz.

»Es machte Spaß, zu der Gruppe zu gehören«, erinnerte sich Claude. »Wir hatten am Anfang ein paar großartige Momente, und Rock schaffte es, daß wir uns fühlten, als stünden wir außerhalb der Gesellschaft. Er sprach über die Auserwählten in der Bibel. Wir wollten Menschen Gottes sein.«

Nach und nach entwickelte auch Gisèle neuen Ehrgeiz. Sie wurde für die jüngeren Frauen beinahe eine Ersatzmutter, munterte sie auf, wenn sie niedergeschlagen waren, und achtete darauf, daß das Beratungscenter sauber und gut organisiert war. Sie war stolz auf Rock und fühlte sich durch ihre Beziehung zu ihm privilegiert. Sie wußte, daß die meisten der übrigen Mädchen alles darum gegeben haben würden, an ihrer Stelle zu sein.

Die meiste Zeit über harmonierte die Gruppe recht gut. Chantal, eine sehr schüchterne junge Frau, befreundete sich besonders eng mit Nicole. Nicole war Männern gegenüber immer unsicher gewesen und hatte dieses Gefühl kompensiert, indem sie das wurde, was die jungen Männer leicht zu erobern nannten. Beide Frauen fühlten sich durch Rocks Interesse außerordentlich geschmeichelt. Sie verliebten sich prompt in ihn. Oft traten sie untereinander in Wettstreit um seine Aufmerksamkeit.

Francine, Josée und Marise Lambert waren schon auf der High-School Freundinnen gewesen. Solange hatte von allen den stärksten Willen, verlor jedoch leicht die Beherrschung.

Aber es waren Maryse Grenier und Gabrielle, denen es am schwersten fiel, sich in die Gruppe einzufügen. Maryse hatte von Anfang an klargemacht, daß sie der Gruppe gegen ihren Willen beitrat, und sie hatte es nur getan, weil ihr Mann es so wünschte. Sie folgte Jacques überall hin und lehnte die Gesellschaft der übrigen ab.

Im Gegensatz zu ihr blieb Gabrielle fast immer in der Gruppe. Sie brachte ständig ihr überlegenes, medizinisches Wissen ins Spiel und prangerte lauthals die Fehler der anderen an, damit Rock es hörte. Sie war ständig bemüht, ihn zu beeindrucken. Eines Tages zog Rock Francine wegen ihrer Brille auf. Er sagte, es handele sich dabei um eine technische Krücke, und sie könne ihre Kurzsichtigkeit mit einer ganzheitlichen Ernährungsweise beheben. Als an diesem Abend alle zum Essen versammelt waren, nahm Gabrielle Francines Brille vom Tisch und zerbrach sie. Dann strahlte sie Rock an – wie ein Kind, das gelobt werden will. Sein Lächeln hielt die übrigen davon ab, sie zurechtzuweisen.

Rock ermutigte derartige Rivalitäten, aber zugleich achtete er sorgsam darauf, daß keiner seiner Anhänger sich allzusehr heraushob. Alle sollten ähnliche Kleidung tragen. Gisèle fertigte auf Maryse Greniers Nähmaschine für alle Gruppenmitglieder eine lose hängende, knöchellange Baumwolltunika an, die in der Taille mit einem Seil zusammengebunden wurde. Die Kutten der Frauen waren blaßgrün, die der Männer beige. Rocks Kutte war dunkelbraun, wie die eines Franziskanermönchs.

Gabrielle fand es entwürdigend und unweiblich, ihren Körper in einen formlosen Sack zu stecken statt hübsche Kleider anzuziehen, aber nach einer Weile schickte sie sich darin. Es war leichter, sich überreden zu lassen, als Rocks Vorträge über die Übel des Materialismus über sich ergehen zu lassen.

Eine weitere ›Konvention‹, die Rock für überflüssig hielt, war, daß die Frauen Büstenhalter trugen.

Wenn man bedenkt, daß er stets Bescheidenheit und Demut predigte, war es seltsam, daß Rock darauf versessen zu sein schien, Geld einzunehmen. In den meisten Wochen hielten sie zwei, manchmal sogar drei Raucherberatungen in verschiedenen Städten zugleich ab. Inzwischen stattete Rock das Center stapelweise mit Literatur der Adventisten und mit Vorräten natürlicher Lebensmittel aus, die lastwagenweise aus Virginia herbeigeschafft wurden. Wer von den Besuchern ein medizinisches Problem hatte, bekam unvermeidlich organische Lebensmittel und Vitamine verschrieben und den Rat, Bücher über ganzheitliche Heilung zu lesen. Dank eines glücklichen Zufalls war alles, was er dazu brauchte, gleich hier in der Beratungsstelle erhältlich.

Mittlerweile hatte Francine ihre beiden besten Freundinnen aus der High- School, Marise Lambert und Josée Pelletier, ebenfalls bekehrt. Im Dezember eröffnete Marise ihren verblüfften Eltern, daß sie die Schule verlassen, ihren Mietvertrag kündigen und im Beratungszentrum arbeiten würde. Josée folgte einen Monat später. »Es ist nicht so, daß ich deprimiert oder unglücklich gewesen wäre, bevor ich Rock traf«, sagte Marise später. »Ich war das einzige Kind zu Hause, und plötzlich fand ich mich in einer ganzen Gruppe von Brüdern und Schwestern wieder; einer Menge Leute in meinem Alter. Die Gruppe hatte eine Menge Power, und ich glaube, die Atmosphäre einer großen Familie gefiel mir echt gut. Außerdem hatte Rock eine Art, alles so zu erklären, daß es etwas bedeutete. Er konnte einem Eskimo einen Kühlschrank verkaufen. Und es war nicht nur, weil wir jung waren. Ich habe ihn auf dieselbe Art auch mit Erwachsenen reden hören, besonders mit Geschäftsleuten.«

Die Ankunft mehrerer neuer Mitglieder im Herbst und Winter vergrößerte Giseles Eifersucht. Obwohl Rock eine andere

Frau in ihrer Gegenwart nie auch nur anrührte, wußte sie, daß die meisten von ihnen bis über beide Ohren in ihn verliebt waren. Gisèle war sechsundzwanzig und begann, sich zu fragen, ob Rock jemals auch nur an ihre und seine Zukunft gedacht hatte. Immer, wenn sie die Sprache darauf brachte, sagte er, sie solle sich keine Sorgen machen – sie sei die Liebe seines Lebens. Aber sie fürchtete, ihn an Gabrielle oder Francine zu verlieren, wenn nicht bald etwas geschah.

Endlich konnte Gisèle nicht länger warten und machte Rock kurz vor Weihnachten einen Heiratsantrag.

Seine spontane Reaktion war nicht sehr ermutigend. »Bist du verrückt?« fragte er lachend. Aber zumindest sagte er nicht rundheraus nein.

Eine Woche später gab er Gisèle die Antwort, auf die sie gehofft hatte. Er rief die Gruppe zusammen, um ihnen die Neuigkeit mitzuteilen. Damit hatte sie nicht gerechnet. Sie wußte, daß ein paar von den anderen sie beneiden würden. Gabrielle saß ganz bestimmt in der Küche und brannte vor Eifersucht. Sie hatte gebetet, daß er *sie* heiraten würde, seit sie ihn im letzten Sommer zum ersten Mal traf.

Die Hochzeit fand am 8. Januar 1978 in der Beer-Sheba-Kirche in Montreal statt. Pastor Nathan Prosper nahm die Zeremonie vor. Alle aus dem Center nahmen teil. Statt allein in die Flitterwochen zu fahren, stiegen Gisèle und Rock gleich nach der Hochzeitsfeier mit der ganzen Truppe in den Truck und fuhren die fünf Stunden zurück nach Ste.-Marie. Rock scherzte und lachte die ganze Fahrt über mit Solange, Nicole und den übrigen Mädchen. Die ganze Sache kam Gisèle so pervers vor – so ganz anders, als sie sich ihre Hochzeit vorgestellt hatte –, daß sie hinten im Wagen auf der Matratze lag und weinte. Sie kam sich zurückgewiesen vor und begann zu argwöhnen, daß die Heirat eine Farce gewesen war; eine Geste der Adventistenkirche gegenüber, um sicherzustellen, daß Rock weiterhin Bücher und gesunde Lebensmittel von ihnen beziehen konnte.

Wie sich jedoch zeigen sollte, war die Kirche nicht beeindruckt. Zita hatte immer versucht, Gisèle von Rock zu trennen, und ihr angeboten, sie für einen Psychologiekurs im Quebecer Zentrum der Adventisten einzutragen. Sie war interessiert gewesen, aber Rock verbot ihr die Teilnahme. Zita hatte die Eltern von mehreren der Mädchen besucht und ihnen gesagt, seiner Überzeugung nach würde der Mentor ihrer Töchter sich immer exzentrischer aufführen. Von da an bemühte Rock sich, Zita so weit wie möglich fernzuhalten.

Auch andere empörten sich über Rocks rücksichtsloses Vorgehen. Maryse Greniers Eltern klagten bei der Polizei von Ste.-Marie über den Einfluß, den er auf die Gruppe auszuüben schien. Zufällig war der Polizist, der mit dem Fall betraut wurde, ein früherer Liebhaber Maryses; ein kräftig gebauter, fünfundzwanzig Jahre alter Neuling bei der Polizei mit Namen Sylvio Bety. Er fuhr in das Beratungscenter. Rock in seiner langen, braunen Tunika begrüßte ihn am Eingang. Er bot ihm Kaffee an und war so zuvorkommend, daß Bety dachte, Rock wollte ihn als neues Mitglied anwerben. Aber er schaffte es nicht, mit Maryse und Jacques zu sprechen. »Ich sah sie im Hintergrund herumgehen; sie trugen diese Roben; aber sie kamen nie in meine Nähe. Sie überließen Thériault das ganze Gespräch«, sagte er.

Im Verlauf der folgenden Wochen fand eine ununterbrochene Parade der Geschäftsleute von Ste.-Marie in der kleinen, veralteten Polizeistation statt. Sie beschwerten sich, daß Rock seine Rechnungen nicht bezahlte. »Einige Leute verlangten, daß wir ihn lynchten«, erinnerte sich Bety, »aber er hatte kein Gemeindegesetz gebrochen. Wir konnten gegen seine schlechte Zahlungsmoral nichts unternehmen.« Es gab auch keine Anzeichen dafür, daß er einen seiner Anhänger mit Gewalt zum Bleiben zwang. Die Eltern mochten sich beklagen, soviel sie wollten; wenn ihre Söhne oder Töchter freiwillig ihren gesamten, weltlichen Besitz aufgaben oder die Schule verließen, war das ihr Recht. Es gab kein Gesetz, das Rock verboten hätte, sich als spiritueller Führer anzubieten.

Aber im März hatte die Polizei wieder einen Anlaß, Rock zu überprüfen. Geraldine Gagné Auclair, eine achtunddreißig

Jahre alte Frau aus dem Ort, wurde wegen Leukämie an einem Quebecer Krankenhaus behandelt, als ihr Mann Rock traf. Rock besuchte sie mit Einverständnis ihres Mannes und ließ sich auf eine hitzige Diskussion mit den Krebsspezialisten des Krankenhauses ein. Er beschuldigte sie, zu viele Medikamente einzusetzen. Später überredete er Auclairs Mann, sie aus dem Krankenhaus zu holen und zurück nach Ste.-Marie zu bringen. Er versprach, sie mit einer Diät aus gesunden Lebensmitteln zu heilen.

Eddy Auclair, der couragierte Stadtrat von Thetford Mines, der schon vor zwei Jahren Zeuge gewesen war, wie Rock vorging, war Geraldines Schwager. »Ich hatte sie im Krankenhaus besucht, und es schien ihr gut zu gehen. Als ich sie drei oder vier Woche später wieder besuchen wollte, sagte ihr Vater mir, sie sei in Thériaults Center in Ste.-Marie. Ich wäre fast ausgerastet. Ihr Vater sagte mir, er sei vor kurzem dorthin gegangen, um Geraldine zu besuchen, aber Thériault habe ihn nicht zu ihr gelassen. Sie starb an diesem Tag. Ich war schockiert und wütend. Die ganze Zeit über, als Geraldine dort war, hat Thériault ihren eigenen Vater nicht zu ihr gelassen.

Man sagte mir, Thériault versuche, sie mit Grapefruitsaft und natürlichen Produkten zu heilen. Ich weiß nicht, was er unternommen hat oder wieviel er den Familien für diese Behandlung berechnete. Aber eines kann ich Ihnen sagen, wenn ich früher gewußt hätte, daß sie dort war, wäre ich persönlich in der Nacht in das Center gegangen oder hätte die Polizei hineingeschickt – was auch immer nötig gewesen wäre, um sie herauszuholen. Es schmerzt mich immer noch, daran zu denken. Ich habe Jahre gebraucht, um über ihren Tod zu kommen. Sie war eine so wundervolle Frau. Zu denken, daß sie sozusagen in Thériaults Armen gestorben ist, macht mich krank.«

Die polizeilichen Ermittlungen erbrachten keine Beweise dafür, daß Rock für Auclairs Tod verantwortlich war. Rock hingegen erzählte seinen Anhängern, er sei in Geraldines Zimmer gegangen und habe sie wunderbarerweise mit einem Kuß kurz ins Leben zurückgebracht. »Ich gab ihr den Atem des Lebens, und sie öffnete die Augen und lächelte«, sagte er zu seiner staunenden Herde. Um zu erklären, weshalb es ihm nicht gelungen war, sie zu retten, fügte er hinzu: »Ihr wißt, wenn Gott einen Menschen haben will, nimmt er ihn zu sich. Es war für Geraldine an der Zeit.«

Eine weitere todkranke Patientin, die um dieselbe Zeit im Center lag, war Gabrielle Nadeau, deren Eltern Rock bei einer Raucherberatung kennengelernt hatten. Als Rock erfuhr, daß ihre neunzehnjährige Tochter mit multipler Sklerose in einem Krankenhaus am Ort lag, überredete er die beiden, sie in seine Obhut zu geben. Er versicherte den Nadeaus, seine holistische Therapie könne weit mehr für Gabrielle tun als die Ärzte mit ihren klingenden Titeln und ihrer aufwendigen Ausstattung.

Einen Monat nach Geraldines Tod beriefen Zita und weitere Adventisten eine Versammlung ein und beschlossen Rocks Ausschluß aus der Kirche. Nach ihrer Ansicht hatte Rock darin versagt, auch nur einen seiner jungen Anhänger Gott näherzubringen. Er hatte sie nur an sich selbst herangezogen. Es war eine Macht, die leicht mißbraucht werden konnte.

Der Verlust seiner Mitgliedschaft beeindruckte Rock kaum. Im Gegenteil, er setzte es sich in den Kopf, es sei eine gute Idee, weitere Gruppenmitglieder miteinander zu verheiraten. Es würde sie davon abhalten, sich von der Gruppe zu entfernen. Kurz entschlossen und ohne Rücksicht auf die Tatsache, daß er nicht berechtigt war, Eheschließungen vorzunehmen, verheiratete Rock also Jacques Fiset mit Nicole und Claude Ouellette mit Solange. Es schien kaum eine Rolle zu spielen, daß keiner von ihnen an einer Heirat interessiert gewesen war, bevor Rock es ihnen einredete. Claude erwärmte sich für die Idee, aber Solange war skeptisch. Die Erinnerung an ihren Vater hatte ihr ein tiefes Mißtrauen Männern und der Ehe gegenüber eingeimpft. Nicole hingegen hatte grundsätzlich nichts dagegen, zu heiraten –, aber Jacques schien ihr nicht der richtige Mann zu sein.

Am Vortag ihrer Heirat mit Claude rief Solange ihre Mutter an. Sie kündigte an, daß sie heiraten werde, und lud die Familie ein. Am folgenden Morgen – es war ein Sonntag – begab sich der besorgte Boilard-Clan in die Messe und bat den Priester um Rat. Er sprach sich dafür aus, daß sie bei der Eheschließung zugegen waren, obwohl sie nicht in einer katholischen Kirche stattfinden sollte, nur um Solange zu zeigen, daß sie sich um sie sorgten. Solanges Eltern fuhren sogleich gemeinsam mit Gisèle Martineau und zwei Brüdern nach Ste.-Marie und kamen gerade rechtzeitig für die Zeremonie an.

Gisèle Martineau fand die ganze Affäre bizarr:

»Thériault hielt einen salbungsvollen Vortrag. Es war ein wenig lächerlich, und wir fanden einiges von dem, was er sagte, merkwürdig und überholt. Er strich heraus, daß die Frauen sich den Männern unterwerfen sollten. Einige von uns schluchzten während der Feierlichkeit. Glauben Sie mir, es waren keine Freudentränen. Schließlich forderte uns Claudes Vater auf, mit dem Heulen aufzuhören – aber wir achteten nicht darauf. Aber Claude selbst schien kein allzu übler Bursche zu sein. Er war nicht der aggressive Typ. Er wirkte sehr sanft, und das stimmte uns ein wenig zuversichtlich.

Nach der Feierlichkeit nahmen wir zum Essen Platz. Man servierte uns eine große Platte mit ihren vegetarischen Spezialitäten, die aus einem riesigen Topf geschöpft wurden. Um die Wahrheit zu sagen, es sah aus wie Schlamm, aber wir aßen es trotzdem.«

Rocks eigene Ehe war trostlos, um es gelinde auszudrücken. Laut Gisèle bewies er ihr nach ihrer Verheiratung nur wenig körperliche Zuneigung. Sie hatten kaum Sex; zum Teil deswegen, weil er sich in den meisten Nächten bis zwei oder drei Uhr morgens mit den anderen Frauen unterhielt. Und wenn sie Geschlechtsverkehr hatten, fand Gisèle ihn eher verwirrend. Sie redete sich immer wieder ein, daß sie Rock liebte, aber ihre Zuneigung wurde durch das schwelende Gefühl gedämpft, zurückgewiesen zu werden. »Ich denke, er schlief nur mit mir, um mir den Mund zu stopfen«, sagte sie später. »Ich glaube, daß er mich noch nicht einmal liebte. Wenn ich mit ihm zusammen war, kam es mir so vor, als mache ich Liebe mit einem Kühlschrank.« Im folgenden Frühjahr endlich – sie war mit ihrem ersten Kind schwanger und war es satt, sich die Aufmerksamkeit ihres Mannes mit einem Haufen anderer Leute teilen zu müssen – drohte Gisèle, Ste.-Marie zu verlassen und für immer ins Haus ihres Vaters zurückzukehren. Als sie eines Abends mit Rock allein im Schlafzimmer war, sagte sie zu ihm: »Ich will nicht mit all diesen Leuten zusammenleben – mit all deinen Ratten.«

Diesmal machte sich Rock nicht die Mühe, ihren Kummer zu besänftigen. Ohne auch nur ein Wort zu sagen, schlug er ihr mit der Faust ins Gesicht. Zwei Tage lang mußte sie mit blutigem und geschwollenem Mund in dem Zimmer bleiben.

DER RUF ZUM BERG

Jeder Mann ist gewillt, zu gehorchen. Er strebt weiterhin danach, sich den Werten einer Gruppe zu unterwerfen, die er als stark und einflußreich betrachtet. Wenn diese Gruppe den Wert des ungefilterten Gefühls und der Ablehnung von Identität und Intellekt betont, wird er bald in erhöhtem Maße beeinflußbar. Er wird jede restliche Vorstellung, die er zuvor als unangenehm empfunden haben mag, abkapseln. Dann – gereinigt und überzeugt – wird er zu handeln beginnen; nicht für sich selbst, sondern für die Gruppe.

Andrew Malcolm, *The Tyranny of the Group*

Der frühe Montagmorgen des 5. Juni 1978 verlief in der Healthy Living Clinic hektisch. Ein paar Tage zuvor hatte Rock gründlich über die weitere Vorgehensweise der Gruppe nachgedacht. Die Einkünfte stimmten, und die Gruppenmoral war weitgehend ausgezeichnet, aber die Aussichten für das nächste Vierteljahr waren nicht gut. Da gab es zunächst einmal ein ernsthaftes Problem mit dem Lagerbestand. Da die Kirche der Adventisten Rock hinausgeworfen hatte, war sie nicht länger bereit, ihn mit Büchern und natürlichen Lebensmitteln zu versorgen. Dann war da noch die Sache mit den Geschäftsleuten am Ort, die ihm praktisch die Tür einrannten, um an ihr Geld zu kommen. Und nicht zuletzt hatte sein öffentliches Ansehen durch den unglücklichen Tod Geraldine Auclairs erheblich gelitten. Die Polizei schien sein Center ständig zu beobachten. Nachdem er das Für und Wider sorgsam abgewogen hatte, neigte Rock zu einem Umzug.

Seinem Brauch gemäß ließ Rock seine Anhänger über seine wahren Absichten im unklaren. Er äußerte lediglich seine Meinung, daß die Gruppe anfangen sollte, ihre guten Werke über das Beauce-Gebiet hinauszutragen. Sie könnten für ein paar Wochen auf Reisen gehen, schlug er vor, und anderswo Seminare und vegetarisches Essen abhalten. Unterwegs würden sie nach einem neuen Standort für die Beratungsstelle Ausschau halten.

Vor Einsetzen der Abenddämmerung war die Gruppe – mit den Neuzugängen waren es jetzt sechs Männer, zwölf Frauen und zwei Kinder – fleißig damit beschäftigt, ihre gesamte Habe in Rocks Truck, einen alten Schulbus und einen PKW zu verladen. Sie hatten alle Fahrzeuge blau bemalt, und auf dem Blau prangte in Weiß der Name des Centers. Noch vor Morgengrauen konnten sie in die Fahrzeuge steigen und die Stadt verlassen.

Constable Bety gehörte zu den ersten, die Rocks Abwesenheit bemerkten. »Eines Morgens standen wir auf, und sie waren alle fort – einfach so. Ich vermute, der Druck, nicht nur durch die Polizei, sondern auch von den Bürgern hier, wurde ihnen zu stark. Einige Leute waren der Ansicht, daß sie alle Drogen nahmen oder unter Hypnose standen.«

Schon bald gingen die ersten Vermißtenanzeigen von besorgten Eltern der Anhänger Rocks ein. Die Polizeikräfte in der ganzen Provinz wurden verständigt und aufgefordert, nach der Karawane Ausschau zu halten. Der erste Hinweis kam aus Rivière-du-Loup, vierhundert Kilometer nordöstlich von Ste.-Marie. Die Polizei hatte einen großen Segeltuchbeutel am Rand des Trans-Canada Highway gefunden, in dem sich Bankbücher, persönliche Papiere und andere Dokumente aus dem Besitz von Gruppenmitgliedern befunden hatten. Als Sylvio Bety davon hörte, ahnte er, daß Rock beabsichtigte, mit seiner Gruppe ganz aus der Gesellschaft auszusteigen.

Hinter Rivière-du-Loup bog die heilkundige Wandertruppe von der Trans-Canada ab und bewegte sich am Südufer des St.-Lorenz-Stromes entlang in Richtung der abgelegenen und spärlich bevölkerten Gaspé-Region Quebecs. Sie hielten Raucherberatungen in Matane, Cap-Chat, Ste.-Anne-des-Monts, Marsoui und Rivière-à-Claude ab, bevor sie sich nach Süden wandten und über die Chic-Chocs-Berge nach New Richmond nahe der Grenze nach Neubraunschweig fuhren.

Am 6. Juli, einen Monat nach ihrer Abreise aus Ste.-Marie, in New Carlisle, schien Rock endlich einen Beschluß in bezug auf das künftige Vorgehen der Gruppe gefaßt zu haben. Er erzählte ihnen, wie der siebente Engel der ›Offenbarung‹ den Zorn Gottes über der Erde ausgoß. Und es entstanden Blitze und Getöse und Donner und ein gewaltiges Erdbeben, das Berge und Städte einstürzen ließ. »Und ein gewaltiger Hagel, wie Zentner so schwer, geht vom Himmel auf die Menschen nieder. Die Menschen aber lästern Gott wegen der Hagelplage, weil seine Plage über die Maßen groß ist.«

Rock sagte, diese biblische Prophezeiung würde sich am 17. Februar 1979 erfüllen. Das waren die schlechten Nachrichten. Die gute Nachricht war, daß Gott Rock zu seinem persönlichen Abgesandten erkoren hatte. Er und seine Anhänger sollten den Übeln der Zivilisation entrinnen und zur Natur zurückkehren. Sie sollten den Kern einer neuen Gesellschaft bilden, die Gottes tausendjähriges Reich ankündigte.

Gisèle erinnerte sich: »Rock sagte, wir sollten unser eigenes Leben im Busch führen – wir brauchten weder die Adventistenkirche noch den Rest der Welt. Er sagte, unser Leben sei besser, wenn wir von der Natur umgeben wären, wo wir in Frieden und Stille leben könnten. Er hämmerte uns diese Überzeugung ein. Ich glaubte ihm, und auch alle übrigen stimmten ihm zu.«

Drei Tage darauf machte sich die Gruppe von dem eine Fahrstunde landeinwärts von der Atlantikküste gelegenen Dorf Saint-Jogues aus auf der Suche nach Rocks verheißenem Land zu Fuß durch den Busch auf. Sie fanden es zwei Tage später in der Nähe eines einsamen Hügels an einem kleinen See mit dem anheimelnden Namen Lac Sec (Trockener See). Der Platz war zweiundzwanzig Kilometer nördlich von Saint-Jogues und einen vierstündigen Fußmarsch von der nächsten Straße entfernt gelegen. Rock mit seinem Hang zum Dramatischen taufte den buschbestandenen Hügel ›Eternal Mountain‹ (Ewiger Berg).

Sie errichteten Zelte auf einer Lichtung und verbrachten die ersten Wochen damit, zwischen ihrem Lagerplatz und der Straße, an der sie ihre Fahrzeuge gelassen hatten, hin- und herzupendeln und wie die Maultiere Werkzeuge, Kochgeräte und große Säcke mit Nahrungsmittelvorräten herbeizuschaffen. Sie standen um fünf Uhr morgens auf und arbeiteten bis lange nach Sonnenuntergang. Sie fällten Bäume mit einer Kettensäge und begannen mit dem Bau einer großen, achteckigen Holzhütte gemäß Rocks Anweisungen. Jacques und Claude machten sich den Rest des Sommers über mit Spitzhacke und Schaufel am Boden zu schaffen und hoben mitten in der Hütte einen Brunnen aus.

Als sie endlich auf Wasser stießen, erklärte Rock es als ›Wunder‹. Inzwischen beschäftigten sich andere Mitglieder der Gruppe damit, Steine herbeizuschaffen und einen großen Feuerplatz anzulegen. Wieder andere kümmerten sich um Gabrielle Nadeau, die Multiple-Sklerose-Patientin, die bewegungsunfähig in einem kleinen Zelt lag. »Es gab dort anfangs nichts als ein Stück Land«, sagte Gabrielle Lavallée. »Niemand hatte Erfahrung mit harter Arbeit – und es *war* harte Arbeit. Wir arbeiteten wie Pioniere. Wir kamen Mitte Juli an und mußten rasch arbeiten, um einen Schutz vor dem kommenden Winter zu haben. Es waren lange, lange, lange Arbeitsstunden, während uns Moskitos und andere Insekten plagten.«

Rock nahm an den meisten schweren Arbeiten nicht teil. Er behauptete, seine Magenprobleme und der Krebs machten es für ihn gefährlich, sich zu verausgaben. Auch sonst zeigte er wenig Rücksicht auf das Wohlbefinden und die Würde seiner Schafe. Die Männer verfingen sich ständig mit den Füßen in den Säumen ihrer knöchellangen Tuniken, wenn sie mit sechs Meter langen Baumstämmen auf den Schultern durchs Gebüsch stapften. Als sie sich darüber beklagten, riet Rock ihnen, die Säume anzuheben. Kurz darauf trugen sie marineblaue Wickeltuniken, die an Miniröcke erinnerten. Bei den seltenen Gelegenheiten, wenn die Gruppe den langen Marsch in die Stadt antrat, um Gemüse oder Baumaterialien wie Mörtel und hölzerne Dachschindeln einzukaufen, wollten die Einheimischen kaum ihren Augen trauen.

Das unebene Gelände machte den Anbau von Nahrungspflanzen schwierig, also ordnete Rock eine Rationierung an. »Wir bekamen nie ein Frühstück«, erinnerte sich Claude. »Thériault ließ die Frauen uns zu Mittag kleine Portionen bringen, die kaum ausreichten, uns bei Kräften zu halten. Wir waren hungrig und hofften immer, am Abend zu bekommen, was wir brauchten. Und wir wußten, wenn wir seine Anordnungen nicht befolgten, würden unsere Essensrationen zur Strafe noch mehr verringert. Ich mußte immer ans Essen denken.«

Im September war das Holzhaus fertig, aber es war alles andere als behaglich. Der Boden bestand aus Holzscheiben, die von Baumstümpfen abgesägt und in den Boden gerammt worden waren. Die Decke wurde von borkenbedeckten Fichten- und Birkenstämmen gebildet, an denen noch Moos, Zweige und Aststücke hingen. Ein offener Raum beherbergte die Küche, die Feuerstelle, den Brunnen und einen großen Küchentisch. Nachts schliefen die Kommunenmitglieder in Kojen, die an gegenüberliegenden Wänden der Hütte angebracht und nur durch meterhohe, hölzerne Abtrennungen und dünne Bettlaken, die als Sichtschutz von der Decke hingen, voneinander getrennt waren.

Um den endgültigen Bruch der Gruppe mit der Gesellschaft zu symbolisieren, verlieh Rock seinen Anhängern im selben Monat biblische Namen, entsprechend ihren alten Bedeutungen. Gisèle, seine Frau, wurde Esther (Stern); Solange wurde Rachel (Lamm); Gabrielle wurde Thirtsa (Die Freundliche); Francine wurde Hogla (Rebhuhn); Nicole wurde Debora (Bienenkönigin); Chantal wurde Ruth (Freundschaft); Josée wurde Noa (Trost, Ruhe); Marise Lambert wurde Sara (Prinzessin); Maryse Grenier wurde Rebecca (Die Verlockende); Jacques, ihr

Mann, wurde Nathan (Gottesgeschenk); Claude wurde Boaz (Der Starke); Gabrielle Nadeau wurde Machla (Schönheit); und Jacques Fiset wurde Josuah (Den der Herr errettet hat). Da er seinen Stamm nach Gottes Anweisung in die Wildnis geführt hatte, beschloß Rock, sich selbst Moses zu taufen.

Da die Dinge sich immer merkwürdiger entwickelten, verließen mehrere von den übrigen Mitgliedern die Kommune. Yolande Guinnebert kehrte nach Frankreich zurück, nachdem sie erklärt hatte, ihr Visum sei abgelaufen. Léo Marc Faucher, der Rock die Ersparnisse seines Lebens gegeben hatte, lud seine restlichen Habseligkeiten auf einen Pferdewagen und ging mit seiner Frau und dem Kind fort. Rock machte keinen Versuch, sie zurückzuhalten, sagte aber den übrigen, Faucher sei böse.

Wenn sie nicht wie die Sklaven schufteten, hielt Rock seiner Herde Vorlesungen über die Dekadenz der modernen Gesellschaft. Um sich zu läutern, mußten sie erkennen, daß die Gesellschaft korrupt und böse war – Rock nannte es ›die Welt der Toten‹. Ihre Familien gehörten zu den schlimmsten Missetätern. Abend für Abend ermahnte Moses seine hungrigen und erschöpften Anhänger, ihre Geheimnisse zu enthüllen und über ihre gestörte Kindheit zu sprechen. Während die Liste der Beschwerden immer länger wurde, bearbeitete Rock seine Anhänger immer wieder und wieder, um ihnen einzuhämmern, daß ihre Eltern Agenten des Satans waren. Hier, tief in der Wildnis und fern von der Verderbtheit der Gesellschaft, hatten sie eine neue Familie. Rock war ihr Vater, Papi. Gisèle war ihre Mutter, Mami.

»Thériault pflanzte uns diese Vorstellung ein«, erinnerte sich Marise Lambert. »Es war uns nicht erlaubt, über glückliche Familienerinnerungen zu sprechen. Wir bemühten uns immer, unsere Eltern schlecht zu machen, weil sie angeblich so schlecht waren. Wir mußten versuchen, sie zu vergessen. Unsere Eltern hatten uns nichts Gutes gegeben. Alles Gute kam von Rock.«

Es *gab* viele gute Zeiten. Oft unterhielt Rock die Truppe mit bizarren Parodien wie jene, die er benutzt hatte, um die Menschen anzuziehen, als er mit Gisèle die Provinz bereiste. Er zeigte sich gern mit einem Turban oder in einer Lederjacke, wie Motorradfahrer sie tragen, oder er nahm das Ende eines Schlauches in die Hand und mimte einen schmalzigen Barsänger, der ins Mikrophon haucht. Manchmal zog die ganze Gruppe Perücken auf oder kleidete sich in Clownskostüme und führte Spiele auf, bei denen Rock Regie führte. Die ungezwungene Fröhlichkeit, die bei solchen Anlässen herrschte, ließ sie sich wieder wie Kinder fühlen. Sie lachten und schrien und sangen, so laut sie nur konnten, und spürten, wie ihre Hemmungen von ihnen abfielen.

Der Hunger, der Schlafentzug und die ständige, hektische Arbeit machten Rocks Anhänger noch empfänglicher für seine Ideen. »Wir haben wirklich geglaubt, daß er der Beauftragte Gottes wäre«, sagte Gabrielle später. »Ich erinnere mich, als ich ihm einmal zuhörte, gedacht zu haben, daß etwas Seltsames vorging. Ich sagte mir, daß ich mir am nächsten Tag fünf Minuten Zeit nehmen müsse, um darüber nachzudenken. Aber es war keine Zeit dafür.«

Oberflächlich betrachtet, schien die Sache ganz einfach zu sein: eine dominante Persönlichkeit, die von einer Schar willensschwacher Akoluthen profitiert. Aber auf einer tieferen Ebene hatten Rock und seine Anhänger eine Art gegenseitiger Abhängigkeit entwickelt. Er hatte sein ganzes Leben mit Versuchen verbracht, andere zu beeindrucken und ihren Beifall zu gewinnen. Jetzt war er von einer Gruppe von Menschen umgeben, deren Bewunderung für ihn keine Grenzen kannte. In ihrem geschwächten Zustand hing ihr ganzes Leben von ihm ab. Von Minderwertigkeitsgefühlen und Selbstzweifeln getrieben, bemühten sie sich, ihre persönlichen Identitäten in einer machtvolleren und großartigeren Wesenheit aufgehen zu lassen. Je härter Moses sie antrieb, desto mehr waren sie darauf bedacht, Schutz unter seinem starken Schirm zu finden. Es war, als würde der reine Akt des Leidens ihre psychische Bindung an Rock verstärken; ebenso, wie ihre äußerste Abhängigkeit seinen Anspruch darauf unterstrich, ihr uneingeschränkter Meister zu sein. Sie brauchten ihn ebensosehr, wie er sie brauchte.

In dem Maße, in dem die Unterwürfigkeit seiner Anhänger seinen Wahnvorstellungen neue Nahrung gab, wurde Rocks religiöse Besessenheit stärker. Er schien für jeden Aspekt im Leben der Gruppe ein biblisches Vorbild zu finden. Er ließ sich sogar einen langen, schwarzen Bart wachsen, der ihm in Verbindung mit seinem wallenden Gewand das Aussehen eines alttestamentlichen Patriarchen verlieh. Seine liebsten Passagen der Bibel waren die Erzählungen von den Königen David und Salomon; Epen voller Gewalt, Intrigen und Unglücken – und mit einem anscheinend unbegrenzten Angebot an Konkubinen.

Es dauerte nicht lange, bis Rock zu der Überzeugung gelangte, daß es selbstsüchtig von ihm gewesen war, den anderen Frauen in der Gruppe seine sexuellen Zuwendungen vorzuenthalten.

Die Wende kam im Oktober, nachdem Gisèle – die im sechsten Monat schwanger war – Rock gegenüber erwähnt hatte, daß einige der unverheirateten Frauen sich einsam fühlten. Seit Gründung der Beratungsstelle im Beauce-Gebiet hatte er den alleinstehenden Männern und Frauen in der Gruppe verboten, miteinander zu schlafen oder sich mit Außenstehenden einzulassen. »Schließlich ging ich zu ihm«, erinnerte sich Gisèle, »und sagte: ›Rock, es ist nicht normal. Diese Mädchen brauchen Männer, und die Männer brauchen Frauen.‹ Er schaute mich merkwürdig an. Und dann ging er zu den Mädchen und sagte: ›Wißt ihr, Mami sagte, daß ihr Männer braucht. Ihr könnt ohne Männer nicht leben – es ist ein Naturgesetz.‹ Er tat so, als sei es meine Idee gewesen.«

Einige Abende später berichtete Nicole – deren ›Ehemann‹ Jacques Fiset nie viel Interesse an ihr gezeigt hatte – Gisèle, sie habe in einer der Kojen Geschlechtsverkehr mit Rock gehabt, während alle übrigen draußen arbeiteten. Gisèle war wie am Boden zerstört. Sie lief weinend fort; Rock war ihr hart auf den Fersen. Er holte sie ein, warf sie auf den Boden und begann, sie zu würgen. Seine Augen flammten vor Wut.

»Mein Name ist Moses, und ich bin dein Meister«, schrie er.

»Du wirst mir gehorchen. Wenn du nicht tust, was ich dir sage, wird der Herr dich zerschmettern.«

Als Gisèle ihm widersprach, riß er sie auf die Füße, schwang die Faust vor ihrem Gesicht und brüllte ihr ein Ultimatum entgegen. »Du kannst dorthin gehen . . .« sagte er und deutete in Richtung Saint-Jogues, das zweiundzwanzig Kilometer entfernt im Süden lag, ». . . oder du kannst mit mir zum Lager zurückkommen.« Körperlich erschöpft und überzeugt, daß ihr Mann sie eher töten würde als zuzulassen, daß sie floh, humpelte Gisèle in die Kommune zurück, während ihr die Tränen übers Gesicht strömten.

Während Rock Thériault sein Refugium vor dem Jüngsten Gericht in der Quebecer Wildnis errichtete, bereitete ein anderer charismatischer Sektenführer seine Anhänger im Dschungel Guyanas an der Nordküste Südamerikas auf das Ende der Welt vor.

Das Leben von Jim Jones erinnerte in vielen wesentlichen Punkten an das Rocks. Jones wurde 1931 geboren und wuchs im ländlichen Indiana auf. Er erwies sich schon als Junge als der geborene Anführer. Er versammelte Freunde um sich und sagte ihnen, was sie tun sollten. Jahre später beklagte er sich, sein Vater, ein rechtsextremistischer, religiöser Fanatiker und Ku-Klux-Klan-Mitglied, habe ihn erbarmungslos geschlagen. Um seine Freunde zu beeindrucken, verfälschte er die Geschichte seiner Familie. Er behauptete, seine Mutter sei eine amerikanische Indianerin. In der Schule war er unauffällig und brachte gute Noten mit nach Hause. Als er die High-School abschloß – wo ihm sein Ehrgeiz, Arzt zu werden, den Spitznamen ›Doc‹ eingebracht hatte –, stand im Jahrbuch über ihn: ›Jims Wortschatz an sechssilbigen, medizinischen Fachausdrücken erstaunt uns alle‹.

Aber Jim wurde Prediger. Seine erste Anstellung erhielt er bei der Methodistenkirche, die er aber nach ein paar Jahren verließ, um seine eigene Kirche zu gründen, den People's Temple.

Er identifizierte sich mit den Ausgestoßenen der Gesellschaft und entwickelte eine Leidenschaft für die Macht. Er bestand darauf, daß seine Anhänger ihn ›Vater‹ und seine Frau ›Mutter‹ nannten. Auch er wurde ein Hypochonder und war für den Rest seines Lebens davon überzeugt, Krebs zu haben.

Im Jahr 1965 kündigte Jones seinen Schäfchen an, daß die Welt am 15. Juli 1967 durch einen atomaren Krieg zerstört würde und es deshalb erforderlich sei, eine sichere Zuflucht zu finden. Er führte etwa siebzig Familien in eine kleine Stadt im Süden Kaliforniens. Er sagte ihnen, Gott wolle, daß sie das Leben neu begännen und eine utopische Gesellschaft gründeten.

Als das vorhergesagte Armageddon nicht stattfand, zog Jones mit seiner Herde nach San Francisco. Er wurde zunehmend diktatorisch und manipulativ. Einem Freund vertraute er an, er bevorzuge Sex mit jüngeren Frauen – die er leichter beherrschen konnte als seine Frau. Kurz darauf wies er eine seiner Sekretärinnen an, in die Wege zu leiten, daß die weiblichen Kirchenmitglieder mit ihm schliefen. Einige der Frauen klagten darüber, daß Jones sadistisch sei.

Jones sorgte für Disziplin unter seinen Anhängern, indem er sie in einem derartigen Zustand der Erschöpfung und des Hungers hielt, daß sie nicht die Energie aufbrachten, sich aufzulehnen. Zudem schlug er sie für geringfügige Vergehen wie Rauchen oder Einschlafen während seiner Predigten mit Peitschen oder Rudern. Er pendelte unbeherrscht zwischen Anfällen von Gewalttätigkeit und väterlicher Liebe und wurde schließlich so paranoid, daß er selbst die geringste Kritik als schwerwiegenden, persönlichen Angriff betrachtete. Eine seiner bevorzugten Gehirnwäsche-Taktiken bestand darin, daß er Menschen durch gutes Zureden dazu brachte, ihre Schwächen öffentlich zuzugeben, und dann dieses Wissen gegen sie verwandte. Es war eine Technik, die in den Vierziger- und Fünfzigerjahren von chinesischen Kommunisten vervollkommnet wurde, als sie versuchten, die Arbeiter dazu zu bringen, daß sie sich mit den Parteiparolen identifizierten.

Angesichts der wachsenden Kritik an seinen Methoden zog

Jones 1977 mit seinen Schafen nach Guyana. Er brüstete sich damit, eine sozialistische Utopie zu verwirklichen. Später fing er an, über dunkle Mächte zu schimpfen, die – wie er behauptete – darauf aus waren, sein gesellschaftliches Experiment zu vereiteln. Statt aufzugeben, beschloß er, es selbst zu beenden. Am 18. November 1978 starben Jones und etwa neunhundert seiner Anhänger in einer Massensuicid- und Mord-Orgie.

In der Folge bemühten sich Hunderte von Psychiatern und staatlichen Untersuchungsbeamten, sich einen Reim auf die Tragödie von Jonestown zu machen. Es traf zu, daß einige der Anhänger Jones' psychisch labil waren, aber viele andere kamen aus geistig gesunden Elternhäusern und wohlhabenden Verhältnissen und wiesen keinerlei Anzeichen für abnorme Charakterzüge auf. »In einigen Fällen«, schloß einer der Untersuchungsbeamten, »waren die jungen Mitglieder von People's Temple durch die ›Hohlheit‹ in ihren wohlhabenden Familien entfremdet worden.« Der gemeinsame Nenner scheint die Sehnsucht nach Gemeinschaft, Ordnung und Bedeutung gewesen zu sein. Einsamen Menschen bot der Kult kritiklose Freundschaft. In einer Welt der raschen Veränderungen und der verwirrenden Vielfalt stellte Jones' religiöser Orden eine Fluchtmöglichkeit aus der Freiheit dar. Die Sekten-Mitglieder ließen alle früheren Verpflichtungen der Arbeit, der Familie und der Gesellschaft gegenüber hinter sich und mußten nur noch ihrem Anführer gehorchen.

Laut Überlebenden des Massakers war die Macht selbst, die Jones über seine Anhänger ausübte, einer der Hauptgründe für ihre Ergebenheit gegenüber People's Temple. Je mehr Opfer er von ihnen verlangte, desto schwieriger wurde es, Jones die Treue aufzukündigen; es war, als hätten sie so viel von ihrer Persönlichkeit in ihn investiert, daß sie es nicht über sich bringen konnten, einfach davonzuspazieren. Wie die Schüler gewisser indischer Gurus oder Zen-Meister in China oder Japan fielen sie in einen infantilen Zustand der Abhängigkeit zurück. Selbst in diesen altehrwürdigen Traditionen war es nicht unüblich, daß der väterliche Lehrer seinen Schülern als Mittel zur

Erleuchtung Schmerzen zufügte – ebenso, wie Eltern ein unartiges Kind ›zu seinem eigenen Besten‹ schlagen mögen. Nach den British Buddhist Christmas Humphreys wurden im Verlauf der Jahrhunderte viele Fälle bekannt, in denen Zen-Meister ihre Schüler schlugen und aus dem Kloster warfen. Die Schüler kehrten stets zurück; nicht, um sich über ihre Behandlung zu beklagen, sondern um dem Meister ›für die Gewalt, die sie in die Tiefen des eigenen Verstandes hinabtrieb‹, zu danken.

Rock Thériault verfolgte die Nachrichten über das Jonestown-Massaker mit morbider Faszination. Jedesmal, wenn er in Saint-Jogues war, lauschte er Berichten im Radio und schaute in die Zeitungen. Eines Tages erzählt er Gisèle und den anderen, er habe in einem Traum im vergangenen Jahr eine lebhafte Vorahnung von der Tragödie gehabt.

Das Massaker in Guyana hatte eine unmittelbare Wirkung auf die Gaspé-Kommune. Plötzlich standen Kulte weltweit im Mittelpunkt des öffentlichen Interesses. Die französisch-sprachigen Zeitungen Quebecs überboten einander in ihrem Eifer, über den einunddreißigjährigen Moses zu berichten, der eine Bande von Collegeabgängern und gesellschaftlichen Außenseitern in den Busch geführt hatte, um sie auf eine unmittelbar bevorstehende Apokalypse vorzubereiten. Von den Todesfällen in Jonestown alarmiert, forderten die Eltern der Anhänger Rocks, daß die Quebecer Behörden umgehend Maßnahmen ergriffen.

Am 11. Dezember fingen vier Quebecer Polizisten Rock und Jacques Giguère ab, die – mit ihren Tuniken bekleidet – zu einem Interview mit Radio Canada nach Quebec City fuhren. Da jeder Beweis dafür fehlte, daß Rock entweder eine Gefahr für sich selbst oder für die anderen war, hatten die Beamten keine gesetzliche Handhabe, ihn in Verwahr zu nehmen. Rock hatte nicht die Absicht, Scherereien zu machen. Er erklärte sich einverstanden, sie ins Hôtel-Dieu-de-Levis-Hospital am Rand von Quebec City zu begleiten und sich einer Reihe psychiatrischer Tests zu unterziehen. Von Dr. Raynald Côté befragt, leugnete Rock, der Anführer der Kommune zu ein. Er sagte, die Gruppe lebe gemäß den demokratischen Prinzipien ›in Frieden und ohne jede Promiskuität‹.

In einem dreiseitigen Bericht mit Datum vom 13. Dezember beschrieb Côté den Patienten als gefestigte Persönlichkeit ›von normaler Intelligenz‹ und ›mehr als liebenswürdig‹, der möglicherweise an Halluzinationen schizophrener Genese litt:

»Es scheint, als unterhielte Mr. Thériault nur wenig Kontakt mit seiner Familie. Er berichtete mir, daß sein Vater ihn aus dem Haus warf, als er fünfzehn Jahre alt war. Er charakterisiert seinen Vater als gewalttätigen Mann, der auch etwas von einem Alkoholiker hatte... Er erklärte, vor etwa zwei Jahren eine Vision gehabt zu haben, in der er sah, wie er geschieden wurde, ein Beratungscenter eröffnete, um Menschen zu helfen, mit dem Rauchen aufzuhören, und eines Tages auf der Gaspé-Halbinsel leben würde... Er beschreibt sich selbst als den geduldigsten Menschen auf Erden und sagt, er sei damit zufrieden, nach der Bibel zu leben. Er sagt, er sei davon überzeugt, daß das Ende der Welt im Februar kommt. Er meint damit die Wiederkunft Christi und die Reise in eine andere Welt. Er sagt, daß er ernsthaft an seine Religion glaubt, wenn er auch ›tief innen‹ ein wenig zweifelt...

In bezug auf seine Visionen sagt er, er sei sicher, daß sie von Gott kommen... Er fragte mich, ob ich der Meinung sei, daß sie eine andere Ursache haben könnten, zum Beispiel ein Problem mit seinem Nervensystem...

Alles deutet daraufhin, daß er unter einem mysteriösen Wahn leidet, der seit zwei Jahren andauert. Dieser Wahn könnte ein Hinweis auf Schizophrenie sein. Eine genauere Diagnose würde eine längere Beobachtung voraussetzen. Er zeigte sich anderen gegenüber niemals aggressiv oder drohend, und ich glaube nicht, daß in diesem Fall eine Hospitalisierung erforderlich ist. Darüber hinaus gibt es keine Aussage oder legale Handhabe, die eine Behandlung gegen seinen Willen rechtfertigen würde. Es steht ihm deshalb frei, das Hospital zu verlassen.«

Es war das erste von vielen Malen, daß Rock die Behörden foppte. Denn entgegen seiner frommen Leugnung der Promiskuität und seiner Selbstdarstellung als sanftmütiger Hirte war Rock dabei, am Ewigen Berg seinen persönlichen Harem einzurichten. Kurz, nachdem er mit der einundzwanzig Jahre alten Nicole geschlafen hatte, erklärte er, alle Ehen außer der seinen seien nichtig. Dann nahm er eine Frau nach der anderen zu seiner ›Gemahlin‹. Die einzige Ausnahme war Maryse Grenier, Jacques' Frau. Er ›heiratete‹ sogar Gabrielle Nadeau und trug sie dann und wann in sein Bett, obwohl er allem Anschein nach nicht versuchte, mit der Invaliden geschlechtlich zu verkehren. »Es begann im ersten Herbst auf der Gaspé-Halbinsel«, erinnerte sich Marise Lambert. »Es fand eine Hochzeitszeremonie nach der anderen statt, mehrere Monate lang. Er verkaufte uns die Idee unter Bezug auf König David und seinen Frauen. Einige von uns hatten keinen Freund oder Mann, und wir waren draußen im Busch, also hatten wir keine Einwände. In der Bibel war der Harem sehr schön und gut beschrieben.«

Obwohl Claude Ouellette nicht laut protestierte, war er durch Rocks willkürlichen Erlaß insgeheim erschüttert. Es war Rock gewesen, der ihm ursprünglich eingeredet hatte, Solange zu heiraten, obwohl sie nicht sein Typ war. Seit damals hatte er angefangen, sie zu lieben – und sie war schwanger geworden. Aber Rock sagte immer wieder zu Claude, daß er und Solange nicht zusammenpaßten. Konnte er nicht sehen, daß sie ihn in Wirklichkeit nicht mochte? Rock sagte, die Ehe sei nicht gut.

Claude mußte zugeben, daß seine Frau ihm niemals gezeigt hatte, wie sie ihn liebte. Solange war der Sex anfangs unangenehm. »Sie mochte es nicht, wenn Claude sie berührte«, sagte Gisèle. »Aber es war nicht sein Fehler. Es lag daran, wie sie aufgewachsen war – daran, daß ihr Vater zu viel trank und ihre

Mutter verletzte. Claude bemühte sich, zärtlich zu ihr zu sein, aber sie hatte eine Menge Probleme mit dem Sex.«

Tatsächlich war Solange eine der letzten Frauen, die Rock überreden konnte, mit ihm zu schlafen. Ihre rebellische Art erhöhte auf eine verdrehte Weise die Anziehungskraft, die sie auf ihn ausübte. »Rock mochte Solange am liebsten, und er gab sich große Mühe, um sie für sich zu gewinnen«, sagte Marise Lambert. Solange zeigte ihrerseits niemals die schüchterne, bedingungslose Anbetung Rocks, wie Nicole und Chantal sie zur Schau trugen. Aber sie schaute zu ihm auf, wie ein kleines Mädchen zu seinem strengen Vater aufschauen mag – mit einer Mischung aus Furcht und Bewunderung. Sie hatte als Kind gelernt, daß es zwei Arten von Männern gibt: die starken und die schwachen.

Gisèle wußte, daß sie sich nicht über Rocks Verhalten beklagen konnte. Der Gedanke, daß er mit den anderen Frauen schlief, schmerzte sie; aber sie hatte sich selbst dazu konditioniert, ihrem Mann zu gehorchen. »Nach deinem Manne wird dein Verlangen sein«, las sie im ersten Buch Genesis, »aber er wird über dich herrschen.« Außerdem stand sie kurz davor, ihr erstes Kind zur Welt zu bringen, und sie fand es in diesem fortgeschrittenen Zustand der Schwangerschaft beschwerlich, Sex zu haben. Sie fühlte sich schuldig, weil sie wünschte, Rock seines fleischlichen Vergnügens zu berauben.

Wie Rock ihr mehrmals auseinandergelegt hatte, folgte er nur dem Beispiel der Könige im Alten Testament. Saul, David und Salomon hatten große Familien gegründet, indem sie sich viele Frauen nahmen. Es war wichtig, viele Kinder zu haben, um sich auf das Neue Jerusalem vorzubereiten.

Trotzdem achtete Rock darauf, vor seiner gesetzlichen Frau nicht mit seinen Eroberungen zu prahlen. Er machte mit diesen zumeist mittags Liebe, während der Rest der Gruppe im Freien arbeitete, oder nachts, wenn die übrigen schliefen. Einmal wurde Gisèle um drei Uhr morgens wach und hörte von einer der anderen Kojen her Stöhnen und Kichern. Rock lag im Bett mit Chantal und Nicole, die sich offenbar selbst vergnügten.

Gisèle war verwirrt. Sie bemühte sich, ihre Tränen zurückzuhalten.

Bald wetteiferten die übrigen Frauen um die Aufmerksamkeit Rocks. Sie schrieben ihm regelmäßig Liebesbriefe. Gabrielle, die sich immer wieder selbst versicherte, daß sie die attraktivste und begehrenswerteste der Frauen war, warb besonders um seine Zuneigung. Als sie Rock zum ersten Mal in sein Bett begleitete, legte er ihre Hand auf seinen Penis und fragte sie, ob dessen Größe seinem Status als Prophet und Anführer angemessen sei. Sie begann, nach seiner Anweisung Fellatio zu vollziehen. Als sie versuchte, ihn zu küssen, drückte er ihren Kopf brutal an seinen Unterleib. Er sagte zu Gabrielle, wenn sie masturbieren wolle, während sie ihm Lust bereite, sei das in Ordnung, aber es war ihr verboten, seine Lippen zu berühren. Und er würde sich auch nicht dazu herablassen, in sie einzudringen, es sei denn, er wolle sie schwängern.

Danach versuchte Gabrielle alles, um ihren Meister zu erfreuen, und scheute dabei auch nicht davor zurück, sich zu erniedrigen.

Sie redete sich ein, daß sie eines Tages Rocks Liebe verdienen würde, wenn sie seinen Mißbrauch fraglos duldete. Sie schrieb ihm voller Demut:

> Angebeteter und sehr geliebter Meister,
> mein Herz schlägt gleich neben Deinem ungeheuer weiten Vaterherzen. Du hast mir so viel Frieden geschenkt. Ich bin glücklich über die wunderbare Familie, die Du gegründet hast, und zu der zu gehören Du mir erlaubtest. Und ich danke Dir auch für das Versprechen besserer Tage. Ich fühle mich sehr wohl an Deiner Seite; eines Deiner Kinder zu sein und einfach, aber voll leben zu dürfen. Es ist wunderbar, daran zu denken, daß wir alle zu einem Stamm gehören, der nicht zum Sterben verdammt ist. Bevor ich schließe, möchte ich Dir noch einmal sagen, was ich Dir sagte, als ich gestern nacht den Eindruck hatte, den Atem

zu verlieren. Ich bin Schlamm. Ich bin weniger als nichts. Und ich bitte Dich um Verzeihung für all die Irrtümer meines Fleisches.

Ich liebe Dich, Papi,
und ich werde Dich ewig lieben.
Thirtsa

PS.: Bitte, entschuldige meine Handschrift.

Zu der Zeit, da Rock mit den Kommunenfrauen intim wurde, gab er auf, was von seiner ganzheitlichen Lebensweise noch übriggeblieben war. Der ehemalige Befürworter des Vegetarismus und der natürlichen Heilweise aß plötzlich wieder Fleisch und genoß Pepsi und Kartoffelchips, als gäbe es diese Leckereien bald nicht mehr. Viele der Lebensmittel waren Spenden von wohlwollenden Bewohnern der Gegend, die dem Lager in diesem Winter regelmäßige Besuche per Motorschlitten abstatteten. Aber nicht alle Lieferungen waren milde Gaben. Zumindest einmal befahl der selbsternannte Prophet die verwirrte Gabrielle, sich als Gegenleistung für einige Beutel Milch, Fleisch und Käse einem Geschäftsinhaber hinzugeben. Sie gehorchte widerwillig, in der Hoffnung, ihrem Meister zu gefallen. Wie Rock es sah, war Essen ›eine Gabe Gottes‹. Dasselbe galt für die Fürsorgeschecks, die einige Gruppenmitglieder erhielten – der Erlös belief sich auf tausendvierhundert Dollar, die direkt auf Rocks Bankkonto in New Carlisle landeten.

Nach zwei Jahren Abstinenz entdeckte Rock seine Liebe zum Alkohol wieder. Zu Beginn war es zeremonieller Wein, den er zum Genuß beim Beten und bei Bibellesungen kistenweise kaufte. Bald ging er zu Bier und Cognac über. Er konnte stundenlang trinken, ohne daß man es seiner Sprechweise angemerkt hätte – aber wenn er ein halbes Dutzend Biere getrunken hatte, wurde er prahlerisch und angriffslustig.

Alkohol erweckte häufig eine ungeheuerliche Brutalität in Rock. Oft hielt er seine Anhänger die ganze Nacht über wach, wenn er trank. Wenn jemand es wagte, während seiner endlosen Sermone einzuschlafen, ergriff er eine zehn Zentimeter dicke Keule und schlug den Missetäter vor den Augen der gesamten, eingeschüchterten Versammlung. Als Maryse Grenier, Jacques Giguères Frau, im Herbst 1978 - sie war schwanger –, ohne Rocks Erlaubnis zwei Pfannkuchen aß, versetzte er ihr einen Fausthieb und brach ihr zwei Rippen. Maryse Greniers kleiner Junge Samuel Giguère gehörte zu Rocks bevorzugten Opfern. Er betrachtete ihn – wie jedes Kind, das nicht sein eigenes war –, als ein ›Tier‹ und ordnete an, daß er von seinen Eltern getrennt in einem ungeheizten Raum schlief. Wenn Samuel weinte, befahl Rock seinem Vater Jacques Giguère, ihn nackt auszuziehen und im Schnee zu wälzen. Die Füße des kleinen Samuel verfärbten sich purpurn und sein Penis schwoll durch das Schlafen auf dem kalten Boden an.

In diesem Winter bestrafte Rock Gruppenmitglieder verschiedentlich für kleinere Übertretungen, indem er sie zwang, sich nackt auszuziehen und stundenlang draußen zu stehen. Ihre Bitten um Milde ignorierte er. »Wir konnten uns nicht verteidigen«, sagte Jacques Giguère. »Zunächst einmal machte jede Verteidigung die Sache nur noch schlimmer. Und zweitens flößte er uns das Gefühl ein, als erhöben wir unsere Hand gegen Gott, wenn wir zurückschlugen. Wenn wir Gott schlugen, würden wir sterben und in die Hölle kommen.«

Rocks Anhänger schrieben ihm sogar kriecherische Briefe, wann immer er verärgert war.

Hallo Papi!
Ich schreibe über das, was Du übers Essen gesagt hast. Es ist nur zu wahr, daß ich nasche; eine verdammenswerte Angewohnheit, die ich sofort ablegen will. Der Gedanke, in so kurzer Zeit so viel zu essen, schreckt mich ab –, auch wenn ich den ganzen Tag über draußen arbeite, ohne zu essen. Ich bitte Dich, mir zu vergeben. Wenn es stehlen ist, war es mir nicht bewußt.

Es liegt an dieser Angewohnheit, daß ich so plump bin.

Ich will keine fette und plumpe Dienerin sein. Das würde neben einem Mann wie Dir zu häßlich aussehen.

Ich weiß nicht, was ich von all dem und von der Bedeutung meiner Taten halten soll. Ich weiß nur, daß ich sie nicht wiederholen werde. Und das sage ich nicht nur so dahin.

Ich wünsche mir, Dir eine treue Dienerin zu sein, mein Meister. Wachsam, tatkräftig, mit einem klaren und raschen Geist und stets bereit, Dir in jedem Augenblick meines Lebens zu dienen.

Ich habe noch einen weiten Weg zu gehen.

Danke, Papi
Ich liebe Dich
Hogla [Francine Laflamme]

Maryse Grenier – die einzige von den neun Frauen, die nicht Rocks Konkubine geworden war – drückte sich in ihren Bitten um Nachsicht weniger poetisch aus.

Papi,
ich muß Dich um Verzeihung wegen des Lärms bitten, den meine Kinder machten, als Du Dein Bad nahmst. Bitte, vergib mir, daß ich Dein Bad gestört habe.

Ich liebe Dich,
Rebecca

Einmal – als Rock wegen seiner chronischen Magenprobleme bei einer Mahlzeit seine Portion nicht aufessen konnte –, machte er Jacques das seltene Angebot, sich Nachschlag zu holen. Der unterernährte Schüler nahm dankbar an, nur um später feststellen zu müssen, daß sein Meister wütend auf ihn war.

Hallo, mein Freund,
ich schreibe Dir heute morgen erstens, um Dich um Verzeihung für den Schaden zu bitten, der entstand, weil ich von einem anderen Teller als dem gegessen habe, den Du mir

gabst. Zweitens hoffe ich, daß Du Mitleid mit Deiner kleinen Schar von Leuten hast. Ich bitte Dich, Gnade walten zu lassen, weil wir sonst alle sterben würden. Bitte, verzeih' mir, daß ich es gewagt habe, Dich um diese Dinge zu bitten.

Nathan

Einmal fing Maryse Grenier an, darüber zu sprechen, daß sie die Kommune verlassen wolle. Rock befahl Jacques, ihr mit dem Beil eine Zehe abzuhacken, um sie zu disziplinieren. Jacques erschauerte bei dem Gedanken, seine Frau zu verletzen, aber Rock stachelte ihn ständig an. »Was bist du, eine Schwuchtel?« schrie er. »Hast du denn keine Eier? Wenn du ein Mann sein willst, mußt du lernen, deiner Frau eine Lektion zu erteilen.« Jacques brach in Tränen aus. Rock nahm das Beil an sich und drohte, Maryse *alle* Zehen abzuhacken. Widerstrebend nahm Jacques das Beil wieder an sich. Er zielte sorgfältig, um nicht mehr Schaden anzurichten, als nötig, und trennte eine der kleinen Zehen vom Fuß seiner Frau.

Nach diesem Vorfall gewöhnte Rock sich an, Jacques als seinen Hauptschergen einzusetzen. Nach der Verstümmelung seiner Frau hatte Jacques weniger Schwierigkeiten damit, die übrigen zu bestrafen. Er sagte sich immer wieder, wenn er die Gruppenmitglieder nicht auf die Weise verletzte, die Rock angeordnet hatte, würde der Anführer der Kommune etwas weit Schlimmeres tun.

Der 17. Februar 1979 war ein ereignisreicher Tag. Zweihunderttausend chinesische Soldaten fielen ohne Vorwarnung in Vietnam ein. In New York verhaftete die Polizei einen Ex-Sträfling mit Verbindungen zur Mafia, weil er Luftfrachtgüter im Werte von fast sechs Millionen Dollar gestohlen hatte. In Quebec kündigte Premierminister René Lévesque an, seine Provinz würde in Zukunft Gespräche über Verfassungsfragen boykottieren. Aber entgegen der Vorhersage Rocks gab es keinen Schauer felsbrockengroßer Hagelkörner, keine Wiederkunft Christi, keine Reise in eine andere Welt.

Eine weniger ergebene Gruppe von Gläubigen hätte daraufhin vielleicht die Weisheit ihres exaltierten Anführers in Frage gestellt, aber Rocks Gruppe legte ihren Zweifel zu seinen Gunsten aus. Außerdem hatte Moses eine logische Erklärung parat. Es sei immer ein gewagtes Unterfangen, den genauen Zeitpunkt derartiger Ereignisse festzulegen, sagte er ihnen, denn ›in den Augen Gottes kann eine Sekunde vierzig unserer Jahre bedeuten, ebenso wie vierzig Seiner Jahre uns wie eine Sekunde vorkommen mögen‹.

Jacques Giguère genügte diese Erklärung. »Es gab Unklarheiten über den Zeitpunkt«, sagte er damals zu einem Journalisten. »Aber das Ende der Welt steht bevor. Wenn Gott Moses sagte, daß es so ist, dann wird es geschehen. Gott spricht durch unseren Hirten, und wir gesellen uns nicht zu den herkömmlichen, religiösen Gruppen, weil wir die einzigen sind, die glauben – die wissen –, daß das Ende der Welt nahe ist.«

Wie dem auch sei; Rock hatte Anfang 1979 nicht nur die Apokalypse im Kopf. Das Land- und Forst-Ministerium Quebecs machte Anstalten, die Gruppe von ihrem Platz zu vertreiben. Sie hatte sich auf Land der Krone niedergelassen. Anfang März begab er sich gemeinsam mit Jacques Giguère – dessen Frau zwei Monate zuvor Samuel zur Welt gebracht hatte – nach Quebec City, in dem vergeblichen Versuch, mit Lévesque zu sprechen. Als sie in ihren braunen Roben und Arbeitsschuhen durch die erhabenen Flure des Hauses der Nationalversammlung stapften, hatte Rock eine kurze Besprechung mit einem Helfer des Premiers, der ihm versicherte, daß es ihnen erlaubt sein würde, auf dem Land zu bleiben.

Aber die Atempause in den Störungen von außerhalb sollte nur kurz andauern. Rosaire und Victoria Labrie, die Eltern Chantals, hatten sich monatelang mit dem Gedanken getröstet, daß ihre Tochter Thériault durchschauen würde, wenn die Welt nicht am 17. Februar endete, wie er es vorhergesagt hatte. Als der Tag verging, ohne daß sie etwas von Chantal gehört hätten, beauftragten sie einen Anwalt, für eine gerichtliche Verfügung zu sorgen, die Chantal verpflichtete, sich neuen psychiatrischen Tests zu unterziehen.

Am 17. März 1979 kreuzten zwei Quebecer Polizisten mit der von den Labries erwirkten gerichtlichen Verfügung an der Tür zu Rocks Hütte auf. Sie zogen unverrichteter Dinge wieder ab. Rock, der sich geweigert hatte, ihnen Zutritt zu gewähren, brüstete sich damit, die Polizei könne ihm seine Ruth nur über seine Leiche fortnehmen. »Sollen sie mit einer Armee kommen, wenn sie wollen«, sagte er. »Ich habe Gott und die Heerscharen Seiner Engel auf meiner Seite.«

Eine Zeitlang sah es so aus, als würde Rock den Medienkrieg um sein Ansehen mit den Quebecer Behörden gewinnen. Selbst das plötzliche Ausscheiden eines der Gründungsmitglieder aus der Kommune – des fünfundzwanzig Jahre alten Jacques Fiset – schadete seinem Ruf nicht. Im nachhinein kann man es als wahrscheinlich ansehen, daß Fiset von Rocks Gewalttätigkeit alarmiert war und beschloß, zu verschwinden, so lange es noch möglich war. Rock teilte den übrigen mit, Fiset sei vom Teufel in Besitz genommen worden. Aber am 14. April brachte Quebec Citys geachtete Zeitung *Le-Soleil* ein Interview mit dem jungen Mann unter der Überschrift: *Sie sind glücklich und können fortgehen, wenn sie es wünschen.* In dem Artikel wurde Fiset so zitiert, als preise er Rocks Führerqualitäten und hätte gesagt, daß er das Lager nicht verlassen hatte, weil er mit den Bedingungen dort nicht einverstanden war, sondern weil er auf die Außenwelt neugierig geworden war. »Bevor Moses eine Entscheidung trifft, spricht er mit uns darüber, und wir entscheiden«, sagte Fiset, als er über das Leben in der Kommune befragt wurde. »Aber Regeln sind nötig; ein Schäfer ist nötig; weil die Lämmer sonst über die Zäune springen.«

Die Reporterin Elyette Curvalle ließ darauf ihre eigene Beobachtung folgen:

›*Wenn man das Bild betrachtet, das unser Fotograf bei einem kürzlichen Besuch am Lac Sec aufgenommen hat, sieht man glückliche Gesichter; Frauen, die ihre Kinder stillen; alltägliche*

Szenen der Arbeit auf den Feldern. Und unter ihnen Rock, ihr spiritueller Vater, von dem Jacques voller Liebe spricht.‹

Aber die Polizei war von dem *Le-Soleil*-Artikel recht wenig beeindruckt. Vier Tage nach dessen Erscheinen landeten vor Anbruch der Morgendämmerung zehn Polizisten mit einem Hubschrauber im Lager und verhafteten den Anführer der Kommune wegen Behinderung der Behörde. Ein Richter am obersten Gericht im nahen New Carlisle ordnete umgehend an, daß Rock sich einer dreißigtägigen psychiatrischen Untersuchung am Robert Giffard Hospital in Quebec City zu unterziehen habe. Mittlerweile flog die Polizei Chantal zu einer anderen psychiatrischen Einrichtung in Quebec City.

Da Rock vorübergehend aus dem Verkehr gezogen war, begann die Polizei, Eltern und andere Verwandte per Hubschrauber in das Lager zu fliegen. Sie hofften, auf diese Weise Rocks Macht über seine Anhänger brechen zu können. Aber es war aussichtslos. Die übrigen Gruppenmitglieder waren wie verlassene Schafe, die furchtsam zusammengedrängt auf die Rückkehr des Schäfers warten. Als Raoul und Laurette Boilard ankamen, wollte Solange nichts mit ihnen zu tun haben. Sie weigerte sich sogar, ihren Eltern ihr erstes Kind zu zeigen – einen Jungen, der drei Monate zuvor aus ihrer Verbindung mit Claude hervorgegangen war. Als Raoul Boilard verweigert wurde, seinen Enkel zu sehen, wurde er wütend – und das Treffen endete in einem Schreiwettbewerb.

Francine Laflammes Mutter mußte eine ähnliche entmutigende Erfahrung machen. Sie wurde ebenso wie die übrigen Eltern am Lagertor von ›Mami‹ angehalten, die alles zu tun schien, um während Rocks Abwesenheit seinen Geist hochzuhalten. Francines Mutter sagte: »Es war, als beträten wir Privatgelände. Gisèle bestand darauf, daß wir in einer kleinen Hütte warteten und die Hauptunterkunft immer nur zu zweit betraten. Sie sagte, wir dürften nur eintreten, wenn wir – wie sie es nannte – all unsere ›materiellen Besitztümer‹ wie Schmuck,

Uhren und Ketten ablegten. Es war absolut lächerlich, aber wir folgten ihren Anweisungen trotzdem. Als wir an der Reihe waren, einzutreten, saßen alle um einen großen Tisch und sprachen nur wenig. Thériault war verhaftet worden, und es war, als hätten sie ihren Vater verloren. Ich erblickte Francine, die in einem großen Kessel herumrührte. Sie war blaß und sehr, sehr dünn. Sie schaute uns kaum an. Ich denke, sie hatte einen Nervenzusammenbruch. Ich bemühte mich, sie zu erreichen, aber sie reagierte nicht. Und die ganze Zeit über saß Gabrielle Lavallée dort und schaute Francine mit einem Blick an, der besagte, sie solle sich beherrschen und nicht mit uns sprechen.«

Nach fünf Minuten verließen die Laflammes die Hütte. Sie waren erschüttert. Ebenso wie auch für einige der übrigen Eltern, sollte es für sie das letzte Mal für viele Jahre sein, daß sie ihr Kind wiedersahen.

Das Urteil der Psychiater vergrößerte den Schmerz der Eltern noch. Chantal Labrie verließ das Roy-Rousseau-Krankenhaus in Quebec City am 27. April als freier Mensch und begab sich schnurstracks zum Ewigen Berg – wie eine Taube, die dem heimatlichen Schlag entgegenstrebt. Die Ärzte hatten sie nach neuntägigen Tests für ›geistig vollständig gesund‹ befunden. Ihre Eltern waren wie erstarrt. »Chantal wird von Moses beherrscht«, behauptete Victoria Labrie. »Ich zweifle nicht an ihrem Glauben, aber ich mache mir Sorgen über ihre Lebensweise.«

Am selben Tag berief Rock eine Pressekonferenz im Sitzungssaal des Robert Giffard Hospital ein. Es war nicht zu übersehen, daß er seine Berühmtheit genoß. Er sprach voller Verachtung über ein Quebecer Sensationsblatt, das ihn mit Jim Jones verglichen hatte. Die Fernsehkameras zeigten ihn mit einer Handvoll Fanbriefe, die ihm Erfolg wünschten, und denen nicht selten ein Scheck oder eine Geldanweisung beilag. »Ich werde oft gefragt, wer und was meine Schüler waren, bevor sie zu mir stießen«, sagte er. »Nun, sie waren junge Menschen, die ihren Familien entfremdet waren, Drogen nahmen, Alkohol tranken und rauchten. Sie kamen zu mir, und ich entgiftete sie und bot ihnen moralischen Halt. Aber es war nicht leicht für sie. Manchmal waren sie so frustriert, daß sie mich sogar schlugen. Wenn sie es nicht mehr aushalten konnten, sagte ich ihnen, sie sollten lieber mich schlagen als gegen die Wände laufen. Sie taten es, aber bald weinten sie und sagten: ›Hilf mir, hilf mir.‹ Sie nahmen mich als ihren Vater an, als ihren Helfer.«

Die Inszenierung dieser Pressekonferenz wäre eines Academy Award würdig gewesen. Als Rock seine Rede beendet hatte, schalt Dr. Louis Roy, der Anstaltsleiter, die Öffentlichkeit, weil sie automatisch annahm, der bärtige, einunddreißigjährige Messias müsse schon deswegen verrückt sein, »weil er hergeschickt wurde, damit Tests ausgeführt würden«. Er nannte den Patienten Moses.

Die Medien saugten alles begierig auf. Plötzlich war Rock ein Volksheld, den man für verrückt erklärt hatte. Er wurde vor Abschluß der Tests aus dem psychiatrischen Krankenhaus entlassen und erhielt eine einjährige Haftstrafe, die auf Bewährung ausgesetzt wurde. Inzwischen grämte sich der *Montreal Star* – der Rock als Mann der Berge mit sanfter Stimme bezeichnete –, daß er ›die Gemütsruhe, die er vor seiner Haft gefunden hatte‹, nie wiedererlangen würde. Die *Gazette* brachte einen bewegenden Artikel, in dem Rocks religiöse Überzeugungen verteidigt wurden, und erklärte blauäugig, er habe ›niemanden bedroht und kein Gesetz gebrochen‹. Weiter hieß es in dieser Zeitung:

> In gewisser Hinsicht haben wir alle eine Gehirnwäsche hinter uns. Das heißt, wir alle hegen unerschütterliche, unlogische Glaubensvorstellungen, und wir sind darauf programmiert, sie zu verteidigen. Es ist gewagt, einen bestimmten Glauben nur deshalb als allen anderen überlegen zu betrachten, weil ihm mehr Menschen anhängen.

DER KLEINE SAMUEL

Mehrere Wochen lang bot Rock Thériault den Quebecer Zeitungen und Fernsehsendern Stoff für publikumwirksame Geschichten über den friedliebenden Kauz, der wie Davy Crockett in den Wäldern des östlichen Teils der Provinz hauste. Aber bereits wenige Tage nach seiner Entlassung aus dem psychiatrischen Krankenhaus am 30. April 1979 war er nur noch eine halbvergessene Kuriosität.

Das kurze Bad im Scheinwerferlicht der Medien schien Rocks ohnehin übersteigertes Selbstwertgefühl nur noch zu erhöhen. Sobald der Schnee schmolz, befahl er Claude, Jacques Giguère und den übrigen, die bescheidene Ein-Zimmer-Hütte in ein kleines Schloß zu verwandeln. Sie brauchten Monate dafür. Sie errichteten ein zweites Stockwerk und bauten mehrere Flügel, eine Sauna und zwei weitere Feuerstellen. Während seine Anhänger sich plagten, nahm Rock seinen handgeschnitzten Stock und stieg auf den Hügel, um sein ›Königreich‹ zu besichtigen. Zur gegebenen Zeit ordnete er neue Projekte an: ein Räucherhaus für den Fisch, den sie in nahegelegenen Flüssen fingen, zwei Gewächshäuser und einen Stall. Sein Stolz und seine Freude aber waren ein Lagerraum, in dem er in Fässern hochprozentiges Bier erzeugte.

Die Polizei ließ sich nur noch einmal in diesem Jahr am Ewigen Berg blicken, anläßlich eines Vorfalls, der eine bleibende Auswirkung auf Rocks Verhalten haben sollte. Anfang Oktober 1979 fiel Gabrielle Nadeau – deren Eltern von Rocks Entschluß, sie zur Gaspé-Halbinsel mitzunehmen, entsetzt gewesen waren – in ein Koma und starb. Rock hatte bereits alle Vorbereitungen getroffen, sie am Fuß des Hügels zu beerdigen, als die Polizei von ihrem Tod erfuhr. Trotz seiner Proteste flogen sie den Leichnam nach Quebec City, um eine Autopsie vornehmen zu lassen. Die Untersuchung erbrachte keine Anzeichen dafür, daß er ihren Tod verschuldet hatte.

Als Rock erfuhr, daß Gabrielle in dem Dorf beerdigt worden war, in dem sie geboren wurde, regte er sich fürchterlich auf. Er nannte es ein Sakrileg. Er schwor, wenn das nächste Mal jemand in der Kommune stürbe, so würde er alles in seiner Macht Stehende tun, um die Leiche nicht den Behörden in die Hände fallen zu lassen.

Ein paar Monate später – im Januar 1980 – rief er Francine Grenier, seine Ex-Frau, an, und begann, über seinen Reichtum und seinen Besitz zu prahlen. Er sagte, er wolle sie in einem Motel am Rande von Quebec City treffen, weil er Geschenke für Rock Jr. und François habe. Als die drei kamen, fanden sie Rock und Nicole in einem Motelzimmer vor, umgeben von halb geleerten Bier- und Whiskyflaschen. Rock bestand darauf, seine frühere Familie in ein erlesenes Restaurant zu führen. Er achtete sorgsam darauf, die teuersten Gerichte auf der Karte zu bestellen, und im Verlauf des Mahles zückte er immer wieder ein dickes Bündel Zwanzig- und Fünfzig-Dollar-Noten. Francine war sicher, daß es sich um Tausende von Dollar handelte. Schließlich fing er sogar an, Geld auf dem Tisch zu verteilen.

Francine Grenier besuchte die Kommune noch mehrmals. Rock gab bei solchen Gelegenheiten meistens eine Party, auf der viel Alkohol getrunken wurde. Einmal gab er mit seiner Kraft an: Er holte einen Karton mit Zwölf-Zoll-Nägeln hervor, spannte den Bizeps an und bog die Nägel V-förmig zusammen. Chantal, Nicole und die übrigen klatschten eifrig; aber Rocks Ex-Frau fand die Vorstellung so bizarr, daß sie lachen mußte. Sie sollte ihre Unüberlegtheit bald bedauern. Rock stürzte sich auf sie, zerrte sie von ihrem Sitz und ließ einen Hagel von Boxhieben und Tritten auf sie herniederprasseln. Sie weinte und schrie um Hilfe, aber Rocks Anhänger standen nur untätig daneben und schauten verwundert zu. Inzwischen waren solche Ausbrüche für Rock fast zur Routine geworden.

Eines Abends Anfang November 1980 – es schneite bereits heftig – hieß die Kommune ihr erstes, neues Mitglied willkommen, seit Rock seine Anhänger vor über zwei Jahren in den Busch geführt hatte. Guy Veer war psychisch gestört. In jenem Jahr war der dreiundzwanzigjährige Mann zweimal im Robert Giffard Hospital in Quebec City – derselben Einrichtung, die Rock sechs Monate zuvor für geistig gesund erklärt hatte – wegen Depression behandelt worden. Seinen zweiten Klinikaufenthalt hatte Guy Veer ohne Zustimmung seines Arztes beendet. Er war ein schlanker, dunkelhaariger Mann mit buschigen Koteletten, einem verzerrten Mund und leerem Blick. Offenbar hatte er im Fernsehen von Moses gehört und beschlossen, sich der Kommune anzuschließen. Er war ›am Ende des Seiles angekommen‹, wie er erklärte, und wollte ein ruhigeres, einfacheres Leben führen. (Rocks Version wich ein wenig davon ab: Er behauptete, einer der Krankenhaus-Psychiater sei von Rocks Experiment der alternativen Lebensführung so beeindruckt gewesen, daß er Veer ermutigt habe, am Ewigen Berg zu leben.)

Rock verlieh Veer den Namen Kedemoth und wies Gabrielle an, ihn einer ›vollständigen körperlichen und geistigen Prüfung‹ zu unterziehen. Veer bestand diesen Test und wurde mit der Aufgabe betraut, Holz zu fällen und Vorräte für den Winter einzulagern. Rock teilte dem Neuankömmling mit, er dürfe in der Kommune bleiben, sofern er sich mit einem Schlafplatz im Vorratsschuppen begnüge.

Anfang 1981 legte Rock dem Neuling einen handgeschriebenen Vertrag vor. Danach durfte er in ein kleines Zimmer im Anbau des Haupthauses umziehen, falls er sich bereit erklärte, den Babysitter für drei der Kommunenkinder zu spielen: für den zwei Jahre alten Samuel, die vierjährige Miriam Giguère und den zweijährigen Simon Ouellette, Solanges' und Claudes Sohn. Rock selbst hatte seit Errichtung der Kommune drei Kinder gezeugt – eines mit Gisèle, eines mit Solange und ein drittes mit Nicole –, aber sie sollten von dem geistig behinderten Veer streng ferngehalten werden. Moses duldete nicht einmal, daß die Mütter ihre Kinder herzten und wiegten. Er erklärte, elterliche Liebe störe nur die Ergebenheit Gott und Seinem demütigen Diener Moses gegenüber. Dennoch gestattete er *seinen* Kindern einige Privilegien, darunter das Recht, im Haupthaus zu leben und zu essen. Auf diese Weise würden sie lernen, Moses mehr als ihre Mütter zu verehren.

Gemäß den Vertragsbedingungen bestand Veers Vergütung für sein Babysitting in einem kleinen Ofen mit Holzfeuerung, einem Kasten mit vierundzwanzig Flaschen selbstgebrauten Biers, zwei Hühnern, einem Hahn und einer Mahlzeit am Tag. Veer unterzeichnete den Vertrag. »Tagsüber arbeitete ich mit den anderen. Ich hackte Holz, machte sauber und half beim Bauen mit«, erklärte Veer später. »Die drei Kinder lebten vierundzwanzig Stunden am Tag bei mir. Ich mußte ihnen Essen machen und ihre Kleider und Windeln waschen. Ich arbeitete den ganzen Tag hart und mußte in der Nacht aufstehen, wenn die Kleinen schrien. Ich hatte nie Ruhe.«

Am Abend des 23. März gab Rock eine Party, um die Ankunft seiner beiden älteren Söhne – Rock Jr., inzwischen zwölf, und François, zehn Jahre alt – zu feiern. Die Jungen beteten ihren Vater an und baten ihre Mutter, sie in der Kommune leben zu lassen. Veer, der in der Gruppe einen niedrigen Status innehatte, wurde nicht zu der Feier eingeladen. Er verbrachte die Nacht allein in seinem Zimmer, während die übrigen tranken, tanzten und lachten.

Die Wahrheit über das, was in dieser Nacht geschah, wird vermutlich niemals bekannt werden.

Die ›offizielle‹ Version – das, was Rock und die meisten übrigen Mitglieder der Kommune einschließlich Veer der Polizei erzählten – lautete, daß Veer nicht schlafen konnte, weil Samuel weinte. Plötzlich drehte er durch. Er schrie den Jungen an, er solle endlich still sein. Als er damit keinen Erfolg hatte, packte er Samuel bei der Kehle und schlug ihm fünf- oder sechsmal mit der Faust ins Gesicht. Am folgenden Morgen entdeckte Rock, was geschehen war, und befahl Gabrielle, der Krankenschwester der Kommune, sich um das Kind zu kümmern. Sie flößte dem Jungen mit einer Augenpipette Wasser, Honig und Obstsaft ein, aber Samuel schrie und zitterte und war unfähig, auf einem Stuhl zu sitzen. Sein Kopf fiel immer auf eine Seite. Später entdeckte Gabrielle nach ihren eigenen Worten, daß Samuel einen angeschwollenen Penis hatte. Rock sterilisierte eine Schere in vierundneunzigprozentigem Alkohol und machte einen Einschnitt in den Penis, damit der Urin abfließen konnte. Danach trug Gabrielle eine selbst hergestellte Salbe aus Jod, Olivenöl und Wegerich auf die Wunde auf.

Soweit die Geschichte, wie sie von der Polizei und dem Gericht akzeptiert wurde. Aber im nachhinein sieht es ganz so aus, als seien sie irregeführt worden, und als habe Rock diese Geschichte erfunden, um seine rücksichtslose Grausamkeit gegen Samuel zu vertuschen. Nach Gisèle wies Samuels Gesicht am Morgen nach der Feier zwar blaue Flecken auf, aber ansonsten war er in normaler Verfassung. Sein Hals war unverletzt, und er hatte keine Schwierigkeiten, sich aufs Töpfchen zu setzen. Rock hatte den Jungen in jener Nacht tatsächlich ›operiert‹, aber nicht wegen einer Schwellung am Penis. Vielmehr hatte er angekündigt, bei dem Zweijährigen eine Beschneidung mittels Rasiermesser vorzunehmen. Und schließlich wurde der Alkohol nicht nur dazu benutzt, das Instrument zu sterilisieren. Nach Gisèle goß Rock mehrere Unzen des fast reinen Alkohols in einen Gummikolben, steckte Samuel den Stutzen in den Mund und flößte ihm mehrere Spritzer der Flüssigkeit als Anästhetikum ein – vielleicht so viel, daß eine Alkoholvergiftung die Folge war.

Worin auch immer die Ursache bestanden haben mag, Samuel wurde am nächsten Morgen tot aufgefunden.

Maryse Grenier, seine Mutter, war im Wald, um gemäß Rocks Anweisung Feuerholz zu holen, als sie die schlimme Botschaft hörte. Sie war wie betäubt und konnte kaum denken. »Ich bin nicht gegangen, um nach Samuel zu schauen, und habe einfach weitergearbeitet«, sagte sie später zu Untersuchungsbeamten. »Am Mittag schlug Rock vor, Samuels Leichnam zu verbrennen, denn wenn wir ihn begruben, konnten Raben oder Bären ihn wieder ausgraben und auffressen. Also stimmten Nathan (Jacques Giguère) und ich zu, daß Samuel eingeäschert wurde.«

Claude schlug den winzigen Leichnam in ein Bettuch ein und warf sich das Bündel wie einen Sack Kartoffeln über die Schulter. Er erinnerte sich: »Ich war in einem solchen Schockzustand, so erschöpft und geistig leer, daß ich nicht einmal darüber nachdenken wollte, was ich tat. Ich tat es einfach – ich trug die Leiche in den Wald, um sie zu verbrennen. Ich nehme an, ich tat es auch, um Jacques den Kummer wegen Samuels Tod zu ersparen. Es war alles so krank.«

Schon bald ging das Leben am Ewigen Berg im alten Stil weiter: Rock trieb seine Schafe wie Sklaven an, ließ sie hungern und schlug sie für die geringste Übertretung. Seine Anhänger krochen vor ihm und bemühten sich, einander in ihren Liebes- und Ergebenheitsbezeugungen zu überbieten:

> Lieber Papi!
> An diesem Deinem Geburtstag will ich Dir in einfachen Worten von dem ganzen Glück berichten, daß ich fühle, weil ich zu Dir gehöre. Ich danke dem Ewigen dafür, daß er Dir den Odem des Lebens gegeben hat. Seit vierunddreißig Jahren begabt Er Dich mit Leben, mit einem Leben voller Liebe, das die Göttlichkeit Deines Herrn widerspiegelt. Er hat Deinen Fuß auf einen starken Fels gestellt und Deinen Schritt sehr fest gemacht. Du machst niemals Fehler. Zu wissen, daß ich zu Deiner Truppe gehöre, erfüllt mich mit Freude . . .
>
> Das Wissen, daß deine Reise hier auf Erden dazu dient, uns zu lehren und uns zu einer grünen Au zu bringen, macht Deine Gegenwart tröstlich. Wenn Du nicht wärst, wo würde ich sein? Ich werde gelassen neben Dir, der Du mich mit wahrer Liebe liebst; ein Vater, der mich lehrt, korrigiert und mit Gaben überhäuft.
>
> Du weißt, wie Du mich mit Deinen Späßen und Albern-

heiten zum Lachen bringen kannst. Du weißt, wie Du mich mit Deiner Wildheit, die nur das Herz fühlen kann, zum Weinen bringen kannst. Ich lache, weil ich Dich liebe, und ich weine, weil ich Dich liebe.

Meine ganze Freude ist es, Dir für immer nahe zu sein und dafür zu sorgen, daß Deine Leute – wir und alle unsere Kinder – Dir geben können, was Du wünschst.

In Liebe!
Sara

Aber je mehr Marise und die übrigen Rock gaben, desto mehr verlangte er. Sein Machthunger wuchs in dem Maße, wie seine Schäfchen ihre letzte Willenskraft verloren.

Bei einem seiner Saufgelage in diesem Jahr – am 14. September – wurde er wegen einer kleinen Verfehlung auf Veer wütend und beschloß, daß dieser wegen Samuels Tod angeklagt werden sollte: Der Anführer der Kommune versammelte seine Herde im Hauptraum des Gebäudekomplexes und wies jedem eine Rolle zu: Jacques sollte der Richter sein, Gisèle die Vertreterin der Anklage, Claude der Anwalt der Verteidigung und Gabrielle die Untersuchungsrichterin. Solange, Francine, Chantal, Nicole, Josée und Marise Lambert bildeten die Jury. Nach über einer Stunde der Zeugenbefragungen und des Debattierens verteilte Rock Zettel an die Mitglieder der Jury und bat um ihre Stimmen. Der Ergebnis war eindeutig: nicht schuldfähig wegen psychischer Krankheit. Solange ging noch weiter. Sie schrieb auf ihren Stimmzettel, Veer gehöre nicht in die Kommune: ›Dieser Mann sollte in eine psychiatrische Einrichtung gebracht werden. Er ist verrückt‹.

Damit schien die Angelegenheit erledigt zu sein. Aber zwei oder drei Stunden später nahm Rock den überraschten Jacques beiseite und schlug vor, daß sie Veer trotz des Urteilsspruchs kastrieren sollten. Jacques erhob Einwände, aber Rock stellte sich stur: Er beschloß eine neue Abstimmung.

Diesmal gaben zehn Personen ihre Stimme ab, darunter auch

Rock Jr. Nur drei von ihnen – Jacques, seine Frau Maryse, und Gisèle – fanden das Strafmaß zu hoch. Die übrigen stimmten für den Antrag.

Veer, der den Gang der Ereignisse schweigend verfolgt hatte, erhob plötzlich Einwände. Aber Rock gebot ihm, sich hinzusetzen und still zu sein. Er erinnerte Veer daran, daß er vor kurzem über Kopfschmerzen geklagt habe und erklärte, der Kopfschmerz sei eine unmittelbare Folge eines Problems mit seiner linken Hoden. Außerdem behauptete er, der junge Mann habe ›Atemprobleme‹ aufgrund exzessiven Masturbierens. Rock führte aus, die beste Heilmethode für solche Fälle sei Kastration.

Rock, der es mit Formfragen sehr genau nahm, forderte Veer auf, eine Einverständniserklärung zu schreiben. Veer schrieb: »Ich sagte erst nein, weil ich erschrocken war, und jetzt sage ich ja, weil meine Hoden mir ohnehin nichts Gutes einbringen.«

Moses bereitete sich auf den Eingriff vor. Er wies Veer an, sich auf den Küchentisch zu legen. Gabrielle mußte die Instrumente holen: ein elastisches Band, ein Rasiermesser, ein Vergrößerungsglas und eine Pinzette zum Entfernen von Augenbrauen. Unter den Augen der übrigen hielten Claude und Jacques die Beine des Patienten fest, während Chantal den Lichtstrahl einer kugelschreibergroßen Taschenlampe auf sein Skrotum richtete.

Monate später wimmerten zwei hartgesottene, polizeiliche Untersuchungsbeamte auf und rutschten unruhig auf ihren Stühlen herum, als Veer ihnen von der Operation erzählte.

»Sie stellten mir Fragen darüber, was in der Nacht, als ich Samuel schlug, mit ihm geschehen war. Danach erklärte Moses mir, daß meine Kopfschmerzen durch die Schmerzen in meiner linken Hode hervorgerufen werden könnten und bot mir an, meine Hoden zu entfernen, weil ich das Kind geschlagen hatte und wegen dem, was die Schläge für Folgen hatten. Er erklärte mir die Hierarchie, die in der Gruppe bestand. In dieser Hierarchie war ich ein Sklave, und nach Entfernung meiner Hoden würde ich ein zeugungsunfähiger Eunuch sein. Ich war einverstanden und unterschrieb eine Erklärung. Moses sagte mir, wenn ich nicht unterschreiben wolle, würde er es nicht machen. Er ließ mich Alkohol trinken, zwei oder drei Gläser, und legte ein elastisches Band um meine Genitalien. Ich legte mich in Moses' Haus auf den Tisch. Alle von der Gruppe waren da, aber ich weiß nicht mehr, ob auch Kinder dabei waren. Moses führte die Operation aus. Thirtsa (Gabrielle), die Krankenschwester, half ihm, und ich spürte keine Schmerzen. Nach der Operation kümmerte sich die Krankenschwester Thirtsa um mich, bis ich wieder gesund war. Seit dieser Operation habe ich keine Kopfschmerzen mehr, aber andererseits kriege ich auch keinen Harten mehr. Und ich habe kein sexuelles Verlangen mehr.«

Veers Skrotum wurde nach der Operation blau und blutete eine Woche lang. Gabrielle – die den Auftrag hatte, sich um den Eunuchen der Kommune zu kümmern – legte jeden Tag zwanzig Minuten lang Salzwasserkompressen auf und fütterte den jungen Mann mit eisenreichen Nahrungsmitteln. »Veer sprach nie wieder von Kopfschmerzen«, sagte Gabrielle, als sie später von der Polizei befragt wurde.

In den Wochen darauf wuchs Rocks Angst, daß etwas über Samuels Tod und die Kastration Veers außerhalb der Kommune bekannt würde. Der selbsternannte Prophet betrachtete den armen Veer offenbar als Sicherheitsrisiko. Er bleute ihm ein, falls irgend jemand ihm Fragen stellte, solle er erwidern, der Zweijährige sei gestorben, nachdem ihn ein Pferd an den Kopf getreten habe. Er solle kein Wort über die Kastration verlauten lassen. Und jedesmal, wenn Rock betrunken war, quälte er Veer, damit er seine Anweisungen nicht vergaß. Einmal band er ihn an einen Baumast und schlug ihn mit einem Ledergürtel, bis sein Rücken schwarz und blau war. Später fesselte er den entsetzten Eunuchen an einen Pfahl, zog ihn nackt aus und befahl seinen Anhängern, sich mit Messern zu bewaffnen und eine bizarre Prüfung seiner Loyalität vorzunehmen. Sie sollten vor

Veer aufmarschieren und ihn wiederholt in die Brust stechen, bis er verbluten würde. Erst im letzten Moment hielt Rock sie mit manischem Lachen davon ab, diese Taten durchzuführen.

Am 5. November gelang es Veer, aus dem Lager zu fliehen und die zweiundzwanzig Kilometer durch den Busch bis Saint-Jogues zurückzulegen, wo er einem Dorfbewohner berichtete, Jacques Giguères Kind sei nach einem Huftritt durch ein Pferd gestorben. Nach monatelanger Untersuchung stürmten fünfzehn Polizisten mit Jeeps und Motorschlitten das Lager und nahmen Rock, Jacques und Maryse Grenier aufgrund eines untersuchungsrichterlichen Befehls in Verbindung mit Samuels Tod in Haft. Am Tag darauf fanden sie die Knochen des Kleinkindes in einem flachen Grab hundert Meter vom Haupthaus entfernt, nachdem die übrigen Gruppenmitglieder ihnen Hinweise gegeben hatten. Jugendschutzbeauftragte nahmen die sieben überlebenden Kinder – Rock Jr., François, Miriam Giguère, Simon Ouellette und die drei Kinder, die Rock in der Kommune gezeugt hatte – mit und brachten sie in Pflegeheimen im Gebiet von New Carlisle unter.

Rocks Bemühungen, seine beiden Verbrechen zu vertuschen, waren aber nicht vergebens gewesen. Veer – den die Polizei in der Nähe von Quebec City aufgriff – gab zu, Samuel mehrmals geschlagen zu haben. Gabrielle gab ihr Bestes, die Polizei davon zu überzeugen, daß der Junge an den Folgen der Schläge gestorben war, und nicht an Rocks sadistischer ›Behandlung‹. Gisèles Aussage schien dem zu widersprechen. Sie sagte, Samuels Verletzungen nach den Schlägen seien nicht so ernsthaft gewesen, wie Rock und ein paar andere sie dargestellt hatten. Aber auch Gisèle war zu verwirrt und furchtsam, um zu erwähnen, daß Rock dem Kind fast reinen Alkohol eingeflößt hatte.

Im Fall der Verletzung Veers ließen sich die körperlichen Indizien kaum übersehen. Die Polizei fand sogar die Stimmzettel, die während der ›Verhandlung‹ benutzt worden waren, und Veers handgeschriebene Einverständniserklärung mit der Operation. Niemand war überrascht, als Rock erklärte, Veer sei aus medizinischen Gründen entmannt worden. Aber die übrigen

Mitglieder der Kommune gaben zu, daß die Kastration Veers seine Strafe dafür gewesen war, daß er Samuel geschlagen hatte.

Die Polizei, die mit dem Fall betraut war, hatte schon eine Menge merkwürdiger Dinge in der Wildnis gesehen, aber nichts, was mit diesem Fall vergleichbar gewesen wäre. Sogar die Art und Weise, wie die Zeugen über die ungeheuerlichen Vorkommnisse sprachen, war seltsam. Sie wirkten so unbeteiligt und gefühllos, als beschrieben sie eine Fahrt zum Waschsalon. Niemand weinte, niemand schien auch nur verwirrt zu sein.

Ähnlich merkwürdig war die Enthüllung, daß ein zwölf Jahre alter Junge an der Abstimmung beteiligt gewesen war, ob Veer kastriert werden solle, und gezwungen wurde, Augenzeuge bei der Operation zu sein.

Am 10. Dezember 1981 begleiteten zwei Quebecer Polizisten Rock Thériault Jr. auf die Polizeiwache in New Carlisle und befragten ihn als Hauptzeugen.

Frage: Hast du an der Abstimmung teilgenommen, bei der es darum ging, ob Guy Veer kastriert werden sollte?
Antwort: Ja.
F: Kennst du die Bedeutung einer Kastration?
A: Ja. Es heißt, daß einem die Eier abgeschnitten werden.
F: Was war der Grund für diese Kastration?
A: Der Hauptgrund war der Tod von Samuel, der durch Guy Veer verursacht wurde.
F: Wie hast du gestimmt?
A: Ich habe mit ja gestimmt.
F: Weshalb?
A: Weil eines seiner Eier krank war, hatte er Probleme mit dem Atmen. Und auch wegen des Todes von Samuel.
F: Warst du bei der Operation dabei?
A: Ja, bei der Operation an einem Ei – dem zweiten.
F: Wer hat die Operation ausgeführt?
A: Das war Moses, assistiert von der Krankenschwester, Thirtsa (Gabrielle).

F: Womit?

A: Mit einem Rasiermesser.

F: Hat sonst noch jemand geholfen?

A: Ich erinnere mich, daß Rachel (Solange) den Kopf hielt. Ich kann mich nicht an die anderen erinnern.

F: Hast du gesehen, wo die Hoden hinkamen?

A: Ja. Sie wurden auf ein Kleenex gelegt.

IN DER WELT DER TOTEN

Nach siebenstündiger Befragung der Zeugen, die sich am Freitag, den 18. Dezember im Gerichtsraum von New Carlisle drängten, stellte Untersuchungsrichter Gilles Gaul fest, daß Rock Thériault, Jacques Giguère, Maryse Grenier, Gabrielle Lavallée und Guy Veer im Sinne des Strafrechts für den Tod des zwei Jahre alten Samuel Giguère verantwortlich waren.

Aufgrund dieses Befundes erhob die Polizei insgesamt siebzehn gesonderte, strafrechtliche Klagen gegen sieben Personen. Rock, Jacques, Maryse, Gabrielle und Guy Veer wurden der Fahrlässigkeit mit Körperverletzungsfolgen in Verbindung mit Samuels Tod angeklagt. Claude wurde angeklagt, die Justiz behindert zu haben, indem er die Leiche des Kleinkindes verbrannte. Jacques und Maryse wurden zusätzlich der Vernachlässigung ihrer fünfjährigen Tochter Miriam angeklagt. Die gleiche Klage wurde gegen Claude und Solange wegen der Behandlung ihres drei Jahre alten Sohnes Simon erhoben. Rock und Gabrielle wurden zusätzlich der ›Körperverletzung bei Guy Veer, mit der Absicht, ihn zu verstümmeln, indem sie ihn mit einem Rasiermesser kastrierten‹, angeklagt. Nach einer Anhörung der Angeklagten, bei der alle sieben auf ›nicht schuldig‹ plädierten, setzte Roch Roy, Richter am obersten Gericht, Veer und vier der Kommunenmitglieder gegen Kaution unter der Bedingung auf freien Fuß, daß sie nicht in das Lager zurückkehrten. Rock und Jacques wurde die Anhörung verweigert, weil sie eine Gefahr für die Öffentlichkeit darstellten.

Während die Verhandlungen in diesem Fall sich über die erste Hälfte des Jahres 1982 hinzogen, fühlten sich die Bürger von New Carlisle zunehmend unwohl angesichts der exzentrischen Neuankömmlinge in ihrer Stadt. Auf Rocks Anweisung mietete

Gisèle für hundertfünfzig Dollar im Monat ein großes, zweistöckiges, um die Jahrhundertwende erbautes Haus mit drei Schlafzimmern im Parterre und sechs weiteren im ersten Stock, das seit zwei Jahren leergestanden hatte und dringend eine Renovierung benötigte. Die Zeitung des Orts berichtete, Gisèle und die übrigen neun Kommunarden, die in das baufällige, alte Haus gezogen seien, hätten die Nachbarn in Erstaunen versetzt, indem sie um einige Eimer heißes Wasser baten, um den Staub und die Spinnweben fortwischen zu können. Bert Manning, der die Straße gegenüber wohnte, ›war entschieden gegen diese neuen Nachbarn‹, schrieb die Zeitung. ›Die Aussicht auf Mengen neugieriger Besucher, die vor seinem Haus parken würden, schien ihm wenig erfreulich.‹ Rhoda Smollett, ebenfalls eine Bürgerin der Stadt, rief die Polizei, damit diese die Gruppe auflöse und jeden der Anhänger Rocks in die Stadt zurückbringe, in der er aufgewachsen war. Aber Barry Tennier, Bürgermeister von New Carlisle, erwiderte, die Stadt habe keine gesetzliche Handhabe, die Neuankömmlinge zu vertreiben. »Die Menschen sind frei, zu leben, wo sie es wünschen«, sagte er. »Wenn sie das Gesetz brechen, ist die Polizei da, um einzugreifen.«

Immerhin versuchten die Sozialarbeiter des Jugendamtes, den Einfluß Rocks auf seine Anhänger zu brechen. Die Pädagogen berieten sich mit Psychologen und erklärten sich einverstanden, die Kinder ihren Müttern zurückzugeben – unter einer Bedingung: Die Mütter mußten aus Gisèles Haus ausziehen und mit Hilfe der Fürsorgeschecks, die sie monatlich erhalten würden, eigene Wohnungen mieten. Sie hofften, der Zwang, getrennt zu leben, würde dazu beitragen, die Bindungen zwischen ihnen zu lockern und ihre Abhängigkeit von Rock zu beenden. Chantal und Maryse suchten sich widerstrebend eigene Wohnungen, und Solange zog zusammen mit Claude in ein mehrere Kilometer außerhalb der Stadt gelegenes Kellerapartment.

Dreieinhalb Monate nach der Polizeirazzia erhielten Rocks Anhänger ihre Kinder unter der Auflage zurück, daß zugelassene Sozialarbeiter regelmäßig ihre Wohnungen inspizieren durften. Inzwischen war Rocks Sohn François zu seiner Mutter nach Thetford Mines zurückgekehrt. Sein Bruder Rock Jr. lehnte ein ähnliches Angebot ab. Er zog es vor, bei seinen Pflegeeltern in Bonaventura, fünfzehn Kilometer westlich von New Carlisle, zu bleiben. Gisèle wohnte mit ihrem drei Jahre alten Sohn Jeremiah zusammen.

Am 29. September 1982 wurden die Angeklagten in allen Punkten für schuldig befunden. Jacques und Claude wurden wegen Kindesvernachlässigung zu sechs Monaten Haft und drei Jahren Bewährung verurteilt; Maryse und Solange erhielten je drei Jahre Bewährung. Gabrielle wurde wegen sträflicher Fahrlässigkeit mit Todesfolge bei Samuel und wegen Verursachung von Körperverletzung in ihrer Rolle bei Veers Kastration zu neun Monaten Haft und drei Jahren Bewährung verurteilt. Rock als Rädelsführer erhielt die längste Haftstrafe: zwei Jahre abzüglich einen Tag und drei Jahre Bewährung für jeden der beiden Anklagepunkte. Die Haftstrafen mußten hintereinander abgesessen werden. Eine Woche später sprach der Richter Veer wegen Unzurechnungsfähigkeit frei und schickte ihn ins Robert Giffard Hospital von Quebec City zurück.

Als Rock hinter Schloß und Riegel saß, brannte die Polizei die Gebäude der Kommune nieder und ebnete anschließend das Gelände mit Bulldozern ein.

Zur Enttäuschung der Behörden zeigte sich, daß Rock im Gefängnis auf seine Anhänger einen ebensogroßen Einfluß wie in der Freiheit ausübte. Zwischen Februar und Juli 1982, während er sich in Erwartung der Verhandlung in Carlisle in Schutzhaft befand, hatte er es sogar geschafft, drei seiner ›Frauen‹ – Chantal, Gabrielle und Marise Lambert – zu schwängern, als er auf Wochenendurlaub aus dem Gefängnis war. Gisèle rief er zweimal wöchentlich aus dem Gefängnis an und erinnerte sie daran, daß es ihre Aufgabe war, die Gruppe vor den bösen Mächten zu schützen, die in der Außenwelt ihr Unwesen trieben. Wenn sie darin versagte, die Herde beisammenzuhalten, könne niemand wissen, was geschehen würde. Gisèle erinnert sich: »Als sie Rock ins Gefängnis steckten, fühlte ich mich irgendwie befreit. Aber auf eine seltsame Art war ich ihm immer noch zugetan. Und er sagte immer zu mir: Mami, du bist eine gute Frau. Es ist deine Aufgabe, dich um alle zu kümmern. Tief innen wußte ich, daß er mich benutzte, aber ich blockte diese Erkenntnis ab. Ich arbeitete die ganze Zeit für ihn, weil ich mich vor Gott fürchtete. Ich half Rock, die Menschen zusammenzuhalten, und heute tut mir das leid. Aber ich wollte die Gruppe wegen der Religion zusammenhalten.

Ich erinnere mich an eine Gelegenheit, als ich die Nase voll hatte, weil die Arbeit zu viel wurde. Ich sagte zu ihm: Wenn du deine verdammte Gruppe zusammenhalten willst, dann komm aus dem Gefängnis und mach es doch selbst. Ich habe ihn drei Wochen lang nicht besucht und bin nicht ans Telefon gegangen. Er wurde darüber fast verrückt. Und dann kamen all die Mädchen zu mir und sagten: Komm schon, Mami, Rock braucht dich.«

Obwohl Gisèle oft über die Bürde ihrer Pflichten klagte, gehorchte sie letzten Endes immer Rocks Befehlen. Sie war entschlossen, eine musterhafte Ehefrau zu sein. Immer, wenn jemand Anzeichen für ein Nachlassen seines Glaubens erkennen ließ, informierte sie Rock. Rock wies Gisèle an, dafür zu sorgen, daß die betreffende Person am folgenden Tag zu einer bestimmten Zeit in ihrem – Gisèles – Haus war, und rief dann erneut an. Manchmal sprach er eine Stunde lang mit dem unglücklichen Zweifler. Nach dem Telefonat war der oder die Betreffende wieder fest im Glauben.

Rocks Anhänger blieben ihm auch in der Zeit treu, in der er ständig abwesend war. Außerhalb der Gruppe hatten sie keine richtigen Freunde. Sie betrachteten sich selbst als Inseln der Reinheit in einer feindseligen Welt, die von Dämonen und Sündern bevölkert und voller verderblicher Einflüsse war. Zu den Bösen gehörten die Richter und Polizisten, die ihren Meister ins Gefängnis gesteckt hatten. Als die in der Bibel angekündigten Samen der neuen Weltordnung Gottes mußten sie sich vom

Heer der Ungläubigen, die von den himmlischen Heerscharen verdammt würden, absondern. Gisèle konnte die Gefahren mit eigenen Augen sehen, wenn sie Rock im Gefängnis besuchte. Zu ihrem Ärger verlangte einer der höheren Wachmänner – ein hübscher, verheirateter Mann – wiederholt sexuelle Vergünstigungen von ihr. Als Gegenleistung sollte sie als Besucherin besondere Privilegien genießen. Sie widerstand der Versuchung.

Da Gabrielle ebenfalls im Gefängnis saß, blieb Solange der einzige Anlaß für Streitereien. Sie wurde zunehmend auf Gisèles Stellung als Rocks Hauptfrau und stellvertretende Anführerin der Gruppe neidisch. Manchmal verlor sie die Beherrschung und drohte, die Gruppe zu verlassen.

Endlich ging Gisèle zu ihr und bot ihr Frieden an. »Du solltest nicht neidisch auf mich sein, Rachel«, sagte sie. »Ich möchte die Gruppe gar nicht leiten. Weshalb nimmst du sie mir nicht ab?« Insgeheim freute sie sich darauf, einen Teil ihrer Pflichten abtreten und mehr Zeit mit ihrem Sohn verbringen zu können.

Bei seinem nächsten Wochenendbesuch bestätigte Rock auch Solange' neuen Status. Sie schickte ihm einen Brief, in dem sie ihre Dankbarkeit ausdrückte.

Hallo, lieber Papi,
ich möchte Dir dafür danken, daß Du Deinen Leuten – die einmal so fern waren – Licht bringst. Danke für all Deine Liebe, die uns zu schenken Du niemals aufgehört hast. Ich wünsche Dir eine wundervolle Woche mit Deinem Ewigen Gott, und ich wünschte von ganzem Herzen, ich könnte Dir mit meiner Position als Statthalterin Deine Last erleichtern.

Ich liebe Dich sehr, Hüter meines Herzens, meines Lebens. Möge der Ewige Dich im Überfluß segnen.

Rachel (Küsse, Küsse, Küsse)

PS: Als Du mich gestern Abend besucht hast, war das für mein Herz sehr, sehr schön, denn ich habe gesehen, daß Du wahrhaft mein Meister, mein König bist. Du bist der Schönste, der Größte, der meistgeliebte König meines Herzens. Deshalb möchte ich stets die Worte erfüllen: »Ich liebe Dich.«

Nach dem Urteilsspruch überführten die Behörden Rock ins Orsainville Detention Centre, ein Provinzgefängnis am Nordrand von Quebec City. Jetzt wurde noch mehr telefoniert. Rock wollte sichergehen, daß er der Reihe nach mit jedem seiner Anhänger sprach. Die monatlichen Telefonrechnungen für seine R-Gespräche beliefen sich gewöhnlich auf fünf- oder sechshundert Dollar und wurden mit Geld von den Fürsorgeschecks der Gruppe bezahlt.

Gelegentlich bemühten sich Verwandte, Mitglieder aus Rocks Sekte loszueisen, aber erfolglos. Solanges Stimmung schwankte trotz ihrer gehobenen Stellung in der Gruppe nach wie vor zwischen kindlicher Anhänglichkeit und Auflehnung. Am St. Valentinstag 1982 meldete sie sogar ein R-Gespräch mit ihrem älteren Bruder Martin in Plessisville an, um ihm zu sagen, daß sie nach Hause kommen wolle. Für ihre Familie war dies das Signal, auf das sie gewartet hatten. Martin und Gisèle Martineau sprangen sogleich in freudiger Erwartung in den Wagen und machten sich auf die neunstündige Fahrt zur Gaspé-Halbinsel. Sie kamen um neun Uhr morgens an, nur um feststellen zu müssen, daß Solange aus unerfindlichen Gründen ihre Meinung geändert hatte. Sie weigerte sich, fortzugehen. »Ihre Augen waren rot und geschwollen«, sagte Gisèle Martineau später. »Wir sahen, daß sie lange geweint hatte.«

Drei Stunden lang baten und bettelten Solanges Bruder und Schwester, daß Solange New Carlisle verlassen möge. Aber sie hörte nicht auf ihre Geschwister. Unter den aufmerksamen Blicken anderer Mitglieder der Kommune erklärte Solange, sie stünde unter polizeilicher Überwachung und die Behörden würden ihr gewiß nie erlauben, die Gegend zu verlassen, weil sie vielleicht eines Tages als Zeugin vor Gericht aussagen müsse.

Gisèle Martineau war sicher, daß Rock diese Geschichte Solange eingeredet hatte, um sie vom Weglaufen abzuhalten. Die beiden Besucher gaben auf und fuhren entmutigt nach Plessisville zurück.

Nach und nach kamen Claude, Jacques und Gabrielle aus dem Gefängnis und zogen in das Haus, das Gisèle gemietet hatte. Als der letzte von ihnen eintraf, zog die ganze Gruppe nach Quebec City, um näher bei Rock zu sein. Sie mieteten vier Apartments im selben Gebäude im Vorort Charlesbourg in der Nähe von Orsainville.

Eines Tages ging Gisèle zu Rock und bat ihn um Erlaubnis, ihren Vater zu besuchen, den sie seit sechs Jahren nicht mehr gesehen hatte. Ihre Schwester, die immer noch in Quebec City lebte, hatte ihr soeben mitgeteilt, daß er einen Herzanfall erlitten hatte, der durch Streß und Kummer über Gisèles lange Abwesenheit hervorgerufen worden war. Gisèle war besorgt, daß ihr Vater im Krankenhaus sterben könnte, ohne seinen Enkel gesehen zu haben, und hatte beschlossen, mit dem jetzt vierjährigen Jeremiah zu ihm zu fahren.

Rock war außer sich. Er führte sich auf, als habe Gisèle vor, ihn zu hintergehen. Hatte sie ihren Vater nicht vor Jahren verlassen? Gott hatte ihr eine neue Familie geschenkt, und sie war dafür verantwortlich, für sie zu sorgen. Wie konnte sie daran denken, beim geringsten Anlaß davonzulaufen, um Menschen zu treffen, die letztlich nur Ungläubige waren?

Aber Gisèle konnte es nicht über sich bringen, ihren Vater im Stich zu lassen. Sie sagte zu Rock, wenn er sich weigere, ihrem Besuch zuzustimmen, würde sie gehen und nie wiederkommen.

Am nächsten Morgen rief Rock in Gisèles Apartment an und bestellte sie zu sich ins Gefängnis. Als sie sich im Besucherflügel trafen, teilte er ihr flüsternd mit, er habe sich mit Gott über ihre Bitte beraten. In einem denkwürdigen Akt der Großzügigkeit und mit Gottes Segen habe er beschlossen, ihr Urlaub zu geben, damit sie ihren Vater besuchen könne.

Gisèle stieg mit Jeremiah in den Zug und fuhr zu ihrem Vater. Im Krankenhaus ließ sie sich von einer Schwester den Weg zu seinem Zimmer beschreiben. Als sie das Zimmer betrat, konnte sie ihren Vater nicht unter den übrigen Patienten ausmachen. Sie wendete sich an den ersten Mann, den sie sah, und fragte ihn, ob er wisse, wo sie Mr. Tremblay finden könne. »Er war mein Vater, und ich hatte ihn nicht einmal erkannt. Er schaute mich an und lachte. ›Heh, erkennst du mich denn nicht?‹ Und ich fing an zu weinen, weil es ein solcher Schock war. Als ich das Haus verlassen hatte, war er dünn gewesen, und jetzt war er so kräftig und sah viel älter aus.« Gisèles Vater konnte den Blick nicht von Jeremiah wenden und erkundigte sich, weshalb der Junge so still sei. Er erwähnte, er habe Geschichten über Rock in den Zeitungen gelesen, und wenn sie in Schwierigkeiten stecke, könne sie jederzeit nach Hause kommen. Sie erwiderte, er solle sich keine Sorgen machen.

Wenn er nicht seine Anhänger mit Anrufen und sorgfältig entworfenen Briefen traktierte, kauerte Rock über einem Mikrophon und vertraute seine gesammelte Weisheit einem Kassettenrecorder an. Ein kleinerer Quebecer Verleger hatte sich bereiterklärt, Rocks Autobiographie zu veröffentlichen. Er füllte Kassette um Kassette mit weitschweifigen, oft unzusammenhängenden Ergüssen über seine Kindheit, seine religiösen Inspirationen und seine Jahre im Busch. Ein Ghostwriter nahm sich der dreihundertsiebenundsechzig Manuskriptseiten an und schusterte daraus ein hundertdreiundsiebzig Seiten starkes Buch zusammen, von dem im November 1983 fünftausend Exemplare gedruckt wurden.

Das Buch trug den pompösen Titel *L'Affaire Moise* (Die Moses-Affäre). Es enthielt ein paar Überraschungen und viele regelrechte Entstellungen der Wirklichkeit. Es zeichnete den sechsunddreißig Jahre alten Autor als gütigen Naturliebhaber und ergebenen Anhänger einer holistischen Medizin, der die Behörden mit seiner Entschlossenheit, der modernen Gesellschaft den Rücken zu kehren, gegen sich aufgebracht hatte. Der kleine Junge aus Thetford Mines, der so geschickt darin gewesen war, anderen den schwarzen Peter zuzuschieben, war ein Meister der Täuschung und Manipulation geworden. In diesem Buch unternahm er einen orwellschen Versuch, die Geschichte umzuschreiben. Er verschwieg die ungeklärten Umstände im Zusammenhang mit den Todesfällen von Geraldine Auclair und Gabrielle Nadeau und verschleierte seine Rolle bei der Tötung des zweijährigen Samuel Giguère. Im Fall Guy Veer behauptete er, der ehemalige Psychiatrie-Patient habe ›seit Monaten von seinem Wunsch (gesprochen), ein Eunuch für die Heilige Jungfrau zu werden‹.

Die Druckerpresse verwandelte den Tyrannen, der seine Untergebenen verhungern ließ, schlug und einer Gehirnwäsche unterzog, in einen Philosophen, dessen Wohltätigkeit und Großherzigkeit ihm das Lob seiner freiwilligen Gefolgsleute einbrachte. Hier ein Auszug:

> An einem Samstag im Juni 1980 kehrte ich von meinem täglichen Drei-Kilometer-Spaziergang zurück, da sah ich, wie mir Nathan und Boaz entgegenkamen. Sie begrüßten mich und hoben mich unter Ausrufen wie »Lang lebe der König!« auf ihre Schultern. Plötzlich tauchten auch die übrigen auf und nahmen den Sprechgesang auf. Die reine Schönheit des Augenblicks griff mir ans Herz und überwältigte mich. Meine Freunde baten mich ins Haus und hießen mich, auf einem reich geschmückten Sofa Platz nehmen. Dann sprach mir Debora ihre Huldigung aus. Ihre kleine Ansprache enthüllte mir, was ich für sie alle war: ein Vorbild, ein Anführer, ein Held. Mit anderen Worten, ich war der Herrscher ihrer Herzen geworden. Als Bestätigung setzte mir – während im Hintergrund Flötenmusik gespielt wurde – meine Frau Esther eine metallene Krone auf den Kopf. Sie war mit Stoff überzogen, der anstelle von Edelsteinen und Diamanten mit Knöpfen beklebt war. Als nächstes legten sie mir eine Robe um die Schultern und gaben mir eine Rute in die Hand, die das Zepter darstellte. Meine Freunde sagten mir, von diesem Tage an würden sie alljährlich mir zu Ehren das Fest des Königs feiern.

Im Februar 1984 wurde Rock freigelassen. Er zog in Gisèles Apartment in Charlesbourgh und fing sofort an, darüber zu reden, daß sie wieder in die Wildnis gehen sollten. Er versprach, daß es diesmal anders werden würde – er habe aufgehört, zu trinken, und es würde keine Gewalttätigkeit mehr geben. Außerdem erinnerte er sie alle an das Gesetz Gottes, daß sie ihm folgen müßten.

So beredt Rock auch war, anfangs überzeugte er sie nicht. Nicht, daß sie den Glauben an seine Führerschaft verloren hätten. Wenn Gott wollte, daß sie ihrem Hirten folgten – wer waren sie denn, daß sie nicht gehorcht hätten? Andererseits war da die Frage nach dem leiblichen Wohl. Sie hatten jetzt zwei verhältnismäßig glückliche Jahre lang fließendes Wasser und geheizte Zimmer gehabt. Verglichen mit der Gaspé-Wildnis schien die ›Welt der Toten‹ nicht einmal halb so schlimm.

Gisèle und die übrigen dachten eine Weile über Rocks Vorschlag nach und rückten dann mit einem Kompromiß heraus. Vielleicht, so sagten sie, wäre Moses bereit, zu erwägen, ob er mit seinem Stamm in ein hübsches, großes Farmhaus ziehen wollte? Vorzugsweise eines mit Einkaufsmöglichkeiten in der Nähe – und an einer Straße gelegen.

Aber wie stets hatte Rock seinen eigenen Plan. Während er in seiner kargen Gefängniszelle saß, hatte er genügend Zeit gehabt, seine Zukunft zu planen. Das wichtigste war, seine Herde aus Quebec hinaus irgendwohin zu führen, wo sie von der Bewährungsauflage befreit wären, die den überführten Mitgliedern der Kommune alle Zusammenkünfte verbot. Außerdem würden sie den Jugendschutzarbeitern entkommen, die laut Gerichtsbeschluß zu regelmäßigen Hausbesuchen ermächtigt waren. Jenseits der Grenze lag eine Welt, die sich vom ländlichen Quebec – wo alle Mitglieder der Gruppe außer Gabrielle es unmöglich fanden, mit Andersdenkenden zu verkehren – kulturell stark unterschied.

Eines Tages Anfang April stiegen Rock und sein vertrauenswürdiger Kumpan Jacques in einen Truck und fuhren auf der Suche nach einem neuen gelobten Land in westliche Richtung.

DIE WIEDERKUNFT

Während die Abhängigkeit der masochistischen Persönlichkeit offensichtlich ist, erwarten wir von der sadistischen Persönlichkeit genau das Gegenteil: Sie wirkt so stark und dominierend, und das Objekt ihres Sadismus' ist so schwach und unterwürfig, daß es schwer fällt, zu glauben, der Starke sei von demjenigen abhängig, den er beherrscht. Und doch . . . braucht der Sadist die Person, über die er herrscht; er braucht sie sehr dringend, da er sein einziges Gefühl der Stärke aus der Tatsache bezieht, daß er der Herr über jemanden ist.

Erich Fromm, *Flucht vor der Freiheit*

Ein paar Tage nach seiner Abreise meldete sich Rock mit einem Gespräch bei Gisèle in Quebec City.

»Mami, du wirst nicht glauben, was ich dir Gutes zu berichten habe«, verkündete er triumphierend von irgendwoher in Ontario. Sie bemerkte einen verschlagenen Ton in seiner Stimme; es klang, als habe er soeben jemanden um die Ersparnisse seines Lebens geprellt.

»Laß mich raten«, erwiderte Gisèle. »Habt ihr – du und Jacques – ein Haus gefunden?«

»Besser. Wir haben einen ganzen Wald gekauft!«

Gisèle sank das Herz.

»Aber Papi«, fragte sie kläglich, von ängstlicher Vorahnung erfüllt, »steht ein Haus dort? Weil ich . . .«

»Nun, im Augenblick nicht, natürlich. Aber wir werden ein Haus bauen – wie wir es auf der Gaspé-Halbinsel auch gemacht haben.«

Gisèle schloß die Augen und atmete tief ein. *Oh, mein Gott – nicht schon wieder.* Die Vorstellung, noch einmal von vorn anfangen zu müssen, war ihr schon unangenehm genug, aber die neuerliche Isolierung würde ihr noch schwerer fallen. Und was war, wenn er wieder zu trinken anfing? Dann würde er wieder mit seinen Bestrafungen anfangen. Gisèle wünschte sich verzweifelt, ihn für immer von seiner Trunksucht zu heilen, so daß er und seine Anhänger so leben konnten, wie es dem Herrn gefiel. Sie empfand auch Mitleid mit ihm wegen der Krankheit, über die er immer klagte, und wollte seine Leiden lindern. Aber es würde nicht leicht sein, Moses unter solchen Bedingungen zu helfen.

Wenn Rock Zweifel bei Gisèle argwöhnte, ließ er es sich nicht anmerken. Er schwärmte davon, wie wundervoll es sei, von den Beton-Bürohäusern, den Überlandleitungen und dem Getöse der Freeways fortzukommen. Bald würden sie wieder die frische, reine Luft des Waldes atmen und in der freien Natur leben, wie der allmächtige Schöpfer es beabsichtigt hatte.

Zwei Stunden später war es beschlossene Sache, Gisèle hängte den Hörer ein und wies die übrigen an, mit dem Packen anzufangen.

Rock Thèriault war nicht der erste Englisch sprechende Wanderer, der das Lob der Landschaft von Victoria County sang. »Diese ganze Region ist über die Maßen erfreulich und angenehm«, schrieb Samuel de Champlain bei seiner Expedition durch dieses Gebiet im Jahr 1615 in sein Tagebuch. Nachdem Champlain mit seinen Begleitern das Ostufer der Georgian Bay entlang gefahren waren, schloß er sich auf dem Couchiching-See den Kriegskanus der Huronen und der Algonquinen an. Sie ruderten nach Süden in den See Simcoe und dann nach Osten durch die Zick-Zack-Kette von Seen und Flüssen, aus denen das Kawartha-Seensystem besteht. Champlain schwärmte von der Schönheit der Natur: »Die Bäume entlang der Ufer sehen an den meisten Stellen so aus, als seien sie zur Zierde angepflanzt worden; und es scheint, als seien all diese Gebiete in früheren Zeiten von den Wilden (den Huronen) bewohnt worden, und als habe die Furcht vor ihren Feinden (den Irokesen) sie später gezwungen, diese Gegend zu verlassen.«

Der Krieg zwischen den beiden Indianervölkern zog sich bis zur Mitte des Jahrhunderts hin, als die Irokesen nach Norden und Westen zum Simcoe-See vorstießen und die Huronen praktisch auslöschten. Mehrere Jahrzehnte lang beherrschten die Mohawk und andere Stämme der fünf Irokesenvölker Zentral-Ontario. Die meisten Geschichtswissenschaftler glauben heute, daß die Irokesen sich kurz nach 1700 – durch Krankheiten und ständige Kämpfe gegen die Algonquin und die Franzosen geschwächt – schließlich ans Nordufer des Ontario-Sees zurückzogen. Anderen Berichten zufolge startete 1740 eine Gruppe von Kriegern, die zum Mississauga-Stamm der Algonquin-Familie gehörten, zu einer blutigen Expedition gegen die Mohawk. Die Gegner lieferten sich im Victoria County eine Reihe heftiger Schlachten. Am Ende der Kämpfe hatten die hochgewachsenen Mississauga-Krieger die Oberhand gewonnen.

Im Jahr 1818 verkauften die Häuptlinge von sechs Mississauga-Stämmen mehr als viertausend Quadratmeilen in Zentral-Ontario an die Krone. Die Mississauga-Indianer erholten sich niemals vom Verlust des Landes ihrer Vorfahren. Wenige Jahre nach dem Verkauf hatten Pocken, Tuberkulose und Masern diesen Stamm bis auf etwa zweihundert Überlebende dahingerafft.

Fast sofort arbeiteten sich Landvermesser nach Norden vor und begannen, das neu erworbene Gebiet zu kartographieren. Die ersten Siedler hatten Glück. Die Landparzellen, die sie sich aussuchten, lagen in den fruchtbaren Ebenen südlich der Kawartha-Seen. Nördlich dieses Systems aus Seen und Flüssen hatten Gletscher der letzten Eiszeit den Boden weitgehend vom Humus entblößt und weite Gebiete aus bloßgelegtem Kalkstein oder Granit mit gelegentlichen kleinen Seen und Sümpfen hinterlassen. Wo eine Humusschicht lag, war sie oft zu dünn, um

Ackerbau zu ermöglichen. Daher mußten sich die meisten der Siedler im nördlichen Victoria County in Richtung der undurchdringlichen Urwälder wenden. Zwischen 1850 und 1880 verübten Siedler in den hoch aufragenden Pinienwäldern einen rücksichtslosen Kahlschlag. Als dann das Nutzholz rar wurde, verarmten viele der Siedler. Diejenigen unter ihnen, die über finanzielle Mittel oder marktgängige Fähigkeiten verfügten, zogen fort. Aber einige von denen, die ausgeharrt hatten, wurden unabhängige Farmer, die den ungünstigen Verhältnissen ihren Lebensunterhalt abrangen.

Zu den ärmsten Gebieten von Victoria County gehörte jene Gegend, die unter dem Namen Somerville Township bekannt wurde. In die nordöstliche Ecke des Landes geschmiegt, ist es kreuz und quer von Seen und Flüssen durchzogen und mit felsigen Erhebungen gesprenkelt. Nach dem Kahlschlag war dieses Land so gut wie wertlos. Um die Jahrhundertwende begann die Bevölkerung langsam, aber stetig, abzunehmen, und nur wenige Familien zogen neu zu. Heute ist Burnt River die einzige erwähnenswerte Gemeinde im gesamten Umkreis um Somerville Township – ein heruntergekommener Weiler mit ein paar Dutzend Einwohnern und dem Charme einer Geisterstadt. Ihre Hauptattraktionen sind zwei schäbige Gemischtwarenläden, ein winziges Postamt, eine kleine Grundschule, zwei bescheidene Kirchen und ein Friedhof. Noch heute können die meisten Einwohner von Burnt River ihre Herkunft direkt von schottischen und englischen Einwanderern herleiten, die das Land rodeten und die Gegend besiedelten – erdverbundene, gottesfürchtige Pioniere mit Namen wie Dudman, Rettie, Handley und Young. Im Laufe der Generationen vermischten sich die Familien miteinander. »Man tut gut dran, freundlich über die Menschen in Burnt River zu sprechen«, beobachtete Gladys Suggut, Autorin einer 1972 erschienenen Geschichte von Somerville Township, ›denn derjenige, mit dem Sie sprechen, ist wahrscheinlich mit dem verwandt, über den Sie sprechen‹.

Als Rock Thériault sich auf die Suche nach einem Grundstück machte, auf dem er seine zweite Kommune errichten wollte, hatte er vor allem zwei Bedingungen im Kopf: Es mußte billig und die Umgebung spärlich bevölkert sein. Somerville Township erfüllte beide Forderungen.

Es war ein regnerischer Morgen Anfang April 1984, als Rock und Jacques in ihrem rostigen Truck vor Fred Hagens Maklerbüro in der fünfzehn Kilometer nördlich von Burnt River gelegenen Stadt Kinmount vorfuhren. Rock stieg über die Pfützen auf dem Parkplatz, die den Weg zum Büro säumten, während ihm Jacques pflichtschuldig dicht auf den Fersen folgte. An diesem Tag war nur Manfred Dzedzitz im Büro, ein siebenundvierzigjähriger deutscher Einwanderer, der Englisch mit starkem Akzent sprach. In Anbetracht des Wetters schätzte er sich glücklich, einen Besucher empfangen zu können.

Rock, dem das Wasser von den Kleidern auf den Boden rann, schüttelte Dzedzitz die Hand und erkundigte sich, ob ein Stück Buschland zu einem angemessenen Preis zum Verkauf stünde – vorzugsweise ein gutes Stück von der nächsten Straße entfernt. »Wir möchten von niemandem belästigt werden und wir wollen niemanden belästigen«, erklärte er. Jacques stand schweigend daneben. Er verstand kein Wort von der Unterhaltung.

Wie es der Zufall wollte, versuchte Dzedzitz bereits seit Monaten, ein zweihundert Hektar großes, teilweise gerodetes, wenige Kilometer östlich von Burnt River gelegenes Stück Land loszuwerden. Es war etwa zwei Kilometer von der nächsten Straße entfernt, und auch von den benachbarten Parzellen führte keine vernünftige Straße dorthin. Der Besitzer, ein Geschäftsmann aus Toronto mit Namen John Sokol, hatte es als Weideland für Rinder genutzt, war aber nach einer Meinungsverschiedenheit mit seinem hiesigen Partner aus dem Geschäft ausgestiegen. Da das Land für alles außer der Entenjagd buchstäblich nutzlos war, war es für den sehr günstigen Preis von zwölftausend Dollar zu haben.

Rock war Feuer und Flamme. Er wollte das Land sofort sehen, also schnappte Dzedzitz sich einen Schirm und ein Paar

Gummistiefel und fuhr die beiden potentiellen Käufer zu einem Punkt am Highway, von wo aus sie über einen von Furchen markierten Traktorpfad zu ihrem Bestimmungsort gehen konnten. Sie stapften über schlammige Felder und durch Gehölze aus Pinien, Birken und Ahorn, kamen kurz nach dreizehn Uhr an und brachten den größten Teil des Nachmittags damit zu, den Ort zu erkunden. Rock redete die ganze Zeit über. Er erklärte, seine Familie sei von herzlosen Regierungsbeamten von ihrem Anwesen in Quebec gejagt worden. Jetzt wollten sie nichts weiter als allein gelassen werden, damit sie von den Produkten des Landes leben konnten. Das Fehlen von Wasser- und Telefonleitungen störte sie überhaupt nicht. Er war mehr an der Tatsache interessiert, daß die Parzelle vierzig Hektar Ahornbäume aufwies. Rock sagte, er und seine Familie hofften, durch den Verkauf von Ahornsirup ein wenig Geld zu verdienen; und sie konnten in Gewächshäusern aus Plastikplanen auf einer Lichtung ihr eigenes Gemüse züchten.

Als sie wieder im Wagen saßen, drückte Rock überschwenglich seine Dankbarkeit gegenüber Dzedzitz aus, weil er die Mühen auf sich genommen hatte, ihnen das Land zu zeigen, obwohl er sie gerade erst kennengelernt hatte und es zudem noch ein so regnerischer Tag war. Er angelte eine Zehn-Dollar-Note aus der Tasche und reichte sie dem Makler mit warmem Lächeln.

»Ich habe so etwas noch nie zuvor erlebt«, erinnerte sich Dzedzitz. »Viele Leute sagen nicht einmal danke, wenn man ihnen ein Stück Land zeigt. Sie spazieren einfach so wieder davon. Ich dachte bei mir, okay, ich schulde diesem Burschen etwas, so sehr war ich von seinen Manieren beeindruckt. Er schien ein netter Kerl zu sein.«

Etwa eine Woche später, am Freitag, den dreizehnten April, kehrte Rock nach Kinmount zurück und bat den Makler, ein Angebot über den geforderten Gesamtpreis auf den Namen Jacques' aufzusetzen. Die Bedingungen sahen hundert Dollar als Bareinlage und weitere tausendneunhundert Dollar bei Vertragsabschluß vor. Der Verkäufer sollte bei monatlichen Zahlungen von Hunderteinundvierzig Dollar eine Fünf-Jahres-Hypothek über zehntausend Dollar gewähren.

Sokol akzeptierte das Angebot vier Tage später.

Rock war so ungeduldig, Quebec zu verlassen, daß er nicht einmal auf den 18. Mai wartete; den Tag, an dem der Handel abgeschlossen werden sollte. Am 2. Mai traf er mit seiner ganzen Anhängerschar – Jacques und Claude sowie die neun Frauen und zehn Kinder von dreizehn Monaten bis fünfzehn Jahren – in einem Truck ein. Im ständigen Kampf gegen ganze Wolken von Mücken und Moskitos, die in den ringsum liegenden Sümpfen ausgebrütet worden waren, schlugen sie sofort Armeezelte auf und bezogen eine behelfsmäßige Unterkunft in einem verlassenen, vor sich hinrostenden Bus.

Rocks bauhandwerkliches Geschick hatte sich gegenüber 1978 beträchtlich verbessert. Er entwarf und baute die wichtigsten Bestandteile eines Sägewerks. Es bestand aus einer hölzernen Rahmenkonstruktion und einer Kettensäge, die durch den Motor eines Motorschlittens angetrieben wurde. Ein kunstvoll erdachter Mechanismus, der mit den Pedalen eines alten Fahrrades verbunden war, ermöglichte es Jacques und Claude, Baumstämme vor das Sägeblatt zu heben, die sodann zu Balken und Brettern zersägt werden konnten. Es dauerte nicht lange, da war die Lichtung, die Rock als Standort für ihr Haus erwählt hatte, mit hohen Stapeln aus sechzig Zentimeter dicken Stämmen, mit frisch gesägtem Bauholz und tonnenweise Felsbrocken bedeckt, die aus dem Flachland und aus Flüssen der Umgebung zusammengesucht worden waren. Eine weitere Einführung Rocks war eine große Tretmühle, die benutzt wurde, um Wasser aus einer Quelle auf dem Besitz eines Nachbarn zu pumpen. Alle paar Tage stieg eine von Rocks acht Frauen auf ein Pony, das sie einem Farmer abgekauft hatten, und band es an einen notdürftig zusammengebauten hölzernen Wagen. Wenn sie an der Quelle angekommen war, führte sie das Pony in die Tretmühle und wartete, bis das Wasser in ihre beiden Dreißig-Liter-Behälter aus Plastik strömte.

Wie schon in Quebec war die Errichtung des Lagers auch hier Knochenarbeit, besonders für Rocks vier ›Ehefrauen‹, die in diesem Sommer schwanger waren – Gabrielle, Francine, Josée und Solange. Die meisten Kommunemitglieder trugen selbst bei großer Hitze und Luftfeuchtigkeit lange Hosen, langärmelige Sweater und Moskitonetze über dem Kopf, um sie vor den allgegenwärtigen Schwärmen blutdürstiger Insekten zu schützen. Wenn sie nicht damit beschäftigt waren, Bäume zu fällen und die Stämme herumzuschleppen, fingen sie Welse aus den Flüssen oder kümmerten sich um einen großen, umzäunten Garten, in dem Kohl und anderes Gemüse gezüchtet wurden.

Das erste Gebäude, das sie fertigstellten, war eine kleine Hütte in Form eines spitzwinkligen Daches, das unmittelbar auf dem Boden auflag. Sie wurde mit Moos und Sägemehl von Zedern ausgelegt, das die Mäuse fernhielt. Danach folgte ein größeres, zweistöckiges Haus mit einer Küche und Rocks persönlichem Schlafzimmer, einschließlich einer rostigen Badewanne, die sie aus dem Müllabladeplatz des Township gerettet hatten, im Parterre. Schließlich bauten die Sektierer noch eine Backstube, eine Räucherkammer, eine Hütte zur Gewinnung von Ahornzucker und einen viereinhalb mal zehn Meter großen, in die Flanke eines Hügels gegrabenen Keller zur Lagerung von Gemüse. Von größter Bedeutung für Rock war sein privates ›Sanktuarium‹ – eine hundertzwanzig Zentimeter hohe Säule aus flachen Steinen, die etwa achthundert Meter von den übrigen Gebäuden entfernt errichtet wurde. Rock behauptete, dort mit Gott zu sprechen.

Fünf Monate nach ihrer Ankunft zog die Gruppe aus ihren Zelten in die neuen Gebäude. Rock stellte eine Arbeitsliste auf und wies jedem Erwachsenen eine Tätigkeit zu, die seinem Status in der Kommunenhierarchie entsprach. In den beiden letzten Jahren in Quebec hatte Solange die überlastete Gisèle von ihrem Status als Rocks engste Vertraute verdrängt, aber inzwischen waren die beiden Frauen gute Freundinnen – sie waren wesensverwandt, beide waren sie freimütig und voller Kritik an unterwürfigen Anhängern Rocks wie zum Beispiel Nicole und

Chantal. In der neuen Siedlung führte Solange die Bücher, sorgte dafür, daß alle ihren Pflichten nachkamen und fungierte als Schiedsrichterin bei Disputen. Darüber hinaus war sie die einzige Frau, die Zugang zu Rocks Sanktuarium hatte.

Den nächsten Platz in der Hierarchie nahm Gisèle ein. Sie war die Ersatzmutter für die übrigen Frauen und ›Großmutter‹ für die ständig wachsende Kinderschar. Chantal war Rocks persönliche Küchenchefin. Außerdem war sie für die Wäsche und das Bereitlegen seiner Kleidung verantwortlich. Ebenso wie Gisèle und Solange war auch sie aufgrund ihrer hohen Stellung von der schweren Arbeit außer Haus ausgenommen. Nicole, die einzige Frau, die kein Kind von Rock zur Welt gebracht hatte, arbeitete unter Chantals Aufsicht. Ihre erste Pflicht bestand darin, Rocks Schlafzimmer peinlich sauber zu halten.

Auch Francine gehörte zu Rocks persönlichem Stab. Sie war seine Masseuse und für seine Bäder verantwortlich. Außerdem mußte sie die Mahlzeiten für alle Mitglieder der Kommune zubereiten und hatte die Aufsicht in der Backstube.

Weiter unten am Totempfahl folgten jene, die als ›Arbeiter im Freien‹ eingestuft waren. Josée mußte das Feuerholz einsammeln und dafür sorgen, daß die Öfen heiß blieben; Marise Lambert war die einzige weibliche Fahrerin, und wenn Rock die Haare geschnitten haben wollte, wandte er sich gewöhnlich an sie. Jacques und Claude hatten eine Vielzahl von Aufgaben im Freien, vom Füttern der Tiere bis zum Reparieren defekter Maschinen.

Gabrielle arbeitete – sofern sie nicht als Krankenschwester tätig war – im Garten und fungierte als Übersetzerin, wenn Gäste kamen. Daher glaubten manche Besucher, sie sei eine von Rocks Favoritinnen. In Wirklichkeit behandelte er sie schroff, besonders wenn sie vor anderen ihr überlegenes medizinisches Wissen zur Schau stellte. Die Gruppenmitglieder betrachteten sie als geschwätzig und nicht vertrauenswürdig.

Maryse Grenier, Jacques' Frau, hatte den untersten aller Ränge inne. In dem Versuch, die eheliche Bindung der beiden zu schwächen und jede Bedrohung seines eigenen, erhobenen

Status' zu beseitigen, hatte der selbsternannte Moses den beiden verboten, miteinander zu schlafen. Maryse gehörte zu der Sorte Frauen, die ihren Ehemännern Widerworte geben – eine Eigenschaft, die Rock verabscheute. Immer, wenn sie ihm widersprach, verspottete Rock Jacques und stiftete ihn an, sie zu schlagen. »Du weißt nicht, wie du deine Frau zu behandeln hast«, sagte er in solchen Fällen. Fügsam bearbeitete Jacques dann Maryse mit den Fäusten und schaute sich beifallheischend nach Rock um. Maryse empfand immer noch Zuneigung für ihren Mann und lernte, mit seinen Schlägen zu leben. Sie redete sich ein, gesündigt zu haben. Rock überzeugte Jacques sogar davon, daß ein Muttermal auf ihrem Bauch wie ›666‹ aussah, die Zahl des Antichristen.

Schließlich befahl Rock, daß Maryse mit ihren überlebenden Kindern Miriam und Jeziel abseits von der Gruppe in ihrer eigenen Hütte leben mußte. Weder sie noch ihre Kinder durften sich den übrigen zugesellen; nicht einmal zu den Mahlzeiten. Diese Anordnung blieb in Kraft, bis der Sektenführer Miriam, das älteste weibliche Kind in der Kommune, anwies, zusammen mit ihrem Vater, Claude und Rock Jr. im Männerhaus zu leben. Von diesem Tag an durfte Maryse nicht mehr mit ihrer Tochter zusammenkommen.

So streng Rocks Organisation auch sein mochte, die meisten Außenstehenden sahen nur eine lockere, unbekümmerte Fassade. Als sich die Nachricht von der Zurück-aufs-Land-Kommune durch Somerville Township verbreitete, begannen neugierige Nachbarn das Lager zu besuchen und sich vorzustellen. Einige von ihnen beteiligten sich sogar an den Arbeiten und halfen, Nutzholz zuzubereiten oder Fische auszunehmen.

Es dauerte nicht lange, da begann es den Ortsansässigen zu dämmern, daß an den Neuankömmlingen etwas Ungewöhnliches war. Bei den seltenen Gelegenheiten, wenn Einkäufer in Burnt River es schafften, mit einer der Frauen ins Gespräch zu kommen, sprach sie von sich selbst unvermeidlich als einer der Ehefrauen Rocks. Aber die vorherrschende Stimmung schien zu sein, daß man Rock und seine Gruppe von Blumenkindern so leben lassen sollte, wie es ihnen behagte. Eigentlich waren sie nur zurückhaltende, hart arbeitende Nachbarn. Zugegeben, sie waren ein wenig exzentrisch, aber in einem so traditionsverhafteten Ort wie Burnt River war das kein Grund, sich zu beklagen. »Diese Mädchen verehrten Rock«, sagte ein Nachbar später. »Wenn sie auf die Straße oder in die Stadt gingen, tauschten sie ihre Gummischuhe gegen Straßenschuhe aus. Dann halfen sie ihm in die Kleider. Eine zog ihm die Schuhe an, eine andere die Jacke, und eine dritte kämmte ihm den Bart. Es war wirklich verblüffend zu sehen, wie sie sich um ihn kümmerten.«

Für andere war die Gruppe eine willkommene Abwechslung und eine willkommene Quelle für grobe Späße. Farmer und Arbeiter stießen einander an, grinsten und rissen grobe Witze darüber, daß ›Rocky‹ bei all den ›Familienpflichten‹, denen er jede Nacht nachzukommen habe, ganz schön erschöpft sein müsse. Sie fragten sich, ob er die Mädchen der Reihe nach ›bediente‹, oder in einer großen Orgie der verschlungenen Leiber auf dem Hüttenboden.

Eine Titelstory der *Fenelon Falls Gazette* in diesem Herbst war voller Bewunderung für den Mut und die Entschlossenheit der Gruppe. Debi Halcovitch, die Autorin des Artikels, hatte sich offenbar bemüht, weder zu sensationslüstern noch zu kritisch zu sein.

Exklusiv:
UNABHÄNGIGKEIT DER FAMILIE VORZUZIEHEN?

Kürzlich ließ sich im Burnt River-Gebiet eine kleine Gruppe Franko-Kanadier nieder, die mit der Vergangenheit brechen wollen.

Ihr Lebensstil der Teilung und der gemeinschaftlichen Arbeit erinnert an die bei den ›Blumenkindern‹ der sechziger und siebziger Jahre so beliebten Kommunen, aber ihr Glaube, daß ein Mann dem Haushalt vorstehen und mit verschiedenen ›Ehefrauen‹ die meisten der Kinder zeugen solle, fügt dieser Lebensweise eine neue Note hinzu.

Das Busch- und Farmland der Umgebung von Burnt River entsprach genau Rocks Bedarf an einer gegen jeden Zugriff geschützten Heimstätte, und im Frühjahr 1984 kaufte er zweihundert Hektar Land, so daß er mit seinen Anhängern ein Sommerlager errichten konnte. Es ist nicht möglich, mit dem Wagen auf den Besitz zu gelangen. Man braucht ein Fahrzeug mit Vierradantrieb, um den über sechs Kilometer langen, durch häufigen Gebrauch fast unpassierbar gewordenen Buschpfad zurückzulegen. Schlammlöcher, Sperren, eine Schlucht und tiefhängende Zweige erschweren den Zugang noch mehr . . .

Den Sommer 1984 über lebten die rührigen Männer, Frauen und Kinder in Zelten. Sie zogen Ziegen und Hühner groß, legten einen großen Garten an und errichteten vier massive Holzhäuser zum Schutz gegen den strengen Winter. Sie bauten eine Kornmühle, eine Sägemühle, um Baumaterial zuzuschneiden, holten Wasser aus einem nahegelegenen Tal und zimmerten Tische, Betten und Stühle. Es ist der Wunsch von Rock Thériault, seinen Kindern einen Gutsbesitz zu verschaffen. Er glaubt, daß Kinder auf dem Lande groß werden sollten. Rock, ein philosophischer Mann, glaubt an Gott, eine natürliche Lebensweise und Handarbeit. Er und seine Gruppe möchten außerhalb der Gesellschaft leben . . .

Unser Interview mit Rock Thériault fand in dem Holzhaus statt, das als Küche der Kommune gedacht ist. Das Gemüse wird in einem per Hand gegrabenen Gemüsekeller gelagert. Ein Holzbrennofen lieferte reichlich Wärme, und das Licht im Raum stammte von Kerosinlampen. Rock saß in einem von Hand gebauten Schaukelstuhl und nahm gelegentlich eines oder zwei seiner kleinen Kinder auf den Schoß, die ihn ›Papa‹ nennen. Rock Thériault zeugte zehn der zwölf Kinder in der Gemeinschaft. Er erklärte: »Ich liebe Kinder.« Seine Frauen kümmern sich um die Kinder, sie kochen, machen sauber, holen Wasser, melken Ziegen, bessern Kleider aus, schüren das Feuer und wünschen sich mehr Kinder. Die meisten der Frauen können nicht Englisch sprechen und hielten sich deshalb im Hintergrund; still und aufmerksam. Nach Rock haben diese Frauen selbst das Verlangen, Kinder zur Welt zu bringen. Er betrachtet diese Frauen nicht als ›Ehefrauen‹ im landläufigen Sinne von ›Besitz‹ oder ›Eigentum‹. Er erklärte: »Ich liebe die Frauen, und sie lieben mich.« Im folgenden Jahr werden drei weitere Babys geboren, und sie alle werden durch natürliche Geburt in der Siedlung zur Welt kommen . . .

Bis jetzt hat keiner von ihnen Arbeit außer Haus gesucht. Die Frauen werden kunsthandwerkliche Gegenstände herstellen, und Rock plant, handgefertigte Möbel zu ihrem Lebensunterhalt anzufertigen. Das Leben auf dem Lande wird sie mit Nahrung, Wasser und Holz versorgen, aber ein wenig Geld ist zum Leben unerläßlich. In den Worten von Rock Thériault: »Ich habe diesen Lebensstil erwählt. Ich weiß, daß es mir bestimmt ist zu leiden. Jeder, der mit dem Herzen an etwas anderes als die anderen glaubt, muß leiden.«

Aber eines gab es, womit Rock nicht gerechnet hatte: die standhafte Weigerung des Sozialamtes von Victoria County, seinem Ersuchen um Unterstützung zu entsprechen. Wenige Tage nach Ankunft der Gruppe waren Jacques und Maryse in die siebenundvierzig Kilometer südlich von Burnt River gelegene Stadt Lindsay gefahren und hatten Familien-Sozialhilfe beantragt. »Jedesmal, wenn sie nach Lindsay kamen, um ihren Scheck abzuholen«, erinnerte sich ein Beamter, »haben wir Seife und Toilettenpapier aus den Waschräumen vermißt. Dann beantragten sie Sozialhilfe für alle. Bei all den Kindern, nun, da gab es Bedenken.« Tatsächlich zeigte sich das County-Büro Rock und seinem Gefolge gegenüber weit weniger mitfühlend als die Nachbarn der Kommune in Burnt River. Nach mehreren internen Beratungen und Anrufen in Toronto beschlossen sie, der Gruppe die Unterstützung mit der Begründung zu verweigern, daß sie eher eine ›Institution‹ als eine Familie seien.

Für Rock war die Lösung des Problems nicht schwierig. Er

versammelte eines Abends seine Anhänger um sich und erklärte, die Ungläubigen unter ihnen seien bestrebt, Gottes Leute zu verderben. Aber der Allmächtige würde seine Kinder nicht im Stich lassen. Wenn die Ungläubigen sich weigerten, den Demütigen auf Erden beizustehen, würden sie sich einfach selbst zu dem verhelfen müssen, was sie brauchten. Immerhin gehörte letztlich alles im Leben Gott. Es war eigentlich kein Stehlen; es ging einfach nur darum, daß sie sich nahmen, was rechtmäßig vor allem ihnen gehörte.

Für den Fall, daß noch jemand Zweifel hatte, beeilte Rock sich, hinzuzufügen, die Versicherungen der Ladeninhaber würden jeden Verlust ersetzen. Die Wege Gottes waren wahrlich wunderbar.

Es dauerte nicht lange, bis Rocks Botschaft angekommen war. Aber damit bei der Ausführung des göttlichen Willens keine Fehler vorkamen, stellte Rock detaillierte ›Einkaufs‹-Listen für jeden seiner Anhänger zusammen. Als Überschrift auf jeder Liste schrieb er: ›Dinge, die im Namen des Ewigen gestohlen werden sollen‹. Einmal fiel es Jacques zu, ›Gewürze, Käse, eine Sellerie, vier Pimente, zwei Pfund Pilze, vier oder fünf Pfund Rindergehacktes, Tomatensoße, Tomatenmark, Tomatencremesuppe, Sojasoße, Pepsi, vier Rollen Toilettenpapier, ungesalzene Butter und Mineralwasser‹ zu ›kaufen‹. Unten auf der Liste standen die Worte: ›Möge der Geist des Allmächtigen, der unseren Vater David gesegnet hat, mit uns sein.‹

Die Ladendiebstahl-Expeditionen begannen in kleinem Maßstab, aber bald entwickelten sie sich zu regelrechten Bagatell-Diebstahls-Orgien. Geschäftsleute in Kinmount und Fenelon Falls lernten, die Anhänger Rocks von dem Moment an, in dem sie durch die Ladentür kamen, nicht aus den Augen zu lassen. »Was nicht angenagelt war, stopften sie sich in die Taschen«, erinnerte sich ein Ladenbesitzer. »Sie hatten diese langen Mäntel mit innen angenähten Taschen, so daß sie bei einem Gang durchs Geschäft eine Menge mitnehmen konnten.« Wenn sie gefaßt wurden, ließ man sie in der Regel nach einer Verwarnung wieder frei.

Als alle Geschäftsinhaber der umliegenden Gemeinden über die Ladendiebstahlsbande informiert waren, schickte Rock seine Langfinger weiter hinaus. Am 31. Januar 1985 holte das Gesetz sie endlich ein. Constable Mayne English kaufte um 10 Uhr 15 am Morgen Lebensmittel im A&P-Lebensmittelgeschäft in der Lindsay-Square-Mall ein, als er einen schmuddeligen, bärtigen Mann beobachtete, der Töpfe mit Mostrich in seinen Manteltaschen verschwinden ließ. Er verständigte einen Ladenangestellten, der den Dieb nach Verlassen des Geschäfts festhielt. Constable English nahm den Ladendieb, der sich als Jacques Giguère auswies, in Arrest. Innerhalb der nächsten Stunde stellte die Polizei außerdem Gabrielle, Claude, Nicole und Rock Jr., die alle gestohlene Waren bei sich trugen. In Nicoles Taschen fanden sich zehn Pfund Rindergehacktes, und Rock Jr. hatte es irgendwie geschafft, sich fünfzehn Meter Seil um die Taille zu wickeln. Auf dem Parkplatz durchsuchte die Polizei Claudes AMC Hornet und fand den Kofferraum randvoll mit gestohlenen Waren aus fünf Geschäften gefüllt. Zum Diebesgut gehörten ein Frostschutzgas, Katzenfutter, Schrauben, Bügelsägeblätter, Isolierband, Salada-Teebeutel, mehrere große Packungen Hackfleisch, Erdnußbutter, Sardinen, zerkleinertes Knoblauch, Knoblauchsalz, Black-Magic-Schokolade, Zahncreme, Metzgerschnur, Nähnadeln, Garn, Gummiband, Kugelschreiber, Schreibpapier und Crayola-Zeichenstifte. Gesamtwert: über vierhundertfünfzig Dollar.

In Anbetracht dieses Warenwertes kamen sie billig davon. Der Richter untersagte ihnen, jemals wieder in Lindsay einzukaufen. Und sie mußten hundert Stunden lang für die Gemeinde arbeiten, indem sie den Jahrmarktsplatz säuberten.

Da er sich in einem finanziellen Engpaß sah, begann Rock, von einem seiner obersten Gebote abzuweichen. Seit er die Gruppe 1977 versammelt hatte, forderte er seine Anhänger auf, ihre Eltern zu hassen und abzulehnen. Ihre Familien lebten – wie alle übrigen Menschen außerhalb der Kommune – im Reich Satans und waren somit die Helfer Satans. Der einzige wahre Vater war Gott der Herr, und ihre biologischen Eltern waren nur Trugbilder. Nur Moses hatte sich so sehr um ihre Seelen gesorgt, daß er sie aus ihrem Leben der Sinnlichkeit und des hohlen Materialismus errettete.

Aber Geld war immer noch Geld. Wenn es ums eigene Wohlergehen ging, bewies Rock immer Flexibilität. Er drängte seine Anhänger, ihre Eltern anzurufen oder sie brieflich um finanzielle Hilfe zu bitten. Sie sollten einfach sagen, daß das Geld nicht für sie selbst bestimmt war, sondern für die Enkelkinder der Eltern – die sie nie gesehen hatten. Wenn sie die Kinder liebten, würden sie gewiß Wert darauf legen, daß sie angemessen ernährt und gekleidet würden, während die Erwachsenen ohne Hilfe durch die Regierung um ihr Auskommen kämpften.

Rock konnte bei diesem Handel nicht verlieren. Wenn die Eltern eines der Gruppenmitglieder weich wurden und etwas spendeten, würde er sich selbstverständlich persönlich im Namen der Gruppe um das Geld kümmern. Und wenn die Eltern sich weigerten, Geld zu schicken, würde das nur bestätigen, was er immer gesagt hatte – daß die Eltern sich mehr um ihre Bankkonten als um die eigenen Kinder kümmerten.

Aber Rock hatte seine Herde so gut geschult, daß einige der Frauen ihn baten, nicht darauf zu bestehen, daß sie ihre Familien anriefen. Solange gehörte zu ihnen. Sie sprach darüber, wie sehr sie ihren Vater haßte, weil er ihre Mutter geschlagen und sie selbst eingeschüchtert hatte, als sie noch ein kleines Mädchen war. Sie wollte ihn nie wieder sehen noch jemals wieder seine Stimme hören. Aber Rock konnte nur an das kleine Vermögen denken, auf dem Monsieur Boilard saß, seit er die Familienfarm verkauft hatte. Zuerst bestrafte er Solange, weil sie sich geweigert hatte, Kontakt mit ihrer Familie herzustellen, indem er ihr mühseligere Pflichten auferlegte. Als dies nichts fruchtete, drehte er den Spieß um und bemühte sich, sie zu überzeugen, daß ihr Vater in Wirklichkeit ein anständiger, schwer arbeitender Mann war, dessen zugegebenermaßen grobes Benehmen nur eine der Folgen seines schweren Lebens war. »Du hast einen *guten* Vater«, sagte er. »Er hat für seine Familie hart gearbeitet. Wenn du ihn weiterhin ablehnst, wird er an gebrochenem Herzen sterben.«

Alle paar Monate gab Solange nach. Allmählich entwickelte sie sogar einen widerwilligen Respekt für den alten Mann. Aber die Familie kam ihren Bitten um Geld niemals nach. Einmal bat Solange ihren Vater um ihren Anteil an den Familienersparnissen, die damals etwa zweihunderttausend Dollar betrugen. Er antwortete, wenn sie das Geld wolle, müsse sie die Kommune für immer verlassen. Aber Solange gab nicht auf. »Sie ging alle Familienmitglieder um Geld an«, erinnerte sich Gisèle Martineau. »Mich, meine Eltern, meine Brüder, sogar eine Tante. Es war unsere Familienpolitik, ihr niemals Geld zu schicken, weil wir wußten, daß es direkt an Thériault gehen würde. Aber wir haben uns nie geweigert, die Gebühren für ihre vielen R-Gespräche zu bezahlen. Wenn wir irgend etwas für sie oder ihre Kinder hätten tun können, so hätten wir es getan.«

Nicole hatte bei ihrem Vater sogar noch weniger Glück. »Sie rief ein paarmal an und wollte Geld für irgendeine Sache, mit der die Gruppe befaßt war«, erinnerte er sich. »Sie wollte ihr Erbe, aber ich gab es ihr nicht. Ich sagte, sie müsse warten, bis ich tot sei. Dann könne sie sich den Rest mit den übrigen teilen.«

In der Kommune wurde die Geldnot immer schlimmer. Wie vorauszusehen gewesen war, erwies sich der Boden als zu karg, um genug Gemüse für den Winter zu produzieren. Die Kommunarden versuchten, an einer verlassenen Tankstelle in Kirkfield, einer kleinen Stadt fünfundzwanzig Kilometer westlich von Burnt River, kunsthandwerkliche Erzeugnisse zu verkaufen. Als auch dies nicht den erhofften Gewinn einbrachte, beschloß Rock, sich im Obsthandel zu versuchen. Er, Jacques oder Claude fuhren gelegentlich zur Niagara-Halbinsel – dem Obstanbaugebiet Ontarios – und kehrten mit Wagenladungen von Äpfeln, Pfirsichen, Birnen, Erdbeeren und anderen Produkten zurück. Dann schwärmten Kommunenmitglieder aus und schlugen behelfsmäßige Obstverkaufsstände an Straßen in der ganzen Umgebung auf. An Wochenenden im Sommer konnten sie in der Regel damit rechnen, hundertpfundweise Obst an Ortsansässige und Torontoer Bürger auf der Durchfahrt zu verkaufen.

Der Erfolg ermutigte sie, eine eigene Handelsgesellschaft zu gründen. Rock nannte sie die Ant Hill Kids (Kinder des Ameisenhügels), weil sie – wie er sagte – wie ein fleißiger Ameisenstaat zusammenarbeiteten. Von dem Geld, das die Sektierer durch den Obstverkauf verdienten, schafften sie sich eine Second-Hand-Ausstattung für ihre Backstube an: Aluminiumschüsseln, Kühltheken aus Plastik, Metallbleche und einen großen Mixer für Restaurationsbetriebe, der mit einem benzinbetriebenen Stromgenerator betrieben wurde. Die Öfen waren geschickt aus großen Öltonnen konstruiert worden. In der Mitte der Backstube stand ein drei Meter langer Tisch aus einem Haubrett für Fleischer als Platte; als Tischbeine dienten galvanisierte Rohre. Francine und die übrigen Frauen konnten stundenlang dort in der erstickenden Hitze stehen und Teig kneten, Tortenböden ausrollen und hübsche Pastetenformen bilden. Einmal gelang es Rock, mehrere große Tonnen Obstkonserven in die Hände zu bekommen, die am Ende des Falklandkonflikts von 1892 von den Briten als Überschuß deklariert worden waren. Die Frauen benutzten die Konserven monatelang für Tortenfüllungen.

Laut Claude Ouellette war Rock der geborene Hochstapler. Er konnte mit leeren Händen ins Büro eines Großhändlers gehen und nach einem kurzen Gespräch mit vollen Händen wieder herauskommen. Claude erinnert sich: »Er wurde gewöhnlich mit Großhändlern handelseinig, die oft im Bereich um Toronto saßen. Er überredete sie, ihm überaltete oder beschädigte Waren auf sein Versprechen hin zu überlassen, daß er später bezahlen würde. Er sagte, er würde das Zeug entweder verkaufen oder selbst für Torten oder Obstkonserven verwenden, die wir verkaufen würden. Er machte ihnen weis, daß er bei künftigen Geschäften an sie denken würde, wenn sie ihm jetzt einen Gefallen täten. Aber nie hielt er Wort oder bezahlte seine Schulden.

Frauen fanden ihn romantisch, Männer wurden von seinem überlegenen Selbstbewußtsein angezogen: Rock Thériault.

Hyacinthe und Pierrette Thériaults Haus am Stadtrand von Thetford Mines, Quebec. Rocks Vater war ein getreuer Anhänger einer rechtsgerichteten, katholischen Verbindung mit Namen White Berets.

Rock mit seiner ersten Frau Francine Grenier und ihren beiden Kindern. Hyacinthe Thériault sagte über ihre Ehe, sie sei ›von Anfang an stürmisch und unglücklich‹ gewesen.

Wenn Rock seine Eltern besuchte, mußte er seinen Vater bitten, ihn einzulassen. Hyacinthe schämte sich seines Sohnes, weil er so viele Frauen geheiratet hatte. (Von links nach rechts: Gabrielle Lavallée, Rock, Hyacinthe und Pierrette Thériault, Chantal Labrie.)

Pierre Zita, der Pastor der Adventisten des Siebten Tags, der Rock von Armegaddon erzählte und ihm Solange, Francine und Chantal vorstellte.

ROSS LAVER

Die erste Kommune in der Wildnis der Gaspé-Halbinsel. Moses teilte seinen Anhängern mit, sie würden den Kern einer neuen Gesellschaft bilden, die Gottes tausendjähriges Reich ankündigte.

Solange Boilarrd
in jungen Jahren.

Claude und Solange an ihrem Hochzeitstag mit Claudes Eltern Juliette und Alphonse. Solange stand der Idee, Claude zu heiraten, kühl gegenüber. Ihr Vater war ein gewalttätiger Trinker gewesen, und sie hatte Probleme mit Männern und der Sexualität.

Rock und sein Harem (<u>Von vorne links im Uhrzeigersinn:</u> Solange, Gabrielle, Chantal, Marise, Josée, Francine, Nicole, Gisèle).

Rock entfernte Claude eine Hode und beschnitt Jacques (rechts).

Passfoto von Gabrielle Lavallée.

Die Krankenschwester der Kommune, zwei Wochen, bevor Rock ihr den Arm abhackte.

Francine beim Stillen ihres vierten Kindes, bevor sie es Alex Josephs Frau Joanna übergab.

Chantal, Rock und Solange in glücklichen Zeiten. Nach Solanges Tod gehörte es zu Chantals Aufgaben, Solanges Knochen zu säubern, aus denen Rock Halsbandanhänger machte.

Die Urkunde, die Alex Joseph Rock überreichte, nachdem er ihn zum König ernannt hatte.

ERIN ELDER

Der waffensammelnde Polygamist führte den Vorsitz bei einer feierlichen Zeremonie, in deren Verlauf Rock vier Frauen ›heiratete‹, von denen zwei tot waren. (Von links nach rechts: Gisèle, Rock, Alex Joseph.)

Rock machte sich Sorgen, daß ihm sein Kind fortgenommen würde, wenn Francine es in Kanada zur Welt brächte. ›Also, wenn ihr sie herbrächtet‹, erwiderte Alex Joseph, ›würde die Regierung sie nicht bekommen‹.

Der Kommunenführer mit dem amerikanischen Psychiater Jess Groesbeck. Nach seinem Besuch in Burnt River lobte der Arzt Rocks ›spirituelle Kameradschaft und Freundschaft‹.

Rock war außerordentlich stolz darauf, Gastgeber des berühmten Psychiaters zu sein. Er wies alle an, sich für eine Begrüßungsfeier in Schale zu werfen.

Moses am Toronto Pearson Airport vor seinem Abflug nach Frankreich. (Von links nach rechts: Josée, Marise, Solange, Rock, Francine, Chantal, Gisèle, Nicole.)

Alex Joseph und seine neun Frauen. ›In dem Moment, als ich anfing, von meiner Bereitschaft zu dieser Lebensweise zu sprechen‹, brüstete sich der Polygamist aus Utah, ›erhielt ich mehr Heiratsanträge, als ich annehmen konnte‹.

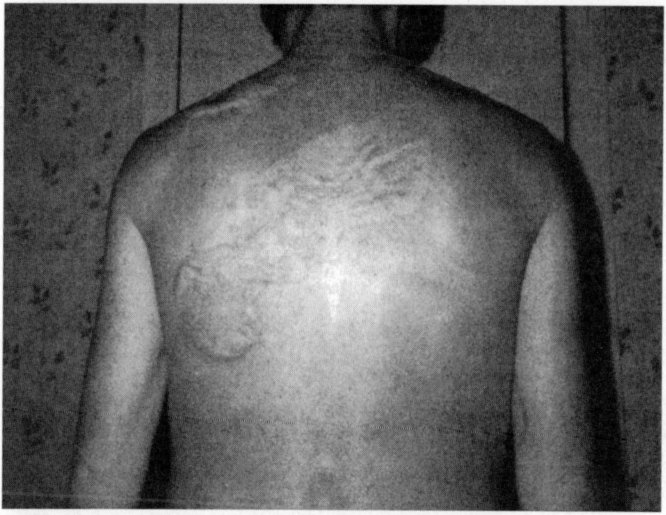

Rock verunstaltete Josée für immer, indem er ihren Rücken mit einem Schweißbrenner bearbeitete.

ERIN ELDER

Detective Constable Bob Bowen von der Ontario Provincial Police, der Rock festnahm und ihn des Mordes anklagte.

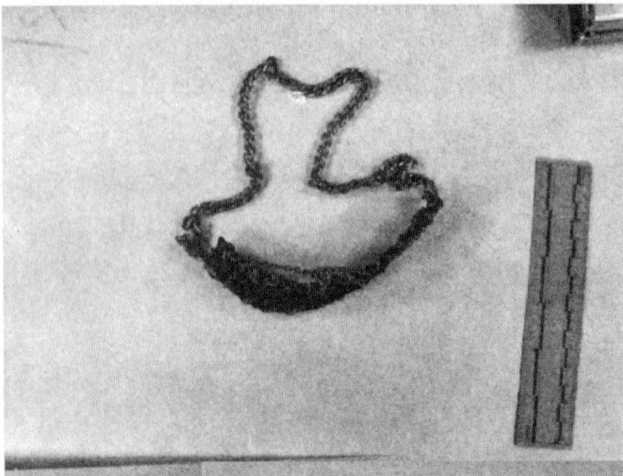

Bevor Solanges Leichnahm verbrannt wurde, entfernte Rock eine Rippe von ihr, um einen Halsbandanhänger daraus zu machen.

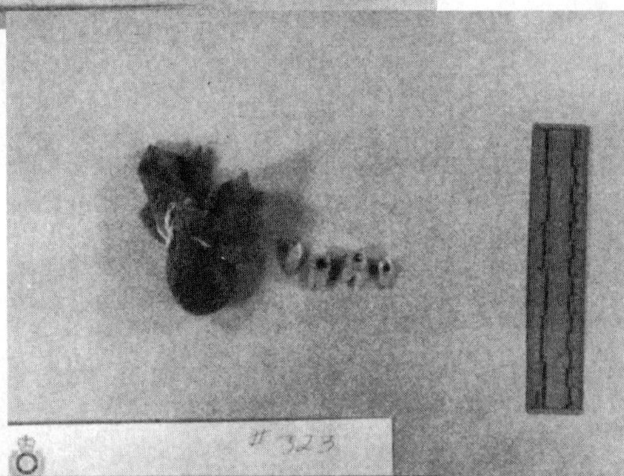

Um seine Anhänger für ihre Fehler zu bestrafen, riß ihnen Rock manchmal Zähne aus.

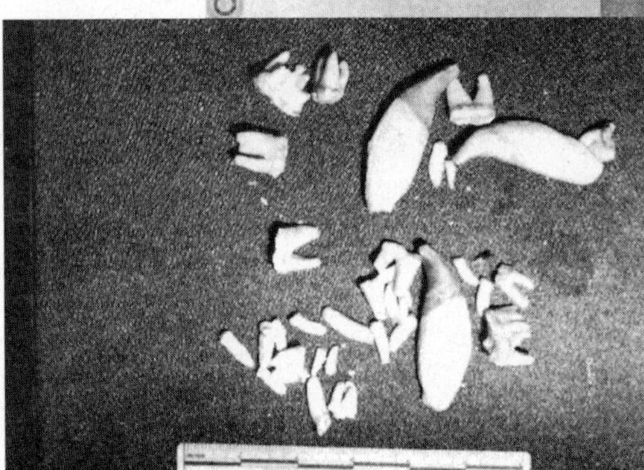

Die Polizei fand auf dem Grundstück der Kommune Tier- und Menschenzähne, die in einer Margarineschachtel aus Plastik und einem Leinwandbeutel gesammelt worden waren.

Um Gabrielles Armstumpf zu kauterisieren, erhitzte Rock ein siebeneinhalb Zentimeter langes Stück eines Torsionsstabes bis zur Rotglut.

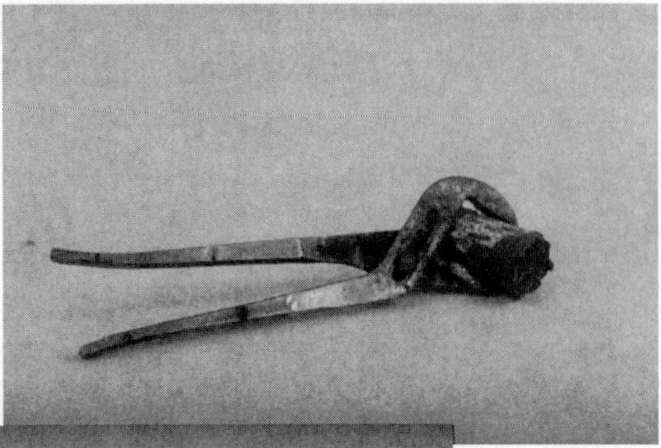

ERIN ELDER

ERIN ELDER

Der Kommunenführer schnitt Gabrielle methodisch mit einem Teppichmesser kleine Fleischstückchen aus dem Arm.

Der Tisch in der Backstube der Kommune, auf dem Moses Solange ›operierte‹.

Der grausame Messias, nachdem Bob Bowen ihn im Wald festgenommen hatte.

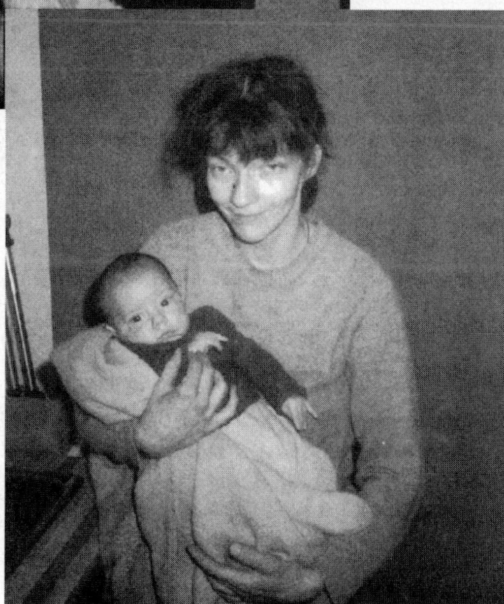

Nicole (links) und Chantal (unten) am Tag ihrer Festnahme mit zwei Kindern der Kommune. Noch nach ihrer Freilassung aus dem Gefängnis bleiben sie liebende Anhänger Rocks.

Rocks Sohn Salomon, hier mit Adoptivmutter Joanna, wird von Alex Joseph und seinen neun Frauen auf ihrem Besitz im südlichen Utah aufgezogen.

Ein neuerer Gefängnisbericht war voll des Lobes über sein Verhalten: Rock wurde als ›sehr freundlicher und guter Arbeiter‹ bezeichnet.

Wir waren damals von seiner Kühnheit beeindruckt. Und wenn er mit Nahrung ins Lager zurückkam – nun, gewöhnlich waren wir so hungrig, daß wir uns nicht gerade beklagten.«

Sobald eine Partie Brote oder anderer Backwaren fertig war, luden die Frauen sie auf den Truck und fuhren zu einer Stadt in der Nähe, um sie von Tür zu Tür zu verkaufen. Allmählich dehnten sie ihr Territorium auf jede Stadt zwischen Haliburton und den nördlichen Vorstädten von Toronto aus, die groß genug war; darunter Lindsay, Uxbridge, Aurora und Newmarket. An Samstagen nahmen sie die stundenlange Fahrt nach Orillia auf sich und hielten auf dem Obst- und Gemüsemarkt, der auf einem Parkplatz neben dem Opernhaus stattfand. Einige der Frauen blieben dort und verkauften ohne Genehmigung Brot und Obst aus dem Wagen, während andere auf der Suche nach neuen Kunden von Haus zu Haus gingen.

Für eine Weile war das Leben auf Los vier, Konzessionsnummer fünf, fast erträglich. Es gab immer noch nicht annähernd genug zu essen: Rock rationierte ihre Portionen streng, und oft waren die Mahlzeiten auf Mais und Kartoffeln beschränkt. Aber wenigstens schienen seine sonst oft so destruktiven Energien jetzt ins Geldverdienen und in den Aufbau eines kommerziellen Imperiums zu fließen. Solange die Dinge in Bewegung waren, wirkte er zufrieden. Aber schließlich begannen der Reiz des Neuen und die Zielstrebigkeit, die den Aufbau der Kommune begleitet hatten, zu verblassen. Und mit dem Einsetzen der Langeweile war das Denken Rocks wieder für seine dunkleren Triebe offen.

Wie Gisèle befürchtet hatte, begann Rock wieder zu trinken.

Im ersten Winter in der Wildnis von Ontario nahm er seine alte Gewohnheit wieder auf. Er erklärte, der Schmerz in seinem Bauch und den Därmen sei so heftig, daß er etwas dagegen unternehmen müsse. Er stöhnte und redete ständig über seine Krankheit. Zu Gabrielle sagte er, sein Herz fühle sich ›wie ein kaputtes Uhrwerk‹ an. Nachts lag er schweißüberströmt in seinem Bett, zitterte und hatte entsetzliche Alpträume.

Was folgte, war allen nur allzu vertraut. Immer, wenn Rock behauptete, Schmerzen zu haben, befahl er Jacques oder Claude, nach Coboconk zu fahren und ein paar Kästen Bier zu holen. Nach vier oder sechs Bier wurde er redselig. Er sprach darüber, wieviel Geld und Grundbesitz er besaß – irgendwie machte er aus dem Zweihundert-Hektar-Los einen zehntausend Hektar großen Besitz. Er wies Chantal oder Nicole an, seinen Königsschmuck aus dem Schlafzimmer zu holen. Der ›Schmuck‹ bestand aus wertlosem Kostümplunder, aber Rock schwatzte stundenlang darüber, wie selten und wertvoll er war. Die übrigen Kommunenmitglieder gaben vor, beeindruckt zu sein, aus Angst, daß Rock sonst beleidigt wäre.

Nachts befahl Rock gewöhnlich eine oder mehrere seiner Frauen in sein Schlafzimmer. Oft liebte er eine der Frauen, während zwei oder drei andere seine Schultern, Arme und Beine massierten. Manchmal mußten sich alle acht Frauen nackt ausziehen und sich zu ihm auf den Wohnzimmerboden legen, während die Symphonien Mozarts oder Beethovens – zwei seiner Lieblingskomponisten – aus einem batteriegespeisten Kassettenrecorder erklangen. Wenn er den sexuellen Höhepunkt erreicht hatte, wies er die Frauen an, einander zu streicheln und zu masturbieren, während er zuschaute. Nicole, Chantal und Francine konnten dem Gruppensex durchaus Reize abgewinnen, während Gabrielle, Gisèle und Marise Lambert es vorzogen, allein mit ihrem Meister zu schlafen.

Rock liebte es, Eifersucht und Mißtrauen unter seinen Anhängern zu schüren und dadurch seine eigene Macht zu stärken. Eine seiner erfolgreichen Taktiken bestand darin, daß er sich zwei Frauen aussuchte, die sich besonders nahestanden – Nicole und Chantal, Gisèle und Solange oder Josée und Marise –, und sie gegeneinander ausspielte, indem er sich einer von ihnen zuwandte und die andere ignorierte.

Um Josée und Marise zu manipulieren, machte er sich ihre familiären Hintergründe zunutze. Marise war das einzige Kind aus einem gefestigten und wohlhabenden Zuhause, während die Eltern Josées wenig Geld besaßen und oft stritten.

»Josée, schau dir nur deine Freundin Marise an«, sagte Rock einmal. »Sie kommt aus einem geordneten Heim, und ihre Eltern haben Geld im Überfluß. Marise hat alles bekommen, was sie sich nur wünschte. Aber du bist mit den einfachsten Dingen im Leben zufrieden. Du hast nichts, aber du hast ein weites, großzügiges Herz.« Am Ende brach Marise in Tränen aus. Josée hingegen war durch so viel Lob geschmeichelt.

Bei anderen Gelegenheiten wandte er eine direktere Methode an, um Rivalitäten anzustacheln. Er holte seine Stoppuhr hervor, zog ein Quadrat in den Sand und ernannte zwei Kontrahenten. Er ordnete an, daß sie drei Minuten lang nackt und ohne Regeln aufeinander losgingen. »Er zählte die Punkte«, sagte Jacques später. »Einen Pluspunkt für jeden Schlag und einen Minuspunkt für ein Übertreten der Linie. Der Gewinner mußte gegen einen anderen antreten. Manchmal ging das Spiel Kampf stundenlang so weiter.« Wenn Rock selbst an diesen Gladiatorspielen teilnahm, waren die Regeln anders. Die Gegner wußten, daß Rock es ihnen zurückzahlen würde, wenn sie ihm weh taten.

»Manchmal mußte sich einer von uns Männern in die Mitte stellen, und alle Frauen mußten ihn schlagen und treten«, erinnerte Claude sich. »Und ich kann Ihnen sagen, nach so vielen Jahren der Arbeit im Wald hatten die Frauen starke Muskeln. Sie konnten einem wirklich weh tun.«

Rocks Besäufnisse wurden immer schlimmer. Wenn er betrunken war und sich über einen kleineren Verstoß ärgerte, verkündete er, seine Anhänger seien böse und der Teufel müsse aus ihnen herausgeprügelt werden. Manchmal nahm er ein Beil und schlug den Unglücklichen, der zufällig in seiner Nähe war, mit der flachen Seite der Klinge an die Beine oder den Kopf. »Einmal saß ich am Tisch, da schlug er mich ohne Vorwarnung mit einem Hammer vor die Stirn«, erinnerte sich Marise Lambert. »Er ließ nicht zu, daß ich in ein Krankenhaus ging, also nähte Chantal die Platzwunde.«

Einer seiner Lieblingsbestrafungen – außer Schlagen und Auspeitschen – bestand in dem Befehl, den Missetäter nackt auszuziehen und auf den Boden zu legen. Dann urinierte er dem oder der Betreffenden auf den Kopf oder in den Mund. »Manchmal tat er es aus Spaß, manchmal, weil er verrückt war«, sagte Gisèle. »Er machte es bei mir und bei allen anderen.« Bei mehreren Gelegenheiten zwang er Gabrielle, jemanden den Hintern zu lecken, nachdem der Betreffende defäktiert hatte, und sich Wangen und Stirn mit Kot einzuschmieren.

Statt nach solchen Episoden voller Ekel fortzulaufen, wirkte das Opfer in der Regel zufrieden, sogar glücklich. Sie hatten gesündigt, und Moses hatte sie bestraft – und auf diese Weise dafür gesorgt, daß sie wieder in der Gunst Gottes standen. Der Akt der Bestrafung seiner Schüler zeigte nur, wie sehr er sie liebte. Und wenn die Grausamkeit aufhörte, war die Spannung zwischen ihnen und ihrem Meister gebrochen – sie hatten gebüßt, und die Luft war wieder rein. In solchen Augenblicken glühte Gabrielle vor Stolz und sprach darüber, wie sehr Papi sie liebte. Nach der Bestrafung belohnte Rock im allgemeinen seine Opfer, indem er ihnen vorübergehend Befugnisse über die anderen verlieh.

Um seine Gewalt zu rechtfertigen, zitierte der Anführer der Kommune oft aus dem *Ersten Buch der Könige*. »Man mußte sich nicht viel zu Schulden kommen lassen, um bestraft zu werden«, sagte Jacques. »Manchmal genügte es, daß man ein paar Minuten zu spät zum Essen kam oder nicht pünktlich von einem Botengang in die Stadt zurückkehrte.« Einmal wehrte sich Jacques und schlug Rock mit der Faust ins Gesicht, so daß dieser über einige Stühle fiel. »Ich fühlte mich schuldig, weil ich unseren Anführer geschlagen hatte, und blieb stehen, um meine Strafe auf mich zu nehmen. Im anderen Fall wären alle wütend auf mich gewesen, und ich liebte sie alle wirklich.« Als die Polizei im Zuge ihrer Untersuchungen Jacques mehrere Jahre später über Rocks Brutalitäten befragte, weigerte der eingeschüchterte Mann sich, etwas zu sagen, was die übrigen – einschließlich Rock – belasten könnte. »Ich werde darüber berichten, was ich getan habe, aber ich will nicht über die anderen sprechen«, sagte er. »Ich hätte mich weigern können, diese Sachen zu machen, aber ich habe sie gemacht, und ich bin bereit, die Verantwortung dafür zu übernehmen.«

Jacques' Bestrafung dafür, daß er Moses geschlagen hatte, wurde bei einer der häufigen, sogenannten Gerichtssitzungen der Kommune festgesetzt. Als erstes mußte eine der Frauen – in der Regel Solange oder Chantal – Rock in einen eleganten, schwarzen Smoking kleiden. Sie stellten einen Stuhl an das Kopfende des Tisches, so daß Rock dem Gericht als Richter vorsitzen konnte. Andere spielten die Rolle des Klägers und des Anwalts der Verteidigung, während der Angeklagte in einer provisorischen Gefangenenzelle saß und den Richtspruch erwartete.

Als Strafe für Jacques' Faustschlag setzte Rock die Beschneidung fest. »Ich mußte mich auf einen Stuhl setzen und meine Hose herunterziehen. Dann befahl er, daß jemand mit einem Messer meine Vorhaut in einem grausamen Schnitt abtrennte. Wenn die betreffende Person es nicht getan hätte, würde Thériault sich selbst darum gekümmert haben. Und wir alle wußten, daß ich dann nicht so glimpflich davongekommen wäre.«

Wenn Rock am folgenden Tag wieder nüchtern war, weinte und wimmerte er wie ein Baby, senkte seinen Kopf vor ihre Füße und bat seinen Herrn, ihm nicht mehr solche Grausamkeiten zu befehlen.

DIE BARMHERZIGE TAT

Nachdem Rock und seine Anhänger bei den Behörden Lindsays vorgesprochen und Unterstützung beantragt hatten, riefen Sozialbeamte aus Victoria County ihre Kollegen im hiesigen Jugendschutzamt an. Sie berichteten, eine Gruppe von etwa zwanzig religiösen Zurück-zur-Natur-Fanatikern aus Quebec kampierten in Zelten draußen auf einem Landlos im Busch, in der Nähe des Weilers Burnt River. Zu der Kolonie gehörten mehrere Kinder, und ein paar der Frauen seien schwanger. Sie schienen nicht gegen Gesetze zu verstoßen, aber in ein paar Monaten würde es wieder kalt, und sie brauchten einen angemessenen Schutz. Nur um sicherzugehen, scheine es ihnen empfehlenswert, sich an Ort und Stelle zu begeben und umzuschauen.

Am Montag, den 25. Juni 1984, kamen mehrere Sozialarbeiter von der Kawartha-Haliburton Children's Aid Society (CAS) dieser Empfehlung nach. Sie näherten sich dem Lager zu Fuß und fanden die Gruppe fleißig damit beschäftigt, ihr kleines Walddorf aufzubauen. Es war nicht gerade die Art zu leben, nach der die meisten Menschen sich sehnen – kein fließendes Wasser, kein Strom, kein Telefon, kein Fernsehen. Trotzdem mußten die Sozialarbeiter zugeben, daß es eine hübsche Anlage war; die Gebäude fügten sich harmonisch in den Wald ein, und wenn nicht gerade die Kettensäge winselte, herrschte eine ungewöhnlich friedvolle Stille. Und der Anführer des Lagers schien zu wissen, was er tat. Die Gebäude waren fest gefügt und verblüffend gut entworfen. Rock besaß offensichtlich Organisationstalent, und niemand schien sich vor der Arbeit zu drücken.

Außerdem erwies Rock sich als charmanter Gastgeber. Er

nahm die Sozialarbeiter bereitwillig auf eine ausführliche Besichtigungstour mit. Er brüstete sich damit, wieviel er besaß, und zeigte, wie seine Gruppe ihr eigenes Nutzholz aus per Hand gefällten Bäumen zuschneiden konnte. Besonders stolz war er auf das Geschick seiner baulichen Entwürfe. Die Eckverbindungen und Dachsparren fügten sich so nahtlos zusammen, daß kaum Nägel nötig waren.

Die überraschten Besucher fragten Rock, ob er Zimmermann von Beruf sei. Rock lächelte schelmisch und erwiderte, er habe sich im Laufe der Jahre ein paar Geschicklichkeiten in der Holzverarbeitung angeeignet; aber Zimmermann? Nein, es war eher ein Hobby als ein Beruf. Er erklärte, er habe sich in seiner Laufbahn stets das Beste herausgesucht. Er habe für die Sieben-ten-Tags-Adventisten missioniert, sei für eine Weile Bürgermeister in seiner Heimatstadt Thetford Mines gewesen, habe vier Jahre lang als medizinischer Berater gearbeitet und sei eine bemerkenswert erfolgreiche Zeit als Inhaber einer Gesundheitsberatungsstelle in der Nähe von Quebec City tätig gewesen. Aber vor allem sei er Autor. Er erwähnte mehrmals, daß sein erstes Buch – eine Kritik an der modernen Zivilisation, die im vorigen Herbst veröffentlicht worden sei – in Quebec City bereits ein Bestseller war. Mehrere weitere Werke über philosophische Themen, Religion und ganzheitliches Leben seien bereits im Druck.

Beeindruckt vom Fleiß der Gruppe gingen die Sozialarbeiter fort und schrieben einen Bericht über ihre Beobachtungen. Drei Wochen später schlossen sie die Akte über die Burnt-River-Kommune.

Später in diesem Sommer, als die Sozialarbeiter von Children's Aid erfuhren, daß Gabrielle und Francine im Busch Kinder ohne medizinischen Beistand zur Welt gebracht hatten, veranlaßte die CAS, daß ein Team von Krankenschwestern im Staatsdienst das Lager besuchte und eine Routineuntersuchung aller Kinder vornahm. Abgesehen davon, daß die Kinder nicht geimpft worden waren, schien alles in Ordnung zu sein. Es gab keine sichtbaren Anzeichen für unsachgemäße Behandlung.

Wenn die Gruppe abseits von der Gesellschaft leben wollte, war dies ihr demokratisches Recht.

Am 5. Oktober 1984 änderte sich die gute Meinung der Sozialarbeiter dramatisch.

An diesem Tag erging ein für ganz Kanada gültiges Bulletin vom staatlichen Quebecer Fürsorge- und Jugendschutzamt. Es handelte sich um eine Anfrage zum Aufenthaltsort eines gewissen Rock Thériault, siebenunddreißig Jahre alt, sowie zweier männlicher und neun weiblicher Begleiter zwischen fünfundzwanzig und vierunddreißig Jahren. Fünf der Frauen hatten in Quebec Kinder geboren. Und nachdem eines dieser Kinder, ein Junge, an den Folgen von körperlichen Mißhandlungen gestorben war, hatten die oben genannten Quebecer Behörden eine gerichtliche Vollmacht erwirkt, zu beaufsichtigen, wie die Eltern für die übrigen Kinder sorgten. Aber eines Tages im Spätfrühjahr war die Gruppe verschwunden.

Im Verlauf einer hastig hergestellten Konferenzschaltung nach Quebec erfuhren die Sozialarbeiter in Lindsay, daß der ehemalige Gesundheitsernährungsfanatiker sich selbst Moses nannte und sich mit einer Bande blauäugiger Gefolgsleute in die Wildnis der Gaspé-Halbinsel zurückgezogen hatte. Dort hatte Rock eine besondere Form der Hierarchie entwickelt, die unter anderem erforderte, daß die Kommunenkinder in zwei Arten unterteilt wurden. Seine eigenen Nachkommen waren »die reinen Kinder«. Sie waren von Gott begünstigt und erhielten Extra-Privilegien wie bequeme Betten und warme Mahlzeiten. Die Kinder, die nicht von Rock gezeugt waren, dienten der übrigen Gruppe nur als Sklaven, und sie mußten wie Tiere leben. Es war ihren Eltern untersagt, ihnen in irgendeiner Form Zuneigung zu zeigen. Auf der Gaspé-Halbinsel waren sie in der Obhut eines ehemaligen Psychiatrie-Patienten, der eines der Kinder mißhandelt hatte. Zur Strafe hatte Rock ihn kastriert. Es waren Fragen über die Rolle laut geworden, die Rock beim Tod des Jungen gespielt hatte, und er hatte wegen krimineller Vernachlässigung achtzehn Monate lang in einer Haftanstalt zugebracht, bevor er auf Probe entlassen wurde. Aber weder die Aufsichtsanordnung noch die Einhaltung von Rocks Bewährungsfrist waren außerhalb von Quebec durchführbar.

Das CAS-Büro in Lindsay öffnete prompt seine Akte wieder. Eines Samstagmorgens brachen Georgia Brown und Bob Galipeau, zwei Sozialarbeiter, begleitet von einem Polizisten der Ontario-Provinz, einem Beamten vom Innenministerium sowie dem Gemeindevorsteher von Somerville Township, und – wie es sich zufällig ergeben hatte – dem Besitzer seiner angrenzenden Landparzelle – in die Wildnis auf. Georgia Brown war über den Anblick, der sich ihr bot, sofort erstaunt. Sie war eine scharfsinnige, vierunddreißig Jahre alte Frau, die bei ihrer Arbeit mehr Familientragödien gesehen hatte als die meisten Beamten im Morddezernat einer Großstadt. Sie war stolz darauf, daß ihr so leicht nichts entging. Als erstes fiel ihr auf, wie fügsam und angespannt die Frauen wirkten. Keine von ihnen machte ohne ein Zeichen ihres Anführers – eines stillen, aber wichtigtuerischen Mannes mit messianischer Ausstrahlung – auch nur den Mund auf. Sein schwarzer, buschiger Bart erweckte in Verbindung mit seinem kahlen Schädel den Eindruck, als säße ihm der Kopf verkehrt herum auf den Schultern. In der Mitte dieses bemerkenswerten Gesichts saßen zwei stahlblaue Augen, die einen wie mit Laserstrahlen fixierten. Er hatte eine Art, einen hypnotisch anzustarren, daß man das Gefühl hatte, geradewegs mitten in sein persönliches Weltall versetzt worden zu sein. Alles außerhalb dieser Sphäre versank in Bedeutungslosigkeit.

»Eine andere Sache, die einem in Verbindung mit Rock auffiel, war, daß er nicht eben viel arbeitete«, erinnerte sich Georgia Brown. »Er hielt sich oft in seiner eigenen Hütte auf und hatte die totale Kontrolle über alles. Die übrigen Mitglieder der Gruppe betrachteten ihn als Quell allen Wissens – das war einer seiner Titel. Er sagte zu mir, das Leben sei wie ein Fluß. Wenn man dort in diesen Fluß stieg, wo zuvor andere Menschen gestanden hatten, war das Wasser schlammig und unklar. Aber wenn man direkt zu der Quelle des Flusses ging, war er rein und klar. Und er sagte zu mir, wenn ich an die Quelle gelangen wollte, sollte ich zu ihm kommen.«

Wer begann, sich mit der Sache zu befassen, so sagte Rock, ließ sich durch all diese Lügen und Verzerrungen beirren, die von den Quebecer Behörden über die tragischen Vorfälle in Verbindung mit dem armen Samuel Giguère und mit Guy Veer verbreitet wurden. Die Wahrheit war einfach: Veer war derjenige, der den Jungen getötet hatte. Veer selbst hatte sich schuldig gefühlt und Rock gebeten, ihn zu kastrieren. Leider wollten die engstirnigen Bürokraten in Quebec nicht aufhören, ihn und seine Anhänger zu verfolgen. Widerwillig hatte die Gruppe beschlossen, ihre Zelte dort abzubrechen und nach Ontario zu ziehen, wo die Menschen offener für alternative Lebensweisen zu sein schienen. Alles, was sie jetzt noch wollten, war, in Frieden gelassen zu werden.

Wie Brown bald herausfand, hatte Rock eine ungewöhnliche sexuelle Gewalt über seine weiblichen Anhänger. »Er sagte, er habe eine gesetzliche Ehefrau, und die übrigen seien seine Konkubinen – das war das Wort, das er benutzte. Den anderen Männern waren sexuelle Beziehungen nicht erlaubt. Es hörte sich an wie: *So ist es bei uns. Wir sind eine Familie.* Ich fragte ihn einmal, ob das älteste Mädchen, das damals ungefähr acht oder neun Jahre alt war, eines Tages eine seiner Frauen werden würde. Er erwiderte, er hoffe, daß es so kommen würde. Ich sagte: ›Also – wie alt wird sie sein, wenn es soweit ist?‹ Er antwortete nicht. Er lächelte nur, zuckte mit den Schultern und ging fort.«

Im Verlauf des folgenden Jahres statteten Brown oder einer ihrer Kollegen der Kommune zahlreiche Besuche ab. Wenn der Boden schneefrei war, gingen sie zu Fuß. Im Winter stapften sie durch den Schnee, benutzten Langlaufskier oder liehen sich Motorschlitten. Sie versorgten die Gruppe mit Tüten voller Lebensmittel, gebrauchten Decken, Feuerwarnanlagen, Erste-Hilfe-Ausrüstungen, Windeln, Nahrungsmittelcoupons, einem Funkradio, damit sie in Notfällen Hilfe herbeirufen konnten, und tausend Dollar, von denen Stiefel und Schneeanzüge für die Kinder gekauft werden sollten. Das Geld sollte den Müttern gegeben werden, aber Rock bestand darauf, daß er es an sich nahm. Wenn jemand den Kindern etwas gab, so wollte er derjenige sein.

Als Georgia Brown wieder einmal in der Kommune vorbeischaute, lud Rock sie in sein Quartier ein, nahm eine Gitarre von der Wand und begann, traditionelle Quebecer Volkslieder zu singen. Aber Mrs. Brown durchschaute seinen Versuch, sie günstig zu beeinflussen. Eine seiner offensichtlichsten Maschen betraf das Essen. Die Sozialarbeiterin hatte schon früh bemerkt, daß sämtliche Lebensmittelvorräte und Kocheinrichtungen für die Gruppe sich in Rocks Hütte befanden – unter seiner unmittelbaren Kontrolle. Aber solange sie zugegen war, setzte sich niemals eines der Kommunenmitglieder zum Essen hin. Ihrem Gefühl nach wollte Rock verhindern, daß sie sah, wie karg die Mahlzeiten waren.

An einem Tag im Winter stattete Georgia Brown in der Sorge, daß die Kinder nicht genug zu essen bekämen, dem Anwesen in Begleitung eines Ministerialbeamten einen Besuch ab. »Thériault führte uns an einen großen Tisch, der mit Torten und Keksen und dergleichen beladen war«, erinnerte sie sich. »Er hatte eine Show für uns arrangiert. Er sagte, er habe eine anonyme Gabe aus der Gemeinde erhalten, und hier sei der Beweis.« Die Botschaft war klar: Es bestand keine Notwendigkeit dafür, daß die Children's Aid Scoiety ihre Nase in die Angelegenheiten der Kommune steckte. Einen Tag später fand Brown heraus, daß die Kinder dreimal täglich Mais oder Kohl erhielten und nur selten in den Genuß von Milch, Käse oder anderen Molkereiprodukten kamen. Sie waren am Rande des Verhungerns – und doch war es ihnen untersagt gewesen, auch nur eine Krume von dem Backwerk zu nehmen, das man zur Schau gestellt hatte, um die Sozialarbeiter zu beeindrucken.

Nach dieser Begegnung wurde die Beziehung zwischen Rock und der CAS ständig schlechter. Er drang darauf, zwei Tage vor jedem Besuch schriftlich benachrichtigt zu werden. Wenn er einverstanden war, würde er einen an einen der Sozialarbeiter addressierten Brief in den Briefkasten der Gemeinde am Highway werfen.

Brown hatte das Gefühl, daß Rock etwas verbarg. Dann – am 26. Januar 1985 – geschah etwas, das ihren Verdacht bestärkte. Gabrielle hatte ihren fünf Monate alten Sohn Eleazar gegen 9 Uhr oder 9 Uhr 30 in eine Decke gehüllt und draußen auf einen metallenen Schubkarren gelegt. Es fiel ein wenig Schnee. Das Kind blieb dort bis etwa 10 Uhr 45, ohne, daß sich jemand um es gekümmert hätte. An diesem Morgen betrug die Temperatur in Burnt River minus zehn Grad Celsius. Als die Mutter nach dem Baby schaute, war es blau und hatte aufgehört zu atmen. Die Kommune rief über Funkradio eine Ambulanz, aber es war zu spät. Als Eleazar im Ross Memorial Hospital in Lindsay ankam, wurde er für tot erklärt.

Der Leichenbeschauer, ein Arzt namens Al Lackey, schrieb Tage später einen Bericht, in dem stand, das Kind sei den Plötzlichen Kindstod gestorben – auch als Sudden Infant Death oder kurz SID-Syndrom bekannt. Aber die polizeiliche Akte über die Todesursache ist heute – acht Jahre später – immer noch nicht geschlossen, und das Büro des Hauptleichenbeschauers in Toronto ist immer noch mit dem Fall befaßt. Lackey hingegen steht zu seinem Befund und weigert sich, mehr darüber zu sagen.

Inzwischen hat Gabrielle Untersuchungsbeamten gegenüber zugegeben, daß Rock ihren Sohn haßte und ihn während seines kurzen Lebens häufig geschlagen hatte. Er klagte unablässig darüber, daß der Junge eine Last für ihn sei, und daß er das ›Mal Satans‹ trüge, weil eines seiner Augenlider ein wenig deformiert war. Er sagte, es sei für jedermann das beste, wenn Eleazar stürbe. Und als das Baby starb, sah Gabrielle einen Akt der Gnade darin: »Ich spürte, daß seine Leiden jetzt beendet waren.«

Zwei Tage nach dem Todesfall unterzeichnete Rock ein Einverständnisformular, daß Eleazars Leichnam verbrannt werden sollte. Aber einige der Sozialarbeiter von der Children's Aid Society waren nicht so leicht bereit, die Angelegenheit auf sich beruhen zu lassen. Vor allem Brown war überzeugt, daß das Baby nicht durch einen unglücklichen Zufall gestorben war. Sie hatte vom ersten Augenblick ihres Kontaktes mit der Gruppe an gespürt, daß auf dem Anwesen in Burnt River etwas Schreckliches vor sich ging. Aber je mehr sie darüber sprach, desto mehr schauten ihre Freunde und Mitarbeiter sie an, als habe sie nicht alle Tassen im Schrank. Sie sagten, sie nehme die ganze Sache ein wenig zu persönlich. Vielleicht brauche sie einfach einen Urlaub.

Zum Glück gehörte Evelyn Coskie – ihre Vorgesetzte – zu denen, die ihre Bedenken ernst nahmen. Sie hatte von einer nicht gewinnorientierten Gruppe in Toronto gehört, die ein Auge auf die Sekten hatte, dem Council on Mind Abuse (COMA = etwa: Komitee gegen psychischen Mißbrauch). Nachdem sie sich mit ihren Vorgesetzten im Ministerium beraten hatte, um sich zu vergewissern, daß das Komitee nicht nur gegen die Moonies oder die Scientology-Kirche Front machte, rief sie COMA an.

Ein paar Tage darauf fuhren Ian und Christine Howarth, zwei der Gründer von COMA, nach Lindsy, um sich mit Mrs. Brown und einem anderen Sozialarbeiter zu treffen. Georgia Brown berichtete detailliert von ihren Eindrücken in Burnt River: die Polygamie, die ständige Kontrolle der Gruppenmitglieder, die Aufteilung der Kommunenkinder in zwei Klassen, die Verwendung biblischer Namen, die Absonderung von der Gesellschaft und von den eigenen Familien der Mitglieder, die Kontrolle und Rationierung der gesamten Nahrungsmittel durch den Anführer und das Zugeständnis, daß eine Person – ›Moses‹ – die Quelle allen Wissens war. Als sie ihren Bericht beendet hatte, wandte Ian Howarth sich an seine Frau und sagte lakonisch: »Christine, ich glaube, wir haben eine Sekte erwischt.«

»Ich war unendlich erleichtert, als ich das hörte«, erinnerte sich Mrs. Brown Jahre später. »Obwohl die Gemeinde mir sonst sehr vertraute, hatte ich schon seit Monaten das Gefühl, tauben Ohren zu predigen. Niemand wollte mir abnehmen, daß diese

Gruppe gefährlich war. Endlich war jemand bereit, zuzuhören, und schaute mich nicht so an, als sei ich von Sinnen.«

In den beiden folgenden Stunden gaben Ian und Christine der CAS einen Blitzkurs in der Vorgehensweise von Sekten. Nach den Howarths kommen die meisten Rekruten von Sekten aus der Mittelklasse; sie sind jung, idealistisch und spirituell neugierig. Oft haben sie Traumata hinter sich – Mißbrauch in der Kindheit, Trennung von ihren Familien, den Tod einer geliebten Person oder die Unfähigkeit, ein bedeutendes Ziel im Leben zu finden. Viele von ihnen sind auf der Suche nach einer neuen Identität, die ihnen erlaubt, sich von all ihren bestehenden Verpflichtungen loszusagen und ihre gesamten emotionellen und körperlichen Bedürfnisse in die Hände eines selbsternannten, charismatischen Anführers zu legen. Psychiater nennen solche potentiellen Konvertiten ›Sucher‹ – Menschen, die auf der Suche nach einem mystischen oder phantastischen Glauben sind, der ihr Leben bereichern soll.

Sektenführer hegen keinerlei Zweifel dieser Art an ihrem eigenen Wert. Sie mögen zu einer Zeit ihres Lebens gelitten haben, aber sie haben ihre Proben bestanden und sind nur allzu bereit, ihre tiefen Einsichten anderen mitzuteilen. Hinter ihrer menschenfreundlichen Fassade verbirgt sich äußerste Arroganz. Dynamisch und mit großer Überzeugungskraft begabt, kann ein großer Anführer eine tiefgehende Loyalität ihm selbst und seinen Zielen gegenüber erwecken.

Der Schlüssel zu jeder Sekte ist die Anwendung von Techniken der Gedankenkontrolle – mit anderen Worten, Gehirnwäsche. Es beginnt gewöhnlich mit dem Bemühen des Anführers, seine Anhänger aus ihrer vertrauten Umgebung herauszuholen und vor äußeren Einflüssen abzuschirmen. Dann werden die Anwärter über längere Zeit einem Bombardement von Sinneseindrücken ausgesetzt, um ihre Abwehrmechanismen zusammenbrechen zu lassen und einen Zustand der verstärkten Beeinflußbarkeit hervorzurufen. In der Regel gehören dazu viele Stunden mentaler oder körperlicher Anstrengungen, des Schlafentzugs, mangelhafter Nahrungszufuhr, die Einführung fremdartiger Rituale, eine einheitliche Bekleidungsregel für die Gruppe und eine ständige Wiederholung der Doktrin des Anführers in zündenden Predigten. Indem er seinen Anhängern gebietet, ihre peinlichsten und demütigendsten Geheimnisse vor der ganzen Gruppe auszubreiten und dann ihre ›Sünden‹ aufbauscht, erhöht er ihren Bedarf an ›Erlösung‹.

Der Zweck all dieser Techniken ist es, das kritische Denkvermögen des Anwärters zu zerstören. Wenn alles glatt läuft, kann der Anwärter innerhalb einiger Tage in einen hilflosen, infantilen Zustand zurückgleiten. Ist sein Verstand ausgeschaltet, so ist er auch bereit, die neuen Werte des Anführers anzunehemn, so absurd oder destruktiv sie auch sein mögen. Mitglieder der Gruppe glauben, daß der Zweck die Mittel heiligt, und daß sie über dem Gesetz stehen, solange ihr Handeln mit den Richtlinien übereinstimmt, die der Anführer vorgegeben hat. Loyalität wird durch Furcht genährt – Furcht vor Kräften von außerhalb der Gruppe, die der Anführer als böse und gefährlich bezeichnet, und Furcht vor dem Anführer selbst, der seine Anhänger für die kleinsten negativen Gedanken, Worte oder Taten oft heftig bestraft. Da sie den Anführer als aufrichtig betrachten, erdulden seine Opfer praktisch jede Qual, so schmerzhaft oder demütigend sie auch sein mag.

Nach Ansicht der Experten steht im Mittelpunkt der gefährlichsten Sekten der Glauben, daß die gegenwärtigen Ereignisse in der Welt auf eine Art vorherbestimmte Apokalypse hinauslaufen. Für solche Sekten gibt es nur zwei Arten von Menschen: die zum Untergang verdammten Sünder und die erleuchteten Heiligen. Unter der Führung einer messianischen Gestalt, betrachten die Mitglieder solcher Sekten sich selbst als Armee Gottes, die Satans Heerscharen mit Krieg überziehen. Bei einem solchen Kampf auf Leben und Tod können Menschen sich selbst dazu konditionieren, fast alles zu tun. Als die Howarths mit ihren Ausführungen zu Ende waren, versprach Brown, die Akte über die Ameisenhügel-Kommune mit absolutem Vorrang zu bearbeiten. Sie würde es zu ihrer persönlichen Mission machen, die Sicherheit dieser Kinder zu gewährleisten.

DIE AUSERWÄHLTEN UND DIE VERDAMMTEN

Menschen sind zwar keine Hunde, aber sie sollten in Demut daran denken, wie sehr sie in ihren Hirnfunktionen Hunden ähneln.

Willam Sargant, *Battle for the Mind*

Sein ganzes Leben lang hatte sich Rock Thériault gewünscht, im Mittelpunkt des allgemeinen Interesses zu stehen. Doch jetzt erhielt er mehr Beachtung, als ihm lieb sein konnte. Nachdem das Baby Eleazar gestorben war, liefen überall im Lager Polizisten und Sozialarbeiter umher. Es war, als hätten sie Zweifel am Bericht des Leichenbeschauers, der geschrieben hatte, das Kind sei aufgrund einer natürlichen Ursache gestorben. Warum konnten sie nicht alle verschwinden und ihn, Moses, in Ruhe lassen?

Als seine Paranoia sich steigerte, verschärfte Rock die Sicherheitsmaßnahmen. Ab sofort war es seinen Anhängern streng verboten, die Kommune ohne Begleitung zu verlassen, und sei es auch nur für ein paar Stunden. Es war eine außerordentlich wirksame Form der Kontrolle. Der sicherste Weg, dem Anführer seine Ergebenheit zu zeigen, war, ihn über die Fehler eines anderen Kommunenmitglieds zu informieren. Die Loyalität Moses gegenüber überstieg bei weitem jede Zuneigung, die unter seinen Anhängern bestehen mochte. Wie in einem Polizeistaat herrschte in der Kommune der allgegenwärtige Verdacht.

Rock konditionierte seine Anhänger mit jener klinischen Objektivität, die Ivan Pawlow walten ließ, als er seinen Hunden bedingte Reflexe anerzog. Missetäter wurden geschlagen und gezwungen, nackt in eiskaltes Wasser zu springen. Der Informant hingegen erhielt bei der nächsten Mahlzeit Extra-Rationen oder bekam neue Gummistiefel. Eine andere Form der positiven Verstärkung bestand in ein paar Flaschen Bier aus Rocks persönlichem Vorrat.

In vielen Fällen belohnte Rock den Verräter, indem er ihn mit der Bestrafung des Missetäters betraute.

Claude wurde häufiger als die meisten anderen bestraft. Er dachte manchmal laut darüber nach, daß er die Kommune verlassen wollte – ohne jemals einen praktischen Schritt in diese Richtung zu wagen. »Man mußte sehr vorsichtig sein mit dem, was man sagte, weil man niemals wußte, wer zuhörte und wer einen verraten würde«, sagte er. »Wenn man mit jemandem darüber sprach, abzuhauen, bekam Thériault irgendwie immer Wind davon. Dann wußte man, daß man Schläge zu erwarten hatte. Nicole und Chantal waren am schlimmsten – sie verrieten ständig andere, um bei Rock Punkte zu sammeln. Er belohnte sie beim Essen, indem er ihnen seine Reste überließ, während alle übrigen noch hungrig waren.« Als die zuverlässigsten Informanten Rocks entkamen Nicole und Chantal seinem schlimmsten Zorn. Aber so nahe sie sich auch standen – es war keineswegs ausgeschlossen, daß sie einander anschwärzten.

Auch Solange war rasch bereit, Missetäter zu verraten, und wurde deshalb nur selten bestraft. Dennoch verabscheuten die übrigen sie weniger als Nicole und Chantal. »Solange war lange nicht so verlogen wie die beiden«, erklärte Claude. »Sie sagte dem Betreffenden Bescheid, bevor sie seinen Fehler bei Rock anprangerte. Außerdem hatte sie oft recht mit ihrer Kritik.«

Eine Woche nach Eleazars Tod setzte sich Rock an das Funkradio und teilte der Polizei mit, Solange, eine seiner Konkubinen, sei im Schnee zusammengebrochen und blute stark aus der Scheide. Sie sei im achten Monat schwanger. Die Polizei verständigte einen Ambulanzhubschrauber und schickte mehrere Beamte mit Motorschlitten hinaus, die den tiefen Schnee feststampfen sollten, um einen Landeplatz für den Hubschrauber zu schaffen. Aber als die Krankenhelfer eintrafen, ließ Rock nicht zu, daß sie Solange mitnahmen, wenn nicht eine der anderen Frauen mitgehen konnte. Später an diesem Tag brachte Solange im Ross Memorial Hospital in Lindsay ihr drittes Kind – ein Mädchen – zur Welt. In der ganzen Zeit, die sie im Krankenhaus verbrachte, gab es nicht einen Augenblick, in dem nicht wenigstens ein weiteres Mitglied der Kommune in ihrem Zimmer gewesen wäre.

Rock wurde immer mißtrauischer. An einem Freitag Ende März 1985 kamen Georgia Brown und ein weiterer Arbeiter der CAS zu einem Überraschungsbesuch ins Lager, um nach den Kindern zu schauen. Bei ihrer Ankunft im Lager waren die Aussteiger sehr geschäftig. Sie bereiteten ein Fest zur Feier der Frühlings-Tagundnachtgleiche vor – einer jener heidnischen Riten, die Rock in seine Religion eingewoben hatte. Eine wahnwitzige Mischung aus Mystizismus und Bruchstücken des Alten Testaments schien die Religion dieser Sekte nur wenige Prinzipien zu haben, außer der Erhöhung von Moses und der Verspottung der Glaubensvorstellungen, Symbole und Rituale der katholischen Kirche.

Rock wurde sehr aufgebracht, als er Brown und ihren Kollegen erblickte. Er weigerte sich sogar, mit den Eindringlingen zu sprechen. Jacques kam stellvertretend für ihn heraus und herrschte die beiden Sozialarbeiter in gebrochenem Englisch an, so schnell wie möglich von dem Grundbesitz zu verschwinden. Sein wütender Blick belehrte sie, daß es am besten wäre, nicht zu widersprechen.

Mittlerweile inspizierte Brown die Kommune mehrmals im Monat und hielt nach Anzeichen für Probleme Ausschau. Als der Schnee schmolz, wanderte sie mit einer Mitarbeiterin zum Lager. Aus der Ferne sah das Lager so verlassen wie eine Geisterstadt aus. Browns Kollegin warf ihr einen furchtsamen Blick zu und sagte: »Oh, Gott, ich möchte nicht durchs Fenster schauen. Ich habe Angst, noch ein Jonestown zu sehen.« Als sie endlich ihren ganzen Mut zusammenrafften und ins Innere spähten, sahen sie, daß die Hütten leer waren. Während sie sich noch fragten, was sie unternehmen sollten, schlenderten

Jacques und Claude aus dem Wald heran. Jacques sagte ihnen, daß sie verschwinden sollten. Sie erklärten, heute sei für sie ein religiöser Feiertag, sie würden draußen picknicken. Als die beiden Frauen zur Straße zurückgingen, trat plötzlich Rock selbst hinter einem Baum hervor. Er starrte ihnen drohend nach, bis sie außer Sichtweite waren.

Einmal machte ein Arbeiter der CAS Rock Thériault Vorwürfe, weil er den Kindern die nötige medizinische Versorgung vorenthielt. Rocks Gesicht wurde rot, und die Adern an seinem Hals schwollen. Er knurrte: »Wenn dir dein Auge Ärgernis gibt, dann reiß es aus.« Der Sozialarbeiter machte furchtlos ein paar Schritte nach vorn und schob sein Gesicht dicht vor Rocks Gesicht. »Ist es das, was Sie tun wollen? Mir die Augen herausreißen?« erkundigte er sich. Die beiden Männer starrten einander etwa drei Minuten lang finster an, während Brown einen nervösen Blick auf ihre Laufschuhe warf und sich fragte, wie rasch sie in ihnen würde fortlaufen können. Schließlich platzte Rock heraus: »Sie haben mich mißverstanden«, und trollte sich.

An einem Tag im Juni ließen sich um die Essenszeit zwei Polizisten in der Kommune blicken. Es war ein ruhiger, sonniger Tag, aber Flugzeuge, die über der Region flogen, hatten den ganzen Mittag über Notrufe empfangen – Warnungen vor Stürmen und Tornados. Nach langem Rätselraten dämmerte es den Polizisten endlich, daß Rock etwas mit der Sache zu tun haben könnte. Sie fanden ihn breitbeinig auf einem Baumstumpf sitzend. Er war völlig nackt und sturzbetrunken und brüllte »Mayday, Mayday« in sein Funkradio. Die übrigen Mitglieder der Kommune kauerten im Gemüsekeller, voller Furcht, daß das Ende der Welt gekommen war. Rock sagte den Polizisten, der Tag des Gerichts sei angebrochen und es würde ein großes Erdbeben geben.

Genau zwei Wochen nach diesem Vorfall gab ein Richter des Familiengerichts einen Aufsichtsbeschluß heraus, auf Grund dessen die CAS das Recht auf unangekündigte Besuche in der Kommune hatte. Zu den Bedingungen gehörte, daß die Eltern drei schulpflichtige Kinder – Simon und Jeremiah, beide sechs

Jahre alt, und die siebenjährige Miriam – in der Public School in Burnt River anmelden mußten.

Aber einen Monat nach Schulbeginn in diesem Herbst nahm Rock die Kinder wieder von der Schule. Er behauptete, die Behörden beabsichtigten eine Gehirnwäsche bei ihnen. Zur selben Zeit bleute er den Kindern ein – es waren jetzt vierzehn an der Zahl, und zwei weitere waren unterwegs –, die CAS-Arbeiter seien die Helfer Satans. Er setzte die Kinder auf seine Knie und erklärte ihnen, die Sozialarbeiter kämen ›mit Hundeherzen‹ auf die Welt. Immer wenn Brown und ihr Kollege aufkreuzten, wurden die Kinder unruhig und weinten oder schrien und liefen fort. Die Eltern standen untätig daneben; sie unternahmen keinen Versuch, die eingeschüchterten Kinder zu beruhigen.

Abgesehen von solchen Ausbrüchen waren die Kinder auffällig passiv. »Ich erinnere mich, daß die Kinder einmal im ersten Stock eines der Häuser in einem Raum, der als Klassenzimmer diente, an einem Tisch saßen«, sagte Brown. »Solange sollte ihre Lehrerin sein. Die meisten der Kinder waren jünger als fünf Jahre, aber sie saßen einfach nur an diesem Tisch und erröteten. Sie rührten sich nicht und sagten keinen Ton. Da war ein Zweijähriger, den konnte man auf die Couch setzen und alles Spielzeug um ihn ausbreiten, ohne daß er sich rührte. Er saß stundenlang dort, wenn man ihn ließ.« Die klassischen Symptome eines Jungen, der als Säugling mißhandelt worden war.

Die Kinder waren wie kleine Zombies. Ein anderes Mal stach eine Biene eines der kleineren Kinder Rocks, ein fünfzehn Monate altes Mädchen. Sie schrie vor Schmerzen, aber Rock ging nur zu ihr und legte ihr die Hand auf die Stirn – den Sitz des ›dritten Auges‹, wie er seine Anhänger belehrte. Das Kind wurde sofort still.

Betty-Jean Moyle – ebenfalls Sozialarbeiterin und eine der Vorgesetzten Browns – erinnerte sich, die Mitglieder der Kommune an einem Sommertag im Freien gesehen zu haben. »Zu Beginn war es eine ungewöhnlich friedliche Szene«, sagte sie. »Alle gingen ihren Tätigkeiten nach. Aber etwa eine halbe

Stunde nach meiner Ankunft traf mich eine Erkenntnis wie ein Blitz – die ganze Szene war völlig verkehrt. Keines der Kinder weinte, keines lachte, keines lief zu seiner Mutter oder zankte sich um ein Spielzeug. Sie wallten mit einem engelhaften Lächeln umher, ohne Ansprüche an die Erwachsenen zu stellen. Nichts von dem, was man erwarten würde, geschah. Sie waren vollständig unter Rocks Kontrolle.«

Nach Jahren der allmählich eskalierenden Mißhandlungen, des Nahrungsentzugs und der psychischen Folter, hatten sich Rocks Anhänger an heftigere Formen der Gewalt gewöhnt. Wenn sie einmal den Gedanken zuließen, die Kommune zu verlassen, war ihr Denken in der Regel vor Furcht gelähmt. Hatten sie endlich ihren ganzen Mut zusammengerafft, war der letzte Ausbruch von Brutalität vorüber und Rock war wieder eine warmherzige und zu Scherzen aufgelegte Vatergestalt und belohnte sie mit Sonderprivilegien. Oft behauptete er, sich nicht daran erinnern zu können, was er am Abend zuvor getan hatte, und bat die anderen, ihm auf die Sprünge zu helfen. Dann entschuldige er sich überschwenglich und erklärte unter Tränen, es sei der Herr über Leben und Tod gewesen, der ihn angewiesen habe, sie für ihre Sünden zu bestrafen. Der Anblick ihres zerknirschten Anführers rief bei Rocks Opfern Schuldgefühle hervor, weil sie ihn für ihre Leiden verantwortlich gemacht hatten. Sie kamen sich klein und unwert vor und redeten sich ein, ihre Kränkungen seien gerechtfertigt gewesen und dienten einem höheren Zweck.

Ebenso waren Gisèle und die übrigen davon überzeugt, daß es vor dem Herrn Rocks kein Entrinnen gab. Selbst wenn sie die Kommune verließen und niemals zurückkamen, würde Gott sie finden und niederstrecken. Einmal nahm Gisèle ohne Rocks Erlaubnis den Bus nach Quebec, um ihre Eltern zu besuchen. Auf dem ganzen Weg nach Hause zitterte sie aus Furcht, Gott würde sie bestrafen, indem er einen Busunfall geschehen ließ.

Außerdem konnte Gisèle es nicht über sich bringen, ihren Sohn zu verlassen. Im Spätsommer 1985 – sie war schon seit einigen Monaten mit ihrem nächsten Kind schwanger – sagte sie zu Jeremiah, sie würde mit ihm ein Picknick machen. Jeremiah – damals sechs Jahre alt – durchschaute diesen Vorwand und weigerte sich, seinen Vater zu verlassen. Als sie dem Jungen die Wahrheit sagte, nämlich, daß sie ihn zum Haus seines Großvaters in Quebec bringen wollte, fing er an zu weinen. Er versprach Gisèle, wenn sie bliebe, würde er seinen Vater bitten, sie nicht zu schlagen. Als ihr klar wurde, daß ihr Fluchtversuch aussichtslos war, bat Gisèle ihren Sohn, Rock nichts von alledem zu verraten. Um ihre wahre Absicht zu verschleiern, erfand sie ein Spiel: Sie sagte Jeremiah, er dürfe seinem Vater das Geheimnis erst dann mitteilen, wenn er genug gelernt hätte, um die Geschichte auf englisch erzählen zu können.

Inzwischen war Rock ein Spezialist darin geworden, die Kinder gegen ihre eigenen Mütter einzusetzen. Einmal, als Gisèle ihm nicht gehorchte, befahl er Jeremiah, ihr ins Gesicht zu boxen. »Ich fiel vor Rock auf die Knie und bat ihn, nicht so zu meinem Sohn zu sprechen«, erinnerte sie sich. »Aber vergebens. Als Jeremiah seinem Befehl gehorchte, brach mir das Herz.«

Die einzige Frau, der es gelang, sich von der Kommune zu lösen, war Maryse Grenier, Jacques' Frau. Rock hatte vor über einem Jahr angeordnet, daß sie getrennt von ihrem Mann leben mußte, und auf diese Weise sichergestellt, daß die Ehe keine Gefahr für seine Herrschaft über die Gruppe darstellte. Seitdem hatte Maryse den Anführer ständig vergeblich angebettelt, sie gehen zu lassen. Und als ihre Bitten drängender wurden, kam Rock zu dem Entschluß, daß Maryse ein moralisches Problem darstellte. Schlimmer noch – es bestand die Gefahr, daß ihre Unzufriedenheit sich auf Jacques übertragen würde. Im Oktober 1985 endlich erlaubte Rock Maryse, fortzugehen, aber er bestand darauf, daß sie Miriam zurückließ. Er sagte, der Beweis dafür, daß Maryse böse war, sei, daß sie einen Traum gehabt hatte, in dem sie der Papst war. »Rock hielt sie für den Teufel, also glaubten wir es ebenfalls«, sagte Gisèle. »Sie sah sogar aus wie der Teufel. Aber vielleicht war sie einfach nur verletzt, weil Rock und Jacques sie schlugen.«

Maryse zog mit ihren beiden kleinsten Kindern – Jeziel, zwei

Jahre alt, und dem ein paar Monate älteren Thomas – ins Elternhaus nach Ste.-Marie. Ihr Vater war über ihr mitgenommenes Aussehen und das Verhalten seiner Enkelkinder entsetzt. Jeziel kroch wie ein Tier auf allen vieren herum und schlief zu einem Ball zusammengerollt. Die Bäuche beider Kinder waren geschwollen, wie bei den Opfern einer Hungersnot in der Dritten Welt.

Es dauerte Monate, aber allmählich erlangte Maryse ihre körperliche und emotionale Stärke zurück. Zum ersten Mal seit acht Jahren begann sie wieder, selbständig zu denken. Eine ihrer ersten Entscheidungen war, gesetzliche Maßnahmen zur Befreiung ihrer ältesten Tochter aus den Händen Rocks zu ergreifen.

Georgia Brown konnte ihre Freude über diese Entwicklung kaum für sich behalten. Nach langer Zeit hatte die CAS endlich ein erwachsenes Sektenmitglied, das bereit war, über die Art und Weise auszusagen, wie Rock Kinder behandelte. Es war der Durchbruch, um den die Sozialarbeiter gebetet hatten.

Bald sollte die Erleichterung der Sozialarbeiter in Entsetzen umschlagen. Maryse versicherte, daß Rock die Kinder der Kommune in Sklaven und Erwählte unterteilt hatte. Sie sagte, er benutze die Sklavenkinder und manchmal auch seine eigenen zu sexuellen Spielen, zu denen auch ein gemeinsames Masturbieren gehörte. Wenn er betrunken war, schleuderte er die Kinder häufig in den See oder gegen einen Baum und nannte sie Teufel.

Als die Morgensonne über der Winterlandschaft aufging, rasten zwei Polizeiwagen mit je vier Beamten und eine Flotte von Motorschlitten der Polizei mit lautem Getöse über ein Feld auf Rocks Anwesen zu. Es war Freitag, der 6. Dezember 1985. Brown und neun ihrer Kollegen – unterstützt durch sieben Polizisten und ein dickes Bündel Vollmachten – waren gekommen, um alle dreizehn Kinder mitzunehmen.

Rock blieb angesichts des Überfalles bemerkenswert gelassen. Er war von bewaffneten Polizisten umringt und wußte, daß jeder Widerstand zwecklos war. Er entschied, daß es besser sei, die Kinder als Opfer anzubieten, und hoffte, daß die Behörden ihn dann ungeschoren lassen würden. Eine nach der anderen rief er seine Frauen in seine Hütte, so daß sie ihre Kinder waschen und ankleiden konnten. Die Frauen gingen der ihnen zugewiesenen Aufgabe nach, als handele es sich um ein alltägliches Ereignis. Nicht eine von ihnen beklagte sich.

Die Operation nahm den ganzen Tag in Anspruch. Um spätere Verwechslungen zu verhindern, fotografierten CAS-Arbeiter jede Mutter mit ihren Kindern und fertigte dann Namensschilder für die Kinder an. Dann wurden die Kinder in einem Schulbus nach Lindsay gefahren, wo Adoptiveltern aus der Umgebung bereitstanden, um sie in ihre Obhut zu nehmen.

»Bevor wir abfuhren«, sagte Georgia Brown, »sagten wir den Frauen, sie könnten dabei mithelfen, das Sorgerecht über ihre Kinder zurückzuerlangen. Aber eine der Bedingungen, von der wir nicht abgingen, lautete, daß sie nicht länger in der Gruppe um Rock lebten. Keine von ihnen ging darauf ein. Nicht eine einzige.« Auch Gisèle nicht, die zwei Tage nach dem Überfall einen Jungen zur Welt brachte und ihn sofort wieder hergab. Auf eine merkwürdige Weise fühlte sie sich erleichtert. Vielleicht würde Gott sich der Kinder in einem fremden Heim erbarmen.

Gabrielle, Solange und die übrigen Mütter reagierten auf ähnliche Weise. Da Rock ihnen niemals erlaubt hatte, ihre Kinder zu pflegen, waren die natürlichen Bindungen zwischen Mutter und Kind stark geschwächt. Gezwungen, zwischen den Kindern und ihrem Meister zu wählen, entschieden sie sich automatisch für Rock.

Am 10. Dezember unterstellte ein Richter am Bezirksgericht alle vierzehn Kinder der Children's Aid Society, bis eine vollständige Hörung über den Antrag der CAS durchgeführt werden konnte, die Kinder zu ständigen Mündeln des Staates zu erklären. Außerdem wies der Richter das Familiengericht an, eine unabhängige Beurteilung der Kinder wie auch der Eltern im Hinblick auf die Frage zu veranlassen, ob sie jemals wieder zusammengebracht werden sollten. Es war, wie der Richter es ausdrückte ›der Beginn einer sehr langen und traurigen Episode‹.

Von dem Augenblick an, da die Kinder bei ihren Pflegeeltern lebten, wurde offenkundig, wie gestört die Kleinen waren. Mehrere der Pflegeeltern berichteten später, die Kinder seien ihnen ungewöhnlich passiv und gehorsam erschienen und hätten Fremden gegenüber unterschiedslose Zuneigung gezeigt – ein weiteres, beredtes Anzeichen für Mißhandlungen. Ein Junge im Schulalter sprang jedesmal auf, sobald jemand das Licht anknipste. Kartoffeln und Braten aß er mit beiden Händen, und seine Zähne waren gelb und schwarz. Grausame Kinder in der Schule gaben ihm bald den Spitznamen ›Blackmouth‹ (Schwarzmund). Ein anderer Junge ›entsetzte sich vor allen bärtigen Männern‹. Einer der weiblichen Säuglinge stellte eine Vielzahl von Symptomen für eine Störung zur Schau, darunter unablässiges ›Schaukeln, Singen und Umsichstoßen‹.

Aber das war erst der Anfang. Im Verlauf des Winters bekamen die Pflegeeltern entsetzliche Geschichten über das Leben in der Kommune zu hören, von denen die meisten später durch Maryse bestätigt wurden. Ein acht Jahre altes Mädchen erklärte in aller Unschuld, es habe zu ihren täglichen Pflichten gehört, die Monatsbinden der Frauen per Hand auszuwaschen. Andere Kinder berichteten von ständigem Schlafentzug: Mitten in der Nacht waren Glocken erklungen, um sie aus dem Schlaf zu reißen. Es gab Berichte über bizarre Rituale, zu denen Sprechgesänge und auf dem Kopf stehende Kreuze gehörten. Ein kleiner Junge lag in der ersten Nacht in seinem neuen Heim stundenlang wach und schrie wiederholt: »Der Teufel kommt aus der Tiefe.«

Brown berichtete: »Ein Kind sprach bei seinen Pflegeeltern über das, was geschehen war, und dann stellte man fest, daß andere dasselbe sagten. Es kam sehr beiläufig und unschuldig heraus, etwa wie: ›Wissen Sie, so war das Leben halt‹.«

So unschuldig die Kinder auch waren; die haarsträubenden Geschichten, die sie erzählten, ließen die Sozialarbeiter sich oft beinahe erbrechen. Eines der ›Sklaven‹-Mädchen vertraute dem Stab der CAS an, daß Rock häufig an ein bestimmtes Plätzchen in der Wildnis wandere, eine Laterne an einen hohen Baum hänge und sich dann die ›erwählten‹ Kinder eines nach dem anderen vornehme und ihnen seine Lehren schenke. Er erzählte ihnen, daß Gott unter der Erde lebe – der Beweis dafür war, daß die Blumen von dort kamen. Das kleine Mädchen sagte auch, Rock habe es angewiesen, ein Zicklein aufzuziehen und es mit der Babyflasche zu füttern. Als der Kommunenanführer sie dann später zwang, an einer rituellen Opferung des Tieres – einer der vielen Opferungen, die Rock seiner Gottheit brachte – teilzunehmen, wollte ihr das Herz stehenbleiben. Bei diesen Zeremonien zog Rock seine Kleider aus und stieg in eine Grube, beschmierte sich mit dem Blut des Zickleins und stieg in einer Art Auferstehungsparodie vor den Augen der verzückten Zuschauer wieder empor. (Unter den Pflegeeltern bestätigte niemand diese Geschichte, aber Gisèle erinnerte sich später, daß sie – als sie eines Tages in die Kommune zurückkam – Ziegenblut und Eingeweide auf dem Küchenboden vorgefunden hatte. Rock sagte, er habe das Tier geschlachtet, aber er weigerte sich, zu erklären, weshalb.)

Bei einem anderen Gespräch bat Georgia Brown eine der kleinen Töchter Rocks, ihr anhand eines anatomisch naturgetreuen Puppenpaares einige von den Ereignissen zu beschreiben, die sie in der Burnt-River-Kommune gesehen hatte. Das Mädchen schaute sie verwundert an. Sie bedauerte und sagte, sie könne die Geschichte nicht erzählen – es seien nicht genug Puppen im Raum. Brown und einer ihrer Kollegen eilten durch das Büro und nahmen jede Puppe an sich, die sie finden konnten, und noch dazu ein paar Teddybären. Das Mädchen zeigte den Erwachsenen, wie alle ›ohne Hosen‹ im Kreis um ein Feuer getanzt hatten. Die Kinder hatten sich später an dem Tanz beteiligt. Die Erwachsenen hatten sich nackt auf den Boden gelegt und einander auf komische Art berührt.

Nachdem die Kinder in Pflege gegeben worden waren, ergab die medizinische Untersuchung eines anderen Mädchens, daß ihre Genitalien verletzt waren.

In seiner Urteilsbegründung am Schluß der Verhandlung des Vormundschaftsgerichts zählte Richter Luçien Beaulieu eine Reihe schmutziger Details auf.

»Rock gab Georgia Brown gegenüber zu, daß seine ›Frauen‹ im Lager sexuelle Beziehungen hatten, und daß zwei der Kinder ihnen dabei zugeschaut hatten. Er erklärte die Genitalien seiner Frau, als sie alle unbekleidet in der Küche waren. Georgia Brown sagte, ein Junge habe ihr erzählt, er habe drei seiner Halbschwestern mit Rock Thériaults Penis spielen sehen. Sie schoben die Haut seines Penis' hinauf und hinunter. Georgia Brown spricht von einem Treffen mit einem der Mädchen am 11. August 1986, bei dem das Mädchen versicherte, sie habe mit ›Papi‹ geschlafen und seine Liebkosungen genossen, aber nicht sein ›Streicheln‹. Georgia Brown berichtet, während dieses Gesprächs am 11. August habe die Kleine gesagt: ›Papi mag es, wenn ich an seinem Penis ziehe und mache, daß weißes Zeug herauskommt. Alle tun es, auch Mom. Mom und ich wechseln uns ab, und wenn das weiße Zeug herauskam, stand Papi auf.‹

Das Gericht ist der Ansicht, daß normale Kinder in diesem Alter nicht einmal in der Lage wären, sich ein solches Verhalten auch nur vorzustellen. Maryse Grenier stellt fest, daß Rock keine Skrupel hatte, eine der Frauen Claude vor einer Gruppe von Mitgliedern masturbieren zu lassen, bis er ejakulierte. Maryse fügt hinzu, daß Rock Claude in Gegenwart anderer masturbierte, und daß er nackte Ringkämpfe der Frauen untereinander und zwischen den Frauen und Rock Jr. veranstaltete.

Maryse spricht ausführlich über die Tätigkeiten der Kinder. Sie sagt, daß Rock Jr. zu Weihnachten 1982 in New Carlisle versuchte, ein fünf Jahre altes Mädchen zu penetrieren, und daß das Mädchen zu ihr sagte, er habe sie verletzt ... Diese Tatsache wurde von Rock Thériault bestätigt. Maryse stellt fest, dasselbe Mädchen und ein anderer Junge seien beim ›Doktorspielen‹ auf der Toilette überrascht worden. Maryse bestätigt, gehört zu haben, wie Rock in Gegenwart seiner eigenen und anderer Frauen über gewisse Vorfälle in Burnt River sprach. Er sagte, die Kinder hätten an diesem Morgen ›Spaß‹ gehabt, als sie zuschauten, wie sein Penis sich aufrichtete und schlaff wurde. Am 11. Dezember 1985 sagte Rock, er glaube, daß Rock Jr. eine sexuelle Beziehung zu einem der Mädchen habe. Er gab außerdem zu, zu wissen, daß Rock Jr. sexuelle Vergünstigungen von zweien seiner Halbschwestern verlangte. Und er bestätigte, zu wissen, daß Rock Jr. Akte der Sodomie ausführte, und daß er ihn einer Prostituierten in Toronto zuführe, um ihm zu helfen . . .

Rocks Ansichten über die sexuelle Erziehung der Kinder waren ebenso eigenartig. Er ließ sehr kleine Kinder ihn masturbieren und behauptete, dies diene dazu, die Kinder sexuell zu erwecken. Gemäß einem Brief von Gisèle wurde zu diesem Zeitpunkt eines der Mädchen im Schulalter Rocks Geliebte. Gisèles Erklärung dazu lautete, daß Rock alt werde und jemanden brauche, der ihn nachts warmhielt. Eines Morgens gab Rock zu, angefangen zu haben, dasselbe Mädchen ihn masturbieren zu lassen. Er hatte auch Rock Jr. Claude masturbieren lassen, und eines Tages hatten Rock Jr. und das Mädchen Geschlechtsverkehr. Rock fand das normal.«

Es ließ sich schwer entscheiden, was widerwärtiger war – Rocks Benutzung der Kinder als sexuelle Spielzeuge oder die sadistische Art, wie er sie behandelte, wenn er betrunken war. Die Stimmungsschwankungen des Anführers der Kommune waren extrem und unvorhersehbar. Sein Lachen verwandelte sich im Handumdrehen in Tobsuchtsanfälle. In einer Minute hielt er zwei oder drei seiner Kinder in seinem selbst gefertigten Schaukelstuhl in den Armen und erzählte ihnen Tiergeschichten, und im nächsten Augenblick hatte er ohne ersichtlichen Grund einen Zornesausbruch.

Rock liebte seine Kinder als Faustpfänder seiner absoluten

Herrschaft über die Kommune. So wie er einmal Veer an einen Ast festband und seine Anhänger anstachelte, ihn mit Messern zu stechen, ›kreuzigte‹ er auch seine Kinder. Er hängte sie an einen Baum, indem er Nägel durch die Ärmel und Hosenbeine ihrer Kleidung trieb. Dann befahl er den Erwachsenen, das Kind zu steinigen. Im letzten Augenblick sprach er eine Begnadigung aus.

Für Georgia Brown zeigte ein Vorfall die unaussprechliche Verderbtheit der messianischen Verblendung Rocks besonders deutlich. Sie hörte von Maryse und von den Kindern, daß er manchmal zwei nackte Babys an den Knöcheln packte, sie mit dem Kopf nach unten über einem Feuer hängen ließ, wie ein Wahnsinniger auflachte und sagte: »Ich könnte leicht eines dieser Babys in die Flammen fallen lassen. Welches wird es sein?« Die Mütter fielen dann auf die Knie und baten darum, daß *ihr* Kind bewahrt bleiben möge, während ihnen die Tränen übers Gesicht strömten.

Richter Beaulieu zählte bei seiner Urteilsverkündung eine Reihe von brutalen Vorfällen auf, die sich auf der Gaspé-Halbinsel ereignet hatten.

»Maryse Grenier sagt, Rock Thériault habe Solanges Sohn Simon oft geschlagen und drastisch bestraft.

Maryse berichtet, daß Jacques den kleinen Samuel zwei- oder dreimal entkleidete, ihn im Schnee hin- und herrollte und sein Gesicht mit Schnee abrieb. Er verfuhr so auf Anweisung Rocks im Januar 1979, um ihn zu disziplinieren. Maryse sagt, sie hätte es vorgezogen, wenn Guy statt Rock sich um ihre Kinder gekümmert haben würde. Das sagt eine Menge aus. Sie sagt, einmal habe sie Rock widersprochen, weil er ihr die Haare abgeschnitten hatte, da habe er sie bedroht und gesagt, er würde Samuel die Augen ausstechen . . .«

Angesichts der vielen Beweise, die der Children's Aid Society vorlagen, war Georgia Brown sicher, daß der Antrag auf eine Vormundschaft der Krone, die den Pflegeeltern erlaubt hätte, die Kinder zu adoptieren, problemlos angenommen werde. Rock hatte von Anfang an gesagt, daß er nicht beabsichtige, den Antrag anzufechten, weil dies ›zu aufwendig‹ sei.

Die CAS hatte jedoch nicht mit dem Befund der vom Gericht bestellten unabhängigen Gutachter gerechnet. Dieses Team legte unbegreiflicherweise einen dreihundert Seiten starken Bericht vor, der entschieden befürwortete, daß alle Kinder so bald wie möglich in die Burnt-River-Kommune zurückgeführt wurden.

Die Beurteilung war von Anfang an verpfuscht gewesen. Die entsprechende Anforderung datierte vom 10. Dezember 1985, aber der Direktor der Beurteilungsstelle des Familiengerichts brauchte bis März des folgenden Jahres, um eine Französisch sprechende Frau zu finden, die bereit war, das Projekt zu leiten. Sie gab den Kontrakt an Rhéal Huneault weiter, den Dekan für Sozialarbeit am Sudbury's Cambrian College und früheren Direktor einer Children's Aid Society im östlichen Ontario. Es war Huneaults Aufgabe, eine Sozialgeschichte der Kommune vorzubereiten, die sich zum Teil auf den Berichten gründete, die von den Sozialarbeitern zusammengetragen worden waren, die nach dem Tod des kleinen Samuel in Quebec tätig geworden waren.

Für die psychologische Beurteilung der Kinder und der Mütter warb Huneault dann Dr. Martine Miljkovitch an, eine zweisprachige Professorin an der Sudbury's Laurentian University. Sie war eine Expertin für Kindesmißbrauch, die 1972 ihren Doktor in klinischer Psychologie an der Pariser Universität gemacht hatte. Sie kannte Huneault, weil beide von Zeit zu Zeit von der CAS in Sudbury als Berater hinzugezogen wurden, wenn es um Französisch sprechende Familien ging.

Miljkovitch fuhr nach Lindsay und schlug ihr Quartier in einem ausgeliehenen Büro in den Räumlichkeiten des CAS auf. Dort interviewte sie innerhalb weniger Wochen alle acht Kommunenfrauen sowie Rock selbst. Außerdem führte sie psychologische Tests bei acht Kindern zwischen drei und neun Jahren aus. Sie verbrachte mit jedem der Kinder etwa drei Stunden (die anderen Kinder wurden als zu jung betrachtet, um beurteilt zu werden). Miljkovitch – damals Direktorin der Abteilung für Psychologie am Sudbury General Hospital – schloß, daß die sechs Kinder, die Rock gezeugt hatte, gesund und psychisch normal waren. »Ich konnte erkennen, daß die Kinder nicht gestört waren, und ich arbeite ständig mit Kindern«, sagte sie im Juni 1993 zu Ross Laver. »Es waren hübsche Kinder. Die Jungen waren überhaupt nicht aggressiv.«

Die beiden übrigen Kinder schienen Miljkovitch leicht gestört. Die neun Jahre alte Tochter von Jacques hatte »Probleme mit ihrer Identität und mit ihrer Sexualität, weil sie nicht von ihrem Vater beschützt wurde«. Es gab auch Anzeichen für körperliche Mißhandlungen, aber nichts, das darauf hindeutete, daß sie chronisch mißhandelt wurde. Das andere abnormale Kind war der Junge, den Solange als Ergebnis ihrer kurzen ›Heirat‹ mit Claude geboren hatte. »Er war aufsässig und neigte dazu, Erwachsenen zu widersprechen. Er glich einem Kind, dessen Eltern geschieden wurden. Er haßte Rock, weil dieser seine Mutter seinem Vater fortgenommen hatte.«

Eines der Probleme, so schloß Miljkovitch, bestand darin, daß die Erwachsenen der Kommune ihre Kinder in einem ›unvernünftig frühen Alter‹ mit der Sexualität bekannt machten. Unter anderem war es ihnen erlaubt, bei Geburten zugegen zu sein, mit anderen Kindern sexuelle Spiele zu spielen und zuzuschauen, wenn Erwachsene sich liebten und masturbierten.

»Es war eine extrem liberale Einstellung der Sexualität gegenüber«, sagte sie. »Es herrschte der naive Glaube, daß man Kinder mit diesen Dingen konfrontieren müsse, weil sie Teil der Natur sind. Sicherlich ließ man zu, daß die Kinder untereinander sexuelle Handlungen vornahmen, aber die Idee, die dahinterstand, war nicht schlecht. Rock Thériault zeigte auch, wie der Penis funktionierte, indem er vor den Kindern masturbierte. Aber er tat es nicht zu seiner eigenen Befriedigung; er tat es als Form der Erziehung. Ich hielt dies für einen wichtigen Unterschied.«

Tatsächlich pries Miljkovitch in ihrer schriftlichen Beurteilung und in den elf Tagen der Zeugenanhörung anläßlich des Vormundschafts-Hearings im Herbst 1986 Rocks Pioniergeist und applaudierte seinem Mut, seine Gruppe zurück zur Natur zu führen. Im Vergleich dazu waren die Regierungsbeamten, die seit seiner Ankunft in der Provinz mit ihm zu tun gehabt hatten, herzlos und barbarisch. Ihre ständigen Einmischungen in die Belange der Kommune stellten nichts weiter dar als eine durch die Weigerung der Behörden inspirierte Störkampagne, einen gesunden, alternativen Lebensstil zu tolerieren. Nach Miljkovitch war die Weigerung der Regierung, Fürsorgegelder zu bezahlen, ein unsinniger Versuch, die Gruppe auseinanderzubrechen. Diese Entscheidung hatte die Kommune an den Rand des Verhungerns gebracht – einen Zustand, den die Behörden dann als Vorwand benutzten, sich der Kinder zu bemächtigen. »Ich als Psychologin, als Frau, als Mutter und menschliches Wesen«, schrieb sie, »kann die Gefühle der Eltern und besonders der Mütter voll und ganz nachvollziehen. Es ist normal, daß die Gesellschaft das Verhalten ihrer Mitglieder von Zeit zu Zeit in Frage stellt, aber sie sollte gleichermaßen ihr eigenes Verhalten, ihre eigenen Motive und Praktiken, in Frage stellen.«

Miljkovitch hieß die Lebensweise in der Kommune im großen und ganzen gut. Rock mochte mit acht Frauen geschlafen haben, aber zumindest hatte er ihnen allen einen Status als Ehefrau zugestanden. Zahllose sogenannte ›respektable‹ Männer in der Gesellschaft beschränkten sich zwar auf ein Eheverhältnis, hielten sich aber hinter dem Rücken ihrer Frau Mätressen.

Was die Vorwürfe des schwerwiegenden Kindesmißbrauchs betraf, so wies Miljkovitch sie von der Hand. Sicherlich bestrafte der Kommunenführer die Kinder dann und wann. Aber es waren vor allem die Mütter, die für die Kindererziehung verantwortlich waren, sagte sie; Moses schaute lediglich ab und zu herein und machte Spaß mit ihnen. Wenn es ein Problem gab, so war dies hauptsächlich auf Versagen der Regierung zurückzuführen. Die beste Lösung würde sein, die Kinder in die Kommune zurückzugeben und einen Französisch sprechenden Psychologen oder Sozialarbeiter zu ernennen, der die Familie Rocks in regelmäßigen Abständen besuchte. Der betreffende Staatsvertreter würde als Verbindungsmann zwischen der Kommune und der CAS fungieren und wäre für die Schulung der Eltern in Kindererziehung und für die Sicherheit der Kinder verantwortlich.

Heute, Jahre später, steht Miljkovitch immer noch zu ihrer Beurteilung. Während ihres Interviews mit Laver im Jahr 1993 beharrte sie darauf, es sei unfair von der CAS gewesen, so nachdrücklich zu intervenieren. »Ich denke, Rock trank von Zeit zu Zeit, aber ich glaube nicht, daß er die Kinder derart mißhandelte, daß sie fortgenommen werden mußten«, sagte sie. Heute ist Miljkovitch zusätzlich zu ihrer Professur am Laurentian auch noch Chefpsychologin beim Schulamt der französischsprachigen Public Schools in Sudbury. »Sie müssen begreifen, daß er unter starker Belastung stand. Wenn man Menschen einem solchen Streß aussetzt, darf man nicht überrascht sein, wenn eine Form des Mißbrauchs auftritt – Alkohol oder was auch immer. Ich meine, sie standen kurz vor dem Verhungern. Man hatte ihnen die Fürsorgegelder verweigert.«

Miljkovitch war nicht die einzige, die Einwände gegen die Art und Weise vorbrachte, wie die Behörden den Fall handhabten. Während sie ihre Beurteilung durchführte, setzte die CAS ihre Untersuchungen in Sachen Kindesmißhandlung in der Kommune fort. Um Hilfe bei den Interviews und eine Aufsicht bei den Gruppentreffen zwischen Kindern und ihren Eltern zu bekommen, heuerte das Büro Lisette Laroche an, eine Psychologin aus Ottawa.

Laroche gelangte bald zu dem Schluß, daß Rock und seine Frauen verfolgt würden, weil sie in einer Englisch sprechenden Umgebung Französisch sprachen. Darüber hinaus weigerte sich die Psychologin trotz sich mehrender Beweise, zu glauben, daß der Kommunenführer die Kinder irgendeinem ernsthaften körperlichen oder sexuellen Mißbrauch unterzogen hatte.

Georgia Brown konnte es nicht glauben. Und sie war zutiefst durch den Umstand verunsichert, daß Rock über den Verlauf der Untersuchung ebenso gut informiert zu sein schien, wie irgend jemand in ihrem eigenen Büro. »Ich fing an, mich wirklich unbehaglich zu fühlen, also ging ich zu meiner Vorgesetzten und sagte, ich wolle nicht mehr mit Lisette zusammenarbeiten. Dies verschaffte mir einen Ruf als echte Unruhestifterin in der Gesellschaft. *Was geht hier vor? Weshalb kommst du nicht mit Mitarbeitern zurecht?* Es stellte sich heraus, daß Lisette einen großen Teil ihrer Freizeit mit Rock und der Gruppe verbracht hatte. Und sie war unsere Angestellte!«

Betty-Jean Moyle, Browns Vorgesetzte, teilte ihre Bedenken, aber sie konnte nicht verhindern, daß sie Verständnis für Lisette Laroches Situation aufbrachte. »Sie war sozusagen isoliert«, erinnerte Moyle sich. »Sie war hierhergezogen, wo sie eine Französisch sprechende Gruppe vorfand, und es gab eine Menge kultureller Hemmnisse für sie. Und – wir wollen der Tatsache ins Gesicht sehen – Rock kann sehr, sehr charmant sein. Ich möchte nicht so weit gehen zu sagen, daß sie anfällig war, aber es gab ganz klare Anzeichen, daß sie Rocks Charme erlegen war.«

Hätte Miljkovitch nicht verlangt, daß die Kinder in die Kommune zurückgebracht würden, würde die Anhörung zum Antrag einer Vormundschaft der Krone vielleicht nur ein paar Wochen gedauert haben. Aber so, wie die Dinge lagen, nahmen sie fünfundvierzig Tage in einem Zeitraum von acht Monaten in Anspruch, in dem dreißig Zeugen vernommen und fünfundvierzig Beweisstücke vorgelegt wurden. Rock und seine Anhänger ließen sich am ersten Tag der Zeugenvernehmung blicken und spazierten wieder hinaus. Sie feuerten ihren vom Gericht zugewiesenen Anwalt und ignorierten wiederholte Aufforderungen, zurückzukehren. Der kräftige Waldmensch, der tagelang trinken konnte, ohne zu schlafen, und seine Frauen und Kinder wie Strohpuppen umherwarf, legte plötzlich ein ärztliches Attest vor, dem zufolge er von der Verhandlung fernbleiben sollte, weil sein Herz die Belastung nicht ertragen konnte.

Es spielte ohnehin keine Rolle, weil Richter Beaulieu nur wenig Zeit für Rock und seine Mätzchen hatte. Seine dreiundachtzig Seiten starke Urteilsbegründung vom 26. Oktober 1987 zeichnete den Kommunenführer als berechnenden Diktator, der das Leben seiner Anhänger beherrschte und sie wie Sklaven kontrollierte. Er schloß, daß ein erhebliches Risiko für eine ›sexuelle Belästigung oder Ausbeutung‹ der Kinder bestand, wenn sie in die Gruppe zurückkehrten, und ordnete an, daß sie zu Mündeln der Krone gemacht würden und den Eltern der Zugang zu ihnen verweigert werden sollte. Die einzige Ausnahme war Maryse' älteste Tochter Miriam. Sie sollte ihrer Mutter in Quebec zurückgegeben werden, unter der Bedingung, daß die beiden jede Form von Therapie oder psychiatrischer Betreuung akzeptierten, die von der CAS vorgeschlagen würde.

Der Richter hatte auch vieles über Huneault, Miljkovitch und Laroche zu sagen – und nichts Schmeichelhaftes. »Nachdem wir gesehen haben, wie sie sich beim Kreuzverhör gegenseitig behandelt haben, erachtet das Gericht ihr Zeugnis als nicht verläßlich«, schrieb er. Außerdem waren Miljkovitch und Huneault nicht qualifiziert, die Beurteilung vorzunehmen. Sie hatten keine der Standardtechniken zur Aufdeckung von Mißbrauch und Mißhandlung angewandt; sie hatten es versäumt, mit den Pflegeeltern zu sprechen; sie hatten keine psychologische Beurteilung der natürlichen Eltern vorgenommen; und sie hatten keinen Versuch unternommen, sich zu vergewissern, wie die Eltern zu den Kindern standen. Ihre Ergebnisse waren ›widersprüchlich, unlogisch und ohne ausdrückliche Tendenz‹.

Dann wandte Beaulieu seine Aufmerksamkeit dem Vorwurf zu, die Regierungsbehörden hätten Rock und seine Anhänger verfolgt. Er troff vor Sarkasmus.

›Das Gericht findet es interessant, festzustellen, daß diese Menschen laut (Miljkovitch) lediglich Opfer einer Gesellschaft sind, die sie nicht versteht. Die Freiheit der Wahl scheint mit ihrem Verhalten sowohl in Quebec als auch in Ontario nichts zu tun zu haben ... Da die Trinität von Miljkovitch, Huneault und Laroche so bestürzt und empört über den Umstand ist, daß diese Menschen sich in einer englischen Umgebung befinden, findet das Gericht es merkwürdig, daß sie niemals – weder schriftlich noch auf andere Art – die Gründe für die Flucht einer derart hoch geschätzten Gruppe französischsprachiger Menschen aus der französischen Gemeinschaft und Kultur Quebecs und ihre Entscheidung hinterfragt haben, sich in einer Englisch sprechenden Gemeinschaft niederzulassen, die den Ruf hat, die vermutlich englandtreueste der ganzen Provinz zu sein.

Alle drei Mitglieder des Beurteilungskomitees verbreiten sich ausführlich über das Leben auf dem Lande sowie über den Mut, die Hingabe und die Initiative, die Rock und seine Gruppe in der Wildnis bewiesen. Nun gibt es zweifellos mehrere Kanadier, die von Menschen wissen oder sie persönlich kennen, die sich auf eine solche mutige Lebensweise eingelassen haben. Darüber hinaus wurde unser Land weitgehend von solchen Menschen aufgebaut. Aber das Gericht muß betonen, daß die wahren Pioniere und jene, die in ihre Fußstapfen traten und sich für das schöne Landleben entschieden – sowie auch jene, die heute noch auf diese Art leben –, daß all jene Menschen dieses Ziel erreicht haben, ohne unschuldige Kinder zu mißbrauchen.‹

Zusammenfassend sagte Richter Beaulieu, die Vorlage des Beurteilungsteams gehöre zu den ›beklagenswertesten Berichten, die dem Gericht jemals unter die Augen gekommen sind‹.

Georgia Brown und ihre Kollegen, die drei Jahre lang an dem Fall gearbeitet hatten, waren über diesen Ausgang hoch erfreut. Die ganze Episode war emotionell frustrierend gewesen. Rock hatte seit dem Eingreifen der Behörden im Jahr

1985 vier weitere Kinder gezeugt, die alle vom Tage ihre Geburt an in Sorgerecht genommen worden waren. Trotzdem hatten sie das Gefühl, daß mit Rock etwas geschehen mußte. Sie konnten es nicht abwarten, daß er wegen krimineller Vergehen in Haft genommen wurde. Im August 1986 hatte Rock sogar Georgia Brown gegenüber in Gegenwart zweier Polizisten auf der Polizeidienststelle in Lindsay zugegeben, daß er seine Frauen und seine Kinder mißhandelte. Die Polizei war während der Interviews der Sozialarbeiter mit den Kindern zugegen gewesen und ebenfalls daran interessiert, Rock gesetzlich zu verfolgen.

Aber es wurde niemals Klage erhoben. Der Stellvertretende Kronanwalt Alex Smith meinte, es lägen nicht genügend Beweise vor. Die einzige erwachsene Zeugin war Maryse Grenier, eine emotionell hilflose Person, die kein Verlangen danach hatte, ihrem früheren Herrn vor Gericht gegenüberzustehen. Außerdem waren die Berichte der Kinder zu unglaubwürdig und entsetzlich. Selbst wenn die Geschworenen ihnen glaubten, war es vielleicht nicht gut für die Kinder, wenn sie ihre Erlebnisse aufs neue durchmachen mußten.

Ron Deck, Polizeisergeant, lenkte die Aufmerksamkeit von dem Fall ab, indem er einer Torontoer Zeitung gegenüber erwähnte, es läge nichts vor, das zu einer Kriminalklage gegen Thériault berechtige. »Die Dinge sind nicht so schlimm, wie sie dargestellt wurden«, sagte er.

Bedauerlicherweise hatte die Öffentlichkeit keine Möglichkeit, die Richtigkeit dieser Aussage nachzuprüfen. Die regionalen Zeitungen hatten den Fall gänzlich ignoriert. Die wenigen Reporter, die Interesse gezeigt hatten, wurden durch die Child and Family Services Act Ontarios an der Veröffentlichung von Informationen gehindert, die zur Identifizierung der Kinder und ihrer Eltern sowie Rock selbst führen konnten. Gerichtsbeamte in Lindsay bewahren bis zum heutigen Tag eisernes Stillschweigen über Richter Beaulieus Urteilsbegründung und weigern sich, Kopien davon freizugeben. Huneault selbst hat nie eine Kopie davon zu Gesicht bekommen.

Vielleicht wären die makabren Ereignisse, die bald darauf eintreten sollten, verhindert worden, wenn die Bürokraten nicht so eifrig darauf bedacht gewesen wären, die finstere Wahrheit über Rocks Sekte für sich selbst zu behalten.

UNSERE AMERIKANISCHEN FREUNDE

Die wichtigste Sekte, die aus der Zweiten Großen Religiösen Erweckung hervorging, war das geistige Erzeugnis von Joseph Smith. Er war der Sohn eines Farmers, der sich im Westen des Staates New York, im Ontario County, niedergelassen hatte. Er hatte behauptet, er könne mit einer gegabelten Rute eines Haselnußstrauchs unterirdische Flüsse orten. Der junge Joseph war höchst ehrgeizig. Er wollte unbedingt seinen Vater übertreffen. Als Teenager bot er seine Dienste als Finder von vergrabenem Geld, Kristallen und verzauberten Steinen an. Letztere waren bei der Suche nach unterirdischen Höhlen nützlich. Er führte sein Team von Geldgräbern um Mitternacht unter einem vollen Mond mit einer Wünschelrute an und verlangte absolutes Stillschweigen von seinen Kunden und den versammelten Zuschauern. Förderte seine Mannschaft nichts zu Tage – und das war meistens der Fall –, erklärte Smith, als sie bereits im Begriff gewesen seien, den Schatz zu finden, habe jemand die Belohnung verschwinden lassen.

Im Jahr 1830, als Smith vierundzwanzig Jahre alt war, veröffentlichte er das *Buch Mormon*, von dem, er behauptete, es handele sich um die Übersetzung einer Reihe goldener Tafeln, die er in den Hügeln in der Nähe von Palmyra, New York – einem Ort, der ihm von den Engeln Gottes offenbart worden war – ausgegraben hatte.

Smith behauptete, der Garten Eden habe in Missouri gelegen – der Wiege der menschlichen Zivilisation und Heimat eines Gesandten Gottes mit Namen Mormon, der um die Zeit Christi predigte. Der Sohn Gottes hatte nach seiner Kreuzigung persönlich den amerikanischen Kontinent besucht und würde dortselbst auch zu seiner Wiederkunft erscheinen. Smith gründete eine Organisation, die er die *Kirche Jesu Christi der Heiligen der Letzten Tage* nannte, versammelte bald eine große Schar von Anhängern um sich und führte sie von New York nach Missouri, um das Neue Jerusalem zu gründen. Aber im Verlauf ihrer langen Suche nach dem Heiligtum wurde die junge Sekte durch argwöhnische Menschen aller Städte hinausgewiesen.

Im Jahr 1843 führte Smith die Polygamie als Heiliges Gebot des Mormonentums ein. Er wies darauf hin, daß die Christen in der Bibel aufgefordert wurden, ›fruchtbar zu sein und sich zu vermehren‹, und daß die alten Propheten viele Frauen hatten. Ein Jahr später wurde Smith von einer aufgebrachten Menge in Carthago, Illinois, erschossen.

Brigham Young, sein Nachfolger, gründete schließlich eine Familie mit siebenundzwanzig Frauen. Aber er ist besser dafür bekannt, daß er im Zuge einer der größten Massen-Wanderungen in der amerikanischen Geschichte zwölftausend Mormonen über die Western plains in ein verlassenes Tal in der Nähe eines großen Salzwassersees im heutigen Utah führte. Dort gründeten die Mormonen eine streng hierarchisch geordnete Gesellschaft, in der das Prinzip der persönlichen Freiheit nichts galt; Zigaretten und Alkohol waren verboten. Ihre Hauptstadt nannten sie Salt Lake City.

Wenn auch die Polygamie in Utah gedieh, in den etablierten Staaten im Osten war sie ein Streitpunkt. Im Jahr 1862 verbot der Kongreß die Polygamie, und 1875 prangerte der Oberste Gerichtshof der Vereinigten Staaten diese Praxis als ›abscheulich‹ an. Da sie ängstlich darauf bedacht waren, staatliche Souveränität zu erlangen und die amerikanische Öffentlichkeit nicht vor den Kopf zu stoßen, verboten die Anführer der Mormonen die Polygamie im Jahr 1890. Aber eine Minderheit fundamentalistischer Mormonen hielt weiterhin an der Polygamie fest und erklärte sie zu einem der heiligsten Lehrsätze der Kirche. Sie gingen in den Untergrund oder zogen nach Mexiko, Kanada oder benachbarte Gebiete im Westen, um einer Verfolgung durch das Mormonen-Establishment zu entgehen.

Zwei der Familien, die Niederlassungen in Mexiko gründeten, waren die Allreds und die Le Barons. Ende der Dreißiger Jahre des 20. Jahrhunderts kehrte Rulon Allred, der Anführer einer umfangreichen Untergrund-Fraktion von Polygamisten, nach Utah zurück und führte eine erfolgreiche Naturheilpraxis. Bei einer ihrer periodischen Razzien gegen Polygamisten in den westlichen Staaten verhaftete die Polizei 1946 Allred und sechsundvierzig andere Polygamisten. Allred verbrachte mehrere Monate im Gefängnis und mußte bei der Entlassung versprechen, die Polygamie künftig weder zu propagieren noch zu praktizieren. Im Laufe der Zeit baute er eine Gemeinde von zweitausend Polygamisten auf, die ihn als Propheten feierten. »Es gibt mehr rechtschaffene Frauen als Männer auf der Welt«, sagte er einmal zu einem Reporter, um seine selbsterwählte Lebensweise zu rechtfertigen. »Und jede rechtschaffene Frau verdient einen rechtschaffenen Mann. Polygamie hat nichts mit Lüsternheit und Sinnlichkeit zu tun. Es ist eine zutiefst spirituelle Angelegenheit.« Aber einige Bekannte Allreds sagten aus, hinter seiner frommen Fassade verberge sich ein gefährlicher Fanatismus – er beanspruche für sich das Recht, jedem das Leben zu nehmen, der vom rechten Pfad abweiche.

Ervil Le Baron, ein weiterer in Mexiko geborener Mormonen-Renegat, führte eine rivalisierende Sekte von Polygamisten an, die als Kirche vom Lamm Gottes (Church of the Lamb of God) bekannt wurde. Auch er ernannte sich zum Propheten mit dem von Gott verliehenen Recht, seine Feinde zu vernichten. 1972 befahl er die Ermordung seines eigenen Bruders Joel, der ihn zwei Jahre zuvor aus dem Familienverband der Le Barons ausgestoßen hatte. Außerdem steckte er hinter der Exekution von Rulon Allred im Jahr 1977 in dessen Büro in Murray, einer Vorstadt von Salt Lake City. Er behauptete, Allred sei ein falscher Prophet. Als er selbst 1981 im Gefängnis starb, hatte der ›Manson der Mormonen‹ mehr als ein Dutzend Morde angeordnet. Er hinterließ seinen Nachfolgern sogar eine Liste mit den Namen von Feinden, das ›Buch des neuen Bundes‹ (›Book of New Covenants‹), der Plan eines gigantischen Rachefeldzugs. Dreißig der rund fünfzig auf dieser Liste erwähnten Menschen sind inzwischen tot. »Seit Ervil tot ist, hat es mehr Morde gegeben als jemals zu seinen Lebzeiten«, sagte Paul Forbes, ein Polizist aus Utah, der den Mord an Allred untersuchte und selbst auf Le Barons Hitliste steht. Der bekannteste Anschlag ereignete sich im Juni 1988 in Texas, als Ervils Nachfolger an einem Tag vier Menschen töteten.

Nach einigen Schätzungen gibt es heute nicht weniger als dreißigtausend praktizierende Polygamisten in Utah. Die meisten von ihnen sind hart arbeitende, ordentliche Leute, die sich als moderne Märtyrer betrachten; die wahrhaftigsten aller Mormonen. Aber Jahrzehnte der Verfolgung und Ächtung durch die offizielle Mormonenkirche, der die Loyalität von siebzig Prozent der 1,8 Millionen Einwohner Utahs gehört, haben bei ihnen zu einem tiefsitzenden Mißtrauen gegenüber Außenseitern geführt. Man findet die Anhänger der Polygamie in allen Berufen – unter Fabrikarbeitern, Anwälten, Lehrern, Computerverkäufern und so weiter –, aber sie verhalten sich meistens unauffällig, weil sie fürchten, vom Etablishment der Mormonen auf eine schwarze Liste gesetzt zu werden und ihren Lebensunterhalt nicht mehr verdienen zu können.

Einer der wenigen Polygamie-Anhänger, die öffentlich für das Recht gekämpft haben, mehr als eine Ehefrau zu haben, ist Roy Potter, ein schlanker, adretter Mann mit dem, was man bei den Boy Scouts ein gutes Aussehen nennt. Im Jahr 1980, als Potter sechsundzwanzig Jahre alt war, trat er der Polizei in Murray als Streifenbeamter bei. Er unterstand Paul Forbes. Als Mormone von gutem Ruf erhielt Potter bald den ersten Preis als Employee of the Month (Angestellter des Monats), den die Stadt jemals vergab. Aber als Forbes im Herbst 1982 einen Tip bekam, daß Potter zwei Ehefrauen hatte – Joynn und Denise –, feuerte er den jungen Beamten. Vier Monate später wurde Potter von der Mormonenkirche exkommuniziert. Er konnte keine andere Beschäftigung finden und nahm einen Job als Pförtner an – und heiratete Mary, seine dritte Frau.

Im selben Jahr reichte der tollkühne Potter eine Klage ein, in der er die Abschaffung des gesetzlichen Verbots der Polygamie in Utah forderte, weil es sein verfassungsmäßiges Recht der Religionsfreiheit verletzte. Der Fall erregte nationales Interesse. Aber 1984 entschied ein Richter beim Bundesgericht gegen ihn, und sein Einspruch gegen diese Entscheidung hatte keinen Erfolg. Das Oberste Gericht der Vereinigten Staaten endlich weigerte sich, den Fall zu verhandeln. Inzwischen war die ganze Angelegenheit ein wenig theoretisch geworden, weil die ersten beiden Frauen Potter verlassen hatte.

In der Zeit, da sein Fall vor Gericht verhandelt wurde, bekam Roy Potter einen Brief aus Richelieu, Quebec, von einem Mann namens Antonio Fuoco, der behauptete, eine gehobene Stellung in der katholischen Kirche innezuhaben. Obwohl es in Kanada illegal war, mehr als eine Frau zu haben, schrieb Fuoco, er kenne viele Polygamisten und sei von dieser Praxis fasziniert. Er schrieb, er wolle die Öffentlichkeit über die Polygamie aufklären, und die beiden Männer begannen eine regelmäßige Korrespondenz.

Fuoco stand auch mit Rock Thériault im Schriftwechsel. Er hatte in Rocks Buch über dessen Erfahrungen auf der Gaspé-Halbinsel gelesen. Einmal erwähnte Fuoco zufällig den Namen Roy Potter, als Rock und Gisèle zu Besuch in seinem Haus waren. Rock hatte noch nie von der Tradition der Polygamie bei den Mormonen gehört. Eines Tages im Spätsommer 1987 rief er Potter aus einer Laune heraus an und stellte sich selbst als einen Freund Fuocos vor. »Er wußte nicht, daß es in den Vereinigten Staaten überhaupt Menschen gab, die in bezug auf mehrere Frauen wie er dachten, also war er sehr vorsichtig in dem, was er uns sagte«, erinnerte sich Potter. »Er sagte, er sei im Begriff, in Urlaub zu fahren, und wollte zu einem kurzen Besuch bei uns vorbeischauen.«

Der ›kurze Besuch‹ begann am 7. September und dauerte vier Tage lang. Potter hatte Mühe, Rocks gebrochenes Englisch zu verstehen, aber das tat seiner Sympathie keinen Abbruch. Er nahm seinen Besucher zu einem Football-Spiel, in mehrere

Museen und zu einer Konferenz der Allred-Fraktion mit, die von Rulons Bruder Owen organisiert worden war und an der etwa zweitausend Mitglieder teilnahmen. Aber der eigentliche Höhepunkt von Rocks Aufenthalt in Salt Lake City war, als er einem von Potters Mormonenfreunden vorgestellt wurde, einem bekannten Psychiater, der je eine Praxis in Utah und in Kalifornien unterhielt und ständig zwischen beiden Staaten hin- und herreiste.

Dr. Jess Groesbeck war ein neugieriger und unbestreitbar kluger Mann. Er war in Bellingham, Washington, geboren, hatte in Seattle die High-School besucht und war dann nach Mittelamerika gezogen, wo er als Mormonengeistlicher geweiht wurde. Ein paar Jahre lang arbeitete er als Missionar in Guatemala, Nicaragua und Costa Rica. Nach seiner Rückkehr nach Seattle schrieb er sich in der Washingtoner Universität ein. Im Jahr 1959 machte er seinen Bachelor of Science in Psychologie, 1963 promovierte er in Medizin. Nach einer dreijährigen Tätigkeit in einem Krankenhaus in San Francisco lernte er am Carl-Gustav-Jung-Institut in Zürich in der Schweiz. Von 1969 bis 1971 und später setzte er seine Studien am C. G. Jungs Institute of San Francisco for Analytical Psychology fort.

Im Jahr 1971 öffnete Groesbeck seine erste Praxis in Sacramento, anderthalb Fahrstunden landeinwärts von San Francisco. Seine Praxis in Provo in Utah, eine kurze Fahrt in südliche Richtung von Salt Lake City aus gelegen, eröffnete er 1983. Laut seiner *vita* spezialisierte Groesbeck sich auf Langzeittherapie, ›mit besonderer Betonung auf veränderte Bewußtseinszustände, darunter dissoziative Zustände wie multiplen Persönlichkeiten‹. Als Gerichtspsychiater führte er vom Gericht angeordnete Beurteilungen mehrerer Serien-Mörder durch. Seit Mitte der achtziger Jahre gehört es zu seiner Arbeit, Polizisten und Gefangenenwärter in Kalifornien zu testen und zu behandeln sowie an mehreren höheren Lehranstalten – darunter der Universität von Kalifornien in Davis, der Universität von Utah in Salt Lake City, der Brigham Young University in Provo und dem C.-G.-Jung-Institut in San Francisco – Psychiatrie und

Psychologie zu lehren. Er ist Fellow der American Academy of Psychoanalysis und der American Adademy of Psychiatry and Law, früherer Vorsitzender der American Psychiatric Society of Jungian Analysts und Mitglied des Herausgeberstabs des *International Journal of Psychoanalytic Psychotherapy.*

Seinen Erfolgen in der Psychiatrie entsprach ein steiler Aufstieg in der Hierarchie der Mormonen. Mitte der achtziger Jahre hatte Groesbeck den Rang eines Ortsgruppen-Präsidenten – mit einem Bischof vergleichbar – in Provo erreicht. Dort lebte er mit seiner Frau Sharon und fünf Kindern, die zwischen 1962 und 1967 geboren waren.

Groesbeck pflegte auch eine Reihe weiterer Passionen. Die erste galt dem Schamanismus, den er als die ›älteste Form der Heilung in der Welt‹ bezeichnete. Er hat seit 1974 mehr als ein Dutzend Arbeiten über Schamanismus veröffentlicht. Zur Zeit schreibt er ein Buch mit dem Arbeitstitel *The Shaman: Archetypus of the Healer (Der Schamane: Archetyp des Heilers).* Im Zuge seiner Recherchen zu diesem Buch sprach er mit heutigen Schamanen in Ecuador, Peru, Neumexiko, Arizona und British-Kolumbien. Zu seinen liebsten Hobbys gehören Meditation sowie das Sammeln von Trommeln amerikanischer Indianer und anderer Kulturerzeugnisse.

Jess Groesbecks anderes Interesse ist die Polygamie. Sein Urgroßvater Nicholas Harman Groesbeck liegt gemeinsam mit seinen beiden Frauen in Springville, nicht weit südlich von Provo, begraben. Gelegentlich zeigt Groesbeck Besuchern die Gräber und spricht über seine tiefe Verbundenheit mit seinen polygamen Vorfahren. Darüber hinaus war seine eigene Frau, die 1992 starb, die Schwägerin des bekannten Polygamisten Ogden Kraut.

Als Roy Potter wegen seines Glaubens seine Arbeitsstelle verlor, nahm sich Groesbeck seiner an. Er unterstützte ihn moralisch und stellte sogar seine Frau Mary als Teilzeit-Typistin ein. »Er hängt sehr stark an den frühen Konzepten der Mormonen wie Polygamie, von denen die heutige Kirche Abstand genommen hat«, sagt Potter über seinen Freund. »Aber er erkennt auch an, daß die Kirche eine machtvolle Institution ist, und daß üble Dinge geschehen können, wenn man sich gegen sie stellt. Es wird enormer Druck auf ihn ausgeübt, seine wahre religiöse Ausrichtung zu verleugnen – und immerhin hat er eine Menge zu verlieren.«

Trotzdem ließ Groesbeck kaum eine Gelegenheit verstreichen, sich mit praktizierenden Polygamisten zu treffen. Besonders interessiert war er, als Potter ihm von dem Franko-Kanadier erzählte, der im September 1987 bei ihm zu Besuch war. Rock Thériault war nicht nur einer der wenigen Polygamisten, die keine Mormonen sind, er behauptete außerdem noch, ein Heiler zu sein.

Potter arrangierte ein Treffen zwischen beiden Männern, es fand in Ogden Krauts Haus statt. Groesbeck hörte den ganzen Abend über mit gebannter Aufmerksamkeit zu, als Rock seinen heroischen Kampf beschrieb, tief in den Wäldern Ontarios inmitten von wilden Tieren, natürlichen Quellen sowie Bäumen und Pflanzen aller möglichen Arten ein spirituelles Sanktuarium zu errichten. Er lebte mit seinen acht wundervollen Frauen in der freien Natur. Sie fällten Bäume, räucherten ihren selbst gefangenen Fisch, zogen Gemüse und sammelten den Sirup von Ahornbäumen. Sie waren so weit von der Zivilisation und den Ärzten entfernt, daß Rock gezwungen war, seine eigene Medizin zu entwickeln. Er verwandte eine Vielzahl von Kräutern und Moosen, Fichtenharz und Baumrinde als Heilmittel.

Dann sprach Rock davon, wie die Regierung Kanadas ihn ständig verfolgte. Er erzählte Groesbeck und Potter, wie die Quebecer Behörden ihn aus der Provinz gewiesen und seine erste Kommune niedergebrannt hatten. Schlimmer war, daß die Regierung ihm alle achtzehn Kinder fortgenommen hatte, die er gezeugt hatte, seit er polygam geworden war.

Groesbeck war angerührt und beeindruckt. Als Rock erwähnte, daß er jederzeit willkommen sei, falls er die Burnt-River-Kommune besuchen wolle, nahm Groesbeck die Einladung gern an und versprach, nach einem Platz auf seinem vollen Terminkalender zu suchen.

Die beiden Männer unterhielten sich voller Begeisterung. Rock war von Groesbecks beruflichen Erfolgen offensichtlich beeindruckt, aber von Roy Potter war er tief innen ein wenig enttäuscht. Hier war ein Mann, der als Verfechter der Polygamie berühmt geworden war – so berühmt, daß er in der Phil Donahue Show auftrat –, aber er hatte zu Hause nur eine einzige Frau. Rock machte ständig versteckte Anspielungen. Er sagte, seine acht Frauen würden auf ihn zugeeilt kommen, sobald er das Lager betrat, und er bedauere, daß Roy es nur mit Mary zu tun hatte – die zweifellos eine gute Frau war. Sogar Ogden Kraut, der über dieses Thema Bücher geschrieben und Konferenzen abgehalten hatte, verfügte über nur drei Frauen. »Er stellte eine Menge Vergleiche zwischen ihren unterschiedlichen Lebensweisen an und schwärmte davon, um wie vieles besser sein Leben war«, erinnerte sich Mary Potter. »Rock stellte seine Frauen als die schönsten der Welt dar. Es gelang ihm tatsächlich, mich eifersüchtig zu machen. Er kam zu uns, um von uns zu lernen, aber letzten Endes lernten wir von ihm.«

Einmal, als Rock besonders prahlerisch war, forderte er Potter auf, ihm den Namen eines lebenden Mannes zu nennen, der so viele Frauen wie er hatte. Tatsächlich kannte Potter einen exkommunizierten Mormonen, der in Big Water – einer Stadt im südlichen Utah – lebte und nicht weniger als *neun* Frauen hatte. Rock beschloß, diesen Burschen sofort zu besuchen.

Wenn man die Schauspieleragentur anriefe und bäte, daß sie einem den Typ eines Gesetzlosen schickten, würde der Betreffende vermutlich ganz wie Alex Joseph aussehen und klingen. Er war ein stolzer, unbändiger Mann mit einer rauhen Stimme, einem schmutzig-grauen Bart und den spähenden Augen eines Scharfschützen; sein Gesicht war so zerklüftet und wettergegerbt wie die felsige Wüstenlandschaft, in der sein Haus stand. Er erinnerte ein wenig an Kris Kristoffersen oder Clint Eastwood -- aber Joseph würde die beiden wahrscheinlich als verweichlichte Stadtjungs ablehnen.

Tatsächlich war Joseph einmal selbst ein Stadtjunge. Er ist der Enkel eines griechischen Einwanderers und wurde 1956 am Paradise Boulevard in Modestino, Kalifornien – Schauplatz der Autorennen in George Lucas' Film *American Graffiti* – geboren und aufgewachsen. Als er zehn Jahre alt war, starb sein Vater, und seine Mutter und ein Onkel nahmen sich seiner an. Seine Liebe zu den Waffen erwachte schon früh, und mit sechzehn verließ er die High-School und trat in die Marine ein. Als er zwanzig war, ging er zur Polizei, heiratete und gründete eine Familie – ›ganz wie der statistische Durchschnitt, mit einem Jungen und zwei Mädchen‹. Sonntags ging die Familie zum Gottesdienst in der Griechisch-Orthodoxen Kirche am Ort.

Aber Joseph lehnte sich bald gegen die Konventionen auf. Nach seinem Bibelstudium konvertierte er zum Glauben der Mormonen. Bald wurden seine Ansichten zu fundamentalistisch für die Kirche, und sie warfen ihn hinaus, weil der für die Polygamie eintrat. Dann – mit zweiunddreißig – nahm er Diana zu seiner zweiten Frau, knüpfte Verbindungen mit der Allred-Partei und zog zu dem Clan in Hamilton, Montana. Vier Monate später heiratete er zum dritten Mal – diesmal Margaret, eine von Rulon Allreds Stieftöchtern. Trotz dieser Bindung an die Familie brach er schließlich mit der Allred-Gruppe, weil er sich weigerte, seinen neuen Schwiegervater als Quelle aller Weisheit anzuerkennen.

Um diese Zeit verließ ihn seine erste Frau, aber es fiel ihm nicht schwer, weitere Frauen zu finden, die sein Bett teilten.

> Als ich anfing, mich für diese Sache zu interessieren, dachte ich, das schwierigste würde sein, eine Frau zu finden, die dazu bereit war. Aber verdammt noch mal, es war das leichteste. In dem Moment, als ich anfing, von meiner Bereitschaft zu dieser Lebensweise zu sprechen, erhielt ich mehr Heiratsanträge, als ich annehmen konnte. Ich brauchte nicht zum Tanzen zu gehen und den Frauen nachzujagen.
>
> Was mir vorschwebt, läßt sich in einem Satz sagen. Wenn Sie das Alte Testament verstehen wollen, dann leben Sie so,

wie man damals gelebt hat. Und so ist es geschehen. Meine erste Frau trifft ein Mädchen namens Margaret und erzählt Diana davon. Sie war zwanzig, und in dieser Gemeinschaft ist ein Mädchen mit zwanzig eine alte Jungfer. Sie lehnte die Idee der Polygamie ab, aber als sie mich sah, wußte ich, daß sie mich heiraten wollte. Sie hatte dieses Gefühl; ich nicht. Also hatte ich innerhalb von sechs Wochen drei Frauen. Etwas habe ich sehr schnell gelernt. Bei den Frauen funktioniert etwas im Kopf ganz anders, als Männer glauben – aber worin der Unterschied besteht, das weiß ich nicht.

Dann bekam ich in Montana eine Lehrerstelle. Ein Mädchen namens Pamela kommt zu mir und sagt: ›Ich habe gehört, daß Sie mehrere Frauen haben, und möchte Sie heiraten.‹ Ich sagte: ›Du bist verrückt. Du bist erst siebzehn Jahre alt. Wenn wir das tun, kriegen wir beide mächtig Ärger.‹ Endlich gehe ich zu ihr und sage: ›Hey, wenn du mich heiraten willst, laß es uns tun, wenn du achtzehn bist.‹ Sie war ein katholisches Mädchen, und sie hatte keine Probleme mit der Idee der Polygamie. Nun, der Schulvorstand feuerte mich, forderte mein Haus zurück und drohte, mich ins Gefängnis zu stecken. Sie haben mir einen Gefallen getan; ehrlich. Es war ein lausiges Haus, ein lausiger Job, ein lausiger Staat. Also haue ich so schnell wie möglich ab. Kurz, bevor ich abreiste, traf ich diese Studentin auf einer Studentenparty – Joanna. Sie bestand darauf, daß ich zwei von ihren Freundinnen aus ihrer Langeweile befreite; das waren Boudicca und Elizabeth. Also heiratete ich diese drei Mädchen sozusagen blind. Es ist okay, wenn Sie überrascht sind. Ich selbst war so überrascht, wie ich es nicht für möglich gehalten hätte.

Im Jahr 1978 – nach einem kurzen Aufenthalt in Kalifornien – bezahlten Joseph und seine Frau achtzehntausend Dollar für ein gutes Stück von Glen Canyon, einer sterbenden Stadt im südlichen Utah, die von der Regierung am Reißbrett entworfen worden war. Joseph taufte sie in Big Water um. Die Stadt selbst ist eine zusammengewürfelte Ansammlung von staubigen Straßen, Wohnwagen und Fertig-Bungalows, aber sie liegt inmitten einer der herrlichsten geographischen Formationen Nordamerikas. Surreale Türme aus rotem Sandstein ragen aus dem Wüstenboden hervor, der aus gelbem Sand und graugrünen Beifußgewächsen besteht. Durch diese Landschaft zieht sich im Zickzack der Lake Powell, eine dreihundertzwanzig Kilometer lange Verbreiterung des Colorado-Flusses, umgeben von majestätischen Felsklippen und versteinerten Sanddünen.

Für Joseph bot Big Water eine Zuflucht vor der Regierung und eine Lebensmöglichkeit für Polygamisten. »Ich dachte, ich hätte das verfassungsmäßige Recht, im südlichen Utah eine Monarchie zu gründen«, sagt er im Cowboy-Dialekt. Diese Monarchie sollte von biblischen Prinzipien regiert werden – wie Joseph sie verstand. Er ist von der Genealogie besessen und hat seine eigene Abstammung bis zu Jesus Christus zurückverfolgt. Und er hat ein Interesse an der Archäologie entwickelt. Im Jahr 1980 hielt er in Salt Lake City eine Pressekonferenz ab und verkündete eine Entdeckung, von der er behauptete, der Stein von Rosette nehme sich neben ihr wie ›Kinderquatsch‹ aus. Er hatte sich mit dem Faksimile der Deckplatte eines Sarkophags aus einer der ägyptischen Pyramiden beschäftigt und eine mathematische Formel ausgearbeitet, die eine Verbindung zwischen den Schriften von Moses und denen von Joseph Smith bewies. Er behauptete, als er diese Formel auf die Hieroglyphen angewandt hätte, habe er Informationen über Astronomie, über Jesus Christus und über die Verbindungen zwischen den Ägyptern, den Hebräern und den amerikanischen Pionieren entdeckt – so viel Wissen, daß ›die Encyclopedia Britannica neu geschrieben werden‹ müsse.

Wenn er nicht mit seinen Studien befaßt war, baute Joseph seine Familie aus. Er heiratete Dawn, seine neunte und letzte Frau, als sie achtzehn und er zweiundfünfzig war. Damals waren die beiden bereits seit neun Jahren verlobt.

Heute hat Joseph einundzwanzig Kinder, von denen mehrere

adoptiert sind. Er ist ein Waffennarr und lebt bescheiden in einem Appartment im zweiten Stock, das von geladenen Pistolen und Gewehren wimmelt. Im Parterre befindet sich eine große Versammlungshalle, in der er und rund zweihundert seiner Anhänger religiöse Feierlichkeiten abhalten, von denen die wichtigsten zu den Tagundnachtgleichen im Frühling und im Herbst stattfinden. Viele der Anhänger sind ebenso exzentrsich wie Joseph selbst. Joe Schadl zum Beispiel – ein Raketentechniker für die Hughes Aircraft im Ruhestand – behauptet, einen unwiderlegbaren Beweis dafür zu haben, daß Franklin Delano Roosevelt ermordet wurde.

Josephs neun Frauen leben vergleichsweise ruhig. Sie wohnen in einem U-förmigen Häuserkomplex. Ihre Apartments weisen insgesamt acht Küchen, neunzehn Schlafzimmer und zehn Wohnzimmer auf. Die meisten von ihnen gehen einer eigenen Arbeit nach und ziehen ihre eigenen Kinder groß. Wenn eine von ihnen mit ihrem Mann zu schlafen wünscht, läßt sie eine Nacht auf Josephs vollem Terminkalender vormerken. »Wir benutzen im Prinzip ein Verabredungssystem«, erklärt Elizabeth, die heute Anwältin ist. »Wenn ich den Freitagabend in seinem Haus verbringen will, treffe ich eine Verabredung. Ist er bereits besetzt, bitte ich um eine andere Nacht. Wenn mein Stundenplan keinen anderen Termin zuläßt, spreche ich mit der anderen Frau und einige mich mit ihr.«

Am 11. September 1987 fuhr Rock in einem Pick-up, den er sich von Roy Potter ausgeliehen hatte, auf Alex Josephs Anweisen vor. Joseph und mehrere seiner Anhänger waren eifrig damit beschäftigt, ein Gitter am Baseball-Spielfeld anzubringen, und anfangs hatte Joseph nicht viel Zeit für den Fremden. Aber seine Stimmung änderte sich, als einer seiner Söhne und ein anderer Junge mit üblen Verbrennungen aufkreuzten – die Folge eines Unfalls am Müllplatz. Rock öffnete sofort seine schwarze Medizin-Tasche und gab eine Salbe auf die Wunden. Joseph war dankbar und lud den Kanadier ein zu bleiben.

Rock stellte sich als Arzt und Prophet vor. Beide Ansprüche überraschten Joseph nicht übermäßig. »Ich erkannte, daß er verrückt war, aber dieser Staat ist voller Irrer«, sagte er später.

Bei Rock fielen besonders zwei Dinge auf. Er schien ein unverbesserlicher Angeber zu sein. Nach dem Essen am ersten Tag schaute Elizabeth vorbei, um Joseph und Rock zu begrüßen, die in ihrem Büro saßen. Als sie den Kopf in die Tür steckte, begann Rock damit zu prahlen, wieviel Geld er besäße. Ohne mit der Wimper zu zucken, ließ er die Hose herunter und zog eine Geldtasche aus einem Leopardenfell-Slip hervor. »Hier, verwahren Sie das für mich«, sagte er und legte die Geldtasche auf den Schreibtisch. »Es sind zehntausend Dollar darin.« Joseph, der der Meinung war, daß jeder sich um seine eigenen Dinge kümmern sollte, lehnte es ab, etwas mit dem Geld zu tun zu haben. Elizabeth gewann den Eindruck, daß Rock versuchte, sich selbst darzustellen, und faßte sofort eine Abneigung gegen ihn.

Elisabeth' Ahnung sollte sie nicht trügen. Damals, in Salt Lake City, hatte Potter dem angeberischen Rock vertraulich mitgeteilt, Joseph sei zwar ein vollendeter Polygamist, aber er habe bei dreien seiner Frauen Schwierigkeiten, sie zu schwängern. Nach dem ersten Abendessen versuchte Rock immer wieder, den vollendeten Patriarch herauszukehren, indem er sich in einer ausführlichen Beschreibung der sexuellen Praktiken erging, mit deren Hilfe Joseph seine Frauen schwängern könne. »Es ging ihn nichts an«, erinnerte Joseph sich. »Wir hatten den Burschen erst drei Stunden zuvor kennengelernt, und er sagte: ›Also, heute abend komme ich mit in euer Schlafzimmer und zeige euch, wie man es macht.‹ Es war wie ein Bargespräch, und so was höre ich nicht gern in meinem Haus.«

Zu seinem Glück verhielt sich Rock für die restliche Zeit seines Besuchs manierlicher. Er tauschte mit Joseph Geschichten über ihre Begegnungen mit den Behörden aus und sprach über die Eifersucht unter seinen Frauen und fragte Joseph, ob er ihm einen Tip geben könne, wie sich das Verhältnis der Mitglieder seiner Familie untereinander verbessern ließe.

Das war das Stichwort für Joseph. Er sagte, wenn Rock Hilfe brauche, würde er ihm mehrere Stunden ungeteilter Aufmerksamkeit widmen. Als Rock zustimmend nickte, erläuterte Joseph ihm ausführlich sein religiöses Programm. Die erste Stufe bestand in einer Taufzeremonie im Lake Powell, in deren Verlauf der Getaufte versprechen mußte, daß er gemäß den Lehren Jesu Christi – der nach Joseph mehrere Frauen hatte – leben wolle. Wer der Gemeinschaft Josephs beigetreten war, wurde aufgefordert, eine Fahne als Symbol für den Klan seiner Vorfahren zu entwerfen und zu führen. In der Versammlungshalle von Big Water gab es mehrere Dutzend solcher Fahnen. Josephs eigene Standarte wies blaßblaue und weiße Streifen und ein sorgfältig ausgeführtes Wappen mit einem Schlüssel, einem Zweig, einem Kandelaber und einem weißen Stier auf.

Aber diese beiden Dinge waren erst der Anfang. Um vieler Frauen wert zu sein, mußte ein Mann rechtschaffen sein und sich aufrichtig und geduldig bemühen, für seine Familie zu sorgen.

Als Joseph erfuhr, daß Rock offiziell nur eine seiner Frauen geheiratet hatte, drängte er ihn, seine Ergebenheit den übrigen gegenüber ebenfalls formal zu bekräftigen. Dies konnte durch den von Joseph entworfenen Standard-Ehevertrag geschehen, der bei Hunderten von Zeremonien benutzt worden war. Anders als die meisten Ehen, die endeten, sobald eine der beiden Parteien starb, galten Josephs Verträge für alle Ewigkeit. In der Tat ließen sie sich sogar dazu verwenden, verstorbene Vorfahren miteinander zu verheiraten und somit die ehelichen Bindungen zwischen Paaren zu erneuern, die sich zu Lebzeiten getrennt hatten. »Wir schließen diese Ehen zwischen Toten regelmäßig. Sobald wir einen Familien-Stammbaum aufgezeichnet haben, vollziehen wir die Ehe für alle Paare.« Joseph selbst hatte die Ehezeremonie für jeden einzelnen seiner direkten Vorfahren – die er neunhundert Jahre weit bis in die Zeit Wilhelms des Eroberers zurückverfolgt hatte – ausgeführt.

Sobald die Familiengeschichte erst in Ordnung gebracht war, war man geeignet, die Verantwortung für das höchste Amt in

Josephs religiösem Programm zu übernehmen. Dann konnte man theoretisch zum König geweiht werden. In der Praxis hat es allerdings nur eine Handvoll ausgesuchter Männer jemals so weit gebracht.

Rock war von Josephs Lehren stark beeindruckt. Als er nach seinem fünftägigen Aufenthalt in Big Water nach Salt Lake City zurückfuhr, um ein Flugzeug nach Toronto zu bekommen, schwirrte ihm der Kopf vor neuen Ideen.

DER ZORN GOTTES

In gewisser Hinsicht waren die Kinder das letzte Bindeglied zwischen Thériaults Kommune und der Gesellschaft gewesen. Als sie die Kinder verloren, wurden sie alle sehr niedergedrückt. Ich erinnere mich, damals gesagt zu haben, daß alles in eine Katastrophe einmünden würde. Als ich hörte, was später geschehen war, überraschte mich das nicht.

Martine Miljkovitch

Während der zweiundzwanzig Monate langen juristischen Schlacht um die Kinder der Kommune sagten viele Leute viele häßliche Dinge über Martine Miljkovitch. Aber als es darum ging, die Folgen der Fortnahme der Kinder auf Rocks gepeinigte Psyche vorauszusagen, lag sie völlig richtig.

Der bärtige Kommunenführer, der die Einheimischen mit seinen hochgesinnten Reden über Gott und das natürliche Leben beeindruckt hatte, wurde rasch eine Bedrohung für die Öffentlichkeit.

Einer der meisterwähnten Vorfälle hatte sich drei Monate vor seinem Ausflug nach Utah, in den frühen Morgenstunden am Samstag, den 6. Juni 1987, ereignet. Um etwa 2 Uhr wurde die Polizei zu einer Bar – der Victoria County Feed Company – gerufen. Nach den Worten des Berichterstatters hatten die Polizisten dort Ärger mit ›vier Manson-Typen, die niemanden aus der Bar herauslassen wollen.‹

Die ›vier Manson-Typen‹ erwiesen sich als Rock, Jacques, Claude und Solange. Sie waren gekommen, um einen Streit mit Jay Lapantina auszutragen, dem Inhaber der Bar. Lapantina hatte ein paar Wochen zuvor drei von Rocks Frauen angeheuert, die Bar jeden Morgen nach ihrer Schließung sauberzumachen. Er hatte versprochen, sie jeweils nach der Arbeit bar auszuzahlen. Als Lapantina nicht erschien, um die Angelegenheit zu bereinigen, nahm Rock die Sache in die Hand. Er besetzte den Bareingang und weigerte sich, die Gäste hinauszulassen, bis er sein Geld bekam.

Die Polizisten brauchten nicht lange, um die Lage in den Griff zu bekommen. Sie trieben die vier Unruhestifter in ihren roten Datsun Pick-up und wiesen Rock an, umgehend nach Hause zu fahren. Um sicherzugehen, daß diese Anordnung auch befolgt wurde, begleiteten die Constables Malcolm Quigley und Jeff Simpkins den Wagen bis in den Stadtrand – wo Rock plötzlich scharf wendete und unmittelbar auf Lapantinas Haus in der Grove Road zuhielt. Quigley verfolgte das Fahrzeug und rief über Funk Verstärkung.

Bei der Wohnung Lapantinas sprang Rock aus dem Wagen und rannte mit einem Hirschfänger bewaffnet auf die Haustür zu. Quigley und Simpkins setzten sich handgreiflich mit Jacques und Claude auseinander, während zwei weitere Polizisten zum Haus liefen. Im Haus ließ Rock sich auf den Boden fallen, schlang die Arme um das Bein eines Billardtisches und weigerte sich, loszulassen. Ein paar Schläge mit dem Gummiknüppel machten ihn rasch gefügig.

Endlich führten die Polizisten Rock in Handschellen hinaus, wo er zusammenbrach und dramatisch zu husten und zu keuchen begann. »Mein Herz, mein Herz«, rief er. Jacques ging mit fliegenden Fäusten auf die Polizisten los. Solange und die beiden übrigen Frauen gesellten sich hinzu und stießen die Polizisten und schrien.

»Dort ist derjenige, der mich geschlagen hat«, schrie Rock.

Nach dem Polizeibericht bezeichnete Solange einen der Polizisten als ›Hund‹ und einen anderen als ›kaltherzigen Hurensohn‹. Demjenigen, den Rock beschimpft hatte, spie sie ins Gesicht.

Sobald die Polizisten Solange Handschellen angelegt hatten, wurde sie zahm. »Es tut mir leid«, sagte sie mit zaghafter Stimme.

Inzwischen war eine Ambulanz eingetroffen und die Sanitäter überprüften Rocks Zustand. Sein Herz schlug kräftig, und der Puls betrug achtundachtzig Schläge pro Minute. Aber als die Sanitäter seinen Blutdruck messen wollten, beugte der muskulöse Vierzigjährige den Arm und vereitelte ihre Bemühungen. Inzwischen waren sechs Polizisten versammelt. Gemeinsam nötigten sie Rock auf den Rücksitz seines Streifenwagens. Er brüllte und schrie, er könne nicht gehen und habe in den Beinen kein Gefühl mehr. Als sie endlich auf der Fahrt nach Lindsay waren, beschimpfte Rock die Polizisten auf französisch und englisch und klagte darüber, einen Herzanfall zu haben.

Als er erkannte, daß er auf diese Weise nicht weiterkommen würde, versuchte Rock es auf eine subtilere Art. »Ich werde mir gleich in die Hose scheißen, ihr Bastarde«, stieß er hervor.

In der schmucklosen Prosa des Polizeiberichts wurde ›Thériault davon abgeraten, aber er tat es trotzdem‹. Die Polizisten verzogen die Gesichter und kurbelten hastig die Fenster herunter.

Bei Lapentina drängten inzwischen vier weitere Polizisten die Kommunenfrauen aus dem Haus. Die Frau des Barbesitzers wollte Frieden stiften und rief hinter ihnen her: »Ruft mich morgen an.«

»Was?« unterbrach Lapantina sie. »Bist du verrückt? Sie werden niemals mehr herkommen.«

Als die anderen Polizisten am Krankenhaus ankamen, sahen sie sich vor die unvermeidbare Aufgabe gestellt, den übelriechenden Messias zu einem Rollstuhl zu tragen und in die Notaufnahme zu fahren. Der diensthabende Arzt untersuchte den Patienten so rasch wie möglich und erklärte ihn für gesund. Rock verbrachte den Rest der Nacht wegen unerlaubten Eindringens in einen Privatbesitz und Widerstand gegen die Polizei im Gefängnis von Lindsay. Später erklärte er sich der Störung als schuldig und erhielt eine Geldbuße in Höhe von fünfundsiebzig Dollar sowie Bewährungsfrist von sechs Monaten aufgebrummt. Der Richter wies ihn an, den Alkohol zu meiden und sich von Fenelon Falls fernzuhalten.

Etwa einen Monat später begann Rock, eine der Pflegefamilien anzurufen und sie nach dem Mädchen auszufragen, das sie bei sich aufgenommen hatten. Wie Robert de Niro in dem Film *Cape Fear* baute er allmählich eine Freundschaft zu der einundzwanzigjährigen Tochter der beiden auf, einer klugen und leicht beeindruckbaren Krankenpflegestudentin. Sie erinnerte Rock an Chantal, wie sie gewesen war, als er sie zum ersten Mal traf; scheu und verletzlich. »Anfangs schien er richtig nett«, sagte Virginia McIntyre später der Polizei gegenüber aus. »Dann fing er an, mir zuzureden, daß ich mein Zuhause verlassen und seiner Kommune beitreten solle. Er sagte, meine Eltern seien böse.«

Nicht lange darauf unterstützten drei von Rocks Frauen ihn in dieser Hinsicht. Ständig riefen sie Virginia an, machten sich auf der Straße an sie heran oder suchten sie in der Schule auf. Immer wieder redeten sie ihr ein, daß sie wahres Glück nur mit Hilfe von Moses finden könne.

Virginia war verwirrt. Rock und die Frauen waren zwar freundlich, aber irgend etwas schien ihr nicht in Ordnung zu sein. Höflich wies sie ihre Anträge ab. Als sie darauf nicht eingingen, bat sie darum, alleingelassen zu werden.

Zwei Wochen nach dem Beginn des Unterrichts in diesem Herbst ging Virginia in die Cafeteria, um einen Kaffee zu trinken. Plötzlich packte eine haarige Hand sie an der Schulter. Rock hatte auf sie gewartet. »Das hier ist ein verdorbener Ort, und Sie sind ein böses Mädchen gewesen«, knurrte er. »Wenn Sie die Schule nicht verlassen und zu uns kommen, werden Sie es bereuen.« Virginia wand sich aus seinem Griff und lief nach Hause. Ihre Eltern riefen die Polizei, aber Virginia bat sie darum, keine Klage zu erheben.

Die Anrufe hörten nicht auf. Der Rechtsanwalt der McIntyres schickte Rock eine Aufforderung, seine Belästigung zu unterlassen, aber das schien die ganze Geschichte nur noch schlimmer zu machen. Eines Montag abends Anfang November rief ein Mann mit starkem, französischem Akzent Virginia an und stellte sich als ›Bill‹ vor.

»Er sagte, er wünsche, nicht länger von dem Anwalt oder der Polizei belästigt zu werden«, sagte Virginia bei der Polizei aus, »sonst würden ich oder meine Mutter früher dem Todesengel begegnen, als wir glaubten.«

Die Belästigungen dauerten an. Virginia ging im Dezember zur Polizei und erwirkte eine Verfügung, die Thériault und seinen Anhängern verbot, mit ihr Kontakt aufzunehmen. Eine Woche nach Neujahr erhielt sie einen Anruf von einem Mann, der ebenfalls einen französischen Akzent, aber eine andere Stimme hatte. Er sagte, sein Name sei Fred. »Lassen Sie die Verfügung aufheben«, sagte er, »sonst unterzeichnen Sie Ihr eigenes Todesurteil.«

Inzwischen war Virginia sicher, daß ihr Leben bedroht war. Sie bat den Kronanwalt, die Angelegenheit fallenzulassen, aber er war entschlossen, weiterzumachen.

Gegen Ende März – eine Woche, bevor der Fall vor Gericht kam – saß Virginia im Aufenthaltsraum des College, als das Wandtelefon zu läuten anfing. Sie hob ab und erkannte sofort Rocks Stimme. »Sie sagen dem Kronanwalt lieber, daß alles, was Sie gesagt haben, gelogen war, ansonsten verlassen Sie am Mittwoch besser die Stadt«, sagte er.

Am 6. April verhaftete die Polizei Rock wegen Behinderung der Justiz. Virginia hörte nie wieder von ihm.

Mitte Mai hatte die Kommune einen Gast. Dr. Groesbeck, der berühmte Psychiater aus Utah, flog nach Toronto, mietete einen Wagen, fuhr nach Burnt River und kam am Freitag an.

Rock war stolz wie ein Pfau, einen so bedeutenden Gelehrten zu Gast zu haben. Er wies alle an, sich zur Begrüßungsfeier in Schale zu werfen. Jacques stand in einem schlechtsitzenden Jackett und mit Krawatte an der Tür und hielt Rocks jüngste Schöpfung in der Hand, eine Flagge der Kommune – durch Alex Josephs Sammlung von Familienbannern inspiriert. Sie wies senkrechte rote, gelbe und blaue Streifen auf, einen Halbmond und die grobe Wiedergabe eines Bären, der mit den Tatzen einen Bienenkorb bearbeitete. Das Ganze wirkte wie das gemeinsame Produkt eines Haufens mäßig intelligenter Kindergartenkinder. Groesbeck bezeichnete es als ›wundervoll‹.

Am folgenden Abend gab Rock eine Party für den Doktor. Er wollte Groesbeck zeigen, wie bedeutend er war, und lud ein bekanntes, hiesiges Paar ein, ihnen auf ein paar Drinks Gesellschaft zu leisten. Murray Robinson war Friedensrichter. Er und seine Frau Margaret besaßen auch ein paar kleine Mietshäuser in der Umgebung, und vor einigen Jahren hatten die beiden einige Mitglieder der Kommune für verschiedene Arbeiten angeheuert. Rock stellte Robinson mit den Worten ›mein guter Freund, der Richter‹ vor.

Margaret Robinson sagte später über den Doktor aus Utah: »Er sagte immer wieder, er würde ein Buch über Rocks Leben, die Kommune, die Polygamie und all das schreiben. Er schien von allem begeistert zu sein.«

Aber die Robinsons blieben nicht lange. Sie waren über Rocks jüngste Scharmützel mit der Polizei informiert und dachten, daß es nicht gut wäre, wenn sie zu lange bei ihm blieben.

Groesbeck hingegen wurde nicht müde, Rocks Leistungen zu loben und sich grandiose Entwürfe zukünftiger psychiatrischer Kliniken auf dem Grundstück auszudenken. Er sprach darüber, seine beiden Praxen in den Staaten zu schließen und zu seinen neuen Freunden zu ziehen. Rock drehte sich der Kopf. Er hatte Visionen von sich selbst als Direktor der berühmtesten psychiatrischen Anstalt der Welt. Das wäre gewiß besser, als Ahornsirup zu zapfen. Mit Dollarzeichen in den Augen achtete er darauf, daß der wichtige Mann gut behandelt wurde, und wies seine Frauen an, Groesbeck Massagen zu geben und ihn vorn und hinten zu bedienen.

Groesbeck reiste nach vier Tagen wieder ab. Am 1. Juni schickte er einen Dankesbrief in die Kommune.

Lieber Rock,
es ist eine Woche her, seit ich Dich besucht habe, und ich denke immer noch über meinen bemerkenswerten Aufent-

halt bei Euch nach. Mir fehlen die Worte, um meine Dankbarkeit für Deine Großzügigkeit, Freundlichkeit und Gastfreundschaft auszudrücken . . .

Aber das tiefe Gefühl von spiritueller Kameradschaft und Freundschaft geht noch darüber hinaus, und ich muß zugeben, daß Du mein Leben zutiefst berührt hast . . .

Hier in Sacramento, wo meine Praxis ist, wieder mit all dem konfrontiert zu werden, was die Menschen hier so treiben, ließ mir das Leben in der Stadt noch belangloser erscheinen, als ich an Dein Leben in den Wäldern dachte. Ich sagte zu mir selbst: »Wenn ich ständig hier leben müßte, würde ich bestimmt alles verkaufen und mich Deiner Gruppe bescheidener Arbeiter oder in einer Funktion zugesellen, die ich ausfüllen könnte.« Das Leben in den Wäldern wäre weitaus besser als irgendeine Verrücktheit, die in der Stadt möglich ist.

Es gibt hier ein paar Dinge, die einen versöhnen, zum Beispiel meine Arbeit . . . Ich fühle, daß ich in Kontakt mit der Natur bin, wenn ich die Seele eines Menschen berühre; ebenso, wie Du es spürst, wenn Du in Kontakt mit Tieren und Bäumen bist.

Sehr seltsam ist, daß mir letzte Woche in einem Supermarkt in Sacramento die Brieftasche gestohlen wurde. Das hat mich so verstört, daß ich wieder einmal über den Kontrast zwischen hier und der Wildnis denken mußte . . .«

Den ganzen Sommer über ging Rock wegen der Klage, die Justiz behindert zu haben, im Gericht ein und aus. Die meisten Leute, die mit dem Gesetz in Konflikt gekommen sind, sind zumindest bestrebt, sich keine neuen Probleme aufzuhalsen – aber Rock war nicht wie die meisten Leute. Sein neuestes Ziel war Jean-Marc Martin, ein Nachbar. Martin war ein Kanubauer, der sich wie ein Holzfäller kleidete und nebenbei Französisch unterrichtete. Er trug einen Pfeffer-und-Salz-Bart und hatte Augen, die sich zu Schlitzen verengten, wenn er lachte.

Rock kannte Martin seit 1984. Damals hatte Martin der Gruppe tausend Dollar geliehen, um ihnen durch den ersten Winter in Ontario zu helfen. In einem seltenen Anfall von Vertrauenswürdigkeit hatte Rock das Geld auch tatsächlich zurückgezahlt. Später gab Martin dem Anführer der Pioniere Schlafsäcke, ein Butterfaß, einen Rahmseparator und andere Gerätschaften. Rock dankte ihm für seine Geschenke, indem er ihm geräucherte Fische und Feuerholz sandte.

Im August 1988 reiste Rock nach Paris, in der Hoffnung, einen Verleger für seine Autobiographie zu finden. Sein Plan schlug fehl. Er stieg in einen Zug und reiste zwei Wochen lang durch ganz Frankreich. Nach seiner Rückkehr nach Burnt River fuhr er mit dem schrottreifen Armee-Jeep der Kommune bei Martin vor, begleitet von Gabrielle und Jacques. Er trug ein Geschenk aus Übersee bei sich – eine Flasche zollfreien Grand Marnier. Martin erinnert sich: »Meine Freundin war da, und ich holte fünf Gläser, so daß wir alle einen Drink nehmen konnten. Ein Glas führte zum nächsten. Wir alle waren in Feierstimmung, aber später bekam ich Streit mit Gabrielle, weil sie mir nicht gesagt hatte, daß Rock keine scharfen Sachen vertrug. Der Grand Marnier war bald verschwunden, daher wies Rock bald Jacques an, zum Jeep zu gehen und zwei Kästen Bier zu holen. Wir unterhielten uns, und dann klagte meine Freundin über ihren Rücken. Ich habe vergessen, was genau passierte, aber Rock probierte eine Art chiropraktische Behandlung bei ihr. Sie lag auf dem Bauch und die Behandlung tat ihr weh. Jacques hielt sie nieder und Gabrielle half irgendwie. Der Schmerz hörte auf, aber ich konnte sehen, daß Thériault die Kontrolle über sich verlor – er weinte und machte weiter.

Ich wurde so besorgt, daß ich mein Mädchen nach Hause schickte. Ich vermute, das brachte Thériault auf. Er packte mich und schüttelte die Faust vor meinem Gesicht. Jacques bat ihn, mir nichts zu tun. Wir gingen hinaus. Es war schon dunkel. Thériault schrie und machte Geräusche wie ein Tier. Er packte mein Handgelenk und versuchte, mich in seinen Jeep zu zerren. Wir kämpften ein bißchen, und ich schaffte es, mich zu befreien. Er sagte, er wolle, daß ich mitkäme, um Solange zu sehen. Weshalb wollte er, daß ich sie sah? Er forderte Jacques und Gabrielle auf, ihm zu helfen, mich in den Jeep zu zerren, aber ich lief in den Wald davon. Ich hörte immer noch Lärm. Thériault schrie etwas auf französisch. Später stellte ich fest, daß er meinen aufgebockten Lada mehrmals gerammt hatte. Er war von den Böcken gefallen.

Als ich aus dem Wald kam, stieß ich auf Gabrielle und Jacques. Sie hatten sich ebenfalls im Wald versteckt. Sie hatten Angst und blieben über Nacht in meiner Werkstatt. Als ich sie am nächsten Morgen nach Hause fuhr, fanden wir den verlassenen Jeep unterwegs im Straßengraben. Jacques und Claude kamen später zurück, um ihn zu holen. Sie halfen mir, den zertrümmerten Lada wieder aufzubocken. Claude sagte mir, Rock bedaure, was vorgefallen war, und würde mir einen neuen Wagen kaufen. Ich hatte genug von Thériault und wollte ihn nie wiedersehen.«

Was Rock außerhalb der Kommune anstellte, war ein Kinderspiel verglichen mit dem Schrecken, den er über seine Anhänger brachte.

Seine sinnlosen Gewaltausbrüche waren seit einem Jahrzehnt immer stärker geworden. Wenn Rock betrunken war, brauchten seine Anhänger ihn nur auf die falsche Art anzuschauen, um seinen Zorn auf sich zu ziehen. Moses begab sich in solchen Fällen zu seinem Sanktuarium, um seinen Gott zu Rate zu ziehen – die Gottheit, die er gern den Herrn über Leben und Tod, den Guten und Bösen Schöpfer nannte.

Wenn er zurückkam, war Wahnsinn in seinem Blick. Er raste vor Zorn über seine ungetreuen und verderbten Untergebenen und sprach darüber, wie grausam und entsetzlich der Tod der Ungläubigen sein würde. Satan und seine Armee von Dämoninnen würden sie über einer offenen Feuergrube rösten. Die Würmer würden aus der Hölle gekrochen kommen und sich an ihrem köstlichen Fleisch mästen.

»Denkt ihr, ihr könntet mit dem Herrn rechten?« herrschte er sie an. »Wenn einer es wagt, Moses und seine Beschlüsse anzuzweifeln, ist es genau, als würde er sich Gott widersetzen. Ihr könnt dem Zorn des Vaters nicht entkommen.«

Laut Claude brauchte Rock nicht mehr als vier oder fünf Flaschen Bier, um gewalttätig zu werden und entsetzliche Dinge anzustellen.

Einmal leerte Rock eine ganze Flasche Cognac. Aus einem Grund, an den sich angeblich niemand erinnern kann, regte er sich über Claude auf und beschloß, ihn zu bestrafen, indem er ihm eine elastische Schnur fest um die Hoden band. Claude ließ die Schnur gehorsam dort, wo sie war. Am nächsten Morgen war sein Skrotum zur Größe einer Orange angeschwollen und hatte sich blau und purpurn verfärbt.

Einen Monat später schaute Claude beim Wasserlassen nach unten und bemerkte, daß einer seiner Hoden entzündet war.

»Er fühlte sich taub an«, sagte Claude. »Ich lief fort und versteckte mich in einem Kühlschrank. Aber Rock trank wieder und beschloß, eine seiner Operationen auszuführen. Er war betrunken und suchte mich. Ich lief in ein kleines Nebenhaus, aber Rock stieg in den Jeep und fuhr immer wieder gegen die Hütte, bis ich herauskam.«

Moses befahl Boaz, sich auf den Boden zu legen. Die übrigen mußten seine Arme und Beine festhalten. Der Kommunenführer schnitt Claudes Skrotum mit einem Rasiermesser auf und holte die infizierte Hode mit den Fingern heraus. Dann kauterisierte er die Schnittwunde mit einem rotglühenden Eisen.

»Überall war Blut«, sagte Claude. »Ich hatte danach beim Gehen Schmerzen.«

Aber Rock war noch nicht fertig. Sobald die Operation beendet war und Claudes Schreie verstummten, stimmte er darüber ab, ob Claude gesteinigt werden solle, weil er den Höchsten Herrn beleidigt hatte. Barmherzigerweise wurde der Antrag abgelehnt. Dann ergriff Rock einen Azetylen-Schweißbrenner und kündigte an, er wolle sich Claudes Magen von innen anschauen. In dem entstehenden Aufruhr gelang es Claude, sich aufzurappeln. Er schwankte in den Wald, um sich zu verstecken, bis Rock wieder nüchtern geworden war.

Als die Attacken immer häufiger wurden, gewöhnten Claude, Gabrielle und die übrigen, die Ziele von Rocks Zorn wurden, sich an, von der Kommune zu fliehen. Oft versteckten sie sich tagelang ohne Nahrung und Unterkunft im Busch. Ein paar der Frauen fuhren per Anhalter zu einem Frauenhaus in Fenelon Falls oder Petersborough, das fünfzig Kilometer südöstlich von Burnt River lag. »Ich erinnere mich, daß einmal eine Frau hergekommen ist, die aus der Kommune fortgelaufen war«, sagte eine freiwillige Helferin, die 1987 einige Monate lang im Frauenhaus in Peterborough gearbeitet hatte. »Sie war schwer verletzt, und man konnte sehen, daß sie erschrocken war. Aber sie wollte nicht sagen, was geschehen war. Ich dachte mir, daß sie jemanden schützen wollte. Sie sagte, ihr Heim sei kein angenehmer Ort.«

Gisèle lief am häufigsten fort. Sie verbrachte so viel Zeit in einem Versteck im Busch – erschauernd und zitternd wie ein verwundetes Kaninchen –, daß sie stapelweise Decken in ihr Versteck trug. Sie lernte den Winter hassen, weil die dünnen Wolldecken sie nur unzureichend vor dem heulenden Wind und dem stiebenden Schnee in den schlimmen Tagen des vier Monate dauernden Winters in Zentral-Ontario schützten. Wenn Rock den Gipfel seines Wütens erreicht hatte, erbettelte oder borgte sie sich Geld, um den Bus nach Quebec nehmen zu können, wo sie Zuflucht bei ihren Eltern finden konnte. Nach ein paar Tagen oder eine Woche rief Rock im Haus ihrer Eltern an und vereinbarte mit ihr, daß er sie abholte und in die Kommune – ihre ›wahre Familie‹ – zurückbrachte. In den folgenden Wochen benahm Rock sich vorbildlich.

Aber dann trank er wieder, und Gisèle wußte, daß die Strafe sie ereilen würde.

Bei einer dieser Gelegenheiten warf Rock ein Jagdmesser durch den Raum nach ihr. Die Klinge drang siebeneinhalb Zentimeter tief in ihren Oberschenkel ein. Das Messer fiel auf den Boden, und Blut schoß aus Gisèles Bein. Er sagte, die Wunde würde sie hindern, fortzulaufen und ihrem Ehemann Schande zu machen. Dann ging er zu Bett.

Jacques versuchte, die Blutung zu stoppen, indem er Gisèle ein Handtuch ums Bein wand. Ein massives Blutgerinsel ließ Gisèles Oberschenkel zur Größe eines Footballs anschwellen. Gisèle hatte das Gefühl, als sei ihr Bein gebrochen.

Zwei Stunden später wurde Rock wach. Er war immer noch betrunken. Er starrte mit blutunterlaufenen Augen auf die Verletzung und beschloß, sie zu behandeln. »Seine Behandlungsmethoden glichen denen eines Metzgers. Er sprang sehr grob mit seinen Patienten um. Er packte mein Bein und beugte es, zwang das Blut, aus dem Schnitt hervorzuschießen. Der Schmerz war unerträglich. Dann wies er jemanden an, eine Feile zu holen, die Ähnlichkeit mit einem großen Nagel hatte, und sie ins Feuer zu legen, so daß sie rotglühend wurde. Alle halfen mit, mich auf dem Boden festzuhalten. Er stach mit der Feile in mein Bein, und ich schrie – ich versuchte, die anderen von mir abzuschütteln. Aber Rock war immer noch nicht zufrieden. Er kochte Wasser zwanzig Minuten lang und forderte Gabrielle auf, es in den Schnitt zu gießen. Sie zitterte und schüttete drei Tassen voll kochenden Wassers auf mein Bein. Der Schmerz war so ungeheuerlich, daß ich aufhörte, zu schreien. Ich wurde zweimal ohnmächtig. Als ich zu mir kam, erkannte ich nicht, wer um mich stand. Es war, als befände ich mich in einen Konzentrationslager.«

Nachdem Rock zu Bett gegangen war, bat Gisèle zaghaft Jacques, sie per Motorschlitten ins Krankenhaus zu bringen. Aber Jacques weigerte sich, weil er befürchtete, daß der Lärm des Motors Rock aufwecken würde. Gisèle blieb nichts anderes übrig, als zu beten, daß ihr Bein heilen würde, damit sie wieder gehen könnte.

Aber ihr Bein infizierte sich erneut und schwoll an; also

beschloß Rock mehrere Wochen, nachdem er das Messer geworfen hatte, eine weitere, schmerzhafte Behandlung. Er mischte Salz mit Olivenöl und massierte das ganze zwei Stunden lang mit den Fingern in die Wunde ein. Dann verteilte er Fichtenharz über die offene Verletzung und verband das Bein.

Gisèle hinkte einen Monat lang herum und übte Gehen, damit sie wieder entkommen konnte. Aber dann kam der Frühling, und der Ahornsaft begann zu rinnen. Gisèle kämpfte ihre Schmerzen nieder und arbeitete hart, während die übrigen die Ahornbäume anzapften und eimerweise Saft davontrugen, damit Rock sie nicht der Faulheit bezichtigen konnte. Eines Tages war Rock nach Toronto gegangen, um Vorräte einzukaufen. Gisèle humpelte am Stock zur Straße. Die übrigen riefen hinter ihr her, sie solle zurückkommen. Aber sie wußte, wenn sie umkehrte, würde einer von ihnen bestimmt Rock von ihrem Fluchtversuch berichten. Also fuhr sie per Anhalter zu einem Frauenhaus in der Nähe. Sie hatte daran gedacht, ein Krankenhaus aufzusuchen, fürchtete aber die Fragen der Ärzte, wie sie an diese Verletzung gekommen sei.

»Nach einigen Tagen ging ich zurück«, sagte Gisèle später. »Ich ging jedesmal zurück, weil mein Kopf mir sagte, daß ich bei meinem Mann bleiben müsse. Auch die anderen in der Gruppe brauchten mich.«

In der Folge nahmen Rocks Anfälle von Gewalttätigkeit stetig zu. Er verübte so viele entsetzliche Grausamkeiten, daß die Kommunenmitglieder nach einer Weile jedes Gespür dafür verloren. Sie wußten nur mit Sicherheit, daß Rocks Gott wütend auf sie war. Er mußte es einfach sein – weshalb würde Rock sonst derartige Scheußlichkeiten begehen?

Die Liste mit den Anklagepunkten, die später von der Polizei aufgestellt wurde, war eine Litanei des Schreckens.

Einmal mußte Gabrielle die arme Josée fest umarmen, während Rock den Azetylen-Schweißbrenner anzündete und die

Flamme über Josées Rücken und Schultern spielen ließ, bis ihre Haut Blasen warf.

An dem Tag, als sie ihr erstes Kind zur Welt brachte, einen Sohn, hielt Rock den Schweißbrenner auf Nicoles Bauch.

Er schlug Jacques mit dem stumpfen Ende eines Beils vor die Stirn und zerschmetterte ihm die Rippen mit einem hölzernen Knüppel.

Er boxte Rock Jr. ins Gesicht, weil er sich weigerte, gegen seinen Bruder Francois zu kämpfen.

Er trat Nicole in den Magen, als sie im dritten Monat schwanger war, so daß sie eine Fehlgeburt erlitt.

Er feuerte eine Kugel durch Nicoles rechte Schulter.

Einmal schleuderte er Gisèle auf den Boden und trat ihr mit seinen stahlkappenverstärkten Arbeitsschuhen vor den Kopf und brach ihr mehrere Rippen.

Einmal nahm er Claudes rechten Fuß in die Hand und renkte ihm jede Zehe einzeln aus.

Er schlitzte Claude mit einer Glasscherbe den linken Arm von der Schulter an auf.

Er brach Claude elf gesunde Zähne mit einer Zange aus.

Einmal befahl er einer der Frauen, Claude zweimal mit dem Vorschlaghammer auf das Bein zu schlagen, bis es brach.

Er quetschte Gabrielles und Gisèles Brustwarzen in einen Schraubstock, bis sie bluteten.

Er wies Jacques an, Claude die Handgelenke und Knöchel hinter dem Rücken zu fesseln und ihn in eine Stunde lang an einem Balken aufzuhängen.

Einige seiner Frauen mußten Claude die Schamhaare einzeln herausreißen.

Er goß Claude kochendes Wasser über Schultern und Rücken.

Einmal hob er Claude hoch und setzte ihn auf einen heißen Ofen, so daß sein Gesäß verbrannte.

Er prügelte das Arbeitspferd der Kommune – ein belgisches Kaltblut – mit Ketten zu Tode und befahl Claude, den Kadaver zu verbrennen.

Er zwang Claude, menschliche Exkremente zu essen.

Er befahl Claude, als Bestrafung dafür, daß er bei der Hausreinigung eine Maus übersehen hatte, in das tote Nagetier zu beißen.

Er schlug Solange so heftig in den Nacken, daß sie das Bewußtsein verlor.

Er feuerte eine .22er-Kugel auf Claude, die seinen Kopf streifte.

Einmal befahl er Nicole und Chantal, Gabrielle auf dem Boden festzuhalten, während Jacques ihre rechte Hüfte mit dem Vorschlaghammer bearbeitete.

Er klemmte Gabrielle die rechte Hand in eine Schraubstock der Sägemühle ein und zog an, bis sie schrie.

Er schlug Gabrielle mit seinem Gürtel ins Auge.

Er gab Gabrielle eine mit einer nicht bekannten Substanz gefüllten Spritze in den Rücken und bewegte die Nadel, bis sie abbrach. Die Spitze ließ er in ihrem Fleisch stecken.

Der Katalog der Gewalttätigkeiten in den Polizeiakten setzte sich noch endlos lang auf diese Art fort. Ob sich jede einzelne dieser Scheußlichkeiten tatsächlich ereignete, kann niemals bewiesen werden, weil sie nie vor Gericht gelangten.

Keines der Opfer Rocks machte ihn für die Verletzungen verantwortlich. Er befolgte einfach nur die Anweisungen des Herrn. Rock nannte es das Gesetz ›Gleiches mit Gleichem‹ – sie hatten gesündigt und mußten bestraft werden. Wenn Rock sie schlug, mit dem Messer stach oder auf sie schoß, geschah dies nur, um ihre Körper von Satan zu befreien. Er half ihnen. Denn wie Moses selbst erklärt hatte, wurden Menschen, die zu Lebzeiten nicht gelitten hatten, niemals in den Himmel aufgenommen.

Wenn er nüchtern war, verwandelte sich Rock in einen Engel des Erbarmens. »Er hat sich hinterher immer um uns gekümmert«, sagte Claude. »Meine Verbrennungen zum Beispiel wurden gut behandelt. Er sorgte auch in anderen Dingen sehr gut für mich.«

Je abscheulicher Rocks Taten wurden, desto mehr verehrten

seine Anhänger ihn. Manchmal schrieben sie ihm nach seinen Wutanfällen sogar Briefe, in denen sie ihn ihrer Liebe zu ihm versicherten und beteuerten, daß sie das Geschehene nicht persönlich nahmen.

»Guten Tag, Moses, mein Meister,
ich hätte gern gestern abend zu Dir gesprochen, aber ich denke, es ist besser, über diese Dinge zu schreiben, damit nicht zu viel gesprochen wird. Ich will über den letzten Zornesausbruch reden, den Dein Herr durch Dich vermittelt hat. Ich glaube wirklich, daß das, was du getan hast, nicht von dir kam, sondern von einem weit Höheren. Ich glaube wirklich, daß Du von einem sehr machtvollen Geist besessen warst. Das habe ich in dem gesehen, was Du ausführtest: den Messerwurf, den Schuß aus dem Gewehr, die Verletzung Mamys. Meine Augen sahen Dinge, die darüber hinausgingen. Ich verstehe es sehr gut aufgrund des Todesgesetzes, in dem es existiert, aber in mir selbst geht es mir gut. Es geht mir sehr gut, und ich bin sehr glücklich, einem WIRKLICHEN HERRN zu gehören, der wiederum dem einzigen Herrn des Lebens angehört.

In Liebe, Rachel (Solange)

BIS DASS DER TOD UNS SCHEIDET

In den frühen Tage der Gruppe war Solange Boilard rasch mit Worten bei der Hand und zögerte nicht, den Ideen des Angeklagten zu widersprechen. Dieses Verhalten trug ihr viele Schläge ein. Aber schließlich wurde sie eines der demütigsten Mitglieder der Gruppe des Angeklagten und seiner Ideen. In den Monaten vor ihrem Tod hatte sie einen besonderen Platz im Lager inne. Sie spielte die Rolle einer Leiterin. Sie stand dem Angeklagten sehr nahe und fungierte als Mittelsperson zwischen dem Angeklagten und seinen übrigen Anhängern. Darüber hinaus leitete sie die Bäckerei, führte die Bücher und verteilte die anfallenden Arbeiten. Es schien den übrigen Gruppenmitgliedern, als liebe der Angeklagte Solange Boilard – Rachel – und als genieße sie sein besonderes Vertrauen. Er verlangte auch besonders viel von ihr. Körperlich ging es ihr nicht gut. Alle Mitglieder der Gruppe litten unter Schlafmangel, da sie vom frühen Morgen bis in den späten Abend in dem Bäckerei-Unternehmen und an verschiedenen Projekten im Lager arbeiteten, und auch unter mangelhafter Ernährung. Bei Solange Boilard war dies nicht anders.

Vom Kronanwalt und Rock Thériaults Rechtsanwalt genehmigte Darstellung des Sachverhalts, 18. Januar 1993, Gericht von Ontario (Allgemeine Abteilung)

Einige Wochen zuvor hatte Rock die Operation bei Solange ausgeführt, und wir beide waren fortgelaufen, um uns für zwei oder drei Tage im Wald zu verstecken. Bei dieser Gelegenheit sagte sie mir, sie sei entschlossen, fortzugehen. Sie sagte: »Ich will von hier abhauen. Und wenn ich es tue, mache ich es nicht wie du. Ich bleibe nicht stehen, wenn ich den Zaun hinter mir habe. Ich komme niemals mehr zurück.« Ich wußte, daß sie es ernst meinte.

Gisèle Tremblay

Solange stand Rock sehr nahe. Mir war klar, daß sie seine Lieblingsfrau war. Er brauchte sie wirklich bei mehreren Sachen, weil sie sehr klug war.

Gabrielle Lavallée

Anfang Herbst 1988 hatte sich Solange seit einer Weile nicht wohl gefühlt. Rock merkte das und sagte öfters als einmal, daß sie eine Behandlung oder eine Operation brauche. Es ging ihr an diesem Tag nicht schlechter als sonst auch. Rock redete ihr ein, daß ihre Krankheit mit ihrer Lebensweise zusammenhing. Sie trank lieber ein Bier, als zu essen, weil ihr das Bier besser bekam. Ich hatte Solange niemals über Probleme mit der Leber sprechen hören.

Claude Ouellette

An diesem Mittag hatte er getrunken und brachte seinen Schmuck heraus. Er fing an, auf uns herumzuhacken. Er fing an, anzugeben. Er erstickte die Frauen und dann sagte er, es gäbe Gruppenmitglieder, die krank seien. Niemand gab jemals zu, daß er krank war, weil alle fürchteten, daß Rock etwas dagegen unternehmen würde.

Gisèle Tremblay

An diesem Tag mußte Solange sehr schwer mit Schaufel und Schubkarre arbeiten. Sie hatte eine Arbeit an der Straße zu erledigen. Sie arbeitete so hart, daß ihr das Atmen schwerfiel. Rock hatte mich angewiesen, sie schwer arbeiten zu lassen. Rock war voller Mißtrauen gegen Solange. Er hatte das Gefühl, daß sie zu frei heraus war und daß sie eine Bedrohung für ihn darstellte. Ich konnte sehen, daß sie Atemschwierigkeiten hatte. Ich ging zu ihr und sagte, sie solle es leichter angehen lassen.

Rock hatte mittags zu trinken angefangen und entschieden, daß er ins Haus gehen und seine Kleidung wechseln müsse. Er zog seine Kleidung aus und drapierte sich in ein seidenes Bettuch und setzte eine Art Krone auf. Die seidenen Tücher waren gelb oder rot. Chantal und Nicole halfen ihm, sich anzukleiden. Er zog auch seinen besonderen Ring an. Nachdem er sich auf diese Weise kleidete, verlangte er, daß wir uns hinknieten und seinen Ring küßten. Wir taten es, damit er nicht durchdrehte.

Claude Ouellette

Der Angeklagte sprach mit Solange Boilard, als sie draußen arbeitete. Sie fiel vor ihm auf die Knie. Als es Abend wurde, brachte er Solange Boilard in die Bäckerei, wo die übrigen Gruppenmitglieder den ganzen Tag über gearbeitet hatten.

Einvernehmliche Darstellung des Sachverhaltes

Rock war sehr betrunken und schaute alle merkwürdig an.

Gabrielle Lavallée

Rock begann, Solange und Sara (Marise) zu ersticken. Er stopfte ihnen Stoffetzen in den Mund, so daß sie nicht sprechen konnten und ihnen das Atmen schwerfiel. Er war ziemlich betrunken. Er fragte die Mädchen, ob sie wüßten, daß ihr Atem ihm gehöre. Er ließ sie um Luft ringen, bis sie blau anliefen. Die Mädchen konnten kein Wort hervorbringen – er wollte, daß sie mit Kopfbewegungen antworteten. Dann nahm er ihnen die Knebel aus dem Mund.

Nachdem er mit Solange und Sara fertig war, sagte er: »Mami, komm her; du bist dran.« Ich hatte große Angst. Aber dann kam ihm ein anderer Einfall. Er wollte, daß wir seinen Schmuck holten. Ich schaute zur Tür und dachte darüber nach, wie ich fliehen konnte. Ich konnte es nicht länger ertragen. Ich konnte durch die Hintertür entkommen und machte mich auf den Weg nach Quebec.

Gisèle Tremblay

Der Angeklagte hatte die Angewohnheit, seinen Schmuck zu zeigen und verschiedene Gruppenmitglieder aufzufordern, dessen Wert zu schätzen. Auch bei dieser Gelegenheit verfuhr er so. Er forderte Solange Boilard auf, zu schätzen. Danach wurde er sehr wütend und stieß Solange Boilard herum.

Einvernehmliche Darstellung des Sachverhaltes

Sie wirkte sehr verängstigt. Er packte sie bei den Schultern und schüttelte sie. Solange gestand ein, daß Rock der Anführer war, der Meister.

Claude Ouellette

Er sagte: »Rachel, bist du bereit? Ich werde dich heute abend behandeln.«

Gabrielle Lavallée

Solange Boilard, die einige Zeit lang an Magenproblemen gelitten hatte, deutete an, daß sie behandelt werden müsse. Der Angeklagte wirkte nicht länger wütend ... Er war ruhig. Der Tisch in der Backstube wurde freigemacht. Solange Boilard entkleidete sich und legte sich auf den Tisch.

Einvernehmliche Darstellung des Sachverhaltes

Wir legten eine Plastikplane und eine Wolldecke mit einem Kissen auf den Tisch.

Marise Lambert

An diesem Tag ging ich spätnachmittags los, um Bier zu kaufen. Ich hielt in Fenelon Falls an, aber Brewers Retail war geschlossen. Ich fuhr weiter nach Orillia und kaufte zwei Vierundzwanziger-Packungen O'Keefe. Als ich ins Lager zurückkam, war es Mitternacht vorbei. Alle ware in der Backstube. Jemand bat mich, ein Messer zu schärfen, das zu einer Operation an Rachels Leber gebraucht werde. Ich bereitete das Messer vor und gab es Rock. Rachel saß auf dem Tisch in der Backstube und sprach mit den anderen. Wir legten sie auf den Tisch, und ich hielt ihre rechte

Hand. Sie sprach immer noch mit den anderen, und ich hörte Thériault etwas in der folgenden Art sagen: »Ich werde deine Leberbeschwerden beheben, und du wirst gesund.« Er bat darum, daß jemand seine Hände segnen solle.

Jacques Giguère

Ich glaube, Gabrielle Lavallée bereitete eine Lösung vor. Ich denke, es war irgendein Sirup mit Wasser. Rock hatte einen großen Gummibeutel, der für Klistiere gedacht war, und er führte den Schlauch in Solanges Rektum ein. Ich ertrug den Anblick nicht, also schaute ich anderswo hin.

Marise Lambert

Er begann, indem er seinen Mittelfinger in ihr Rektum ein- und ausführte. Dann versuchte er, den Klistierschlauch einzuführen. Es ging nicht leicht. Er hatte ihn nicht richtig eingeführt, und die Exkremente ergossen sich auf den Tisch. Die Klistierflüssigkeit bestand aus Sirup, Wasser und Öl. Er führte den Schlauch ein und wieder aus und sagte zu ihr, sie solle sich nicht genieren, sich zu erleichtern. Ich würde sagen, er machte zwanzig bis dreißig Minuten lang so weiter. Alle ware erschrocken und nervös. Sie sah aus, als hätte sie große Schmerzen. Alle mußten zuschauen.

Claude Ouellette

Rock sagte uns immer wieder, daß wir in dieser Welt leiden müßten, wenn wir bei Gott im Himmel sein wollten. Ich denke, daß sie die Operatin deshalb so passiv über sich ergehen ließ.

Gisèle Tremblay

In der Backstube begann der Angeklagte, fest mit den Händen auf Solange Boilards Bauch zu drücken. Er schlug ihr mehrmals kräftig in den Magen. Als sie versuchte, sich mit den Händen zu schützen, sagte er, sie solle ihre Hände fortnehmen, und sie gehorchte.

Einvernehmliche Darstellung des Sachverhaltes

Ein durchsichtiger Plastikschlauch von etwa sechs Millimeter Durchmesser wurde in ihren Magen eingeführt. Ich weiß nicht, ob durch die Nase oder den Mund. Alle Anwesenden wurden aufgefordert, entweder in den Schlauch zu blasen oder daran zu saugen. Er sagte uns, weshalb wir dies tun mußten, aber ich erinnere mich nicht an den Grund. Er sagte zu Solange, daß sie operiert werden müsse. Er sagte es ihr auf ruhige Art. Solange bat mich, ihre Hand zu halten, und ich tat es.

Claude Ouellette

Plötzlich hatte Rock ein Messer und näherte sich Solange.

Marise Lambert

Danach machte Rock einen Einschnitt von ungefähr dreizehn oder vierzehn Zentimetern Länge in ihre rechte Seite, unter den Rippen.

Jacques Giguère

Es war ein senkrechter Schnitt an ihrer rechten Seite unter den Rippen.

Claude Ouellette

Er griff mit den Fingern beider Hände hinein und holte ein Stück Fett hervor, etwas Beiges, das ein bißchen länger und dicker als ein Finger war und ungefähr sieben Millimeter breit. Er riß das Stück ab und legte es auf die Theke neben dem Tisch. Rock sagte zu Rachel: »Da ist es. Du wirst recht haben.«

Jacques Giguère

Was er herausholte, sah aus wie ein Stück Eingeweide. Es war weiß. Er hielt es in der anderen Hand und riß ein Stück ab, ein ungefähr zehn Zentimeter langes Stück. Er gab das Stück jemandem, der es aufbewahren sollte. Den anderen Teil gab er wieder in den Unterleib zurück.

Claude Ouellette

Sie war die ganze Zeit über bei Bewußtsein. Sie sagte kein einziges Wort, so, als sei sie mit allem einverstanden.

Gabrielle Lavallée

Jemand nähte sie zu. Ich sprach die ganze Zeit über mit Rachel. Sie stand auf und ging herum und sprach.

Jacques Giguère

Rock zwang sie, vom Tisch aufzustehen und umherzugehen. Alle standen wie gebannt. Sie ging ohne Hilfe hinaus und zur Hütte hoch. Dort stieg sie die Treppe hoch und legte sich auf ihr Bett.

Gabrielle Lavallée

Sie verbrachte eine schmerzensreiche Nacht auf dem Schlafboden.

Einvernehmliche Darstellung des Sachverhaltes

Francine Laflamme und ich wachten die ganze Nacht über bei ihr und hielten ihre Hand. Sie sagte: »Ich hätte niemals geglaubt, daß ich in meinem Leben so leiden müsse.«

Gabrielle Lavallée

Am folgenden Morgen ging ich zu Solange, um nach ihr zu schauen. Sie sagte, sie hätte nicht gewußt, daß der Körper solche Schmerzen aushalten könne. Man sah, daß sie litt. Sie hatte die ganze Nacht nicht geschlafen.

Claude Ouellette

Sie erhielt zwei Bäder. Das erste war warm und mit verschiedenen Kräutern bereitet – hauptsächlich von Rosengewächsen. Rock sagte, es wäre gut für sie, es würde sie anregen. Aber im Bad ging es ihr schlechter. Sie wurde gelähmt. Man konnte es an den Händen sehen. Sie wurde ganz steif. Und die ganze Zeit über war Rock betrunken. Dann ließ er das warme Wasser heraus und bereitete ihr ein kaltes Bad.

Gabrielle Lavallée

Für mich sah sie nicht gut aus. Ich trug sie nach oben und legte sie auf eine Matratze.

Jacques Giguère

Wir legten sie auf ihr Bett, und Blut kam ihr aus dem Mund. All das Leiden, das sie durchgemacht hatte, war vorüber.

Gabrielle Lavallée

Nach Ansicht von Dr. Donald Currie, einem medizinischen Experten, war Solange Boilards Tod wahrscheinlich auf eine akute Bauchfellentzündung zurückzuführen, die durch das Einsickern von Abführmitteln in die Bauchhöhle verursacht wurde. Die Folge war eine schwere Entzündung des Bauchfells – ein Zustand, der ohne Behandlung in der Regel tödlich verläuft.

Einvernehmliche Darstellung des Sachverhaltes

Rock forderte uns auf, die Trage zu holen, und wir deckten sie mit einer Wolldecke zu. Dann zwang er uns, sie ins Sanktuarium zu bringen.

Gabrielle Lavallée

Dann nahm ich Deinen noch warmen Leichnam und trug ihn vor den Altar des Herrn, um ihn wie ein makelloses Lamm darzubringen, und ich dankte ihm für das, was geschehen war. Danach legte ich Deinen Leichnam auf den Boden, mit dem Gesicht zum Eingang des Altars. Du warst nackt. Ich riß mir die Kleider vom Leib und legte mich auf Dich, schrie meinen Schmerz und meine Bitterkeit hinaus. Ich bat Nathan, mich zu töten, weil ich ohne Dich nicht leben konnte. Er begann, zu weinen und sagte: »Nein, Moses ... Nein, Moses ... Moses.« Ich brachte Deinen Leichnam ins Haus zurück und legte ihn auf mein Bett. Ich deckte Dich mit Deiner Decke zu und legt mich neben Dich, das Bein über Deinen Unterleib, wie ich es so gern getan hatte, als Du noch lebtest, und ich sprach Worte der Liebe zu Dir.

Aus einem Brief, den Rock Thériault nach ihrem Tod an Solange Boilard schrieb

Wir gingen fort, an die Arbeit, und wir brachten ihr Blumen mit, und als wir zurückkamen, erfuhren wir, daß sie tot war. Sie war nackt und lag auf Rocks Bett. Ihre Fäuste waren vor ihrem Körper geballt. Wir weinten, als wir sie erblickten. Rock saß auf dem Sofa. Er sagte zu mir, ich sei jetzt für Solanges Pflichten verantwortlich – sie müsse ersetzt werden. Er hatte irgendwoher Alkohol bekommen und war betrunken.

Claude Ouellette

Danach bat ich Nathan, einen Sarg aus dem Kiefernholz zu zimmern, das wir gemeinsam geschnitten hatten – Du erinnerst Dich an die schönen, weißen Bretter. Wie kostbar Dir diese Dinge waren! Am nächsten Tag legte ich Deinen Leichnam in den Sarg und bedeckte Deine Haut mit Decken, die alle gespendet hatten. Ich versprühte Parfüm und Talkumpuder, und alle umarmten Dich, wie auch ich, und wir alle weinten und riefen gemeinsam aus: »Auf Wiedersehen, Lamm, Rachel.« Ich deckte Dein Gesicht wieder zu, legte Dir die Bibel auf die Brust und legte den Deckel auf.

Aus Rock Thériaults Brief an die Verstorbene

Dann hoben Jacques und ich ein Grab aus. Weil wir nichts gegessen hatten, waren wir so schwach, daß die Frauen kommen und uns helfen mußten. Sechs von uns trugen den Sarg ans Grab, und zwei weitere waren zur Stelle, um diejenigen zu ersetzen, die erschöpft waren. Gebete wurden gesprochen und Zweige auf das Grab gelegt.

Claude Ouellette

Ich vermisse Deine verrückten Possen. Ich würde mich gern ... wie ein kleiner Mann, sanft und zärtlich, in die Wärme Deines Lamm-Leibes kuscheln.

Aus Rock Thériaults Brief an die Verstorbene

Rock kam zu mir und starrte mir in die Augen und sagte, er wolle, daß ich ihn töte. Er befahl mir, das .303-Gewehr zu holen und ihn zu erschießen. Ich weigerte mich ... Er setzte sich in den weißen Transporter und wir leiteten durch Schläuche Auspuffgase in den Wagen. Die Fenster waren hochgedreht. Rock saß etwa eine Stunde lang darin, aber er verlor nicht das Bewußtsein. Ich holte ihn heraus. Dann nahmen wir eine oder zwei Flaschen Tylenol,* und wieder blieb er bei Bewußtsein. Danach legten wir ihn – an Händen und Füßen mit Stoffstreifen gefesselt – in eine Badewanne. Er begann, sehr heftig zu kämpfen, und wir holten ihn heraus.

Jacques Giguère

Plötzlich kam mir ganz klar die Idee: ich wollte mich selbst töten und zu Dir kommen. Was dann geschah, ist schrecklich, liebe Rachel. Die Gruppe unternahm drei Versuche, mich zu töten. Das erste Mal durch Kohlenmonoxyd – ohne Erfolg. Beim zweiten Mal nahm ich 375 Tylenol-Tabletten Extra Stark – wieder negativ. Dann hatten wir die Idee, mir den Hals zu brechen, aber statt mich umzubringen, verschaffte es mir nur eine milde Erleichterung meiner Schmerzen. Das freute mich. Endlich beschlossen wir, mich zu fesseln und unter Wasser zu tauchen, um mir den Tod durch Ertrinken zu bringen. Ich weiß nicht, wie lange ich unter Wasser war, aber plötzlich sah ich ein weißes Licht vor mir, und eine fremde Kraft floß in meine Arme und riß die Fesseln von mir. Ich tauchte aus dem Wasser auf und schrie: »Gott will nicht, daß ich sterbe!«

Aus Rock Thériaults Brief an die Verstorbene

* Handelsname. In Deutschland Paracetamol. Analgetikum, Antipyretikum. (Anm. d. Übers.)

DER SCHAMANE

Etwa eine Woche nach Solange' Tod wanderte Jacques durch den Wald zum Haus eines Nachbarn und bat, ihn von seinem Telefon aus Gisèle bei ihren Eltern in St.-Joseph-de-la-Rive anrufen zu lassen. Er bemühte sich, leise zu sprechen, damit niemand mithören konnte, und teilte Gisèle mit, er habe wichtige Neuigkeiten, aber am Telefon darüber zu sprechen, sei nicht sicher genug.

Gisèles Intuition sagte ihr, daß etwas Schreckliches geschehen war. »Häng nicht auf . . . laß mich raten«, rief sie. Sie fragte Jacques, ob jemand in der Gruppe schwer verletzt oder getötet worden sei.

Als sie seine Antwort hörte, sank ihr das Herz. Vor langer Zeit waren sie und Solange erbitterte Rivalinnen gewesen, aber in den letzten Jahren hatten sie begonnen, einander zu vertrauen. Als sie von Solanges Tod erfuhr, dachte sie kurz daran, sich umzubringen, aber dann wies sie den Einfall von sich. Sie sah ein, daß sie nicht das Recht hatte, sich das Leben zu nehmen. Die Entscheidung, wer leben und wer sterben würde, lag bei Moses. Solange hatte dies so gut wie alle anderen verstanden, und jetzt war sie tot.

Ein paar Tage später rief Rock Gisèle an und bat sie, sich in Quebec mit ihm zu treffen. Jetzt, da Solange tot war, brauchte er sie mehr denn je zuvor. Er bedauerte all die schlimmen Dinge, die geschehen waren, und er schwor, ein für alle Male mit dem Trinken aufzuhören. Vielleicht konnten sie ein neues Leben anfangen. Er bat Gisèle, ein Apartment in Quebec City zu suchen, ohne sich näher über seine Absichten auszulassen.

Gisèle ging wieder einmal in die Falle. Sie war immer noch Rocks Sklavin; durch Furcht, Liebe und blinde Ergebenheit seinen eigenwilligen Lehren gegenüber an ihn gebunden. Außerdem, so sagte sie sich, hatte sie niemanden, zu dem sie sonst hätte hingehen können. Sie ging geradewegs nach Quebec City und mietete ein Apartment. Aber als Rock ankam, hatte er sein Vorhaben, hierzubleiben, längst wieder verworfen. Nach der ersten Nacht drängte er sie in den Truck und fuhr mit ihr nach Ontario zurück. Die ganze Fahrt über machte er ihr Vorwürfe, weil sie sich von der Gruppe abgesetzt hatte – sie hatte kein Recht, sich ohne seine Zustimmung zu entfernen. Abgesehen davon war es verdammt lästig, jeweils neunhundert Kilometer hin- und zurückzufahren, um sie zurückzuholen. Er konnte Besseres mit seiner Zeit anstellen. Zum einen mußte er so bald wie möglich nach Utah fahren, um sich mit Jess Groesbeck zu beraten, dem brillanten Psychiater. Solanges Tod hatte ihm ein paar Ideen eingegeben, die er unbedingt mit Groesbeck besprechen mußte.

Nach einem kurzen Telefongespräch von Burnt River aus nahmen Rock und Gisèle den Zug von Toronto nach Salt Lake City. Sie kamen am frühen Morgen des 16. Oktobers, einem Sonntag, an.

Groesbeck war vor Freude überwältigt, seinen kanadischen Freund wiederzusehen. Er holte seine beiden Besucher an der Amtrak-Station* ab und fuhr sie zu seinem palastartigen, nach seinen Vorstellungen erbauten Haus am Fuß eines der einsamen Hügel südlich der Hauptstadt von Utah. Aber im Gegensatz zu seinem normalen, umgänglichen Verhalten wirkte Rock seltsam gedämpft. Sobald sie durch das imposante Portal des Hauses eingetreten waren, überreichte er Groesbeck einen zwei Seiten langen, handgeschriebenen Brief von Gabrielle, der Krankenschwester der Kommune. Darin stand, ›Rachel‹ sei ›einer Lungenentzündung erlegen‹. Ihr Tod sei ›ein großer Verlust (sic) für Rock, der ihm unermeßlichen Kummer gebracht‹ habe.

* Amtrak = American Travel on Track. Vom Kongress 1970 beschlossene, von der Regierung unterstützte, öffentliche Gesellschaft zum Unterhalt eines Intercity-Linien-Sytems im Verbund mit bereits bestehenden Eisenbahnlinien. (Anm. d. Übers.)

Groesbeck konnte sich nicht erinnern, welche von Rocks Frauen Rachel gewesen war. Rock zeigte ihm ein Foto von Solange und erklärte, er habe sie vor zwölf Jahren von der Abhängigkeit von einer verbotenen Droge befreit. Ihre Eltern hatten sie enteignet, als sie der Gruppe beigetreten war. Sie hatte Rock drei Mädchen geboren, die ihm die Regierung alle fortgenommen habe. Als wäre das noch nicht tragisch genug, war Rachel in den letzten Monaten sehr krank geworden. Sie hatte vier oder fünf Bier am Tag getrunken und ihre Haut sei wachsgelb geworden. Sie hatte nicht mehr auf sich geachtet und nicht mehr richtig gegessen.

Groesbeck machte sich Notizen: »Rock stand Rachel schon immer nahe, aber vor sechs Monaten hatte er sich richtiggehend in sie verliebt. Er sagt, vor sechs Monaten habe er angefangen, häufiger als früher mit ihr zu schlafen. Sie hatten ein Vorspiel mit Necken und Spielen, wie sehr verliebte und gefühlvolle Teenager. Sie wusch ihn beinahe wie ein Baby. Sie wusch sich selbst. Es war ein sehr heiliger Akt. Sie legte sich zu ihm. Einmal bat sie ihn, ihr ein Baby zu schenken; einen Jungen, der wie er werden würde. Er erwiderte, er wolle in sie hineingehen, wie ein Baby es tun würde, in ihren Mutterleib, und ihrem Herzen nahe sein. Dann sagte er, wenn er auf ihr lag, und später, wenn sie auf ihm saß und sie Geschlechtsverkehr hatten, habe er ein ziehendes Gefühl gehabt und sogar die Hand Gottes gefühlt; er habe ein fast visionäres Empfinden gehabt, und dann hatte er eine sexuelle Beziehung, die überwältigend und bedeutsam war. Von diesem Zeitpunkt an empfand er die tiefste Liebe zu ihr. Er nahm sie zu Spaziergängen in den Wald mit. Sie nannte ihn einen Waldmenschen. Sie hatten eine wundervolle Zeit miteinander und spielten zusammen.«

Rock sagte, eines Tages sei Rachel zu ihm gekommen, während er sich im Freien aufhielt und die Schönheit seines Besitzes in Ontario genoß, und habe gesagt: »Moses, du bist mein Gott.« Plötzlich, aus heiterem Himmel, habe sie zu würgen angefangen. Blut sei ihr aus Nase und Mund gequollen. Sie habe die Augen verdreht, sei zusammengebrochen und in Rocks Armen gestorben. Es war ein erschütterndes Erlebnis.

Groesbeck versicherte seinem Freund, weder er noch irgend jemand sonst hätte etwas tun können, um seine geliebte Frau zu retten. Nach seiner Beschreibung sehe es ganz so aus, als habe sie an einem chronischen Leberleiden gelitten. Groesbeck vermutete, daß eine Vene in ihrer Speiseröhre geplatzt und sie an ihrem eigenen Blut ertrunken war.

Rock sagte, er sei nicht auf Gott wütend, aber er sei tief betrübt. Vor Jahren sei eine seiner anderen Frauen gestorben und die Polizei habe ihre Leiche fortgeholt. Es hatte ihn maßlos aufgeregt. Er war entschlossen, so etwas nicht noch einmal durchzumachen, also hatten sie beschlossen, Rachels Tod vor der Außenwelt geheimzuhalten – sogar vor ihren Eltern.

Er berichtete dem Psychiater, er habe ihren Leichnam entkleidet, ihn gewaschen und sich eine Zeitlang darauf gelegt und den Kopf in Händen gehalten. Dann habe er ihn zu seinem Altar getragen, mit gereinigtem Parfum eingerieben, um ihn vor dem Verfall zu schützen, und an einem sicheren Ort beerdigt. Rock erklärte, er habe einmal in einem Bestattungsinstitut gearbeitet und wolle, daß alles perfekt sei.

Er äußerte auch, er habe zu Gott gebetet und Gott habe ihm gesagt, daß ich (Groesbeck) sein Prophet sei ... Ich würde ihm die Richtung weisen und die nötigen Ratschläge erteilen. Gott würde durch mich sprechen.

Groesbeck hörte fasziniert zu, als Rock über die Veränderungen zu sprechen begann, die seit Rachels tragischem Tod in ihm vorgegangen seien. Rock konnte nicht schlafen; er war aufgewühlt. Eines Nachts hatte er eine Vision von ihr; sie war ganz in Weiß gekleidet und lächelte. Ein paar Tage später hätte er schwören können, ihre Stimme aus seinem Unterleib heraus zu hören.

»Wie kannst du in mir sein?« hatte Rock sie gefragt.

Solange erklärte, sie liege klein und nackt zusammengerollt in einem weißen, gerundeten Raum in seinem Körper. In diesen dunklen Momenten, in denen der Kummer über ihren Tod ihn zu überwältigen drohte, unterhielt Rock sich mit Solange, und sie versicherte ihm, daß es ihr gut gehe.

Rock hatte merkwürdige Träume. In einem Traum erschien ihm eine christusähnliche Gestalt begleitet von David und Moses und überreichte ihm ein Schwert und einen Wagen mit einem Gespann von Pferden, die purpurnes Feuer ausatmeten. Rock nahm das Schwert und begann, Stufen aus dem Himmel zu hauen.

In einem anderen Traum wurde Rock vor ein Tribunal zitiert. Er wurde geprüft und für schuldig befunden, ein Mensch zu sein, aber er weigerte sich, den Urteilsspruch anzuerkennen. »Ich habe mich nicht selbst geschaffen«, erklärte er dem Richter. »Sie haben mich geschaffen, also bin ich nicht verantwortlich.« Der Richter stimmte ihm zu und belohnte Rock mit einem Haus auf einem Berg. Rock freute sich schon auf ein Leben dort mit Rachel, aber dann erkannte er, daß sie noch in ihm war. Er wurde traurig, als ihm klar wurde, daß er sie nie wiedersehen würde.

Dann ergriff der Richter wieder das Wort: »Auch ich hatte einst ein Weib in mir, und es ist in Ordnung. Ich weiß, wie es sich anfühlt.«

An diesem Punkt, so sagte Rock zu Groesbeck, wandte er sich um und erblickte einen Baum. Er trat hinter den Baum, holte seinen Penis hervor und begann, zu masturbieren. Als er ejakulierte, nahm das Sperma die Form von Rachels Kopf an. Nach und nach zeigte sich ihr ganzer Körper. Rock umarmte sie, und sie hatten Geschlechtsverkehr. Er wachte zum ersten Mal seit Rachels Tod glücklich auf. Rock wußte, daß sie Frieden hatte und ihn liebte.

»Ich habe es zwar damals nicht erwähnt, aber ich dachte an den Mann Adam, aus dessen Penis die Frucht des Lebens kam. Es geht um männliche Schwangerschaft und darum, wie man Leben und Tod gibt. Es liegt Tod in der Geburt, in der Beziehung zum Weiblichen und zu einer Frau. Es handelt sich hier vielleicht um die machtvollste Erfahrung, die ein Mann in bezug auf die Mysterien der Gottesfrucht haben kann.

Rock erzählte mir diese Dinge, als wir draußen waren ... an diesem Abend ... als wir Hügel bestiegen und über die Stadt schauten und den Mond betrachteten. Dann weinte Rock und brach zusammen und umarmte mich, ich erwiderte seine Umarmung. Ich sagte ihm, daß ich ihn liebte, und er liebte mich – es war eine tiefe und bewegende Erfahrung.«

Am folgenden Tag nahm Groesbeck seinen Gast mit zu den Gräbern seiner Mormonen-Vorfahren. Sie würden Rock verstanden haben, sagte Groesbeck, weil sie ebenfalls gemäß den Prinzipien der Polygamie gelebt hatten. Er versicherte seinem Besucher, die Visionen seien Solanges Methode, ihn wissen zu lassen, daß er das Richtige getan hatte. Ohne es zu wissen, war er dem Pfad der uralten Schamanen gefolgt und hatte getan, was nötig war, um die Seele seiner verstorbenen Frau ins nächste Leben zu befördern. Jetzt, da diese Arbeit getan war, konnte Solange ›auf die andere Seite‹ gehen.

Aber Rock wollte das Thema noch nicht beenden. Er sprach über die biblische Erzählung von Adam und Eva und davon, wie Eva aus Adams Rippe erschaffen worden war. Jetzt, da Rachel tot war, spürte er genau, daß sie in eine seiner Rippen eintrat. Bald würde sein Unterleib anschwellen wie der Rachels, als sie schwanger gewesen war. Groesbeck faszinierte diese Vorstellung – eine Art ›umgekehrte Geburt‹.

»Schließlich erzählte er mir, er fühle, daß er eines Tages im Himmel tatsächlich eine Rachel gebären werde, die in ihm heranwachse. Ich erwiderte, dies sei möglich; er müsse abwarten und sich gedulden. Aber es würde gewiß nicht in diesem Leben geschehen. (Mir ist bewußt, daß diese Ideen wie Wahnvorstellungen klingen, aber sie sind es nicht; es kommt nur darauf an, wie man sie betrachtet und mit ihnen umgeht ...)

Als Gisèle hörte, worüber Rock und sein reicher amerikanischer Psychiater-Freund sprachen, krümmte sie sich vor Lachen.

Sie war mit Papi auf einen Spaziergang in die Hügel hinter Groesbecks Haus gegangen. Da sie selbst nicht gut Englisch sprach, wollte sie von Rock wissen, worüber die beiden sich so angeregt stundenlang unterhalten hätten.

»Mami, Dr. Groesbeck hat mir etwas gesagt, und ich möchte gern hören, was du darüber denkst«, erwiderte Rock angeregt. »Er sagte, ich sei vermutlich schwanger mit Rachel.«

»Was?!« rief Gisèle aus.

»Nein, es ist wahr«, beharrte Rock und strich sich behaglich mit beiden Händen über den Bauch. »Ich glaube, ich kann sie in mir fühlen. Und manchmal höre ich sogar ihre Stimme.«

Gisèle versuchte, Rock zum Schweigen zu bringen, aber er wollte nicht aufhören.

»Siehst du, es ist so, wie Dr. Groesbeck immer sagt. Wenn ein Mensch in diese Welt geboren wird, geschieht dies durch eine Frau, durch ihre Vagina. Aber der Übergang von dieser Welt zurück in den Himmel geschieht durch den Mann. Wenn eine Frau stirbt, kann sie nur wiedergeboren werden, indem sie in den Bauch eines Mannes eingepflanzt wird. Dr. Groesbeck hat sogar einen Namen dafür. Er nennt es umgekehrte Geburt.«

Gisèle wollte ihren Ohren nicht trauen. Jahrelang hatte sie aufmerksam zugehört, wenn dieser Mann über Gott und die Bibel predigte, und jedes Wort eingesogen. Jetzt behauptete er plötzlich, ein Mann könne schwanger werden. Entweder war er verrückt, oder sie war es.

»Nein, Rock, tut mir leid«, sagte sie. »Du kannst die Gesetze der Natur nicht auf den Kopf stellen. Wenn Gott die Frauen geschaffen hat, damit sie Kinder bekommen, ist es die Frau, die die Kinder haben wird.«

Rock sah enttäuscht aus. Wie konnte Gisèle sich zu einer Gelegenheit wie dieser über Naturgesetze Gedanken machen? Er war sicher, daß er Rachel ins Leben zurückbringen konnte.

Immerhin hatte der berühmte Dr. Groesbeck selbst ihn einen Schamanen genannt.

An diesem Abend führten Rock und sein Mormonen-Mentor eine ausführliche, leidenschaftliche Diskussion über Träume, Mystik und Sexualität. Groesbeck sprach über Schamanismus und Männergeburten und schleppte schließlich den zwölften Band der gesammelten Werke von Carl Gustav Jung heran. In dem Abschnitt über ›Religiöse Ideen in der Alchemie‹ war eine Zeichnung aus dem 14. Jahrhundert wiedergegeben, Adam, dem ein Baum – das Symbol des Lebens – aus seinem Phallus herauswuchs. Erinnerte dieses Bild nicht verblüffend an Rocks Erfahrung? Es schien eine Bestätigung von Rocks Vision zu sein, in der Rachels Körper aus seinem Sperma entstanden war.

Als Rock über seine früheren Erlebnisse mit Rachel sprach, hörte Groesbeck gespannt zu. Ihre erste sexuelle Begegnung hatte Jahre zuvor an einem Sonntag stattgefunden, als Rock an einem Fluß saß. Nach Rocks Worten war Rachel zu ihm gekommen und hatte gesagt, sie wolle seinen Samen schmecken. Sie nahm seinen Penis in den Mund und stimulierte ihn. »Das ist Leben. Das ist Sinn«, sagte sie, nachdem sie den Samen verschluckt hatte.

Groesbeck eilte an seinen Bücherschrank und holte einen anderen Band, der von den spirituellen Praktiken der Indianer der Plains handelte. Rocks Erfahrung entsprach genau der traditionellen Heiratszeremonie der Sioux, sagte Groesbeck. Im ersten Teil der Zeremonie vollzog die Frau oralen Sex als rituellen Akt. Sie ›nahm den göttlichen Samen des Mannes als Gott in sich auf‹.

»Ich fühlte eine tiefe Verbundenheit; wir beteten gemeinsam. Rock spürte, daß Gott seine Hand auf ihm hatte und ihn zwang, Dinge zu tun, die er nicht tun wollte, und er hatte in diesem Leben keine große Wahl, außer, daß er seine Frauen liebe konnte . . .

Es verwunderte mich einfach immer noch, wie viele wahre

Prinzipien und tiefe, mächtige Gesetze Gott ihm enthüllt hat, obwohl er nicht einmal die grundlegenden Riten und Lehren der Botschaft Christi kennt; aber er kennt sie, und das ist eine Tatsache. Sie zu kennen, ist wahre Offenbarung.«

Am Ende des dreitägigen Besuchs erwähnte Rock, er wolle seine verstorbene Frau heiraten; sie waren in der Zeit, als sie zusammengelebt hatten, niemals offiziell verheiratet gewesen. Alex Joseph hatte solche Rituale schon viele Male ausgeführt und konnte ihm helfen, seine Familienverhältnisse in Ordnung zu bringen.

»Er glaubt nicht an Alex Joseph als Person – schon allein deswegen nicht, weil Alex raucht«, schrieb Groesbeck in seinen Aufzeichnungen. »Aber er spürt, daß Alex eine von ihm selbst unabhängige Macht haben könnte, die für ihn, Rock, wertvoll sein und mir deren Hilfe er Gott näherkommen könnte.«

Tatsächlich hatte auch Groesbeck selbst eine wichtige Rolle in Moses' Suche nach spiritueller Macht gespielt. Er hatte, ohne es zu wissen, den Größenwahn des Kommunenführers genährt und Rock in seiner Einbildung unterstützt, er stehe außerhalb von Gesetz und Wirklichkeit.

Rock hatte bereits vor seinem letzten Gespräch mit Groesbeck einen Besuch bei Alex eingeschoben. Der gewehrtragende Patriarch bat einen Freund, der in Salt Lake City lebte – einen abgefallenen Mormonen namens Willy Marshall –, Rock und Gisèle aufzulesen und sie auf seinen Besitz in Big Water zu bringen. Auf der Fahrt über die Interstate 15 erklärte Rock dem Französisch sprechenden Willy Marschall, er sei ein Doktor der Naturheilkunde. Er ließ ein dickes Manuskript in den Schoß des bärtigen Amerikaners fallen und sagte, es enthalte seine Lebensgeschichte. Er erkundigte sich, ob Marschall vielleicht daran interessiert sei, es aus dem Französischen ins Englische zu übersetzten. Marshall sagte, er würde es sich anschauen. Dann schwang sich Rock zu einem langen Monolog über Rachels Tod empor, der durch Schluchzer unterbrochen wurde. »Er sprach darüber, daß eine seiner Frauen krank geworden war. Als er versuchte, sie zu heilen, starb sie«, erinnerte Marshall sich. »Es wurde immer verdrehter: Rock ließ sich darüber aus, daß sie ganz klein geworden und in sein Herz eingetreten war, und solches Zeug. Es war ein wenig verrückt. Mein Eindruck war, daß er ganz schön ausgeflippt, aber im Grunde harmlos war.«

Als Marshall endlich auf Alex' Parkplatz vorfuhr, hockte der Cowboy-Polygamist in verdreckter Arbeitskleidung in seinem Garten und pflanzte Baumsprößlinge ein. Rock schoß aus dem Wagen und auf ihn zu, ohne sich die Mühe zu machen, Gisèle vorzustellen, und fing ohne Umschweife von Rachel an. »Er wollte mich umarmen und all das, aber ich sitze auf meinen Hintern im Gebüsch und habe Dung an den Händen«, erinnerte Alex sich. »Ich versuche, ihm zu sagen: ›Okay, jetzt beruhigen Sie sich erst mal. Lassen Sie mich das hier zu Ende machen‹.«

Aber Rock konnte nicht warten. Seine Worte überstürzten sich, als er Alex mitteilte, er sei bereit, die Verantwortung der Priesterweihe zu übernehmen und wolle Rachel gleichsam postum heiraten. Er habe sogar eine von seinen *anderen* Frauen als Stellvertreterin mitgebracht, sagte er, und deutete auf Gisèle. Bevor Alex auch nur ein Wort sagen konnte, fing Rock an, über Rachels Tod zu plappern. Er sagte, er habe sie eilig ins Krankenhaus gebracht, aber es sei zu spät gewesen, das arme Lamm von dem Krebs zu heilen, der ihre Leber zerfraß.

Alex hätte schwören können, daß Rock etwas darüber gesagt hatte, mit Rachel schwanger zu sein, aber er schob es auf ein Sprachproblem. Er muß gemeint haben, daß sein Herz von dieser Frau voll ist, sagte Alex sich und schüttelte den Kopf: *Eines Tages werde entweder ich Französisch lernen, oder dieser Bursche lernt Englisch, und wir werden einander endlich verstehen.*

Nach Sonnenuntergang lud Alex seine Gäste zu sich und seinen Freunden in die Halle ein. Angesichts der vielen Frauen verwandelte Rock sich in einen gewandten Unterhalter und erzählte phantastische Geschichten über seine zwei Monate zurückliegende Reise nach Frankreich. Er beschrieb, wie er in das französische Amt für Denkmalschutz in Paris gegangen und die Erlaubnis erhalten habe, auf gewissen Begräbnisstätten in der Normandie zu graben, wo seine Vorfahren die letzte Ruhe gefunden hätten, wie er dreist behauptete. Er habe die Stelle in einem Sumpf in der Nähe der Küste gefunden. Eine innere Stimme in seinem Kopf habe ihm befohlen, auf- und abzuspringen. Nach einigen Hopsern wurde ein Steinkreuz mit der Inschrift ›Rolla‹ sichtbar, das sich aus dem sumpfigen Grund erhob.

Alex erkannte den Namen. Rolla war die Abkürzung für Robert I, den Herzog der Normandie im 11. Jahrhundert. Er war auch als Robert, der Teufel bekannt, weil er ein strenger Herrscher war. Er war der Vater von Wilhelm dem Eroberer.

Wie gewohnt schauten eine Menge Freunde von Alex Joseph vorbei. Rock schmeichelte sich rasch bei ihnen ein, indem er Töpfe mit Ahornsirup verteilte. Gisèle hatte ein besonderes Geschenk für Alex in ihrem Koffer mitgebracht, ein Landschaftsbild, das sie in Ontario gemalt hatte. Alex war von Rocks scheuer und zurückhaltender Frau sogleich begeistert – ›ein richtiger Schatz‹. Alex stellte sich vor, daß sie etwas in Rock gesehen haben mußte, was er den übrigen nicht zeigte. In der Tat schien Gisèle die Meinung aller über Rock günstig zu beeinflussen. Selbst Alex' Frau Elizabeth, die Anwältin, bemerkte, daß der unberechenbare Franzose bei Gisèle wie ausgewechselt wirkte.

Tatsächlich hatte Gisèle mehr Spaß als schon seit Jahren. Es war Ende Oktober, aber immer noch warm genuß, um im Lake Powell zu schwimmen, und Alex und seine Söhne nahmen sie zum Wasserskifahen mit. Als sie hinter seinem Motorboot über den verlassenen See glitt, umgeben von hochaufragenden, roten und orange gefärbten Klippen, fiel es ihr leicht, für ein paar glückliche Stunden die entsetzlichen Ereignisse in Burnt River zu vergessen. Später kritisierte Rock seine siebenunddreißigjährige Frau, weil sie ›herumgespielt‹ hatte, während die Erinnerung an die arme Rachel noch so frisch war – »Hast du denn gar keine Achtung für die Tote?« –, aber Gisèle empfand eine zu große Freude, um sich davon stören zu lassen.

Rock, der ständig seine schwarze Arzttasche mit sich herumtrug, bot Alex' Familie seine medizinischen Dienste an. Elizabeth sagte, nachdem sie sich bei einem Baseball-Spiel auf freiem Feld ihr Bein angestoßen hatte, habe Rock ihr einen Umschlag mit einem Brei aus zerriebenen Pflanzen umgelegt, der die Schwellung doppelt so rasch wie durch eine beliebige, herkömmliche Behandlung zurückgehen ließ. Als später einer der Söhne von Alex im Teenageralter sich über Schmerzen im Unterleib beklagte, untersuchte Rock ihn und diagnostizierte zutreffend eine Hernie. Der Junge wurde gerade noch rechtzeitig ins Krankenhaus gebracht.

Einen oder zwei Tage nach diesem Vorfall bat Gisèle überraschend Alex um ein privates Gespräch. Sie war offensichtlich innerlich zerrissen. Sie warf ab und zu einen Blick auf etwas, was eine Notiz in Rocks Handschrift zu sein schien, und sagte, ihr Mann sei sein ganzes Leben lang ungerecht behandelt worden und habe niemals erhalten, was ihm gehört hätte.

»Wissen Sie, Rock ist so gut zu mir«, sagte Gisèle in ihrem gebrochenen Englisch. »Und ich denke immer, daß ich vielleicht nicht gut genug für ihn bin. Also möchte ich ihm etwas Besonderes schenken. Eine Überraschung, verstehen Sie?«

Alex nickte. Er bewunderte ihre Hingabe.

Aber ihre Bitte verblüffte ihn. Wie sich herausstellte, wollte sie, daß er eine Krone für ihn anfertigte.

Tatsächlich besaß Alex eine Krone, die er in einem Tresor aufbewahrte. Er hatte sie gemeinsam mit ein paar seiner Gesinnungsgenossen zwanzig Jahre zuvor aus vernickeltem Metall, Halbedelsteinen und blauem Samt angefertigt. Sie war Bestandteil seiner Sammlung von ›Artefakten‹ der Familie, zu der auch ein Zepter, geistliche Roben und eine aufwendig gearbeitete, hölzerne Schatulle gehörten; in letzterer bewahrte er Tauf- und Ordinations-Zertifikate auf. Alex verwendete die

Krone nicht selbst, aber manchmal ließ er andere sie aufsetzen und auf einem großen, hölzernen Thron in der Haupthalle Platz nehmen, damit sie sich selbst davon überzeugen konnten, wie es sich anfühlte, ›König für eine Minute‹ zu sein.

»Sorgen Sie sich nicht«, sagte Alex zu Gisèle. Er ging kurz fort und kam mit einem Kasten zurück. »Betrachten Sie es als mein Geschenk an Sie.«

Gisèle weinte, als sie den Deckel anhob und die Krone erblickte.

Rocks und Solanges Hochzeit fand am späten Abend des vierten Tages von Rocks Aufenthalt statt, am 22. Oktober. Alle legten ihre zeremoniellen Kostüme an. Alex' Frauen waren in weiße Gewänder gekleidet, und Gisèle trug ein blaues Kleid mit einem weißen Schleier. Alex legte seine Priesterrobe aus Satin mit Streifen mit den vier Hauptfarben seiner Flagge an – blau, rot, gelb und weiß. Rock trug Sandalen und das rote Gewand, das die Mädchen in Ontario für ihn angefertigt hatten. Um nicht von seinem Gastgeber übertroffen zu werden, hatte er sogar die rot-, blau- und gelbgestreifte Flagge von Burnt River mitgebracht. Er machte eine Show daraus, sie über die Rückenlehne des Thones zu drapieren.

Es herrschte eine feierliche Atmosphäre, nur die Kinder liefen ständig in die Halle hinein und wieder hinaus. Willy Marshall übersetzte die Gelöbnisse, die Alex vorsprach, simultan ins Französische.

»Wollt Ihr, Lord Rock Moise Thériault, Lady Solange Rachel bei der rechten Hand nehmen und sie als die Eure nehmen, auf daß sie Euer rechtmäßiges, eheliches Weib sei, und Ihr ihr rechtmäßiger, ehelicher Gemahl seid, im Zeitlichen und in aller Ewigkeit, und wollt Ihr Euch verpflichten und geloben, daß Ihr alle Gesetze, Riten und Bräuche erfüllen werdet, die mit dieser heiligen Ehe verbunden sind, in einem neuen und immerdar gültigen Bund, der in Gegenwart Gottes, der Engel und dieser Zeugen geschlossen wird, aus Eurem eigenen, freien Willen und Wunsch?«

Nachdem Rock gesagt hatte: »Das will ich«, wurden die

Gelöbnisse der Braut vorgelesen, und Gisèle antwortete an Solanges Stelle. Dann knieten die beiden im Zentrum eines astronomischen Symbols auf dem Boden, und Alex überkreuzte die Arme und legte seine Hände auf Rocks und Gisèles Köpfe. Er erklärte die beiden zu Mann und Frau und ermahnte sie: »Seid treu und vermehrt euch, bevölkert die Erde, auf daß ihr Freude habt, und in eurer Nachkommenschaft den Tag genießen könnt, an dem eure Väter mit eurem König kommen.« Gisèle unterzeichnete die Heiratsurkunde mit Solanges Namen. Alex setzte seine Unterschrift auf die Zeile, die dem ›König von Israel‹ vorbehalten war, und seine Frauen Diana, Joanna und Dawn unterschrieben als Zeuginnen.

Da er schon einmal dabei war, heiratete Rock noch dreimal. Er begann, indem er seine Gelöbnisse gegenüber Gisèle erneuerte. Anschließend heiratete er Gabrielle Nadeau, die Multiple-Sklerose-Patientin, die unter seiner Pflege in der Quebecer Kommune gestorben war, und Gabrielle Lavallée – die sich in diesem Augenblick in Burnt River von den Folgen einer der Bestrafungen durch Rock erholte.

Es folgte der Teil, um den es Rock eigentlich ging – seine Priesterweihe. In einer etwas umständlichen Zeremonie, die etwa eine halbe Stunde in Anspruch nahm, sprach Alex dem selbsternannten Moses das Amt eines ›Apostolischen Ältesten‹ zu: Er sei König über ein rechtmäßiges Reich – mit anderen Worten, über seine zweihundert Morgen Buschland im ärmsten Teil von Victoria County. Auch dieses Dokument der ›Weihe und Erneuerung‹ unterzeichnete Alex im Namen des Königs von Israel und versah es mit seinem Amtssiegel. Endlich eilte Gisèle mit ihrem geheimnisvollen Kästchen herbei und setzte Rock die Krone auf den Kopf, als der errötende, frisch ernannte König wieder auf seinen Thron gestiegen war. Alex entkorkte ein paar Flaschen kalifornischen Wein und sprach einen Toast aus.

Rock war tagelang vor Stolz aufgebläht. Aber etwas nagte immer noch an seinem Seelenfrieden. Er erzählte Alex und seinen Frauen wieder einmal, wie die kanadische Regierung ihn jahrelang verfolgt hatte, weil er einem höheren Gesetz gehorchte – der biblischen Lehre der Vielweiberei. Alex' Gefolgsleute konnten es ihm nachempfinden und hörten ihm mitfühlend zu. Laut Rock hatte die Polizei seine erste Kommune in Quebec – ein großartiges Wald-Xanadu – niedergebrannt und plattgewalzt und ihn selbst unter falscher Anklage ins Gefängnis geworfen. Danach war er mit seinem Stamm nach Ontario gezogen, aber dort war es ähnlich gewesen. In den letzten drei Jahren hatten die Behörden alle achtzehn Kinder der Kommune gekidnappt. Wie konnte er seiner Nachkommenschaft die Lehren des Herrn beibringen, wenn sie zu Pflegefamilien fortgeschafft wurden? Zum Glück hatte er den Mut nicht verloren. Er pflanzte unverdrossen seine göttliche Saat in die Schöße seiner verbliebenen sieben Frauen. Eine von ihnen, Francine, war jetzt im achten Monat schwanger. Aber die Behörden lauerten im Hintergrund, bereit, erneut zuzuschlagen.

Alex nahm einen tiefen Zug aus seiner Zigarette, seufzte und starrte Rock nachdenklich an.

»Also, wenn ihr sie herbrächtet, würde die Regierung sie nicht bekommen.«

Das war der Vorschlag, auf den Rock gewartet hatte. Er kündigte an, er und Francine würden im November nach Big Water zurückkehren, so daß sie hier ihr Baby zur Welt bringen könne. Sie würden das Kind eine Zeitlang in den Vereinigten Staaten lassen und nach Utah zurückkehren, um das Kind zu holen, sobald die Children's Aid Society ihnen vom Hals bliebe.

Drei Tage nach den Hochzeits- und Weihezeremonien fuhren seine Gäste durch eine surreale Wüstenlandschaft zur Amtrak-Station in Flagstaff, Arizona. Unterwegs machte Rock eine Bemerkung, die Alex tief besorgt machte.

»Er sagte, die ultimate religiöse Erfahrung für einen Mann sei, eines seiner männlichen Kinder zu essen«, behauptete Alex später.

Der Polygamist aus Utah dachte sich, daß es vielleicht für alle Betroffenen am besten sei, wenn Rock das erwartete Kind Francines niemals nach Kanada zurückholen würde.

EVAS RIPPE

Nach Solanges Tod fuhr Rock auf Besuch zu diesem Psychiater, Groesbeck. Und Groesbeck befaßte sich mit Ritualen. Er studierte Eingeborenenrituale und Wodu-Kulte. Ich meine, nur, weil er Psychiater ist, bedeutet das nicht, daß er selbst geistig völlig gesund sein muß. Nachdem Rock aus Utah zurückkam, hatte er all diese merkwürdigen Ideen, die er vorher nicht hatte.

Gabrielle Lavallée

Als wir zur Kommune zurückkamen, fing Rock noch am selben Tag an zu trinken. Er lief herum und erzählte jedem: »Ich bin schwanger! Ich bin schwanger, und Rachel wird jetzt in mir wachsen!« Dann, zur Essenszeit, sagte er, daß er jetzt besser darauf achten müsse, was er zu sich nehme, weil Dr. Groesbeck gesagt hatte, er erwarte ein Baby.

Die ganze Zeit über sagte er, daß er mich hasse. Er wollte mich töten, weil ich nicht dagewesen war, als Rachel starb. Er sagte, es sei alles meine Schuld. Er brauchte jemanden, dem er die Schuld geben konnte. Er schaute mich an und sagte: »Ich hasse dich, ich hasse dich.« Und ich dachte, mit mir sei es aus.

An diesem Abend trank er zuviel, und gegen Mitternacht wollte er, daß die Mädchen mich skalpierten. Er forderte Marise auf, den Anfang zu machen. Marise schaute mich an, und dann schaute sie ihn an und sagte: »Nein, ich kann nicht. Tut mir leid.« Rock fragte also Nicole, und Nicole sagte: »Okay, warum nicht.« Sie schnitten mir mit einem Schlachtermesser alle Haare ab. Dann nahm Rock ein scharfes Messer und schnitt in eine Ader auf meinem Kopf. Er schnitt in die Ader, und es blutete.

Gisèle Tremblay

Ein paar Tage vergingen, und Rock befahl mir, die Leiche zu exhumieren. Jacques und ich hoben das Grab aus. Der Sarg wurde herausgehoben und hinters Haus gebracht. Rock befahl uns, den Deckel abzunehmen.

Claude Ouellette

Wir waren wie Roboter. Wir gruben Rachel aus und brachten den Sarg. Als wir den Deckel aufmachten, sah ihr Gesicht wie das von jemandem aus, der viel gelitten hatte. Sie hatte nicht das friedliche Gesicht eines Menschen, der tot war, sondern sah eher aus, als würde sie schreien.

Und dann fing Rock an. Er wollte ihr den Magen öffnen. Er wollte sich ihre Nieren anschauen. Wie alle waren wie erstarrt. Er hatte seine Gewehre und seine Messer dabei und ich bekam Angst. Also ging ich mit Gabrielle. Ich blieb bei ihr, während sie den Eingriff ausführte. Und Rock trank die ganze Nacht über.

Gisèle Tremblay

Rock forderte mich auf, Essig über ihren Leichnam zu gießen, damit die Würmer nicht an ihn gingen. Dann sagte er, ich solle einige Teile ihrer Leiche entfernen – die Gebärmutter und die Nieren. Ich konnte beides nicht finden, also kam Jacques und tat sie in ein Gefäß.

Gabrielle Lavallée

Dann schlossen wir den Sarg und begruben Rachel wieder. Es vergingen etwa vier Tage. Er fing an, uns zu schlagen und mit Messern zu bewerfen, seine Gewehre auf uns abzufeuern und solche Sachen mehr. Er sagte immer wieder, es sei unsere Schuld. Er wollte Rachels Tod an uns rächen und uns alle töten. Er sagte, Gott verlange dies. Dann wollte er, daß ich noch einmal ging, sie ausgrub und zurückbrachte, aber ich konnte nicht, also kamen die anderen mit, um mir zu helfen. Wir öffneten den Sarg zum zweiten Mal. Rachel fing an, zu verwesen – es war entsetzlich.

Und dann sagte er, wir sollten die Bücher holen, in denen die Lobotomie beschrieben wird. Ich wußte nicht, genau, was das war. Für mich ist Lobotomie, wenn man die Köpfe zweier Personen vertauscht. Er forderte Jacques auf, mit dem Bohrer ein Loch in Rachels Schädel zu machen. Jacques weinte. Und dann machte sich Jacques daran, den Schädel Rachels mit einem Messer zu öffnen.

Gisèle Tremblay

Ich bohrte ein Loch in ihre Stirn. Ich begriff nicht, weshalb wir das alles taten. Rock war in einem solchen Zustand, daß ich annahm, er war nicht bei Verstand. Ich weiß, daß ich versuchte, eine Niere herauszunehmen, aber ich kann mich nicht mehr erinnern, bei welcher Gelegenheit das war.

Jacques Giguère

Wir dachten, Gott würde durch Rock sprechen. Gott befahl ihm, diese Dinge zu tun.

Gisèle Tremblay

Es war ein Handbohrer, der ein Loch bohrte, durch das eine dünne Klinge eingeführt wurde. Ihr Schädel wurde aufgeschnitten. Es war sehr, sehr schwierig, diese Knochen zu durchschneiden. Deshalb mußte ein Mann es machen. Rock wollte in ihr Gehirn masturbieren.

Gabrielle Lavallée

Dann sagte er, wir sollten den Decke wieder auf den Sarg tun, und jetzt wolle er Sachen mit uns üben. Er sprach über die Lobotomie. Er war furchteinflößend. Er machte mir angst. Niemand rührte sich. Alle waren wie gebannt.

Er verbrachte zwei Tage, ohne zu trinken, und dann fing er wieder an. Ich hielt es nicht mehr aus. Ich konnte die furchtbaren Dinge, die er mit Rachel anstellte, nicht mitansehen. Rock holte sie immer wieder aus dem Boden und operierte sie, nahm Teile von ihr heraus. Sie fing an, zu verwesen.

Rock hatte sie im Leben leiden lassen, und jetzt ließ er sie im Tod leiden.

Ich ging zur Gruppe, um mit ihnen zu reden. Niemand sonst in der Gruppe konnte sprechen – sie hatten Angst, geschlagen zu werden. Ich fragte sie, ob sie eine Idee hätten, wie wir Rock davon abhalten könnten, daß er solche Dinge mit Rachel anstellte. Dann erinnerte ich mich an Rachels Wünsche. Sie hatte mir immer vertraut, daß sie verbrannt würde, falls sie einmal sterben sollte. Die Gruppe beschloß daraufhin, Rachel zu verbrennen, und Rock stimmte zu.

Gisèle Tremblay

Vor der Verbrennung des Leichnams wurde ihm eine Rippe entnommen, die der Angeklagte in einem Lederetui bei sich trug. Alle Mitglieder der Gruppe hatten ein Stück Knochen vom Verbrennungsplatz als Andenken erhalten.

Einvernehmliche Darstellung des Sachverhaltes

Er forderte Gisèle und mich auf, ihr eine Rippe zu entnehmen und sie ihm zu bringen, weil er eine ihrer Rippen behalten wolle. Ich war es, die die Rippe herausgenommen hat. Das Messer, das ich benutzt hatte, wurde nahe der Stelle vergraben, wo sie verbrannt wurde.

Gabrielle Lavallée

An dem Tag, da Rachel verbrannt wurde, ging Rock fort. Er wußte, daß wir es tun würden, aber er wollte nicht dabeisein. Er sagte, daß es unsere Verantwortung sei. Wir bauten ein Krematorium und verbrannten Rachel. Alle halfen. Sie brannte die ganze Nacht.

Gisèle Tremblay

Während sie brannte, sangen wir Lieder. Ihre Lieblingslieder. Es begann bei Sonnenuntergang und dauerte die ganze Nacht.

Gabrielle Lavallée

Ich wußte, daß Rock ein Gefäß mit den Knochen hatte. Ich selbst hatte einen Plastik-Behälter mit ihren Überresten dicht hinter dem Ort versteckt, wo der Leichnam verbrannt wurde.

Jacques Giguère

Ich weiß nicht, wie lange danach, vielleicht am Tag, nachdem sie verbrannt worden war, kamen wir alle zusammen und Rock forderte uns auf, ein Stück von Rachels Knochen zu nehmen, um es an die Halskette zu hängen. Ruth (Chantal) saß auf dem Tisch, und sie hatte die Knochenreste, die nicht vollständig verbrannt waren. Sie und Deborah (Nicole) säuberten diese Knochen.

Gabrielle Lavallée

Niemand sprach nach der Verbrennung, nur Rock. Rock trank, warf Messer und feuerte Gewehre ab.

Gisèle Tremblay

Er nahm die hübschesten Knochenstücke und gab sie in ein Gefäß voll Olivenöl, zusammen mit einem Bild von ihm und ihr. Er masturbierte regelmäßig in dieses Gefäß. Ich weiß nicht, ob es täglich war, aber er tat es regelmäßig vor seinem Sanktuarium und in seinem Schlafzimmer. Er war sicher, dies würde sie irgendwie, eines Tages, wieder ins Leben zurückbringen.

Gabrielle Lavallée

GEBOREN IN DEN VEREINIGTEN STAATEN

Der Oktober war auf der Wüstenhochebene, auf der Big Water lag, ein herrlich milder Monat gewesen. Aber der Winter nahte rascher als eine angreifende Klapperschlange, und als Rock an einem frühen Morgen in der dritten Novemberwoche des Jahres 1988 in einem schäbigen, weißen Caravan in der Stadt ankam, war der rote Sand bereits von feinem Schnee überpudert.

Rock wurde von einer rundbäuchigen Francine begleitet. Aber zu Alex' Verdruß brachte er außerdem noch vier seiner übrigen Frauen mit – Nicole Ruel, Chantal Labrie, Marise Lambert und Gisèle Tremblay. Der oberste Verwaltungsbeamte von Big Water tat sich sofort mit den neun Frauen zusammen, um einen Unterbringungsplan auszuarbeiten. Sie kamen überein, Alex' Schlafzimmer im zweiten Stock des Haupthauses freizumachen und den Kanadiern zu überlassen. Das Zimmer des Patriarchen hatte traditionsgemäß als Entbindungsstation gedient.

Dieser Besuch war völlig anders als der erste. Alex und seine Familie erhielten keine Gelegenheit, sich unter ›die Thériaults‹ zu mischen. Rocks Frauen waren recht angenehm. Aber sie neigten dazu, sich im Schlafzimmer zu versammeln, wo sie alle fünf mit Rock in einem riesigen Haufen schliefen. Den ganzen Tag über kochten sie in der Küche der Haupthalle und schwatzten mit einander. Nur bei den Mahlzeiten pflogen sie mit dem Joseph-Clan gesellschaftlichen Umgang, aber selbst dann machte die Sprachbarriere eine Unterhaltung praktisch unmöglich.

Alex hätte es kaum für möglich gehalten, aber Moses kam ihm diesmal tatsächlich noch seltsamer als bei der letzten

Begegnung vor. Er starrte ins Leere, sprach über ›komprimierte Geister‹ und berührte immer wieder etwas, daß er in Brusthöhe unter seiner Kleidung trug. Alex konnte auch nicht umhin zu bemerken, daß Esther Tag und Nacht einen Schal über dem Kopf trug, wohin sie auch ging.

Es sah so aus, als hätte Rock seine ganzen Habseligkeiten in den rostigen Caravan gepackt, und er sprach nie von einer Rückkehr nach Kanada. Das bereitete Alex Sorgen. Als er dieses Thema endlich von sich aus zur Sprache brachte, begann Rock zu weinen und zu wimmern. Er sagte, die Regierung belästige ihn wieder. Vor ein paar Monaten habe er einen unschuldigen Telefonanruf bei einer der Familien getätigt, um sich nach seinen Kindern zu erkundigen. Und schon sehe er sich wieder einer neuen Strafanzeige gegenüber. Er solle vor Gericht erscheinen. Aber die Behörden schenkten niemals seiner Version der Geschichte Glauben. Vielleicht, so sagte Rock, solle er lieber nicht nach Kanada zurückgehen. Sie würden ihn dort nur ins Gefängnis stecken.

Alex horchte den Mann aus. Als geistlicher Berater, Vater einer Busladung von Kindern und ehemaliger Polizist hatte er schon zahlreiche Unglücksgeschichten gehört. Er bot Rock denselben klugen Rat, den er stets erteilte. Die Regierung sagte, Rock müsse vor Gericht erscheinen. Er konnte nicht einfach fortgehen. Keine Regierung – weder das kanadische Parlament noch der US-Kongreß – würde zulassen, daß jemand vor ihrer Nase ein souveränes Königreich gründete.

Wenn er kein Verbrechen begangen habe, weshalb nahm er sich dann nicht einen Anwalt und brachte die Sache in Ordnung? Wenn doch, müsse er ein Geständnis ablegen und die Strafe auf sich nehmen.

Endlich sagte Alex, er würde Rock unter keinen Umständen erlauben, sich als Flüchtling in Big Water zu verbergen. Diese Art von Aufregung konnte der Polygamist aus Utah nicht gebrauchen.

Alex wußte nicht, ob seine Lektion angekommen war, aber er mußte sich auf Eventualitäten vorbereiten. Er dachte an das

Baby, das Francine erwartete. Wenn Rock es hierlassen wollte – nun, es war keine Frage, daß sie das Kind annehmen und für es sorgen würden. Aber welche von seinen Frauen würde es aufziehen? Alex sprach mit Margaret, der Stieftochter von Rulon Allred, und fragte sie, was sie davon hielt, das Kind aufzunehmen. Sie hatte schon fünf Kinder. Sie antwortete: »Ja, in Ordnung. Eines mehr spielt keine Rolle.«

Aber Elizabeth, die Anwältin, hatte andere Vorstellungen. Sie, Joanna und Boudicca waren schon lange Zimmergenossen von Alex gewesen. Sie hatten sich lange bemüht, Kinder von ihm zu haben – ohne Erfolg. Da sie in einer polygamen Ehe lebten, war es unmöglich für sie, legal ein Kind zu adoptieren. Elizabeth hatte für sich selbst einen Weg gefunden, das Gesetz zu umgehen; sie würde aufgrund einer privaten Vereinbarung ein kleines Mädchen adoptieren. Dann wären Joanna und Boudicca die einzigen Frauen von Alex ohne Kinder. Elizabeth übernahm es, Joanna zu fragen, ob sie daran interessiert sei, Francines Baby zu adoptieren. Joannas Augen leuchteten auf, und sie antwortete mit einem gedehnten ›Jaaa‹. Damit war diese Frage geklärt, aber Elizabeth machte sich immer noch Sorgen über das, was Boudicca denken würde.

Sie sollte sich deswegen nicht lange grämen müssen.

Während Rocks Frauen in der Küche geschäftig vegetarische Mahlzeiten zubereiteten, beschloß der ›König‹ von Ant Hill, einmal wieder Arzt zu spielen. Eines Tages platzte er in entsetzlich erregtem Zustand in Dawns und Dianas Gemächer hinein, wo Alex sich aufhielt. Er eilte zu Alex, umklammerte seine Arme und schaute ihn ernst an.

»Alex, Alex . . . du brauchst eine Herzoperation«, verkündete er mit der Eindringlichkeit eines Feuerwehrmannes, der sich bemühte, einen potentiellen Selbstmörder vom Sprung von einem Hochhaus abzuhalten.

»Worüber redest du überhaupt, Rock?« erkundigte sich Alex in seinem breiten Dialekt.

»Ich habe deine medizinischen Werte studiert und festgestellt, daß du ein tödliches Herzproblem hast. Wenn du mich dich nicht operieren läßt, kann ich nicht versprechen, daß du diese Nacht überlebst.«

Alex wußte, daß er als Kettenraucher mit einem solchen Leiden rechnen mußte. Aber das letzte, was er wollte, war, daß der bärtige Koch, der da vor ihm stand, sich an seinem Herzen zu schaffen machte. Alex lehnte Rocks Angebot einer kostenlosen Herzoperation dankend ab.

Aber dann bestand Rock darauf, daß Alex ihn eine andere Spezialbehandlung ausführen ließ – eine sehr aufwendige und ausgezeichnete Herztherapie, die nur den besten Ärzten in Europa bekannt war. Sie war mit allerlei Eingriffen verbunden.

»Also verpaßt er mir seine Körpermassage«, erinnerte Alex sich. »Sie war mit Druck auf meine Brust, auf die Arme und Beine verbunden. Und dieser Bursche ist wirklich gut. Man müßte für eine solche Massage zweifellos fünftausend Dollar hinblättern. Ich hätte ihn nur deswegen engagiert, daß er mir wöchentliche Massagen gab. Tatsächlich hustete ich sogar dieses braune Zeug aus. Als er fertig war, machte er etwas sehr Komisches, wie ein Karnevalsnarr. Er beugte sich vor und sagte: ›Na, ist das nicht fünf Blaue wert – wie wäre es mit einer kleinen Anerkennung?‹ Er machte es so gut, daß ich mich erinnere, gedacht zu haben, dieser Bursche hat früher bestimmt mal als Trickbetrüger gearbeitet.«

Auch Alex' Frau Boudicca war mit dem Behandlungsergebnis zufrieden. Nachdem er es fünfzehn Jahre lang vergeblich versucht hatte, schwängerte Alex sie auf der Stelle. Sie schrieb diesen Erfolg Rocks Massagen zu.

Am 22. November setzten bei Francine die Wehen ein. In dieser Nacht schlief Alex bei Elizabeth in ihrem Haus auf der anderen Straßenseite. Um 9 Uhr 30 am Morgen weckte Rock sie, indem er ins Schlafzimmer stürzte, wobei er fast die Tür aus ihren Angeln hin- und herschwenkte. Seine Hände und das noch nicht gewaschene Kind troffen vor Blut. Elizabeth fühlte sich gestört, weil Rock ihre Bettlaken und -decken mit Blut besudelte, während er das Baby herumschwenkte. Sie fand es auch ein wenig lächerlich, daß ein Mann, der zweiundzwanzig Kinder hatte, sich wie ein kompletter Narr aufführte, weil eine seiner Frauen wieder ein Kind zur Welt gebracht hatte.

Rock bestand darauf, daß an diesem Mittag alle zu einer großen Feier in Alex' Schlafzimmer zusammenkamen. Er bediente sich seiner besten Bühnenstimme und sprach über das Wunder, daß Gott ihm einen weiteren Sohn geschenkt hatte. Dann taufte er das Kind auf den Namen Joseph Thériault.

Die eigentliche Feier folgte am Freitag. Es war der Beginn des amerikanischen Thanksgiving-Wochenendes; eine Zeit, in der Alex traditionsgemäß ein großes Fest für seine Familie und Dutzende von Freunden gab. Aber dieses Jahr kam noch ein besonderer Anlaß hinzu. Eine Fernseh-Crew vom Kulturprogramm der CBC *the finish estate* flog aus Toronto ein, um Aufnahmen für einen Dokumentationsfilm über Polygamie zu machen. Wie Alex fand, traf es sich gut, daß er für eine Woche kanadische Gäste zu Besuch hatte.

Aber das Dinner erwies sich als peinliche Angelegenheit. Gordon Stewart, der Produzent, nahm Alex beiseite und raunte ihm zu, Rock habe in Kanda einen schlechten Ruf, seit vor einigen Jahren ein zweijähriger Junge bei ihm in Quebec gestorben war. Er riet Alex, den umstrittenen Rock und seine Frauen für das Dinner an einem gesonderten Tisch unterzubringen, so daß die Aufnahmen des glücklichen Big-Water-Anwesens nicht durch die Verrückten von Burnt River verdorben würden. Alex erklärte sich einverstanden, aber er, Elizabeth und seine übrigen Frauen waren recht verunsichert. Es widersprach ihrer Auffassung von Gastfreundschaft. Ihre kanadischen Freunde waren zugegebenermaßen ein wenig seltsam, aber sie wirkten nicht wie Verbrecher.

Am folgenden Morgen bekam Elizabeth allmählich eine genauere Vorstellung.

Rock bat sie um eine Unterredung unter dem Vorwand, daß er einen Rat in einer Grundbesitzangelegenheit brauche. Die beiden gingen in Elizabeth' Büro. Elizabeth mußte Rock versichern, daß ihr Gespräch ihrer Schweigepflicht als Anwältin unterlag. Er begann, indem er ihr eine wilde Geschichte über ein Schiffbruch in einem Nebenarm des St.-Lorenz-Stroms vor etwas zweitausend Jahren erzählte. Sein Vater oder Großvater hatte das Wrack geborgen. Irgendwie hing das alles mit der Tatsache zusammen, daß Rocks Familie Siedlerrechte auf einem großen Stück Land in Quebec hatte. Er brauchte Elizabeths Hilfe als Rechtsbeistand, um den Besitz zu erhalten, der sehr wertvoll war.

Elizabeth konnte Rocks umständliche Geschichte kaum verfolgen. Gerade, als sie glaubte, das Ganze einigermaßen begriffen zu haben, änderte er den Gesprächsgegenstand und redete über Rachels Tod. Er berichtete in sachlichem Ton, wie er und seine Frauen den Leichnam begraben hatten. Dann schilderte er Detail für Detail, was sie alles mit der Toten angestellt hatten. Er berichtete, wie er eine von Rachels Rippen entnommen und sich selbst an die Brust genäht hatte. Als die Stiche in seinem Fleisch sich entzündeten, hatte er den Knochen wieder entfernt und in ein Stück Leder eingeschlagen, an dessen Ende er kurze Ketten anbrachte, um ein Halsband zu erhalten, das er auch in diesem Augenblick trug. All diese Dinge, so versicherte er ihr, waren magische Rituale zur Erzeugung spiritueller Kraft.

Am meisten erschütterte Elizabeth, daß Rock all diese Dinge erklärte, als lege er den trockensten gesetzlichen Vertrag auseinander, der jemals geschrieben wurde. Sie war als Anwältin darin geübt, sich keinerlei Aufregung anmerken zu lassen, wenn ihr ein Klient ein entsetzliches Verbrechen gestand. Aber sie hatte weiche Knie und fühlte sich unfähig, Rocks Geschichte zu verarbeiten. Sie konnte nur schwer glauben, daß seine Frauen, die so normal wirkten, an derart grotesken Praktiken teilgenommen hatten.

Am selben Tag bekam auch Alex ähnliche Geschichten von Rock zu hören.

»Anfangs gewann ich den Eindruck, als habe er einen Sarg für seine Frau gebaut und seinen eigenen Totengottesdienst abgehalten. Dessen hielt ich ihn durchaus für fähig. Aber ich erfuhr, daß er überhaupt nicht wie ein zivilisierter Mensch gehandelt hat. Er spielt zu Hause mit dieser Leiche herum – und das ist nicht akzeptabel und gegen das Gesetz. Ich vermute, es ist kein ernsthaftes Verbrechen, an einem Leichnam herumzumachen, aber es zeugt von einem widerlichen Geschmack, und man muß einen guten Magen dafür haben. Ich machte mir Sorgen um die Menschen, die noch lebten, und um die Babys, die noch nicht geboren waren. Ich meine, dieser Bursche ist verrückter als ein Märzhase.

Er erzählt mir diese Sache mit der Rippe, und ich hoffe, nicht richtig gehört zu haben. Er hat dieses Stück Knochen tatsächlich in seinem Besitz. Und er hat dieses Souvenir, einen Lederbeutel mit anderen Knochen darin. Ist das da oben in Kanada gesetzlich erlaubt? Ich dachte, er würde mir eine Prüfungsfrage stellen, etwa: Wie heißt dieses Spiel? Aber dann wurde mir klar, was er von mir wollte. Er sagte: ›Jetzt habe ich all diese Dinge für diese Frau getan; habe ich etwas übersehen? Hast du noch weitere Vorschläge? Hätte ich sie an einen Pfahl binden und um sie herumtanzen sollen – habe ich das vergessen?‹ Das war seine Einstellung. Und ich schaue ihn entgeistert an. Ich sage: Du mußt diese Frau in Ruhe lassen.

Ich konnte mir nicht wirklich vorstellen, was da oben in Kanada vor sich gegangen war. Was auch immer es war, es entzog sich unserer Kenntnis – aber nicht der Kenntnis von fünf netten, freundlichen Frauen, die vor uns saßen. Das war es, was ich wirklich nicht begreifen konnte. Wenn er diese Dinge tat, und sie das wissen, weshalb können wir dann sehen, was wir sehen – Menschen, die um den Eßtisch sitzen und sagen: Ach, meine Liebe, würdest du mir bitte die Butter reichen?«

Alex sprach mit Elizabeth, die verlangte, daß man Rock so rasch wir möglich wegschickte. Aber sie wollte ihn nicht vor den Kopf stoßen, denn sie betete darum, daß die Thériaults ihr neues Baby bei Joanna lassen würden. Das Problem war, daß Rock seine fünf Frauen in einem gebrechlichen Caravan viertausend Kilometer weit tief in die große, amerikanische Wüste gefahren und nicht genügend Geld mitgebracht hatte, um sie wieder nach Hause zu fahren. Und jetzt sprach er davon, daß seine Frauen betteln sollen, damit sie in Utah bleiben konnten. Alex führte ein weiteres Gespräch mit Rock und überzeugte ihn davon, daß es das beste sei, wenn er abreise. Alex erklärte sich bereit, Rock gegen zwei Schecks (die beiden platzten) achthundert Dollar in bar zu geben.

Endlich kündigte Rock an, daß er seine Frauen mit nach Kanada nehmen und seinen Sohn zurücklassen würde. Während Alex, Elizabeth und Margaret im Büro darüber debattierten, wer das Kind aufziehen sollte, nahmen Rock und seine Familie Joanna mit in eine Bar, um sie zu fragen, ob sie sich um das Kind kümmern wolle. Alle schienen befriedigt.

An diesem Nachmittag begann Rock zu trinken. Er schien alles über Rachel und ihre Wiedergeburt zu vergessen und sprach nicht mehr über Spiritualität oder Religion. »Er verwandelte sich einfach in ein ganz normales Arschloch, das randalieren wollte«, sagte Alex.

Nach dem Abendessen erfuhr Elizabeth, daß Rock vorhatte, Diana einen Zahn zu ziehen, der ihr Kummer machte. Nach all dem, was sie in ihrem Büro über Rock gehört hatte, machte ihr diese Nachricht Sorgen. Als sie Diana fand, lag diese in Margarets Bad auf dem Boden; kränker, als sie je in ihrem Leben gewesen war. Um sie zu betäuben, hatte Rock verschiedene Branntweinsorten zusammengeschüttet und sie das Gebräu trinken lassen. Diana konnte nicht einmal aufstehen. Zwei der Söhne von Alex mußten kommen und sie in ihr Zimmer tragen.

Inzwischen war Rock in Alex' Büro gegangen. Er hatte mit seinen Frauen Hof gehalten und war jetzt noch betrunkener. Alex war ebenfalls dort, und Rock bestand auf einer Art Macho-Wettstreit. Er forderte seinen Gastgeber auf, die Hose auszuziehen. Als Alex sich weigerte, riß Rock ihm die Hosenträger herunter.

Nachdem Rock seine ›magische Rute‹ gezeigt hatte, wollte er Alex mit einer weiteren Darbietung imponieren.

»Mami, komm her«, höhnte er auf Französisch. »Ich möchte, daß du Alex deinen hübschen Haarschnitt zeigst.«

Gisèle war entsetzt. Sie hatte die ganze Woche über ein Kopftuch über ihrem verunstalteten Skalp getragen und wollte nicht vor Alex' Augen gedemütigt werden.

»Nein«, erwiderte sie auf englisch und bemühte sich um Festigkeit in der Stimme. »Ich . . . will . . . nicht.«

Rock riß ihr das Kopftuch von ihrem geschorenen Kopf. Gisèle barg das Gesicht in den Händen und begann zu schluchzen. Die übrigen Frauen Rocks zogen sich in eine Ecke des Raums zurück.

»Wie ist es passiert?« erkundigte sich Alex. »Sieht aus, als wärst du die Treppe hinabgefallen.«

Gisèle hatte zu große Angst, die Wahrheit zu sagen. *»Pense ce que tu veux«*, antwortete sie auf französisch. ›Denk was du willst.‹

Rock war auf Touren. Als nächstes bellte er Gisèle auf französisch an, sie solle ihr Höschen ausziehen.

»Nein«, sagte sie wieder.

»Komm schon, zeig Alex die Narben an deinen Beinen und am Bauch.«

»Okay, du willst sie sehen?« schrie sie, während die Tränen ihr übers Gesicht liefen.

Nachdem sie Rocks Aufforderung nachgekommen war, murmelte sie vor sich hin, daß er ein grausamer und böser Mann sei. Rock schlug ihr ins Gesicht.

»Siehst du, Alex?« tönte er. »Wenn du lernen willst, mit ihnen umzugehen, mußt du dich an mich halten.«

Er erwartete, daß Alex beifällig lachen würde. Aber statt dessen brachte der Ex-Mariner sein Gesicht ganz nahe an das seine, packte ihn in der Leistengegend und warf ihn auf einen Stuhl in der Ecke des Büros.

»Rühr dich nur ja nicht«, brüllte er Rock an und stach mit dem Finger nach ihm. »Hier bei uns behandelt man Frauen nicht so.«

Gisèle glaubte, gesehen zu haben, wie Alex auf einen Knopf an seinem Schreibtisch drückte. Innerhalb von Augenblicken kamen zwei Männer mit gezogenen Pistolen in den Raum gestürzt. Rock bot einen jämmerlichen Anblick. Er saß wimmernd auf seinem Stuhl.

»Er war zu Tode erschrocken«, erinnerte Alex sich. »Meine Reaktion hatte ihn wirklich überrascht, und er glaubte, ich würde ihn töten. Die Augen traten ihm aus dem Kopf. Er starrte mich an, als wolle er sagen: ›Sag einfach, was du von mir willst, und ich werde es tun‹.«

Während die übrigen Frauen in erschrockenem Schweigen zuschauten, nutzte Gisèle die Gelegenheit, die Treppe hinab und in die Wüste zu laufen, wo sie die ganze Nacht in einem Beifußstrauch verbrachte. Am Morgen kam sie zurück und begegnete Elizabeth, die sie mit ins Haus nahm. Gisèle war ein nervliches Wrack. Elizabeth empfahl ihr, sich nicht von der Stelle zu rühren, weil Rock die ganze Nacht über in betrunkener Raserei gewesen war. Alex war bis 5 Uhr aufgeblieben, um auf ihn aufzupassen, dann hatte er James, seinen Sohn im Teenager-Alter, gebeten, zu übernehmen.

Elizabeth versteckte Gisèle in ihrem Schlafzimmer und ging hinaus, die Lage zu sondieren. Sie sah Rock wild schreiend in die Wüste hinauslaufen. Sie glaubte, gesehen zu haben, daß er etwas bei sich trug – das Baby? – und schickt James hinter ihm her. Aber ihre Befürchtungen erwiesen sich als Fehlalarm. Ein paar Minuten später kam Francine aus dem Haupthaus. »Sie kommt tränenübertrömt auf uns zu«, erinnerte Elizabeth sich, »und sagt: ›Rock hat mir befohlen, mein Baby zu holen‹. Nachdem er Joanna das Kind anvertraut hatte, befahl Rock Francine, es zurückzuholen. Nun, sie hat es nicht bekommen.«

Den Rest des Tages benahm Rock sich wie ein Wahnsinniger. Gisèle und die Frauen von Alex blieben in den Zimmern und verriegelten die Türen. Rock war inzwischen zu betrunken, um herauszufinden, wohin Gisèle gegangen war, aber er hatte es sich in den Kopf gesetzt, daß Alex sie gekidnappt hatte. Schwankend trat er auf Alex zu und drohte, ihn zu töten. Alex schaute ihn mit einer Mischung aus Besorgnis und Erheiterung an.

»Den ganzen Tag über sprachen Leute Rock auf der Straße an, weil er halb entkleidet und im Begriff war, sich ganz zu entkleiden«, sagte Elizabeth. »Sie hinderten ihn daran, aber er paradierte hartnäckig halbnackt die Straße entlang und versuchte, sich die restlichen Kleider auszuziehen. Niemand ging an diesem Abend zum Essen in die Halle, weil er es schließlich geschafft hatte, sich ganz auszuziehen. Wir fürchteten weniger, daß er uns verletzten würde, sondern wir wollten vielmehr vermeiden, daß wir seinen Penis anschauen mußten.«

Gegen Abend verlor Rock das Bewußtsein und beendete seine zweitägige Sauferei. Alex nutzte die Gelegenheit, sich ein letztes Mal mit seinem jetzt nüchternen Besucher zusammenzusetzen. Er ermahnte Rock erneut, seine Familie gemäß seinen christlichen Pflichten zu behandeln. Aber Rock schien ihm nicht zuzuhören. Er eröffnete Alex, er habe sich eine bösartige Darmkrankheit zugezogen und müsse in drei Tagen sterben.

Am Abend, zur Essenszeit, packten die Kanadier ihre Sachen zusammen und fuhren ab.

Alex und seine Frauen lächelten den Rest des Abends selig vor Erleichterung. Sie hatten Rock als das Ungeheuer kennengelernt, das er war. Aber sie wollten nicht mit dem Schicksal hadern: Tatsache war, daß Joanna jetzt endlich ein Baby hatte.

DER GRAUSAME MESSIAS

Es ist nicht Lust, die du deinen Partner empfinden lassen willst, sondern du willst einen Eindruck bei ihm erzeugen; der Eindruck des Schmerzes ist weitaus stärker als jener der Lust ... Man weiß dies; man wendet dieses Wissen an und ist befriedigt.

Marquise de Sade

Die Konfrontation zwischen Rock und Alex in Big Water stellte einen Wendepunkt für Gisèle dar. Zum ersten Mal, seit sie ihn vor zwölf Jahren auf einem Tanzboden in Quebec City kennenlernte, hatte jemand Rock die Stirn geboten und war Sieger geblieben. Diese Erfahrung lehrte sie, daß Rock, auch wenn er vielleicht ein Gesandter Gottes war, nicht allmächtig war. Es war möglich, ihm Widerstand entgegenzusetzen.

Und diese Reise nach Utah hatte ihr noch etwas gezeigt. Rock hatte immer behauptet, das Alte Testament lehre, daß Frauen ihren Männern untertan sein müßten. Aber auch Alex nahm für sich in Anspruch, gemäß dem Alten Testament zu leben – und *er* ließ seinen Frauen viel Freiheit. Sie konnten ihren eigenen Jobs nachgehen, ihre eigenen Bankkonten unterhalten und gehen, wohin sie wollten. Wenn sie Sex mit ihrem Mann haben wollten, mußten sie nur zu Alex' Haus hinübergehen und einen Termin vereinbaren. Soweit Gisèle wußte, hatten sie sogar das Recht, nein zu sagen. Sie hatte nie gesehen, wie Alex seine Frauen schlug, auf sie schoß oder sie in einen See warf. Er beleidigte sie nicht einmal, indem er ihnen Schimpfwörter an den Kopf warf.

Aber vor allem mußte Gisèle immer wieder an Solanges Tod

denken. Sie war von der Art und Weise abgestoßen, wie Rock den Leichnam verstümmelt hatte. Und sie war sicher, daß ihr eigenes Leben in ernsthafter Gefahr war.

Gisèle wünschte sich verzweifelt, fortzugehen, aber sie fühlte sich immer noch in der Falle und hilflos. Wie viele mißhandelte Frauen hatte sie zu lange ihre wirkliche Lage verleugnet. Sie hatte sich jahrelang eingeredet, sie könne aus Rock einen besseren Mann machen, wenn sie bei ihm bliebe. Jetzt wußte sie, daß niemand ihm helfen konnte. Dennoch: Die Sekte war seit einem Dutzend Jahren die einzige Lebensform, die sie kannte. Jede wichtige Entscheidung in ihrem Leben war von einem anderen getroffen worden – wann sie am Morgen aufwachte, wann und wieviel sie aß. Es war, als hätte sie vergessen, wie man selbständig handelt. Sie konnte sich nicht vorstellen, wie sie außerhalb der Gruppe leben sollte.

Den ganzen Winter über pendelte Gisèle zwischen Burnt River und ihrem Elternhaus in St.-Joseph-de-la-Rive hin und her. Sie fühlte sich unfähig, länger als jeweils ein paar Wochen in Rocks Nähe zu sein, aber immer, wenn sie fort war, empfand sie eine entsetzliche Leere.

Auch ein paar von den übrigen Frauen hatten Zweifel an ihrem Meister entwickelt. Marise zog mehrere Male in das Haus ihrer Mutter in Plessisville – einmal ließ sie sich mit zwei blauen Augen dort blicken. Aber ebenso wie Gisèle kehrte sie gehorsam wieder zurück, wenn Rock zum Telefon griff. »Wenn ich seine Stimme hörte, war es wieder um mich geschehen. Ich machte mich sofort auf den Weg«, sagte sie später.

Zum Nachteil für die Anhänger Rocks schien das ständige Kommen und Gehen nur seine Wut zu vergrößern. Kaum eine Woche verging ohne einen weiteren, sinnlosen Ausbruch seinen undankbaren Frauen gegenüber. Er schrie, so laut er konnte, und verfluchte Satan, weil er ihn dazu verdammt hatte, mit derart ›treulosen und verdorbenen Frauen‹ zu leben. Er saß die ganze Nacht nackt in seinem Schlafzimmer und kritzelte wie besessen in seinem Tagebuch:

›Nichts und niemand wird mich jemals wieder leiden lassen und mir körperlichen Schmerz versuchen. Nicht meine Frauen, nicht meine Kinder, nicht meine Freunde, nicht Herr Jedermann oder die schöne und herrliche Luzifer mit der großen Vagina, die Millionen und Abermillionen Dämonen geboren hat. Ich verfluchte sie mit der ganzen Kraft meines Herzens. Sie und ihre verdorbene, frühe Brut.‹

In solchen Zeiten liefen alle Mitglieder der Kommune Gefahr, geschlagen und gequält zu werden. Aber niemand litt nach Solanges Tod mehr als Gabrielle. In Rocks Augen war sie eine vorlaute, eingebildete Teufelin, die gern im Mittelpunkt der Aufmerksamkeit stand und so tat, als sei sie besser als die anderen. Kurz gesagt, sie stellte eine Bedrohung seiner Macht dar. Marise Lambert klagte, Gabrielle ›beanspruche übermäßig viel Platz und spiele sich gern auf.‹ Außerdem war sie die einzige unter den Frauen, die einigermaßen Englisch sprechen konnte, und deshalb hatte sie mehr Kontakt mit der Welt außerhalb der Kommune als die übrigen. Nicht nur einmal stand sie mit einem blauen Auge oder einer Stichwunde an der Tür eines Nachbarn. Obwohl sie niemals Opfer der größten Scheußlichkeiten wurde, zu denen Rock fähig war, deutete sie den übrigen Frauen gegenüber oft an, daß er nicht ganz der sanfte Hirte war, der zu sein er vorgab.

Eine dieser Begegnungen ergab sich im Oktober 1986. Der Sektenführer hatte einige seiner Anhänger zur Kohlernte auf einer Farm in Argyle, Ontario, bestimmt. Gabrielle litt seit ihrer Schwangerschaft unter einem Gebärmuttervorfall. Die ständige, harte körperliche Arbeit hatte ihren Zustand verschlimmert. Schließlich trat ihre Gebärmutter mehr als sieben Zentimeter weit aus ihrer Vagina aus. Die gebückte Arbeit auf den Feldern bereitete Gabrielle größte Schmerzen. Aber Rock weigerte sich, sie zu einem Arzt gehen zu lassen, und behauptete, er könne ihr besser helfen. »Er wollte es selbst in Ordnung bringen«, sagte sie. »Eines Abends zwang er die übrigen, mich auf den Tisch zu legen. Er versuchte, meinen Uterus mit der Faust zurückzustoßen.« Noch am selben Abend schnitzte er ein Stück Holz kegelförmig zu, stieß es ihr in die Vagina und hinderte es mit Gurten daran, wieder herauszufallen.

Als der Tag anbrach – er war kalt und feucht –, befahl Rock Gabrielle, sich den übrigen zuzugesellen und weiterhin Kohl zu ernten. Auf dem Weg zu den Feldern entfernte sie die Gurte und das Holzstück. Am Abend lief sie von den übrigen fort, weil sie Angst hatte, in die Kommune zurückzukehren, und suchte Hilfe bei Marsh und Goldie Dudman, den nächsten Nachbarn. Sie schilderte Goldie das Problem mit ihrer Gebärmutter und sagte, es sei ihr verboten worden, in ein Krankenhaus zu gehen. Dann beschrieb sie, was am Abend zuvor geschehen war – wie Rock versucht hatte, das Organ mit der Faust zurückzustoßen. Sie sagte, die Schmerzen seien unerträglich.

Gabrielle verbrachte die Nacht in einer Frauenunterkunft in Fenelon Falls. Den Leuten dort sagte sie, sie habe Probleme mit ihrer Gebärmutter, aber Rock verlangte, daß sie mit ihm schlief. Sie wolle am nächsten Tag ins Krankenhaus gehen.

Aber es sollte noch zwölf Monate dauern, bis Gabrielle medizinisch behandelt wurde. In diesem Jahr unternahm Rock einen weiteren, erfolglosen Versuch, Gabrielle zu ›heilen‹, indem er eine Schnur um den vorgefallenen Teil des Uterus band und daran zog. Unnötig, zu sagen, daß er dadurch nur ihre Schmerzen verstärkte.

Endlich – als Rock 1987 auf seiner Reise nach Utah war – begab sich Gabrielle in Lindsay's Ross Memorial Hospital. Ein Arzt dort nahm eine teilweise Hysterektomie (Gebärmutterentfernung) vor.

Aber damit war die Geschichte nicht ausgestanden. Die Dudmans verschwiegen zwar den Nachbarn, was sie gehört und gesehen hatten, aber sie wandten sich an Rock und warfen ihm die Art und Weise vor, wie er seine Frauen behandelte. Rock verzieh Gabrielle ihre Indiskretion niemals. Er hatte genug von ihrem ständigen Bestreben, im Mittelpunkt der Aufmerksamkeit zu stehen, besonders bei Fremden. Wenn sie damit nicht aufhörte, würde ihn ihre Dummheit bald wieder mit dem Gesetz in Konflikt bringen. Einen Monat nach Solanges Tod im Herbst 1988 klagte Rock sie des Verrats an und schwor, ihr eine Lektion zu erteilen.

An diesem Abend hatte Gabrielle über Zahnschmerzen geklagt. »Du weißt, Gabrielle«, knurrte er, »daß du immer ein großes Maul hattest. Nun, das hier wird dir endlich den Mund stopfen.« Er packte eine Kneifzange, zwang ihr mit den Händen den Mund auf und zog ihr acht gesunde Zähne aus dem Unterkiefer. Das Zahnfleisch ließ er blutig und zerrissen zurück. »Er war betrunken«, erinnerte sie sich. »Er war völlig wahnsinnig. Er hat mir zugleich mit den Zähnen Knochensplitter aus dem Kiefer gerissen.« In seinem Wüten ließ er den entzündeten Zahn stehen.

Während Gabrielle vor Schmerzen taumelte und ihr das Blut aus dem Mund rann, zog Rock ein Jagdmesser aus der Scheide an seinem Gürtel und begann, Gabrielle unter der Drohung, ihr in den Bauch zu stechen, durch den Raum zu scheuchen. Gabrielle packte das Messer, um sich zu schützen, und schnitt sich bei dem Handgemenge in zwei der Sehnen ihrer rechten Hand. Dann lief sie in die Nacht hinaus, voller Angst, daß der selbsternannten Chirurg beschließen würde, sie noch einmal zu operieren, falls sie bliebe.

Zwei Wochen später tauchte sie mit rechtsseitig stark angeschwollenem Gesicht, mit Schrammen an den Lippen und am Hals und tiefen Schnitten in der rechten Hand in einem Frauenhaus in Peterborough auf. Sie erklärte, ihr Freund habe sie in die Zähne geboxt, und blieb für die folgenden drei Wochen in der Unterkunft, während Kieferchirurgen ihr den Mund nähten und Ärzte ihre verletzten Handsehnen mit Drähten flickten. Nach der chirurgischen Versorgung legten sie ihr einen Gipsverband an der Hand an und sagten ihr, daß sie zwei Monate Physiotherapie brauche. Da es der Politik des Frauenhauses entsprach, sich nur mit Einverständnis der betreffenden Klientin an die Polizei zu wenden, tauchten Gabrielles Verletzungen in keinem Protokoll auf.

Eines Tages Anfang Dezember stieg Rock in den Caravan der Kommune und machte sich auf die Suche nach seiner vermißten Frau. Das Frauenhaus gehörte zu den ersten Orten, an denen er nachschaute, da er sich daran erinnerte, daß Gisèle sich früher hier verborgen hatte. Als der Pflegestab Gabrielle berichtete, daß Rock sich schon nach ihr erkundigt hatte, erklärte sie sich sofort bereit, ihn zu sehen. Er weinte, bettelte sie an, zu ihm zurückzukommen, und versprach, mit dem Trinken aufzuhören. »Er schaffte es, daß ich mich schuldig fühlte – daß ich mich als Urheberin der Probleme betrachtete«, sagte sie später. »Ich ging fort. Er kurbelte das Autofenster herunter und sagte: ›Okay, es ist vorbei‹. Ich erwiderte: ›Nein, das ist es nicht.‹«

Von Kummer überwältigt, kehrte Gabrielle in die Kommune zurück. Sie fühlte sich unwiderstehlich zu Rock hingezogen; mit einer Kraft, die über ihr Verständnis ging. Wie bei jeder gepeinigten Seele lag auch bei ihr der Schlüssel zu ihrer Psyche in der Vergangenheit. Mit einem dominanten, stark abusiven Mann zusammenzuleben, war etwas, wofür sie sich niemals bewußt entschieden hätte, aber es war die einzige Welt, die sie verstand. Sie hatte sich unbewußt für einen Mann entschieden, der sie in seinem Verhalten an jene sadistischen Typen erinnerte, die sie als junges Mädchen vergewaltigt hatten. Rock war wie diese Männer – er war der Teufel, den sie kannte. Die furchtbare Scham und das Minderwertigkeitsgefühl, die sich ihr früher eingeprägt hatten, trieben sie ständig neuem Leiden entgegen.

Rock war bald wieder ganz der Alte. Nach einer durchzechten Nacht begann er, sich über die Inkompetenz der Ärzte zu beklagen, die Gabrielle behandelt hatten. Er redete sich in einen heiligen Zorn hinein und befahl ihr, den Arm auszustrecken. Er riß den Gipsverband ab und untersuchte die operierte Hand, während Gabrielle weiß vor Furcht wurde. »Diese Drähte werden auf keinen Fall funktionieren«, tobte er. Er ergriff die Kneifzange, schälte die Haut an der Hand zurück und riß die Drähte heraus. Wieder floh sie von Entsetzen gepackt.

Trotz der furchtbaren Verletzungen heilte die Hand schließlich; nur der kleine Finger blieb ein wenig steif. Unfähig, Rocks Anziehungskraft zu widerstehen, kehrte Gabrielle noch einmal zur Kommune zurück. Sie kam gerade rechtzeitig für einen Anfang Januar geplanten Besuch der Gruppe bei Thériaults Eltern in Thetford Mines.

Nicht lange darauf kam Jean-Marc Martin – der Kanu-Bauer, dessen Wagen Rock im Sommer 1988 gerammt hatte – mit Gabrielle ins Gespräch. Er fragte, ob es wahr sei, daß Rock ihr acht Zähne gezogen hätte.

Als Gabrielle bejahte, wollte Martin wissen, weshalb um Himmels willen sie den Hurensohn nicht verließ – er sei zweifellos gefährlich.

»Er ist Alkoholiker«, erwiderte sie, »aber ich liebe ihn und ich weiß, daß ich ihn heilen kann, wenn ich bei ihm bleibe.«

Solange war seit sechs Monaten tot, aber immer noch wußten weder die Behörden noch Solanges Familie etwas über Rocks ›Operation‹ und deren entsetzliche Folgen. Mitte 1989 hörten Mitarbeiter der Children's Aid Society gerüchteweise, in der Kommune sei ein weiteres Baby geboren worden. Wenn das wahr sein sollte, so rechneten sie, würde dies sein Lebenswerk auf dreiundzwanzig Kinder erhöhen. Stan Pope, einer der Sozialarbeiter, beschaffte sich einen Durchsuchungsbefehl und begab sich mit zwei weiteren Angestellten der CAS und zwei Polizisten zur Burnt-River-Kommune.

Das Gerücht erwies sich als unzutreffend. Aber gerade, als die Besucher wieder gehen wollten, wandte sich Pope an einen der Polizisten und bemerkte, daß Solange Boilard, eine der Frauen, zu fehlen scheine. Die beiden Polizisten spürten Rock im Wald auf, wo er mit Jacques Holz schnitt. Rock erklärte geistesgegenwärtig, Solange sei in ein ›sicheres Haus‹ in Aurora, nördlich von Toronto, gegangen, um ein Kind zur Welt zu bringen. Wenn die Behörden näheres darüber wissen wollten, müsse die Polizei sich mit seinem Anwalt in Verbindung setzen.

Der Polizist berichtete der CAS von den Ergebnissen des Besuchs, und Pope verpflichtete sich, einen Gerichtsbefehl zu besorgen, der Rock zwinge, das Baby herzugeben. Für die Polizei war die Angelegenheit damit erledigt.

In Quebec fragte sich Gisèle Martineau, wann sie wieder etwas von ihrer Schwester hören würde. Einen Tag später traf sie zufällig in einem Bekleidungsgeschäft in Plessisville Francine Laflammes Mutter. Madame Laflamme sagte, ihre Tochter sei zu Hause zu Besuch, und lud Gisèle Martineau ein, vorbeizuschauen. In der Hoffnung, zu erfahren, wie es Solange ging, eilte sie zu dem Haus. Als sie ankam, lächelte Francine freundlich und versicherte Gisèle Martineau, daß alles in Ordnung sei. Gisèle Martineau ahnte nicht, daß Francine einen Knochen ihrer toten Schwester mit sich herumtrug.

Am Abend des 26. Juli war es in der Burnt-River-Kommune fast wie in den alten Zeiten. Den ganzen Frühling und Sommer über war ein Mitglied der Kommune nach dem anderen nach Quebec geflohen und hatte sich ins Bett gelegt, bis die Schnitt- und Schlagwunden verheilt waren, dann kehrten sie wieder zurück. Mit Ausnahme von Josée, die für immer ins Haus ihrer Mutter in der Nähe von Plessisville gezogen war, befand sich die Gruppe wieder vollzählig beisammen. Da waren noch zwei Babys, die vor der CAS zu verbergen Rock gelungen war – eines von ihnen hatte Marise Anfang Mai zur Welt gebracht, das andere war neun Tage alt und Chantals Kind. Es war Zeit zum Feiern, und Rock feierte auf seine Weise. Während er immer berauschter wurde, begann er, mit seinem Reichtum und mit seinen chirurgischen Fähigkeiten zu prahlen. Es war ein Zeichen dafür, daß bald Blut fließen würde. Gisèle stahl sich durch die Tür und eilte in den Wald. Claude, Francine und Marise waren nicht weit hinter ihr zurück.

Die Scherereien begannen, als Rock Gabrielle in den Küchenbereich herüberwinkte, damit er ihren steifen, kleinen Finger begutachten könne. Er forderte sie auf, die rechte Hand auf die

Ecke des Tisches zu legen. Ohne ein weiteres Wort zu verlieren wirbelte Rock herum, trieb ein Jagdmesser durch ihren Handrücken und heftete die Hand auf diese Weise am Tisch fest.

»Du wirst heute abend nicht fortlaufen, nicht wahr?« sagte er und grinste manisch.

Der Schmerz war schauderhaft, aber das Messer saß so tief im Holz, daß Gabrielle es nicht bewegen konnte. Sie erschauerte und erwiderte mit schwacher Stimme: »Es sieht nicht so aus.«

Rock griff lachend nach einem neuen Bier und ließ sich in einen Sessel fallen. Gabrielle wagte es nicht, sich zu setzen, weil sie fürchtete, das Bewußtsein zu verlieren. Sie war sicher, daß sie das gleiche Schicksal wie Solange erleiden würde, wenn sie ohnmächtig würde. Da stand sie nun wie gelähmt, während Blut aus ihrem durchstochenen Fleisch spritzte, eine dicke Lache auf der Tischplatte bildete und das hölzerne Tischbein hinab auf den Boden floß.

Nach fünfundvierzig Minuten kam Rock zu ihr herüber, um nachzusehen. Gabrielles ganzer Arm hatte einen kranken Blaustich angenommen. Sie betete, daß er Mitleid mit ihr haben würde.

Er stützte sich auf dem Tisch ab und starrte auf die festgeheftete Hand. Nach einer Weile wandte er sich ihrem Arm zu. »Also, nun schau dir das nur an«, murmelte er schließlich. »Es sieht gar nicht gut aus.«

Rock holte ein kleines, angewinkeltes Teppichmesser aus einem Werkzeugkasten und prüfte mit dem Daumen die Schärfe seiner Klinge. Gabrielle wimmerte und wand sich vor Schmerz, als ihr Meister das spitzte Ende des Messers in ihren rechten Arm versenkte – auf halber Strecke zwischen Schulter und Ellbogen. Er packte ihre Schulter mit einer Hand, um sie still zu halten, und begann, methodisch kleine Stücke Fleisch aus dem Arm zu schneiden, die er auf den Boden warf; wie ein Holzschnitzer, der sich der Schnitzspäne entledigt. Während Jacques, Nicole und Chantal zuschauten, arbeitete Rock sich allmählich bis auf den Knochen vor, indem er sich durch blutendes Fleisch grub und Sehnen durchtrennte. Gabrielle erwartete jeden Augenblick, ohnmächtig zu werden, aber durch reine Willenskraft gelang es ihr, bei Bewußtsein zu bleiben. Aber Rock war zu betrunken, um seine Arbeit zu vollenden, also rief er Chantal zu sich und forderte sie auf, weiterzumachen. Bald waren sie alle drei von Gabrielles Blut getränkt. Chantal befolgte Rocks sorgfältige Anweisungen und schnitt und schnitzte, bis sie einen dünnen Streifen Fleisch rings um den ganzen Arm entfernt und den Knochen freigelegt hatte.

Mit der rechten Hand packte Rock den Griff des Messers, das noch in der Tischplatte steckte, und rüttelte es los. Die Schneide des Messers stak immer noch in Gabrielles Hand, als er sie zu einem Baumstumpf führte und sie anwies, sich hinzuknien. Er legte ihr den Arm auf den Baumstumpf und befahl Jacques, ihn festzuhalten. Jetzt hob Rock ein stumpfes Hackbeil hoch über den Kopf und ließ es auf den Knochen niedersausen. Er verfehlte ihn. Erst beim zweiten Hieb fiel der abgetrennte Arm auf den Boden.

Der ganze Vorgang nahm mehrere Stunden in Anspruch, aber Gabrielle hatte nicht einmal geschrien. Sie blieb die ganze Nacht über auf dem Boden liegen und krümmte sich in höllischer Agonie, während ihr betrunkener Liebhaber für elf Jahre, ihr grausamer Messias, geräuschvoll auf dem Sofa schlief.

Am folgenden Morgen trug Claude den abgetrennten Arm nach draußen und verbrannte ihn – wie er zuvor Jacques' zwei Jahre alten Sohn, Solanges Nieren und Gebärmutter und das belgische Arbeitspferd, das Rock zu Tode geprügelt hatte, verbrannt hatte. Nachdem sie Gabrielles Armstumpf in eine Salzlösung getaucht hatte, nähte Chantal ihn mit Bindfaden zusammen. Zwei Tage später kam Gisèle aus ihrem Versteck im Wald. Sie fand Gabrielle auf dem Boden liegend, wie sie sich mit der anderen Hand den Stumpf hielt. Sie lächelte leer und sagte: »Es ist vorbei, Mami. Rock hat sich um alles gekümmert. Es wird mir bald wieder gut gehen.«

Einige Tage später kamen Rock Zweifel daran, daß es Gabrielle besser ging. Er verkündete, die restlichen fünfzehn Zentimeter Arm seien von einem Gangrän befallen. Er klemmte ihren Armstumpf zwischen seine Beine und machte mit einer Schere drei Einschnitte. Außerdem schnitt er ihr ein fünf Zentimeter großes Stück Fleisch aus der rechten Brust. Er erklärte, diese Maßnahme hätte zur Folge, daß ›die Infektion anderswohin umgeleitet‹ würde. Dann schlug er ihr ohne weitere Erklärung mit der stumpfen Seite eines Beiles auf den Kopf und verursachte eine große, tiefe Wunde. Sie floh in den Wald und verbrachte zwei Nächte auf dem bloßen Boden. Als sie am zweiten Tag erwachte – es war der 11. August –, hatte ein Schwarm Insekten Eier in die klaffende Kopfwunde gelegt.

An diesem Mittag fand Jacques sie. Sie fragte ihn, ob Rock wieder nüchtern sei; ob er gegessen habe. »Weshalb kommst du nicht mit mir und schaust selbst nach?« gab Jacques zu Antwort.

Sobald sie eingetraten war, erkannte Gabrielle, daß sie einen schrecklichen Fehler gemacht hatte. Der Küchentisch war von Bierflaschen übersät. Rock war immer noch betrunken und wollte wieder Arzt spielen. Auf Anweisung des Kommunenführers zündete Jacques den Azetylen-Schweißbrenner an und schnitt ein siebeneinhalb Zentimeter langes Stück Steuersäule aus einem der Autowracks auf dem Hof. Als nächstes wies Rock Jacques an, die Schweißapparatur in die Küche zu rollen, während Chantal und Nicole ein Stück Fußboden säuberten. Sie entkleideten Gabrielle und fesselten ihren linken Arm an ihre Fußknöchel. Während die übrigen sie auf dem Boden festhielten, klemmte Rock das Metallstück in einen Schraubenschlüssel und erhitzte es in der Flamme, bis es kirschrot aufglühte. Gabrielles Körper krümmte sich in konvulsivischen Zuckungen, als der Kommunenführer das glühende Stück Eisen gegen ihren Armstumpf preßte und die Luft mit dem Geruch bratenden Fleisches erfüllte. Rock war so betrunken, daß ihm das schwere Eisenstück immer wieder aus dem Schraubenschlüssel fiel und auf Gabrielles Körper landete. Als Rock seine Arbeit vollbracht hatte, waren auf dem ganzen Boden schwarze Brandlöcher, und Gabrielles nackter Leib war mit offenen, schmerzenden Brandwunden übersät.

Drei Tage später, am 14. August, nahm Gabrielle ihre letzten Kräfte zusammen, dem satanischen Sektenführer zu entfliehen. Die entsetzlichen Ereignisse der letzten drei Wochen hatten ihre Abhängigkeit von Rock gelöst. Sie raffte ein paar saubere Kleider zusammen und wanderte durch den Wald an die Straße. Dort hielt sie einen Wagen an und ließ sich zu einem Frauenhaus in Newmarket fahren, wo sie schon einmal kurz gewesen war.

Am Morgen des 16. August tauchte sie in der Notaufnahme des York County Hospital auf. Angst, Verwirrung und ein perverser Sinn für Loyalität brachte sie dazu, sich eine Geschichte auszudenken, um ihren Zustand zu erklären: Ihr Freund hatte einen Unfall gebaut, und ihr Arm war zwischen das Autowrack und einen Baum geraten. Er hatte ihr den Arm amputiert, während sie bewußtlos war, um ihr das Leben zu retten. Dann hatte er die Wunde genäht und kauterisiert, damit sie sich nicht infizierte. Der Arzt warf einen Blick auf den geschundenen Stumpf und rief die Polizei. Zwei Beamte der York Regional Police kamen noch am selben Nachmittag, um Gabrielle zu vernehmen, aber sie blieb bei ihrer Geschichte.

Am nächsten Tag wurde der Fall Bob Bowen übergeben, einem Beamten der Coboconk-Abteilung der Ontario Provincial Police. Er kam – ebenso wie die Beamten der York Regional Police – sofort zu dem Schluß, daß Gabrielle nicht die Wahrheit sagte. Und selbst, wenn es gestimmt hätte, wäre es ungesetzlich gewesen, daß jemand ohne Arztlizenz einen Arm amputierte – besonders, wenn es nur fünfundzwanzig Kilometer vom nächsten Krankenhaus entfernt geschah. Der OPP-

Polizist erhob Anklage wegen schweren tätlichen Angriffs gegen Rock. Am nächsten Tag – den 19. August – führte er auf dem Besitz der Kommune einen Durchsuchungsbefehl aus. Er fand ihn verlassen. Er verließ das Grundstück mit einer Arzttasche, mehreren blutigen Papiertaschentüchern, einer Schere und mit Blutspuren und einer Sammlung scharfer Werkzeuge, die er im Haupthaus und in einem Schuppen in der Nähe gefunden hatte. Er untersuchte auch die schrottreifen Fahrzeuge der Kommune nach Blut- und Fleischspuren, fand jedoch nichts.

Bowen konnte nicht wissen, daß der gesuchte Mann gemeinsam mit Jacques Giguère, Chantal Labrie, Nicole Ruel und den beiden Babys am Tag zuvor fröhlich nach Quebec gefahren war, um eine Ladung frisch gebackenen Ant-Hill-Kids-Brot abzuliefern.

Die übrigen waren geflohen und sollten nicht zurückkommen. Claude, der zwölf Jahre lang buchstäblich ein Zombie gewesen war, hatte den Mut aufgebracht, Rock einen Brief zu schreiben, in dem er ankündigte, daß er seine Bindung zu ihm und der übrigen Gruppe lösen würde.

Giesèle schrieb ebenfalls – aus Orillia.

Lieber Moses,
die Zeit ist gekommen, daß ich mich von Dir trenne. Wir haben einander schon zu lange verletzt . . .

Meine Angst vor Dir ist vorbei. In letzter Zeit sind zu viele furchtbare Dinge geschehen. Das kann nicht so weitergehen. Ich bin über Deine Taten im betrunkenen Zustand sehr, sehr besorgt. Ich kann nicht länger den Mann Gottes in Dir sehen; und ich sehe auch keine Sanftheit und keinen Frieden in Dir. Du willst immer mehr Blut bei Deinen Leuten sehen.

Etwas an Dir erschreckt mich. Du willst überhaupt nicht aufhören zu trinken, und findest alle möglichen Vorwände, Deinen Durst und Deine Stimmungen zu befriedigen und zu tun, was Du tun willst.

Ich danke Deinem Herrn, daß er mich Dir begegnen ließ. Vergib mir alle untreuen Taten, die Dich leiden ließen. Ich will Dich nicht mehr verletztzten.

Danke, daß Du mich geliebt hast – Du, ein so großer und weiser Mann.

Danke für die Kinder, die ich getragen habe.

Danke, daß ich Dein Leben führen durfte.

Esther

DER SCHLAUE HANDEL

Wenn Bob Bowen jemanden als groß und massig schildern wollte, sprach er scherzhaft von einem ›Berg mit Augen‹. Diese Beschreibung traf auch auf ihn selbst zu. Er war über einen Meter achtzig groß, wirkte aber in seinen dicksohligen Polizeischuhen und mit der Baseball-Kappe, die er oft trug, um seine beginnende Glatze zu verbergen – er schien Dutzende dieser Kappen zu besitzen – noch größer.

Aber Bobs imposante Statur stand im Widerspruch zu seiner bescheidenen Art. Bob war achtundvierzig Jahre alt. Er sprach mit dem besänftigenden Ton eines Lehrers der vierten Klasse. Bei seiner Arbeit hatte er sich einen geistesabwesenden Gesichtsausdruck angewöhnt, der manchmal den Verdacht erregte, er sei halb eingeschlafen. Aber Bowens Kollegen sagten, er besäße das Gedächtnis eines Schwammes. Wann immer es galt, einem widerwilligen Zeugen Informationen zu entlocken, tat man am besten daran, Bowen loszuschicken. Er verfügte über einen raschen Verstand und einen sechsten Sinn, der ihn erkennen ließ, wann jemand der Wahrheit nachhalf.

Die Suche nach Rock Thériault jedoch stellte Bowens Geduld auf eine ernsthaftere Probe. Mehr als sechs Wochen vergingen nach Bowens erstem Besuch in der Kommune am 19. August 1989, bis er den Flüchtling endlich festnehmen konnte. Die lange Menschenjagd wäre für einen ungeduldigen Polizisten schon frustrierend genug gewesen, aber seine Situation wurde durch die höhnischen Kommentare in der Stadt und in den Torontoer Zeitungen, daß die OPP offenbar nicht wisse, was sie tue, noch verschärft. Im Umland kursierten sogar Gerüchte, in den Wäldern treibe sich ein mit einer Kettensäge bewaffneter Wahnsinniger umher.

Ein Problem war, daß außerhalb des engsten Kreises um Rock niemand die Schwere seines Vergehens kannte. Bowen und sein Team gingen davon aus, daß sie nach einem Hinterwäldler mit einer religiösen Macke suchten, der in betrunkenem Zustand die Beherrschung verloren, einer Frau den Arm gebrochen und dann eine Art panische Notoperation auf freiem Felde ausgeführt hatte. So lautete nämlich die Geschichte, die Gabrielle Lavallée erzählt hatte.

Überdies hatten die Polizisten keine Ahnung, wo sie mit ihrer Suche anfangen sollten. Von Anfang an gab es Augenzeugen, die mehrere Erwachsene in einem weißen Caravan in das Lager hatten fahren und dann zu Fuß fliehen gesehen haben wollten. Aber die Spuren erwiesen sich jedesmal als kalt. Die Polizisten wußten von Gabrielle, daß Rock Bekannte in ganz Ontario und Quebec sowie Freunde in den Vereinigten Staaten hatte. Vielleicht hatte er die Provinz oder sogar das Land verlassen.

Bowen forderte einen Polizeihubschrauber an, um das Gebiet überfliegen zu können. Aber der Flüchtling mußte nicht besonders schlau sein, um sich unter einem Baum zu verstecken. Eine weitere Möglichkeit war, den Hubschrauber mit Wärmedetektoren auszustatten, aber dann würde jeder Bär, jedes Reh oder Stachelschwein Alarm auslösen. Bowen wußte, daß eine Armee nötig gewesen wäre, um diese Gegend nach dem Sektenführer abzusuchen. Aber wie die Dinge standen, verfügte er kaum über genug Beamte, um der Kommune regelmäßig Besuche abzustatten. Eine Überwachung rund um die Uhr war mit seinem Personal unmöglich. Er hätte eine Morduntersuchung gebraucht, um die nötige Unterstützung zu bekommen. Die Polizisten fragten Gabrielle wiederholt, ob Rock ernsthaftere Verbrechen begangen habe, und sie sagte nein. Sie rückte aber mit einer vollständigeren Schilderung heraus, wie Rock ihr den Arm abgehackt und den Stumpf kauterisiert hatte. Dies hatte zur Folge, daß die OPP Haftbefehle für Rocks drei Komplizen herausgab – für Jacques, Chantal und Nicole.

Der erste Hinweis darauf, daß Rock sich immer noch in der Nähe aufhielt, kam, als Bowen bei einer seiner täglichen

Inspektionen auf dem Lagerplatz der Kommune bemerkte, daß Möbelstücke und andere Geräte verschoben worden waren oder fehlten. Er spannte mit seinen Männern in fünf Zentimeter Entfernung vom Boden Nylonfäden als Stolperdrähte in die Türrahmen. Als sie am nächsten Tag zurückkamen, waren die Fäden unversehrt – aber jemand hatte neue Stolperdrähte in allen Häusern gespannt. Sie nahmen an, daß Rock es gewesen war. Bowen teilte das Gebiet auf einer Karte in Planquadrate auf und wies seine Männer an, sie systematisch zu durchsuchen. Den ganzen restlichen August und den September hindurch durchkämmten sie die Wildnis, ohne eine Spur zu finden. Bowen versicherte sich zusätzlich der Hilfe durch einen professionellen Führer, der in dem Wald in der Umgebung von Rocks Anwesen jahrelang Bären gejagt hatte. Der Fährtenleser kannte die Wälder besser als irgend jemand sonst, aber auch er hatte keinen Erfolg.

Die ganze Zeit über hielt sich Rock zusammen mit Jacques, Nicole, Chantal und den beiden Babys nur etwa achthundert Meter vom Lager entfernt verborgen. Sie lebten anfangs in einem Anbau, während die beiden Männer geschickt ein kleines Holzhaus bauten. Sie benutzten nur Handsägen, um die Polizisten nicht auf sich aufmerksam zu machen. In der Hütte befanden sich ein kleiner, rostiger Holzofen, ein Stapel schmutziger Schlafsäcke und Nahrungsmittelvorräte, die sie von Zeit zu Zeit aus dem Gemüsekeller der Kommune auffüllten. Als Toilette benutzten sie einen ausgehöhlten Baumstumpf. Es war ein primitives Leben, aber Rock dachte, sie könnten sich den Winter über dort verstecken, bis die Polizei aufgab und sie in Ruhe ließ. Jacques und Nicole waren bereits dabei, mit Gartengeräten die Fundamente für ein neues, größeres Haus zu schaffen.

Bowen war immer noch mit der Menschenjagd befaßt, als Gord Manktelow, der Fürsorge-Sachbearbeiter, anrief und mit der Neuigkeit aufwartete, daß Gisèle Trembly, Rocks legale Frau, den Kommunenführer verlassen hatte und nach Orillia gezogen war. Sie sei ein emotionales Wrack, sagte Manktelow, aber er verbringe viel Zeit mit ihr und hoffe, daß sie sich ihm schließlich öffnen würde. Eine Sache, über die sie reden wollte, war, wie Gabrielle der Arm abgehackt wurde – Manktelow war ziemlich sicher, daß man sie überreden könne, als Zeugin auszusagen.

Am Abend des 30. September fuhr Bowen mit Gabrielle in einem neutralen Streifenwagen zu Gisèle und Manktelow. Die vier saßen im Wagen, während Bowen Fragen stellte und sich Notizen machte. Zu Bowens Überraschung sprachen die beiden Frauen über Rocks Herrschaft in der Gruppe, als wäre sie fast normal.

Endlich platzte Bowen der Kragen. »Ich begreife nicht, was zum Teufel los ist«, sagte er. Er fragte die Frauen, weshalb sie nicht einfach fortgegangen seien, wenn es ihnen dort nicht gefiel.

Bevor Gisèle antworten konnte, mischte Manktelow sich ein. »Sie sind programmiert, Bob – sie haben eine Gehirnwäsche hinter sich!«

Gabrielle warf sich auf dem Vordersitz herum und starrte ihn eisig an. Manktelow dachte für den Bruchteil einer Sekunde, sie würde ihn schlagen.

»Ich habe keine Gehirnwäsche erhalten«, fauchte sie. »Ich bin nicht programmiert!«

Bowen schaute erst Gabrielle und dann Manktelow an. Dann lachte er. »Bei Gott, ich glaube, Sie haben da einen Nerv getroffen.«

Das nächste Mal trafen Bowen und Manktelow sich am 5. Oktober. Rock wurde immer noch vermißt, aber die beiden Männer beschlossen, in einem Polizeiauto mit Vierradantrieb in die Kommune zu fahren, um ein paar Plüschtiere abzuholen, die Gisèle und Gabrielle zurückgelassen hatten. Es war keine große Sache, aber die beiden Frauen hatten alles andere in ihrem Leben verloren, einschließlich ihrer Kinder. Und jetzt waren sie ganz allein. Bowen dachte, daß die Spielzeugtiere ihnen helfen könnten, sich zu entspannen und nachts besser zu schlafen. Er konnte sich die Qualen, die sie durchlebten, nicht vorstellen. Gisèle sprach immer wieder von ihrem ältesten Sohn und fragte sich, ob sie ihn jemals wiedersehen würde. Beide Frauen hatten so entsetzliche Alpträume, daß sie sich davor fürchteten, schlafen zu gehen.

In der Morgendämmerung rumpelte das große Fahrzeug auf die Holzhäuser zu. Plötzlich rief Bowen: »Da sind sie! Jesus Christus, sie sind es!« Er riß seine Pistole aus dem Holster und sprang aus dem Wagen, noch bevor er anhielt. Es waren Rock und Jacques, damit beschäftigt, Teile eines alten Wassererhitzers zu säubern. Bowen und Manktelow liefen auf die beiden Flüchtlinge am Waldrand zu. Plötzlich rief Rock etwas auf französisch. Jacques wirbelte herum und warf sich wie ein Opferlamm zwischen Bowen und den Hauptverdächtigen. Die beiden Männer legten Jacques Handschellen an, aber Rock war verschwunden.

Eine Stunde später krochen OPP-Beamte über das ganze Anwesen, fanden aber von Rock keine Spur.

Als Manktelow an diesem Abend mit Gisèle sprach, erwartete er, daß die Nachricht über Jacques' Festnahme sie erregen würde. Aber statt dessen klang sie erleichtert. »Ihr habt Jacques ergriffen?« sagte sie. »Oh, danke. Jetzt hat er es gut. Er bekommt Essen, er kann schlafen. Er wird euch sehr danken, da bin ich sicher.«

Am nächsten Morgen um sieben Uhr war Bowen in Begleitung eines großen Suchtrupps und eines Spurenhundes wieder auf dem Lagerplatz der Kommune. Sie wollten früh anfangen, bevor die Sonne die Witterung fortbrannte. Gegen Mittag erspähten Bowen und ein anderer Polizist Rock: er kauerte zwischen den Bäumen. Sie holten ihre Pistolen aus den Holstern und schlichen sich vorsichtig heran. Als sie ein freies Schußfeld hatten, rief Bowens Partner: »Rock, Polizei. Keine Bewegung!« Erst jetzt bemerkten sie die Holzhütte in der Nähe. Sie war so gut getarnt, daß man sie noch aus zehn Metern Entfernung leicht übersehen konnte. Chantal und Nicole standen mit ihren

Babys, die grüne Abfallbeutel als Windeln trugen, unbeteiligt daneben.

Es war das erste Mal, daß Bowen den berüchtigten Mann von Angesicht zu Angesicht sah. Er trug eine ärmellose Weste, die vorn offenstand und seine behaarte Brust und den Bauch sehen ließ, eine schmuddelige Arbeitshose und einen braunen Ledergürtel, an dem ein großes Bowie-Messer hing. Bowen hielt seinen stumpfnasigen .38-Revolver achtsam auf den Verdächtigen gerichtet und wies ihn an, den Gürtel mit dem Messer fallenzulassen.

»In Ordnung, aber wenn meine Hose herunterfällt, weil ich den Gürtel abnehme, werden Sie sehen, daß meine Augen nicht meine besten Körperteile sind«, sagte Rock grinsend. Als Bowen Rock fragte, weshalb er sich versteckt habe, wurde der Sektenführer plötzlich wieder ernst. »Ich habe hier mit meinen Kindern gewartet; ich habe mit ihnen gespielt. Ich dachte, Sie kämen, um mir meine Kinder fortzunehmen.«

Obwohl alle Kommunenmitglieder bis auf drei Rock verlassen hatten, war der Polizei niemals etwas über Solanges Tod zu Ohren gekommen. Endlich brachte Gisèle den nötigen Mut auf. Zufällig war es am Tag der Festnahme Rocks – Freitag, den 6. Oktober –, daß sie Manktelow in ihr Apartment in Orillia einlud. Dort erzählte sie ihm bei einer Flasche Wein in allen Einzelheiten von dem grausamen Mord an Solange.

Manktelow wollte unbedingt Bowen davon berichten, aber es war der Beginn des Thanksgiving-Wochenendes, und der Polizist war nicht in der Stadt. Als Bowen am Montag zurückkehrte, lud er Gabrielle in seinen Wagen und stattete der Kommune mit einem Video-Team der Polizei einen Besuch ab, damit sie ihren Bericht über die Arm-Amputation aufzeichnen konnten. Eine volle Stunde lang führte sie Bowen und die Mannschaft auf dem Anwesen herum und schilderte, wie Rock ihre Hand mit dem Messer an einen Tisch geheftet, ihr den Arm abgehackt und den Stumpf Tage später mit einem rotglühenden

Stück Eisen kauterisiert hatte. Den Mord an Solange erwähnte sie mit keiner Silbe.

Manktelow erreichte Bowen endlich um 10 Uhr 30 vormittags in seiner Wohnung. »Bob, es ist eine Leiche im Spiel«, rief er durchs Telefon. Ihm kamen fast die Tränen, als er von den haarsträubenden Ereignissen berichtete, die Gisèle ihm geschildert hatte. Bowen wies Manktelow an, am nächsten Tag nach dem Mittagessen mit Gisèle in die OPP-Wache in Coboconk zu fahren, damit sie ihre Aussage auf Videotape aufnehmen konnten. Er konnte sich nicht früher freimachen, weil Rock, Jacques, Nicole und Chantal wegen einer Routine-Befragung im Bezirksgericht in Lindsay erwartet wurden.

Zu jedermanns Überraschung erklärten sich Rock und seine Anhänger im Zusammenhang mit Gabrielles Verlust ihres Armes schuldig. Man drängte sie, einen Anwalt zu nehmen, aber sie weigerten sich. Rock erhielt eine zwölfjährige Haftstrafe für schweren tätlichen Angriff in drei Fällen und einen schweren tätlichen Angriff mit Verletzungsfolge in einem Fall. Die übrigen wurden jeweils des schweren tätlichen Angriffs in einem Fall überführt. Jacques erhielt fünf Jahre, Chantal zwei Jahre abzüglich eines Tages und Nicole achtzehn Monate Haft.

»Euer Ehren und Mitglieder des Gerichts«, sagte Rock vor dem Urteilsspruch mit Vermittlung eines Dolmetschers, »ich habe nichts von allem gewußt, weil ich betrunken war. Jetzt weiß ich es. Es ist schrecklich – keine Entschuldigung. Ich bin schuldig, weil ich zur Flasche griff. Niemand hat mich dazu gezwungen. Ich bin sehr traurig, daß dies geschehen ist.«

Dann sprach Chantal. »Ich versichere Rock meiner Liebe. Ich habe ihn immer geachtet.«

»Außer bei diesen Trinkereien ist Rock immer ein sehr gütiger Mann«, fügte Nicole hinzu.

Zwei Tage später erklärte Rock sich einverstanden, einen Reporter von der *Lindsay Post* im Gefängnis-Besuchsraum zu empfangen. Seine Zerknirschung schien sich inzwischen weitgehend in Luft aufgelöst zu haben. »Ich bin kein Wilder«, sagte er, und fügte hinzu, er habe in Arizona Medizin studiert. »Der

Arm war entzündet – sie hatte eine Infektion.« Auf die Frage, ob er bei seinen Anhängern eine Gehirnwäsche vorgenommen habe, antwortete er: »Wenn der Premierminister Kanadas oder der Bürgermeister von Lindsay die Wünsche der Leute beachten und die Unterstützung der Leute gewinnen – reden Sie dann auch von Gehirnwäsche?«

Rock hatte auch eine rasche Erklärung für seine Entscheidung, sich vier Tage nach seiner Festnahme als schuldig zu erklären, ohne sich auch nur einen Anwalt zu nehmen. »Eine Gerichtsverhandlung beansprucht viel Zeit und kostet eine Menge Geld, und eine Menge Leute – Steuerzahler – müssen dafür aufkommen. Die Aussage von Gabrielle war im wesentlichen zutreffend, und hier auch nur um ein Wort zu kämpfen, kann zwanzigtausend Dollar kosten.«

Es war die atemberaubend arrogante Vorstellung eines Mannes, der tatsächlich glaubte, an einer Mordanklage vorbeigekommen zu sein. Rock hatte keine Ahnung, daß Bowen in diesem Augenblick Beweise für eine Anklage wegen Totschlags sammelte. Nach seinem Gespräch mit Gisèle stellte Bowen aber Gabrielle – die bei der Operation Solanges zugegen gewesen war und wegen Mittäterschaft hätte angeklagt werden können – zur Rede und verlangte, die Wahrheit zu erfahren. Sie gab sofort nach. An diesem Wochenende fuhr sie erneut mit der Polizei auf das Grundstück der Kommune und gab einen vollständigen, auf Videoband aufgezeichneten Bericht über den Mord, die wiederholten Ausgrabungen und Schändungen der Leiche sowie über die Verbrennung.

Mit diesen Beweisen in der Hand machte Bowen sich auf die Suche nach den Überresten Solanges. Ein Pathologen-Team zog ein Gitter über die Verbrennungsstätte und durchsuchte auf Händen und Knien die Asche. Aber es war nicht viel übrig – nur genügend Knochenstückchen, um ein Ein-Liter-Gefäß zu füllen. Zugleich sammelte Bowen die Halsbänder mit den Anhängern aus Solanges Knochen von Gabrielle, Chantal, Jacques, Gisèle, Josée und Marise ein.

Am Sonntag, den 15. Oktober, begab sich Bowen mit einem

Durchsuchungsbefehl in das Gefängnis von Lindsay, um die Herausgabe des Halsbandanhängers zu erwirken, den Rock aus Solanges Rippe gefertigt hatte. Er konnte sich die Frage nicht versagen, weshalb Rock dieses Ding haben wollte.

»Weil Solange meine geliebte Frau war«, erwiderte Rock zögernd. Er war auf der Suche nach der passenden Erklärung für einen Kleinstadt-Polizisten. »Und ich glaube . . . in der Bibel steht, die Frau sei aus den Rippen des Mannes erschaffen worden, und ich sagte, ich wolle einen Teil meiner Frau bei mir tragen.«

Bowen hörte ihm bis zum Ende zu und verkündete dann, er werde jetzt in die Effektenkammer gehen und das Halsband mitnehmen. Rock brach schluchzend zusammen.

»Kann ich mit Ihnen gehen?« bat er.

»Wie meinen Sie?«

»Kann ich . . . kann ich mitgehen und Solange ein letztes Mal . . . einen letzten Kuß geben?«

Der Polizist geleitete Rock die Treppe hinab in die Effektenkammer, wo die Wächter Rocks Schließfach öffneten und behutsam das Lederhalsband herausholten. Rock nahm es an sich und bat um die Erlaubnis, den Knochen auswickeln zu dürfen. Bowen lehnte ab. Während die Gefängnisbeamten mit großen Augen und ungläubig zuschauten, führte Rock die Rippe an seinen Mund und küßte sie. Er weinte und wimmerte wie ein Baby.

Bowen war auch auf der Suche nach einigen der Organe Solanges. Gabrielle hatte ihm mitgeteilt, Solanges Uterus sei in einem großen steinernen Behältnis aufbewahrt worden, das sich in Rocks Wald-Sanktuarium befand. Aber als die Polizisten es dort suchten, fanden sie es nicht. Sie waren davon überzeugt, daß einer von Rocks ›Zombies‹ dem Altar insgeheim einen Besuch abgestattet und sich mit dem Behälter davongemacht hatte.

Am Dienstag, den 24. Oktober – genau zwei Wochen, nachdem Rock versucht hatte, jede weitere Untersuchung zu stoppen, indem er zugab, Gabrielles Arm amputiert zu haben –

erschien Bob Bowen vor einem Friedensrichter in Lindsay und klagte Rock Thériault des vorsätzlichen Mordes an.

Wenige Tage nach der Anklage wurde Rock in die Millhaven-Anstalt verlegt, ein Hochsicherheits-Gefängnis in Kingston, Ontario. Einer seiner ersten Besucher war am 10. November 1989 der bekannte Torontoer Psychiater Andrew Malcolm. Die Krone hatte ihn wegen seiner Prozeßerfahrungen und seines Fachwissens engagiert.

Malcolm beschrieb den Sektenführer später als ›höchst ungewöhnlichen und faszinierenden Mann‹ mit überdurchschnittlicher Intelligenz, der sich selbst als rechtmäßigen Anführer betrachtete. Vor seiner Festnahme war sein Verhalten ›sehr oft aggressiv, anmaßend, theatralisch und ichbezogen‹, aber im Gefängnis ›ist er beherrscht und anstellig und läßt kein Anzeichen für sein gewalttätiges und sadistisches Potential erkennen‹.

Der vorläufige Befund des Psychiaters lautete, daß Rock an einer ›Konstellation‹ mentaler Krankheiten litt, darunter wahrscheinlich sexueller Sadismus. ›Viele der Symptome, die er zeigt, entsprechen der klassischen Definition dessen, was die Ärzte eine narzißtische Persönlichkeitsstörung nennen: maßlose Selbstüberschätzung; Phantasien über Erfolge, Macht, geistige Brillanz, Schönheit oder ideale Liebe ohne Grenzen; Exhibitionismus; Ausbeutung anderer; Mangel an Mitgefühl, verbunden mit der Unfähigkeit, die Qual ernsthaft Kranker zu würdigen; und eine Neigung zu Beziehungen, die zwischen extremer Idealisierung und Herabwürdigung schwanken.‹

Trotzdem, schrieb Malcolm, sei sein erster Eindruck der, daß Rock fähig war, an der Gerichtsverhandlung teilzunehmen. ›Bei diesem Stand der Untersuchung deutet nichts darauf hin, daß ihn sein mentaler Zustand daran hindert, die Natur und das Wesen seiner Taten zu erkennen und zu wissen, daß diese Taten rechtlich betrachtet falsch waren.‹

Anders als bei seinem raschen Schuldgeständnis im Fall des abgehackten Armes hatte Rock es nicht eilig, wegen Mordes an Solange Boilard vor Gericht gestellt zu werden. Die Vorverhandlung begann in Lindsay am 19. November 1990 und dauerte zehn Tage. Gisèle, Gabrielle, Claude und Josée wurden als Zeugen gegen Rock geladen. Obwohl er in Handschellen in der Gefangenenbank saß, fühlten sie alle sich durch seine Gegenwart eingeschüchtert und wagten kaum, ihn anzuschauen. Um die Macht des Angeklagten über seine Anhänger zu demonstrieren, rief die Krone auch Nicole, Chantal und Francine auf. Die drei Frauen lächelten freundlich im Zeugenstand, weigerten sich aber, ihren Anführer zu kritisieren. Nach ihrer Vernehmung wandten sie sich an den Richter und baten um Erlaubnis, ihren Mann küssen zu dürfen. Ihre Bitte wurde abgelehnt.

Am 18. Dezember gab Richter Claude Paris den Sektenführer zur Verhandlung über die geringere Anklage wegen Totschlags frei. Er schloß, daß die Beweise nicht für die Erhärtung des Verdachts der vorsätzlichen Tötung ausreichten.

Während der Mordfall seinen Gang durch die Gerichte machte, schoß Rocks Pflichtverteidiger Julian Falconer aus Toronto ein Gesuch um Verurteilung und eine zwölfjährige Haftstrafe für Rocks wiederholte Verstümmelungen Gabrielles ab. »Wenn ein Angeklagter vor Gericht erscheint, sich schuldig bekennt und zwölf Jahre kriegt, muß man bezweifeln, daß er weiß, was er tut«, sagte Falconer zu Reportern. Rock hatte natürlich genau gewußt, was er tat. Aber es hätte ihm nicht geholfen, zuzugeben, daß der wahre Grund seines Schuldgeständnisses der war, zu verhindern, daß die Untersuchungsbeamten die Wahrheit über Solanges Tod entdeckten – der länger als ein Jahr ein Geheimnis geblieben war.

In einem vom 15. September 1992 datierten Urteil wies ein Ausschuß von drei Richtern am Appellationsgericht Ontarios Rocks Bitte ab, seine Verurteilung zu revidieren. Aber das Gericht verminderte die Dauer seiner Haftstrafe von zwölf auf zehn Jahre. Die Richter lobten Rocks ›echte Reue und sein Mitgefühl mit dem Opfer‹. (Als Malcolm Rock über die Amputation befragte, gab der Sektenführer fälschlich an, er habe in einem Funeral Home in Thetford Mines Chirurgie-Unterricht erhalten. ›Er bestand darauf, sorgfältig genug gearbeitet zu haben, um der Frau das Leben zu retten, obwohl er damals sehr betrunken gewesen sei.‹ Er ließ keinerlei Anzeichen von Reue erkennen.) Aufgrund der kürzeren Haftstrafe würde Rock am 10. Oktober 1993 – auf den Tag genau vier Jahre nach seinem Schuldeingeständnis – für eine vollständige Haftentlassung ohne Überwachung in Frage kommen.

Alles in allem entwickelten sich die Dinge für Rock recht günstig. Es bestanden sogar verhältnismäßig gute Aussichten, daß Falconer die Anklage wegen Totschlags auf fahrlässige Tötung verminderte, indem er darauf hinwies, daß sein Klient zum Zeitpunkt der ›Operation‹ betrunken war. In diesem Fall wäre Rock innerhalb von zwei oder drei Jahren wieder ein freier Mann gewesen.

Aber die Polizisten hatten noch eine letzte Waffe in ihrem Arsenal. Bowen hatte mit Hilfe aller Kommunenmitglieder gewissenhaft eine ausführliche Akte über die größeren Verletzungen angelegt. In einigen Fällen hatte er die Opfer vier- oder fünfmal befragt und Dutzende von Fotos von ihren Narben gemacht. Diejenigen, die Rock gegenüber immer noch loyal waren – wie zum Beispiel Nicole Ruel –, verweigerten die Zusammenarbeit mit den Untersuchungsbeamten, also nahm Bowen die medizinischen Berichte aus ihrer Haft auf. Schließlich umfaßte die Akte vierundachtzig von Rock zugegebene tätliche Angriffe gegen seine Anhänger, seit die Kommune 1984 nach Ontario umgezogen war. Bowen und Detective Inspector Bob Adams vom Kriminal-Untersuchungsausschuß der OPP in Toronto – sein Vorgesetzter – hofften, daß Rock aufgrund des zweihundertsiebenundsiebzig Seiten starken Schriftsatzes als gemeingefährlich eingestuft würde. Falls dieser Antrag Erfolg hatte, würde Rock auf unbestimmte Zeit hinter Gitter wandern, ohne automatischen Anspruch auf vorzeitige Haftentlassung.

Als Falconer von den Beweisen Wind bekam, die Bowen gesammelt hatte, entschied er, daß es an der Zeit für einen Deal sei. Sein Klient würde sich des Totschlags schuldig bekennen, wenn die Krone im Gegenzug versicherte, daß sie nicht auf Anklage wegen der übrigen kriminellen Handlungen drängen würde, die im Verlauf der dreijährigen polizeilichen Untersuchungen ans Tageslicht gekommen waren. Das würde die Polizei zwingen, den gefährlichen Antrag auf Zuerkennung der Gemeingefährlichkeit fallen zu lassen. Außerdem – und das war nicht zu verachten – würde ein Schuldanerkenntnis dafür sorgen, daß die meisten Einzelheiten über Rocks jahrelanges, schändliches Verhalten niemals in der Öffentlichkeit bekannt würden.

Rocks Tag vor Gericht war der 18. Januar 1993. In einem kleinen Verhandlungsraum in Kingston, Ontario, wurde er Richter R. C. Desmarais gegenübergestellt. Sein dichter, schwarzer Bart und die wilde Haarmähne waren verschwunden. Im grauen Zweireiher, mit einer Fliegerbrille mit Drahtfassung auf der Nase und mit gepflegten Haaren humpelte Rock auf Krücken in den Saal. Die Krücken waren angeblich wegen einer Hüftverletzung nötig. Kronanwalt James Stewart las sich in die fünfzehn Seiten starke Zusammenfassung der Kommunen-Karriere Rocks und der Umstände um Solanges Tod ein. Als Geschichte des kriminellen Verhaltens des Beklagten ließ dieser Bericht viel zu wünschen übrig. Zum Beispiel wurden die Scheußlichkeiten, die Rock mit Solanges Leichnam angestellt hatte, nur sehr beiläufig erwähnt. Trotzdem hatte Falconer Stewart das Versprechen abgenommen, daß die Krone das Dokument selbst nicht zu den Gerichtsakten nehmen oder Abschriften davon den Journalisten zugänglich machen würde.

Richter Desmarais fragte Rock, ob er vor der Urteilsverkündung etwas zu sagen habe. Rock stand auf, warf sich in die

Brust und gab auf französisch eine der besten Vorstellungen seines Lebens zum besten:

> Ehrenwerte Anwälte, Mitglieder des Gerichts, Euer Ehren. Die vergangenen drei Jahre Haft haben zu einem völligen Umschwung des Sturms in meinem Inneren geführt, der mich zu meinem ungewöhnlichen Verhalten verführte. Jetzt stehe ich voller Vertrauen auf meine inneren Schwingungen vor Ihnen.
>
> Ich erkenne, daß das Rechtssystem seine Pflicht erfüllt hat, indem es mich hinter Gitter brachte. Im Verlauf von Jahren habe ich mich in einen hassenswerten Charakter verwandelt; in einen unumschränkten Herrn, der mir unmerklich durch meinen eigenen Willen aufgezwungen wurde; (durch) die Irrwege und Ausschweifungen meines Denkens, in dem ich auf verruchte Weise Liebe, Haß, Religion, Arbeit, Alkohol und Gewalt miteinander vermischte. Ich mästete meine Seele mit den Torheiten der Größe.
>
> Ich habe mir selbst mentale Wunden beigebracht, deren unsichtbare Narben ich für den Rest meines Lebens tragen werde. Einige dieser Narben werden sich besonders deutlich in Erinnerung bringen; zum Beispiel diejenigen, die ich davontrug, als ich meiner törichten Wut Ausdruck verlieh; verletzte, verstümmelte und den Menschen, die mir nahe standen, Leid zufügte; besonders bei den Ereignissen, die zum vorzeitigen Tod Solange Boilards führten. Ich habe mich in einen Kriminellen verwandelt.
>
> Gestatten Sie mir, um Milde für jene zu bitten, die sich vor dem Gesetz – und der Gesellschaft – schuldig gemacht haben mögen, indem sie ein Leben in der Sklaverei dieser Hölle auf sich nahmen. Ich war der Anführer der Kommune, und ich übernehme die volle Verantwortung für sämtliche Untaten, die während ihres Bestehens verübt wurden . . .
>
> Ich aber will in Würde und neu gewonnener Integrität jedes Urteil auf mich nehmen, das dem Gericht angemessen dünkt.

Das Urteil lautete auf lebenslänglich, ohne die Möglichkeit einer Strafaussetzung für den Zeitraum von zehn Jahren.

Auch zwei der weiblichen Mitglieder von Rocks Kommune befanden sich an diesem Tag vor Gericht. Sie saßen in gegenüberliegenden Ecken des Raumes. Die eine war Francine Laflamme. Sie liebte ihren Meister noch ebensosehr wie in den fünfzehn Jahren zuvor. Die andere war Gabrielle Lavallée. Sie trug einen rechten Arm aus rostfreiem Stahl. Sie lebte jetzt in Toronto, hatte eine zweijährige Therapie hinter sich, Vorlesungen am Jung-Institut gehört und Bücher über Psychologie, Sekten und Gedankenkontrolle gelesen.

Gabrielle konnte nicht glauben, daß Rock so leicht davonkommen sollte. Sie wollte ihn für den Rest seines Lebens hinter Gittern wissen – ohne jede Aussicht auf Begnadigung. Er stellte eine Gefahr für die Gesellschaft dar. »Als ich ihn auf seinen Krücken hereinkommen sah, mußte ich lachen«, sagte sie später. »Wieder einmal zog er eine große Schau ab.«

Aber während sie auf der harten Holzbank hinten im Saal saß, bemerkte Gabrielle wieder die Kraft, die von Moses ausging.

»Als ich ihn vor zwölf Jahren zum ersten Mal traf, habe ich dasselbe gefühlt – eine sehr große Kraft. In diesem Gerichtssaal war es, als ströme ein Licht von ihm aus, das mir mitten durch die Brust ging, und ich wurde ein paar Fingerbreit zurückgestoßen. Aber dann warf ich die Kraft einfach auf ihn zurück und sagte: ›He, ich gehöre dir nicht länger‹.«

1999

Von 1978 an, als er sich selbst als Moses bezeichnete, bis zu seiner bewaffneten Festnahme elf Jahre später hatte Rock Thériault eine Gruppe verwirrter, junger Erwachsener aus Quebecker Kleinstädten abwechselnd bezaubert und gequält. Er mißhandelte jeden von ihnen seelisch und körperlich, und doch vergalten sie ihm seine Brutalität mit Schmeicheleien und Opfern. Solange Boilard opferte ihm ihr Leben.

Was hätte die Gesellschaft tun können, um ihn aufzuhalten? Die kurze Antwort lautet: nicht viel.

Tatsache ist, daß es in einer demokratischen Gesellschaft, die sich der Freiheit der Person verschrieben hat und auf ihre Toleranz und Vielschichtigkeit stolz ist, Erwachsenen erlaubt sein muß, selbständig über ihren Lebensweg zu entscheiden. Wenn jemand beschließt, seine Unabhängigkeit einem selbsternannten Propheten und autoritären Sektierer unterzuordnen, können andere nicht viel dagegen unternehmen. Ebenso wie einige Menschen von unersättlichem Machthunger erfüllt sind, zeigen andere den instinktiven Wunsch nach Unterwerfung. Für sie stellt Freiheit eher eine Last als einen wünschenswerten Zustand dar.

Natürlich hat die Gesellschaft das Recht, einzugreifen, wenn die Mitglieder einer solchen Gruppe eine Gefahr für sich selbst oder andere werden. Aber apokalyptische Sekten schotten sich von der Außenwelt ab. Und selbst, wenn die Behörden Mißbrauch argwöhnen, haben sie kaum die Möglichkeit, in die Kloake der Geheimniskrämerei hinabzutauchen.

In Rocks Fall haben die Behörden bei drei Gelegenheiten nachdrücklich interveniert: nach dem Tod von Samuel Giguère und nach der Kastration Guy Veers; und dann noch einmal, als die Kawartha-Haliburton Children's Aid Society 1985 vierzehn Kommunenkinder in ihre Obhut nahm. In den erstgenannten Fällen blieben Rocks vielfältige Mißhandlungen vor der Öffentlichkeit verborgen, weil die einzigen Zeugen die Sektenmitglieder selbst waren – und sie weigerten sich, schlecht von ihrem Anführer zu sprechen. Selbst Maryse Grenier – die die Gruppe verlassen hatte und freiwillig der CAS gegenüber aussagte – hatte zuviel Angst, um bei einer Kriminaluntersuchung mitzuarbeiten, die zu Anzeigen gegen Rock wegen Kindesmißbrauch hätte führen können. Nachdem man ihr das Sorgerecht für ihre älteste Tochter zugesprochen hatte, war sie nicht einmal mehr bereit, mit der Polizei zu sprechen.

Ein anderer Vorfall, der Licht auf Rocks Herrschaft über die Gruppe hätte werfen können, war der Tod von Gabrielles Baby im Januar 1985, der eintrat, nachdem das Kind unbeaufsichtigt in einer Schubkarre im Freien geblieben war, als die Temperatur minus zehn Grad Celsius betrug. Dr. Al Lackey, der gerichtliche Leichenbeschauer, hatte zwar entschieden, daß das Baby dem Plötzlichen Kindstod erlegen war, aber sein Befund ist strittig. Privat sagen einige der älteren Beamten aus dem Leichenbeschauerbüro, daß eine Gerichtsuntersuchung zur Feststellung der genauen Todesursache hätte stattfinden müssen. Im Sommer 1993 rollte das Büro den Fall erneut auf, um festzustellen, ob ausreichende Gründe für eine Klage gegen Rock vorlagen.

Zumindest hätte eine Gerichtsuntersuchung die öffentliche Aufmerksamkeit stärker auf Moses und seine bizarren Aktivitäten gelenkt. Auf die gleiche Weise würde die Freigabe von Richter Luçien Beaulieus dreiundachtzig Seiten starker Urteilsbegründung gewirkt haben. Gemäß der Child and Family Services Act Ontarios stellt es einen Verstoß dar, Informationen zu veröffentlichen, aus denen die Identität von Kindern oder Eltern hervorgeht, die in eine Verhandlung des Familiengerichts verwickelt sind. Aber es wäre gewiß möglich gewesen, das Dokument nach Löschung der Namen der Kinder freizugeben. Unter Berücksichtigung aller Umstände ist es schwer, zu glauben, daß das Veröffentlichungsverbot dem Öffentlichen Interesse diente.

Der Preis für Rocks elfjähriges Wüten wird immer noch bezahlt. Die meisten seiner Anhänger haben die Spuren ihres Lebens verwischt; nicht einfach deshalb, weil sie sich um ihre körperliche Sicherheit sorgen, sondern weil sie sich verzweifelt wünschen, ihre Erfahrungen hinter sich zu lassen. Sie haben nicht in den Büchern aufgeführte Telefonnummern und halten nur den nötigsten Kontakt untereinander, während sie versuchen, die Scherben ihres zerbrochenen Lebens zusammenzukitten.

Jacques Giguère, der für seine Mittäterschaft bei der Amputation von Gabrielles Arm zu fünf Jahren Haft verurteilt worden war, verbrachte zweiundzwanzig Monate in Millhaven und wurde im Sommer 1991 aus der Haft entlassen. Im ersten Jahr seiner Gefängnisstrafe blieb er Moses gegenüber treu; er säuberte sogar dessen Toilette und schmierte ihm Butterbrote. Der Wendepunkt kam, als Jacques erkannte, daß er nicht wußte, weshalb er hinter Gittern war. »Ich fing an, selbständig zu denken. Ich hing in bezug auf Essen, Kleidung und Schlafen nicht länger von ihm ab. Das Gefängnis kümmerte sich darum.« Allmählich gewann er seine psychische Distanz zu Rock zurück – an einem Punkt dieser Entwicklung phantasierte er sogar davon, ihn zu töten. Außerdem las er von der Urknall-Theorie der Entstehung des Universums und verlor seinen Glauben an Gott. Jacques erholt sich jetzt mit Familienmitgliedern in einer Kleinstadt in der Nähe von Ste.-Marie. Er hat eine Freundin und bemüht sich, eine neue Freundschaft zu Maryse Grenier, seiner früheren Frau, aufzubauen. Maryse arbeitet in einer Bank und erzieht ihre drei Kinder.

Marise Lambert ging wieder zur Schule, nachdem sie aus der Burnt-River-Kommune geflohen war, und ist heute Sekretärin bei einer Quebecker Ingenieursfirma. Im März 1991 erhielt sie das Sorgerecht für ihr jüngstes Kind zugesprochen, das noch nicht adoptiert worden war, als sie die Kommune verließ. Sie renoviert gemeinsam mit ihrem Freund ein Haus in der Nähe von Montreal.

Josée Pelletier war schwanger, als sie Rock im Frühjahr 1989 verließ. Sie wohnte ein paar Wochen lang bei ihrer Mutter in Plessisville und suchte sich dann ein Apartment in Drummondville, Quebec. Als die Polizei sie später in diesem Jahr befragte, erzog sie ihren kleinen Jungen mit Hilfe von Fürsorgeunterstützung. Inzwischen hat sie finanzielle Hilfe beim Criminal Injuries Compensation Board* in Ontario beantragt.

Claude Ouellette findet es immer noch schmerzlich, über seine kurze ›Ehe‹ mit Solange Boilard und Rocks Entscheidung zu sprechen, sie ihm fortzunehmen. Die Adoptiveltern von Simon, dem Sohn, den er mit Solange hatte, bringen den Jungen gelegentlich nach Ontario, damit er ihn besucht. Laut Claude ist Simon rebellisch und hat oft Ärger in der Schule. Claude grämt sich immer noch über die Verhältnisse, unter denen der Junge seine frühen Jahre verbracht hat. »Die Kinder haben sehr gelitten, besonders, wenn sie nicht von Rock waren. Mein kleiner Junge wurde oft verletzt. Wenn es nicht viel zu essen gab, sah mein Sohn wie eines von diesen afrikanischen Kindern mit aufgeblähtem Bauch aus, die man im Fernsehen sieht. Ich kann nur hoffen, daß er sich davon freimachen kann.« Was Rock betrifft, so hofft Claude, daß er ›für den Rest seiner Tage im Gefängnis verrottet‹.

Gabrielle Lavallée lebt in Toronto und hat ein Buch über ihre Jahre mit Rock geschrieben, dessen französische Ausgabe im Herbst 1993 erschien. Nicht lange nach ihrem Entkommen aus der Kommune schrieb sie an das Paar, das ihre zehnjährige Tochter adoptiert hatte, und bat darum, sie besuchen zu dürfen. Die Adoptiveltern waren einverstanden, und heute besucht Gabrielle das Mädchen häufig. Sie erhält regelmäßige Zahlungen vom Criminal Injuries Compensation Board, das ihr eine ›beträchtliche Summe‹ als Entschädigung für die erlittene

* Etwa: Entschädigungsamt für kriminell Geschädigte.

Verstümmelung zuerkannte. »Ich bin glücklich, zu leben und gesund zu sein«, sagt sie.

Gisèle Tremblay lebt in einem kleinen Apartment in einer Stadt im Süden Ontarios und hat seit Sommer 1989 Arbeit. Kurz nach Rocks Festnahme erhielt sie einen Waffenschein. Aus Angst, daß er eines Tages aus dem Gefängnis entlassen wird und sich an ihr rächen will, weil sie der Polizei den Mord an Solange enthüllt hat, verwahrt sie ein Gewehr in ihrem Schlafzimmer. Sie sagt, sie würde nicht zögern, die Waffe zur Selbstverteidigung zu benutzen. »Jeden Tag wird mir klarer, wie schrecklich unser Leben war. Das schlimmste für mich ist, der Tatsache ins Gesicht zu schauen, daß ich meine Kinder aufgab. Ich fühle mich an allem schuldig.« Sie ist heute offiziell von Rock geschieden, hat nur wenige Freunde und buchstäblich kein gesellschaftliches Leben. Sie zieht es vor, ihre restlichen Jahre still zu Hause zu verbringen. Ihre Eltern, die jetzt in den Siebzigern sind, besucht sie mehrmals im Jahr. In den letzten Jahren hat sich ihr Verhältnis zu ihrer Mutter sehr verbessert.

Gisèle hofft mehr als alles andere, eines Tages ihre Kinder wiederzusehen – besonders Jeremiah, das einzige der Kinder, das sie tatsächlich selbst erzogen hat, da ihr die übrigen wenige Tage nach ihrer Geburt fortgenommen wurden. Im Jahre 1991 nahm sie sich einen Anwalt, der für sie das Recht aushandeln sollte, Jeremiah zu besuchen, aber die Adoptiveltern des Jungen wollten nichts mit ihr zu tun haben. Hingegen hat die Familie zugelassen, daß Alan Cairns, Reporter der *Toronto Sun*, den Jungen – der heute ein früher Teenager ist – besuchte und interviewte. Gisèle und die Sozialarbeiter von Children's Aid in Lindsay waren von dem Ergebnis – einem zweiseitigen Artikel mit der Überschrift ›Des Teufels Sohn‹ – angewidert.

»Ich war so aufgeregt, als ich den Artikel sah, daß ich mir einen Tag freinehmen mußte«, sagte Gisèle. »Alles, was ich will, ist, meinen Sohn sehen. Er ist der einzige Grund dafür, daß ich hierbleibe, sonst würde ich in meine Wohnung in Quebec zurückgehen. Wenn ich nur fünf Minuten lang mit ihm sprechen und ihm sagen könnte, daß ich ihn liebe, würde ich glücklich den Rest meines Lebens dafür hergeben.«

Drei der Frauen Rocks bleiben ihm so ergeben wie je zuvor.

Nachdem Francine Laflamme die Kommune an dem Abend, an dem Gabrielles Arm amputiert wurde, verlassen hatte, machte sie sich auf den Weg zum Haus ihrer Mutter in Plessisville. Ein paar Wochen später fand sie ein Apartment in Longueuil und stellte Antrag auf Fürsorgeunterstützung. Als Bob Bowen am 19. Oktober 1989 zu ihr kam, um mit ihr zu sprechen, beschrieb sie die Angriffe des Kommunenführers auf seine Anhänger, wenn er betrunken war, und zeigte dem Polizisten eine Narbe an der linken Hüfte, die von einer Messerwunde herrührte. Trotzdem sagte sie, daß sie Rock immer noch liebe und ohne Zögern zu ihm zurückkehren würde, wenn er zu trinken aufhörte.

Sechs Wochen nach diesem Gespräch zog Francine nach Kingston, um ihrem Herrn nahe zu sein. Sie lebte von der Fürsorgeunterstützung und besuchte Rock zweimal wöchentlich im Gefängnis. Im Januar 1990 brachte sie einen Jungen zur Welt. Die Ortsstelle der Children's Aid Society holte den Jungen umgehend ab und brachte ihn bei demselben Paar unter, das auch schon die beiden ersten Kinder Francines adoptiert hatte.

Am 10. Oktober 1990 wurde Nicole Ruel bedingt aus einem Frauengefängnis in Brampton, Ontario, entlassen. Sie reiste sofort nach Kingston und zog zu Francine.

Am 8. Februar 1991 wurde Chantal Labrie aus derselben Anstalt entlassen. Auch sie zog zu Francine. Als Bedingung ihrer Freilassung durften sowohl Chantal als auch Nicole drei Jahre lang seit dem Datum ihrer Entlassung aus dem Gefängnis keinen Kontakt mit Rock aufnehmen. Francine hingegen waren alle sechs Wochen eheliche Zusammenkünfte mit Rock in einem Gefangenentransporter erlaubt. Im Sommer 1991 gebar sie Rocks achtundzwanzigstes und ihr fünftes Kind.

Inzwischen hatten Francine, Chantal und Nicole drei kleine

Landhäuser gemietet, die weniger als einen Kilometer vom Haupttor der Millhaven-Anstalt entfernt waren. Auf Rocks Vorschlag hin eröffneten sie eine Bäckerei und zogen sich bald eine große Stammkundschaft heran. Keiner ihrer Kunden wußte von der Vergangenheit des Trios. Sie erhielten sogar einen Sonderbericht in Kingstons geachteter Tageszeitung *The Whig-Standard*. Am 15. Juli 1992 brachte die Zeitung einen begeisterten Artikel über ihr Unternehmen:

NEUE BÄCKEREI ERÖFFNET IN MILLHAVEN
FERRY DOCK
Von Jeff Rafter
Whig-Standard

MILLHAVEN
Besuchen Sie Chantal Labrie, Francine Laflamme und Nicole Ruel – drei junge Quebecerinnen, die den neuesten Beitrag zur Geschäftsszene Millhavens geleistet haben.

Sie haben die La Petit Bakery eröffnet, und zwar mit einer besonderen Note.

Sie mieteten mehrere Häuser auf einem Anwesen im Westen der Stadt direkt gegenüber des Anlegeplatzes der Fähre nach Amherst. Das kleinere der Gebäude wurde sachkundig zu einer Backstube ausgebaut.

Da die Bäckerei nur 3 Meter 70 mal 6 Meter 10 groß ist, scheint La Petit ein passender Name zu sein. Sie wohnen in den übrigen Häusern, verwahren in einem davon die Vorräte und verkaufen in einem anderen an regnerischen Tagen Brot.

An schönen Tagen kann man sie im Freien sehen, wo sie unter einem großen Sonnenschirm am Highway 33 verkaufen. Ihr Geschäft ist dienstags bis sonntags von 10 Uhr morgens bis neunzehn Uhr abends geöffnet. An den Samstagen haben sie einen Stand auf dem Markt in Bath.

Alle drei Frauen sind in den Dreißigern. Chantal ist die Bäckerin, Francine die Inhaberin, und Nicole die Verkäuferin. Sie haben in den letzten Jahren in Orillia [sic] gelebt und einen Teil der Zeit eine ähnliche Bäckerei geführt. Ihre Waren haben sie sowohl von Tür zu Tür als auch auf einem Markt verkauft.

Miss Labrie sagte, sie hätten gute Freunde in Kingston, die sie aus La Belle Province gegrüßt und gedrängt hätten, herzuziehen. Außerdem hatte Miss Laflamme in Kingston gelebt und die Stadt großartig und ihre Französisch sprechenden Einwohner freundlich und unternehmungslustig gefunden. So führte eines zum anderen.

Uns gefällt es hier«, sagte Miss Ruel begeistert, »und wir möchten bleiben.« Miss Labrie holt täglich frische Schübe Weißbrot aus ihrem riesigen, maßgefertigten Ofen mit Holzfeuerung. Außerdem stellt sie ein köstliches Knoblauchbrot, Weizenmehlbrot, Rosinenbrot und Ganzkorn-Weizenbrot, Brötchen, Kastenbrote, Torten, Semmeln, Kekse und anderes Backwerk her.

Die Bäckerei florierte bis Anfang 1993, als die Nachricht von Rocks Verurteilung die öffentliche Aufmerksamkeit auf die drei Frauen in der Nähe der Millhaven-Anstalt lenkte. Als die Kunden erkannten, daß einer von den ›guten Freunden‹ der Frauen ein verurteilter Mörder war, ließ die Nachfrage nach ihrer Ware schlagartig nach. Es dauerte nicht lange, da stattete der Gesundheitsbeamte des Ortes der Bäckerei einen Besuch ab und schloß sie. Als Grund gab er mangelhafte sanitäre Verhältnisse an.

Nachdem die Bäckerei geschlossen worden war, gab Francine ihr fünftes Kind zur Adoption frei. Der Junge lebt jetzt mit dreien seiner Brüder bei der Adoptiv-Familie.

Solomon, Francines anderer Sohn, lebt immer noch in der Wüste Utahs bei Alex Joseph und seinen neun Frauen. Er ist ein hübscher Vierjähriger mit braunen Haaren und großen, braunen Augen. Er hat keine Ahnung, daß Rock und Francine seine

Eltern sind. Für ihn sind Joanna und Alex einfach Mom und Dad.

Joanna, von Beruf Graphik-Designerin, glaubt, daß die Persönlichkeit der Menschen von ihren natürlichen Eltern und nicht durch ihre Umwelt geprägt wird. Sie macht sich Sorgen, wie Solomon sich entwickeln wird. »Als Krabbelkind hatte er eine Puppe, der ein Arm fehlte. Ich mußte sie fortwerfen, weil ich nicht mitansehen konnte, wie er mit ihr spielte.«

Heute ist Solomon ein Fan der Teenage Mutant Ninja Turtles und liebt es, mit der Nunchaka zu spielen – einer Kampfwaffe aus zwei Holzknüppeln, die durch eine Kette untereinander verbunden sind. »Er ist ein typischer Mann«, sagte Joanna zu Paul Kailah im März 1993 in Big Water. »Er kann brutal sein, und er hat nicht viel Verständnis für die Schwächeren auf dem Spielplatz. Andererseits bekommt er auch nicht viel Ärger.

Sicher, ich mache mir Sorgen und beobachte ihn. Aber ich glaube, ich mußte diese Beziehung zu ihm haben, und wir werden sehen, was daraus wird.«

Danach bat Joanna Solomon, in sein Schlafzimmer zu gehen und seine Lieblingsbücher zu holen. Er kam ein paar Minuten später mit einem Anatomiebuch für Kinder mit dem Titel *All About the Body (Alles über den Körper)* zurück. Er setzte sich neben seine Adoptiv-Mutter aufs Sofa und begann, die Seiten umzublättern und auf Abbildungen der größeren Organe zu deuten. »Das ist der Magen, das sind die Lungen, das Herz, der Blinddarmfortsatz«, sagte er mit einer Mischung aus kindlichem Stolz und Staunen. Joanna wollte ihm das Buch soeben wieder abnehmen und es fortlegen, als Solomon erregt herausplatzte. »Warte, warte; was ist das?« rief er und deutete auf eine schematische Darstellung der Eingeweide.

Die Torontoer Leichenaufbewahrungshalle überließ Solanges Asche und die wenigen, nicht mit verbrannten Knochen Solange Boilards im Januar 1993 ihrer Familie. Da Solanges Vater tot und ihre Mutter in einem Altersheim war, übernahm

Gisèle Martineau die Verantwortung, für das Begräbnis zu sorgen.

Im selben Monat erreichte sie ein Brief von Rock Thériault, der voller Selbstmitleid und faustdicken Lügen war. Gisèle war von dem Inhalt des Briefs abgestoßen.

Gisèle,
liebe Madam,
... ich begreife sehr wohl den Schmerz, den ich bei Ihnen hervorrufe, indem ich die Erinnerung an unsere Schwester Solange wiederaufleben lasse. Aber bitte glauben Sie meiner aufrichtigen Versicherung, daß ich diesen Schmerz mit Ihnen teile. Sie haben mein ganzes Mitgefühl.

Seit dem Tod von Solange ist mein ganzes Sein von Melancholie durchtränkt, und oft bin ich tränengebadet. Meine Liebe zu ihr ist unbeschreiblich.

Erlauben Sie mir, ich bitte Sie, mich Ihnen völlig zu offenbaren. Was ich Ihnen schreibe, ist weder eine Entschuldigung, noch soll es Ihr Mitleid erregen. Es ist der aufrichtige Bericht über ein dramatisches Leben, in dem Liebe, Religion, Alkohol und Gewalt eine explosive Mischung bildeten.

Ich stamme aus einer Familie, in der ich von meinem zweiten bis zum vierzehnten Lebensjahr ärger als ein Hund mißhandelt und geschlagen wurde. Mit vierzehn warf mein Vater mich aus dem Haus, nachdem er mich geschlagen hatte, und verbot mir, jemals wieder einen Fuß in sein Haus zu setzen.

Diese Gewalttätigkeit gärte in mir, bis ich fünfunddreißig Jahre alt war. Dann stellte ich fest, daß ich von einer Gruppe von Menschen abhängig war, die ich stets um mich versammelte und mit denen ich allen möglichen Unsinn anstellte. Ich hatte mich in meiner eigenen Falle gefangen. Unter dem starken Druck brach meine Gewalttätigkeit aus. Ich liebte diese Menschen von ganzem Herzen, aber ironischerweise waren gerade sie es, die meine Heftigkeit zu spüren bekamen. Jahrelang war ich eine Bestie, ein Barbar.

Was meine unzulässige Ausübung der Medizin betrifft, so

studierte ich an einem klassischen College die Theorien des Hippokrates [sic] ... Danach studierte ich diese Kunst per Briefwechsel. Ich war jahrelang bei einem Erste-Hilfe-Dienst angestellt ...

Nun will ich über das heikelste, empfindlichste und gefühlvollste Thema sprechen: über Solange und mich selbst.

Nachdem Solange Simon zur Welt gebracht hatte – eine Geburt, die langwierig und schmerzhaft war, aber ohne weitere Komplikationen verlief –, rief mich Solange ... zu sich. Ich stand mit schwachen Knien bei ihrem Bett. Sie nahm meinen Kopf zwischen ihre Hände, drückte ihn fest an ihre Brust und sagte: »Ich kann es nicht länger für mich behalten; ich muß dir etwas erzählen. Ich bin wahnsinnig in dich verliebt.«

Solange ist die Frau, die ich über alles liebte und für den Rest meines Lebens lieben werde. Solange besaß eine außerordentlich zarte Gesundheit. Auf der Gaspé-Halbinsel hatte sie zweimal eine Lungenentzündung und wäre beinahe gestorben. In den Jahren danach fiel sie sechsmal in einen Zustand der Unterkühlung. Sie können meine Diagnose natürlich anzweifeln, aber Solange hatte eine Leberzirrhose, und dies ist eine nicht zu leugnende Tatsache. Ich wußte, daß Solange Alkoholikerin war, und sie blieb es bis zu ihrem Tod. Vergeben Sie mir, daß ich so ungeschminkt schreibe, aber unter gewissen Umständen muß man die Tatsachen aussprechen.

Ich meine, daß Sie die Wahrheit über die Ereignisse erfahren sollten. Ich mag eine Bestie gewesen sein, aber Solange habe ich nicht getötet. Ich habe eine Operation bei ihr ausgeführt, die ihren vorzeitigen Tod verursachte. Ich bin allein dafür verantwortlich, und es macht mich in den Augen des Gesetzes schuldig ... Deshalb werde ich mich am 18. des folgenden Januars dem Gericht stellen und eine Haftstrafe von fünfundzwanzig Jahren empfangen. Ich würde niemals zulassen, daß andere für das bestraft werden, was ich bewußt begangen habe. Ich bitte Sie, zu glauben, daß ich die große Verletzung verstehe, die Sie davongetragen haben, weil sie nicht mehr ist.

Im Namen der einfachen und reinen Liebe, die wir füreinander empfinden, werde ich meine Strafe mit Würde auf mich nehmen.

Ich bitte Sie, mir all das Herzensleid zu vergeben, das ich verursacht habe - ich bitte Sie. Ich trage etwas in meinem Herzen, um das ich Sie bitten muß: Im Namen ihrer Gene in Ihrem Blut, von dem ein Teil auch in den Herzen meiner drei kleinen Mädchen fließt . . . Können Sie bitte auf sie aufpassen?

Ich habe seit über vier Jahren absolut nichts von ihnen gehört.

Ich weiß nicht, ob ich es wagen kann, aber ich wünsche mir wahnsinnig, daß Sie meiner Einladung folgen, mich dort zu besuchen, wo ich mich in Haft befinde. Ich verspüre das dringende Bedürfnis, Ihnen einige Dinge mitzuteilen, die Solange mir im Vertrauen gesagt hat.

Wenn Sie weitere Informationen wünschen, zögern Sie nicht, Madame Francine Laflamme anzurufen.

Ihr ungesetzlicher Stiefbruder
Rock

P. S. Ich habe mir endlich den Bart und die Haare gestutzt. Ich schäme mich, diese Haartracht jahrelang getragen zu haben.

Zwei Monate später saß Gisèle Martineau im Wohnzimmer ihres bescheidenen Heimes in Plessisville, wo sie mit ihrem Mann und zwei Kindern lebt. Während ihr neunzehnjähriger Sohn ein Hockey-Spiel im Fernsehen verfolgte, dachte sie an ihre Schwester. Sie sagte, gelegentlich würden die Adoptiveltern von Solanges erstgeborenem Sohn ihn zu Besuch zu ihr nach Quebec bringen. Aber Gisèle hat die Verbindungen zu Solanges anderen Kindern verloren. Sie schaute ein Tagebuch durch, das sie über das Leben ihrer Schwester geführt hatte, und suchte vergeblich nach den Geburtsdaten der Kinder.

Dann zog sie ein in Ehren gehaltenes Andenken heraus, einen Brief von der Polizei. Darin befanden sich ein Dutzend alte Fotografien von Solange als Kind mit ihren Eltern und ihren Katzen. Gisèles Mutter hatte die Schnappschüsse vor Jahren Solange gegeben. Bob Bowen und seine Männer hatten sie bei ihren Durchsuchungen in der Burnt-River-Kommune gefunden.

»Das ist alles, was mir von meiner Schwester geblieben ist«, sagte Gisèle, ließ die Fotos auf den Tisch fallen und brach in Tränen aus.

Nach wenigen Tagen seiner Haft in Millhaven machte Rock anderen Gefangenen – die nur wenig von seinen Verbrechen wußten – weis, er sei ein berühmter Philosoph und brillanter Chirurg. Bald schwächte er seine Leistungen ab, vielleicht, weil er erkannte, daß seine Behauptungen seinen Bemühungen im Wege stehen würden, vorzeitig aus der Haft entlassen zu werden. Er nahm seinen Bart ab und schnitt sich die Haare. Im Jahr 1990 begann er, Englisch- und Mathematikunterricht im Gefängnis zu nehmen. Er gab seinen Lehrern gegenüber an, er habe eine Universitätserziehung genossen. Im Jahr darauf arbeitete er freiwillig als Reinigungskraft und säuberte Büros, Übungsplätze und Gemeinschaftsräume. Außerdem legte er einen Gemüsegarten an, dessen Erträge er mit anderen Inhaftierten teilte. Im Jahr 1992 trug er sich in das Handwerksprogramm des Gefängnisses ein und lernte Schweißen, Metallarbeiten und Holzbearbeitung.

Im Fortschrittsbericht des Gefängnisses vom 29. Dezember 1992 steht, die Wachen in seinem Zellenblock ›berichten, daß er sehr freundlich und ein guter Arbeiter ist, der ohne ständige Aufsicht arbeiten kann‹. Die einzige ernstere Klage gegen ihn war, daß er während eines Besuchs von Francine zwecks ehelicher Zusammenkunft im Mai 1991 Alkohol genossen hatte. Er erhielt eine Geldbuße von fünf Dollar und verlor seine Besuchsprivilegien für drei Monate. Aber abgesehen von diesem Verstoß war sein Verhalten mustergültig. ›Seine Kooperations- und Lernbereitschaft und die Tatsache, daß keine Anstaltsklagen über ihn vorlagen, haben zu Gesprächen mit ihm über eine Verlegung in eine Anstalt mit geringeren Sicherheitsvorkehrungen geführt‹, führte der Bericht aus. ›Er sagt, daß er sich hier wohlfühlt und daß seine Konsens-Ehefrau in der Nähe lebt. Er will aber trotzdem über die Verlegung nachdenken.‹

In derselben Woche erhielt Rock ein noch glühenderes Lob von dem Psychologen Bryan Jones, Direktor der forensischen Abteilung des Kingston Psychiatric Hospital. Jones hatte Rock auf Bitten des Verteidigungsanwaltes Julian Falconer dreimal besucht, weil Falconer einen Bericht in bezug auf Rocks Verurteilung wegen Totschlags vorbereitete. ›Ich habe den Eindruck eines Mannes mit intakter Intelligenz, mit sehr weit gefächerten Interessen und von leidenschaftlichem Wissensdurst ... Er sprach von seiner Faszination über die Beziehungen zwischen Freud, Jung und Nietzsche und bewies, daß er die Lehren all dieser Autoren durchaus verstanden hatte.‹

In seiner Schlußfolgerung schrieb Jones: ›Ich sehe nicht, wie eine protrahierte Inhaftierung bei der Rehabilitation dieses Mannes von Nutzen sein könnte. Sicherlich ist eine gewisse Zeit erforderlich, um ihm zu helfen, sich über seine vielen psychischen Probleme Klarheit zu verschaffen, aber es sind keine Anzeichen dafür erkennbar, daß ein antisoziales oder kriminelles Denken die Oberhand gewinnen könnten oder daß man es befürchten müßte.‹

Aber Rock selbst hat Grund genug zur Furcht. Nach der Flut von Zeitungs- und Fernsehberichten über seine Verbrechen nach seiner Verurteilung mußte die Leitung der Millhaven-Anstalt ihn wegen Morddrohungen seiner Mithäftlinge in Einzelhaft verlegen. Im April wurde er in das benachbarte Kingston Penitentiary verlegt, eine Verwahranstalt für Vergewaltiger, Kinderschänder und andere Kriminelle, deren Leben in einer normalen Haftanstalt in Gefahr wäre. Folglich ist Rock dreiundzwanzig Stunden täglich in seiner Zelle eingeschlossen; eine Stunde wird ihm für einsame Übungen zugestanden.

Zweifellos werden der Millhaven-Bericht und die Einschätzung durch Jones Rock helfen, wenn er einmal Antrag auf bedingte Haftentlassung stellt. Aber sein derzeitiges Verhalten steht in krassem Gegensatz zu seiner Behauptung, er habe sich geändert. Rock behält nicht nur seine Macht über Francine, Nicole und Chantal bei – die alle drei sofort nach seiner Verlegung in ein Apartment in der Nähe der Kingston-Anstalt zogen –, er behauptet auch nach wie vor, Solanges Tod sei ein Unfall gewesen.

Außerdem hat er wiederholt versucht, Gewinn aus seinen Verbrechen zu schlagen.

Im März 1993 schrieben die Autoren einen Brief an Rock, in dem sie ihn um ein Interview für dieses Buch baten. Er antwortete mit einem dreiseitigen Brief, in dem er ›ernsthafte Verhandlungen zwischen beiden Parteien‹ vorschlug. Er fügte hinzu: ›Man sagt, daß Freiheit keinen Preis hat, und ich habe meine (Freiheit) schuldhaft verloren. Aber was einen Preis hat, das sind meine sämtlichen Lebensumstände ... Wir sind geneigt, jeden ernst gemeinten Vorschlag von Ihrer Seite anzuhören.‹

Ein paar Tage später nannte Francine Laflamme uns Rocks Preis: fünfundzwanzigtausend Dollar. Für diese Summe würde Rock das Manuskript eines der vier Bücher zur Verfügung stellen, die er behauptet, im Gefängnis geschrieben zu haben. Es trug den Titel *The Benefits of Self-Punishment for Criminal Misdeeds (Die Vorteile der Selbstbestrafung bei kriminellen Taten).* »Er wird kein Interview umsonst gewähren«, versicherte Francine, nachdem die Autoren Rocks Vorschlag abgelehnt hatten. »Für uns ist das ein Geschäft.«

Rock Thériault kann 1999 einen Antrag auf bedingungslose Haftentlassung stellen.

ANHANG 1

11. Juni 1992

F. B. Bagg,
Assistenzanwalt der Krone,
Haus der Generalstaatsanwaltschaft,
Counties Victoria und Haliburton,
P. O. Box 4000,
440 Kent Street West,
Lindsay, Ontario K9V 5P2.

Lieber Mr. Bagg,

Betr.: Rechtssache Thériault, Rock.

Sie baten mich, Material bezüglich der Strafverfolgung Mr. Thériaults neu zu sichten. Insbesondere sollte ich ein Gutachten zu der Frage beisteuern, weshalb Mitglieder der Kommune, mit der Mr. Thériault zu tun hatte, blieben, nachdem sie angeblich von ihm mißhandelt worden waren; weshalb sie immer wieder in die Kommune zurückkehrten, obwohl sie mißhandelt worden waren; weshalb Mitglieder der Kommune stillschweigend hinnahmen, daß der Angeklagte sie [Solange Boilard] operierte; und wieso andere Mitglieder der Kommune blieben und nicht zu verhindern versuchten, daß anderen Mitgliedern Mißhandlungen zugefügt wurden.

Um mich auf die Antwort vorzubereiten, habe ich die folgenden Materialien gesichtet:

1. *Chronologie der Ereignisse in der Kommune*
2. *Zusammenfassung der Ereignisse im Zusammenhang mit Solange Boilards Tod*
3. *Die Geschichte der Kommune*
4. *Zusammenfassung der Akte über Maryse Lambert und der Aussagen*
5. *Zusammenfassung der Akte über Francine Laflamme*
6. *Aussage von Gisèle Tremblay*
7. *Zusammenfassung der Ereignisse durch Gabrielle Lavallée*
8. *Zusammenfassung über den Alkoholmißbrauch durch Lavallée*
9. *Zusammenfassung der Aussage von Claude Ouellette*
10. *Claude Ouellette – Zusammenfassung und Aussage*
11. *Videobänder zweier Zeugen (Gisèle Tremblay und Claude Ouellette)*

Psychologisches Gutachten:

Die Dinge, die in diesem Gutachten angesprochen werden müssen, lassen sich im wesentlichen auf eine Hauptfrage reduzieren: Weshalb harren Individuen in einer Beziehung – oder, in diesem Fall, in einer Kommune – aus, wenn sie körperlich bedroht werden oder wissen, daß ihr Leben vielleicht in Gefahr ist? Im letzten Jahrzehnt wurden die Symptome und das Verhalten von Frauen, die mit abusiven Partnern zusammenleben, eingehend studiert. Ich stelle eine Parallele zu dieser Literatur her, wie sie Leonore Walker (1989) gewürdigt hat, denn in vorliegendem Beispiel sind die Umstände sehr ähnlich. Das heißt, es gab eine Anzahl von Frauen, die mit dem Angeklagten verheiratet waren, und ihre Lebensumstände, die aus dem Beweismaterial detailliert hervorgingen, waren den Lebensbedingungen von Frauen, die mit abusiven Partnern zusammenleben, sehr ähnlich. Frauen, die mißhandelt werden, beschreiben ihre abusiven Partner häufig so, als hätten sie eine ›Dr.-Jekyll-und-Mr.-Hide-Persönlichkei‹. Sie glauben, wenn sie eine Möglichkeit fänden, ihren Partnern - mit denen sie eine Liebesbeziehung verbindet – zu helfen, könne der niederträchtige Teil in deren Persönlichkeit verschwinden. Darüber hinaus verlieren mißhandelte Frauen die wahrgenommene *Fähigkeit, zu entkommen*; sie versuchen, sich der widrigen Situation anzupassen, in dem Bemühen, die Mißhelligheiten besser zu ertragen und ihre Qualen zu verringern. Um besonders beunruhigende, gewalttätige Episoden durchzustehen, verändern solche Personen (in ihrem Kopf) die Situation, indem sie die Wirklichkeit der Verhältnisse herabspielen oder leugnen.

Mißhandelte Frauen entschließen sich vielleicht, bei einem abusiven Partner zu bleiben, sich seinen Ansprüchen zu fügen und sich von anderen, die ihnen unter Umständen helfen könnten, zu isolieren. Oft wird ein derartiges Verhalten als Passivität fehlinterpretiert, während es in Wahrheit adaptiv ist und die Überlebenschancen dieser Frauen erhöht. Wenn sie den Eindruck haben, daß ihre Fähigkeit, sich anzupassen, nicht länger ausreicht, um sie selbst und ihre Kinder zu schützen, unternehmen sie in der Regel einen Versuch, zu entkommen.

Weiter unten umreiße ich mehrere Punkte, die in der Literatur über mißhandelte Frauen angesprochen werden, und die in der Frage übereinstimmen, weshalb sie in solchen Beziehungen ausharren. Die vorliegenden Beweise dafür, daß (a) einige die Kommune verließen und wieder zurückkehrten, (b) einige Individuen die Situation stillschweigend ertrugen und nicht fortgingen, und (c) einige Individuen ›Zuschauer‹ bei gewalttätigen Akten waren und nichts unternahmen, werden sämtlich in Beziehung zu dieser Literatur betrachtet. Weiter unten sind Punkte angeführt, die Bezug zu der Frage haben, weshalb Individuen in solchen Verhältnissen ausharren, in Verbindung mit Belegen anhand der mir zur Verfügung gestellten Dokumente und Videobänder, die jeden dieser Punkte untermauern.

1. Furcht/Wahrgenommene Unfähigkeit, zu entkommen: Der Hauptgrund, der dafür angeführt wird, daß Frauen in einer gewalttätigen Beziehung bleiben, ist ihre Furcht vor dem Täter.

Vielleicht gewöhnen sie sich im Laufe der Zeit an ständig stärkere Formen der Gewalt, und die gewalttätigen Episoden werden so alltäglich, daß diese Frauen vergessen, daß es auch anders sein könnte. Es ist auch möglich, daß solche Frauen aufgrund der Realität, deren Zeuginnen sie werden, sehr furchtsam werden und glauben, daß Versuche, zu entkommen, noch gefährlicher wären.

Im vorliegenden Fall deuteten die Zeugenaussagen dem Untersucher an, daß Mr. Thériault Messer auf verschiedene Mitglieder der Gruppe warf, mit Waffen auf sie oder in ihre Richtung schoß, sie schnitt oder kleinere oder größere Operationen an ihnen ausführte, sowie ähnliche Taten, die Furcht vor Mr. Thériault erzeugten.

Miss Gisèle Tremblay machte in ihrer auf Videoband festgehaltenen Zeugenaussage der Polizei gegenüber mehrere Aussagen, die zum Thema Furcht Bezug haben: »Rock sagte, ich müsse ihm gehorchen«; »Am Anfang war es gar nicht so übel, Rock trank kaum«; »Wenn man nicht tat, was Rock sagte, trank er, und dann nahm er Rache an einem«; »Er schlug uns, trat uns und boxte uns. Anfangs war es nicht so schlimm, und ich ertrug es. Ich bemühte mich, mit dem, was Rock sagte, übereinzustimmen, aber es gab zu viel Schlimmes. Rock hatte mir eingehämmert, daß ich ihm gehorchen müsse. Rock hörte auf zu trinken, als ich fortging, und als ich zurückkehrte, war er für zwei oder drei Monate friedlich«; »Ich fürchtete mich vor meinem Mann. Wenn er sich über Dinge in der Gruppe beklagte, bekam ich Angst. Ich floh und versteckte mich, kam aber wieder zurück, weil er mein Mann war.«

Darüber hinaus waren in bezug auf den wichtigen Punkt der Furcht unter den Mitgliedern die Aussagen bedeutsam, aus denen hervorging, daß keine äußere Macht verfügbar war, um die Gewalttätigkeiten zu verhindern. Mit anderen Worten, es gab innerhalb wie außerhalb der Kommunengruppe niemanden, an den sich ein Individuum um Hilfe hätte wenden können. Zu diesem Fall bemerkte Gisèle Tremblay: »Wir alle waren wie Roboter. Wir fürchteten uns vor allem. Er wollte sich an uns rächen, für Rachel. Wir alle waren wie Pflanzen.« Sie beschrieb, wie sie die Gruppe bat, zu verhindern, daß Rock etwas mit Rachels Leiche anstellte, aber niemand sprach dieses Thema an oder tat etwas, um ihr beizustehen. Dann beschrieb sie, wie sehr sie sich vor Rock fürchtete. »[Er wollte] mich töten, weil ich das Lager verließ und zurückkam – ich war eine Verräterin.« »Endlich sah ich die Wahrheit; ich sah Rock als das, was er wirklich war.« »Er war ein Arzt, ein Koch, und kümmerte sich um uns. Ich konnte nicht begreifen, weshalb er losschlug. Wenn er trank, veränderte sich alles in seinem Kopf.« Nachdem bekannt geworden war, daß man Rock einen Mord an Rachel vorwarf, sagte Miss Gisèle Tremblay: »In meinen Augen gehörte mein Leben nicht mir selbst.« »Rock machte alle für Rachels Tod verantwortlich.« Diese Aussagen stimmen in hohem Maße mit der oben erwähnten Literatur über mißhandelte Frauen überein und stützen die Schlußfolgerung, daß Furcht und wahrgenommene Unfähigkeit, zu entkommen, unter einigen der Kommunenmitgliedern vorherrschten.

2. Finanzielle Gründe: Ein zweiter, dokumentierter Grund dafür, daß Frauen abusive Beziehungen nicht verlassen, ist finanzielle Abhängigkeit und die Furcht, die Beziehung zu verlassen, weil sich keine anderen Möglichkeiten bieten. In vorliegendem Fall boten die Videofilme und Gerichtsdokumente ausreichend Beweise für eine derartige finanzielle Abhängigkeit. Zum Beispiel scheint es so, daß Mr. Thériault eine beachtliche Kontrolle über Kommunenmitglieder ausübte und daß er derjenige war, der die Kommune organisierte und in den Anfängen der Kommune in erster Linie für Verpflegung und Unterkunft verantwortlich war. Die Mitglieder blieben außerdem verhältnismäßig isoliert und hatten deshalb nicht viele Menschen außerhalb der Kommune, mit denen sie über ihre Gefühle und Ängste sprechen konnten, als sich die Lage allmählich verschlechterte. Die Mitglieder wurden allem Anschein nach sehr von Mr. Thériault abhängig und gerieten in sehr engen Kontakt mit seinen Verhaltensänderungen. Im selben Maße wurden sie ohnmächtig, sich ihm zu widersetzen. Nach Zeugenaussagen hielt er durch unvorhersehbare Aktionen und Gewalttätigkeiten einen gewissen Grad an Kontrolle über sie aufrecht. Solche zufälligen Handlungen wie das Werfen von Messern auf Gruppenmitglieder ließen sie sich vor jedem Widerstand fürchten.

3. Selbstvertrauen: Individuen harren vielleicht in abusiven Beziehungen aus, weil ihr Selbstvertrauen oft so beschädigt ist, daß sie sich persönlich für die Gewaltausbrüche verantwortlich fühlen. Derartige Individuen glauben oft, daß der Straffällige versucht, sie von ›Satan‹ oder von ähnlich negativen, persönlichen Charaktereigenschaften zu befreien, und haben deswegen das Gefühl, daß die Gewalt gewissermaßen berechtigt ist.

Auch hier legen auffallend viele Aussagen die Vermutung nahe, daß dies auch im vorliegenden Fall so war. So sind in der Video-Aussage Claude Ouellettes etwa 26 Verletzungen aufgeführt, von denen er bezeugt, daß Rock ihr Verursacher war. Einige dieser Verletzungen wurden durch etwa 200 Schläge mit einem Lederriemen hervorgerufen (auf die Frage, weshalb er diese Schläge erhalten hatte, erwiderte er: »Das ist zu schwierig, um es zu erklären – ich hatte gegen Rocks Gebote und die Gebote Gottes verstoßen«). Im Jahr 1989 erhielt er auf Rocks Befehl einen oder zwei Schläge mit einem Vorschlaghammer von einer der Frauen in der Gruppe. Außerdem wurden ihm Zangen an den Brustwarzen und an den Hoden angebracht, Zähne wurden ihm gezogen, sein Bart wurde verbrannt, und er erhielt Schnitte in den Oberschenkeln, Händen und Armen sowie Verbrennungen an verschiedenen Körperteilen. Bei der Erklärung dieser Verletzungen beschrieb Mr. Ouellette ein ›Gesetz der Reziprozität‹, das besagte, daß Rock Mitgliedern seiner Gruppe Dinge antat, in dem Versuch, ›Nach Satan zu jagen‹ und ›böse Dinge oder Personen zu beseitigen.‹ Mr. Ouellette fand nicht, daß Rock verrückt war. Er war der Meinung, daß Gott sie durch Rock bestrafte. Er stellte fest, daß Rock seine Taten im betrunkenen Zustand ausführte und sich am nächsten

Tag nicht an sie erinnern konnte. Wichtig erscheint, daß Mr. Ouellette sagte: »Rock kümmerte sich um uns« und »er pflegte meine Verletzungen gut.«

Diese Erklärungen von einem der Opfer des Angeklagten stimmen mit der Literatur überein, in der betont wird, daß Opfer persönlicher Angriffe in Familien und festgefügten Gruppen ein sehr geringes Selbstvertrauen aufweisen und entweder glauben, daß sie ihre Verletzungen verdienen, oder, daß die Person, die ihnen Verletzungen zufügte, dies aus einem ›höheren Grund‹ tut. In diesem Fall betraf der höhere Grund weitgehend ihren Glauben, Rock führe den Willen Gottes aus, und alles, was er sage, sei das Gesetz. Die Mitglieder waren bereit, persönliche Risiken und Verletzungen auf sich zu nehmen, um ihre Ergebenheit zu beweisen. Deshalb war Mr. Thériault in ihren Augen nicht nur ein Anführer, sondern jemand, der den ›Willen Gottes‹ ausführte.

4. Der Druck der Gewalttätigkeit führt zu Hilflosigkeit und gesellschaftlicher Isolation. Wie bereits bemerkt, fühlen Frauen, die in einer Beziehung mißhandelt werden, sich oft außerstande, ihre Probleme mit anderen zu besprechen oder haben immer weniger gesellschaftliche Kontakte. Deshalb haben sie kaum Gelegenheit, mit anderen über ihre Situation zu sprechen, die sich nach den näheren Umständen erkundigen oder vielleicht Hilfe anbieten und die Mißhandlungen beenden könnten. Die Literatur führt auch an, daß die Straffälligen in solchen Fällen oft eine weitgehende Kontrolle über ihre Partnerinnen ausüben, in dem Versuch, jeden Kontakt mit anderen zu verhindern. Zum Beispiel können sie die Anzahl der Freunde ihrer Partnerin einschränken; ihr verbieten, allein das Haus zu verlassen; ihre Telefonanrufe begrenzen und ähnliche Kontrollmethoden einführen.

Das vorliegende Beweismaterial in diesem Fall deutete darauf hin, daß die Kommune gesellschaftlich isoliert und stark darauf bedacht war, Außenseiter auszuschließen. Obwohl einige der Aktionen Rocks als gewalttätig und unvorhersehbar beschrieben wurden, glaubten die Mitglieder, sich ihm nicht entgegenstellen zu können. Rock erhielt seine Kontrolle über sie anscheinend durch wahllose und unvorhersehbare Akte der Gewalt aufrecht. Solche wahllosen Handlungen wie das Werfen von Messern auf die Gruppenmitglieder hielt ihre Furcht vor Opposition wach, und die Furcht vor Vergeltung hinderte sie sogar daran, untereinander über ihre Situation zu sprechen. Daß sie derartige Vergeltungen bei zahlreichen Gelegenheiten selbst beobachten konnten, bestärkte ihren Glauben, jeder Anweisung ihres Anführers gehorchen zu müssen. Somit stimmt der Bericht, daß sie mehrere Jahre lang mit einer solchen Gewalttätigkeit gelebt hatten, mit einer Aussage überein, die man in der Literatur über mißhandelte Frauen häufig antrifft: Das Leben in einer abusiven Partnerschaft führt zu dem Gefühl, die Beziehung nicht verlassen zu können, und zu einer Isolation von anderen. Solche psychischen Folgen machen es nur noch wahrscheinlicher, daß der Straffällige seine Macht und Kontrolle über sein Opfer behält.

Schlußfolgerungen:

Aufgrund des vorliegenden Beweismaterials sieht es so aus, als hätte Mr. Thériault unbedingte Macht und Kontrolle über die Mitglieder der Kommune gehabt, die ihrerseits unfähig wurden, sich ihm zu widersetzen. Sie berichten auch, daß er Waffen besaß, die er oft wahllos benutzte. Dies hatte zur Folge, daß zugleich mit der Unvorhersehbarkeit ihre Furcht zunahm. Gestützt auf die reichhaltige Literatur über die Symptome und das Verhalten von Frauen, die mit abusiven Partnern zusammenleben, ist es meine Meinung, daß der vorliegende Fall einen Kreislauf der Gewalt darstellt, der demjenigen von anderen mißhandelten Frauen (und Männern, obwohl darüber weniger Material vorliegt) ähnelt. Mr. Thériaults Frauen blieben aus Furcht und ihrer wahrgenommenen Unfähigkeit, zu fliehen, aufgrund ihrer finanziellen Abhängigkeit, ihres geringen Selbstwertgefühls und ihrer gesellschaftlichen Isolierung/Hilflosigkeit bei ihm. Da sich die Bedingungen im Laufe von Jahren allmählich verschlechterten und Rock nicht ständig grausam oder gewalttätig war, lernten die Mitglieder, mit unvorhersehbaren Gewalt- und Schreckenstaten umzugehen, indem sie gehorsam und untätig blieben. Es scheint, als hätten Fragen der persönlichen Sicherheit die Oberhand gewonnen und einige Mitglieder nach Fluchtmöglichkeiten gesucht, als die Gewalt eskalierte. Ein derartiges Verhalten ist im Licht der Literatur über mißhandelte Frauen (wie auch verwandter Untersuchungen über Opfer durch Menschen verursachter Traumata) sehr verständlich und erklärt die Tatsache, daß Mr. Thériaults Frauen keinen Widerstand leisteten und die Gruppe nicht verließen, ehe viele Jahre der Gewalt vergangen waren.

Im Vertrauen darauf, daß diese Meinung dem Gericht hilfreich ist, bleibe ich für weitere Konsultationen und Klärungen verfügbar.

Mit freundlichen Grüßen
David A. Wolfe, Ph. D., ABPP
Registrierter Psychologe

ANHANG 2

KANADISCHE STRAFVOLLZUGSANSTALTEN

FORTSCHRITTSBERICHT

1.	FPS-Nummer:	2 4 2 3 4 0 B
2.	Familienname:	THÉRIAULT
3.	Rufname(n):	ROCK
4.	Geburtsdatum:	16/05/47
5.	Ausführende Abteilung:	›J‹ LIVING UNIT
6.	Derzeitige Anstalt oder Anschrift:	MILLHAVEN

Dieser Bericht dient der Informierung von ROCK THÉRIAULTS Anwalt Mr. Julian Falconer. Dieser Bericht wurde von ROCK THÉRIAULT gelesen. ROCK THÉRIAULT hat darum gebeten, daß der Bericht an Mr. Julian Falconer geschickt wird.

FALL-DARLEGUNG

ROCK THÉRIAULT ist ein fünfundvierzig Jahre alter Insasse, der seine erste Strafe in einer Bundeshaftanstalt von zehn Jahren wegen schwerem körperlichem Angriff x3 und körperlichem Angriff mit Verletzungsfolge absitzt. Er wurde des schweren körperlichen Angriffs x4 überführt und erhielt 12J OM OT, aber es wurde Einspruch erhoben. Dem Einspruch wurde am 15/09/92 stattgegeben und die Klage wurde auf schweren körperlichen Angriff x3 und körperlichen Angriff mit Verletzungsfolge abgeändert. Die Strafe wurde auf 10J OM OT reduziert. Seine Kriminalgeschichte reicht bis 1979 zurück und umfaßt körperlichen Angriff auf Polizeibeamten, körperlichen Angriff mit Verletzungsfolge durch kriminelle Fahrlässigkeit, vorsätzlichen körperlichen Angriff mit Verletzungsfolge, groben Unfug, körperlichen Angriff mit Behinderung eines Polizeibeamten. Die längste vorherige Strafe war zwei Jahre minus einen Tag. Er wurde am 17/10/89 der Millhaven Transfer Unit überstellt und am 27/12/89 in die Millhaven-Anstalt überführt. Zu dieser Zeit steht eine Klage wegen Totschlag an.

KURZBERICHT ÜBER DIE FÜHRUNG IN DER ANSTALT

ÜBERSICHT ÜBER DEN STRAFVOLLZUGSPLAN

ROCK THÉRIAULT hat beschlossen, wegen anstehender Klagen nicht an der C. M. S. teilzunehmen. Auf der S. I. R.-Skala erreicht er +4 Punkte, das heißt, daß er mit einer Wahrscheinlichkeit von zwei zu drei nach der Haftentlassung keine strafbare Handlung begehen wird.

Der neueste Strafvollzugsplan wurde am 18/06/92 fertiggestellt. Er mußte einem Drogenmißbrauchkurs beiwohnen, sein Name mußte für einen Kurs im Herbst 1992 eingetragen werden. Es gab Probleme, wegen derer er in der Anstalt in seine Zelle eingesperrt werden mußte, deshalb wurde sein Name für einen Kurs eingetragen, der im Januar 1993 beginnen sollte. Die Besprechungen bezüglich dieses Kurses wurden abgeschlossen, und er sollte Anfang Januar beginnen. Er sollte an einem Schulungskurs der kognitiven Fähigkeiten teilnehmen; zur Zeit steht sein Name auf einer Warteliste. Er sollte mit Hilfe von Programmen der Millhaven-Anstalt seine Familienbeziehungen unterhalten. Er nimmt an privaten Familienbesuchen teil, an offenen und geselligen Besuchen in der Anstalt, und empfängt Francine Laflamme, seine Konsens-Ehefrau sowie den Sohn beider. Er soll während seines Aufenthalts in der Millhaven-Anstalt voll beschäftigt bleiben, dies wurde bewerkstelligt. Er soll während seiner Zeit in der Millhaven-Anstalt nicht zu Klagen Anlaß geben. Es hat zwei Klagen gegeben, die im Abschnitt über Disziplinierungsmaßnahmen besprochen werden. Er soll mit seiner Case Management Officer Institution und mit dem für ihn zuständigen Correctional Officer II in Verbindung bleiben. Dies geschieht.

Er soll an zwei Kursen teilnehmen: Drogenmißbrauch und Schulung der kognitiven Fähigkeiten. Er ist willens, an diesen Kursen teilzunehmen, aber das Problem ist, daß es viele Anstaltsinsassen und nur wenige Kurse gibt. Es gibt auch ein Problem mit Aufschüben, wegen Einsperrungen in die Zellen und anderen Sicherheitsmaßnahmen, die mit einer Hochsicherheitsanstalt verbunden sind. Ohne diese Probleme wären diese Auflagen sehr wahrscheinlich bereits erfüllt worden.

Der Drogenmißbrauchkurs basiert auf einem kognitiven, sozialen Lernmodell und besteht aus insgesamt fünfundachtzig Stunden Instruktion und Gruppenübungen in der Alkohol- und Drogen-Erziehung, Zielsetzung, Problemlösung (verhaltensmäßiger und kognitiver Umgang), Lebensbereichsplanung, Einübung der Rückfallverhinderung und individueller Beratung.

Der Schulungskurs der kognitiven Fähigkeiten wurde geschaffen, um Fähigkeiten einzustudieren, die es Insassen ermöglichen, mit Problemen innerhalb der Anstalt, mit Familienmitgliedern, mit Freunden und Bekannten umzugehen. Der Kurs vermittelt in der Hauptsache einen Unterricht in der Lebensführung. Die Absolvierung dieses Kurses befähigt den Inhaftierten, an allen anderen Kursen in Lebensführung teilzunehmen.

AUSFÜHRUNG VON ARBEITEN

Seit etwa dem 10/01/91 ist ROCK THÉRIAULT mit der Säuberung der ›J‹-Abteilung befaßt. Er begann als Reinigungskraft der Stufe 1k. Damals war er für die Reinigung von Büros, Höfen und Gemeinschaftsräumen zuständig. Außerdem kümmerte er sich um den Eingang von Reinigungsmitteln. Er macht seine Arbeit sehr gut, und wenn man ihn bittet, eine weitere

Arbeit zu übernehmen, ist er sofort dazu bereit. Außer der Reinigung der Büros und Höfe (kleine Übungsplätze für die Insassen) legte er einen sehr großen Garten an. Die Gemüseernte kam ihm und anderen Insassen der ›J‹-Abteilung zugute.

Am 28/08/92 bewarb er sich als Teilnehmer an einem handwerklichen Kurs und wurde angenommen. Es handelt sich um einen Schulungskurs in Theorie und praktischen Arbeiten wie Holzbearbeitung, Schweißen, Metallarbeiten, technischen Zeichnungen etc. Die meisten Schüler in den Lehrstätten der Anstalt haben soeben einen Kunstkurs in Ehren beendet, ROCK THÉRIAULT gehörte zu ihnen. Sein Aufseher in diesem Bereich berichtet, daß man sehr gut mit ihm auskommt, daß er kooperativ ist und sowohl mit dem Lehrstab als auch mit den Mitgefangenen gut zusammenarbeitet. Sie berichten darüber hinaus, daß er lernwillig und bereit ist, sein Wissen anderen mitzuteilen.

BILDUNG UND LERNERFOLG

ROCK THÉRIAULT nahm von Feb. 1990 bis Jan. 1991 an Kursen teil. In dieser Zeit beteiligte er sich am ABE und am Zellenunterricht. Im Jan. 91 ging er nicht mehr zur Schule, weil er eine Reinigungskraft in der ›J‹-Abteilung wurde. Seine Lehrer berichten, daß er keine Lernschwierigkeiten hatte. Seine Ergebnisse in den SCAT-Tests lauteten GR 7 im verbalen Ausdruck und GR 10 in Mathmatik. Er behauptete, eine Universitätsbildung genossen zu haben. Dies ist aus den SCAT-Tests nicht ersichtlich, aber der Umstand, daß seine Muttersprache Französisch ist, könnte seine Testergebnisse erklären.

TEILNAHME AN KURSEN

ROCK THÉRIAULT scheint sehr daran interessiert zu sein, an Kursen teilzunehmen, die ihn weiterbringen. Der Kurs über Drogenmißbrauch und der Schulungskurs der kognitiven

Fähigkeiten wurden ihm detailliert erklärt. Er wünscht, an beiden Kursen teilzunehmen. Er wurde für den Kurs über Drogenmißbrauch vorgemerkt, der im Januar 1993 beginnen wird. Die endgültige Auswahl der teilnehmenden Häftlinge wird zu dieser Zeit vorgenommen. Die Auswahl der Teilnehmer im Schulungskurs der kognitiven Fähigkeiten wird im Lauf des Januar vorgenommen, sein Name steht mit auf der Warteliste.

FAMILIENHILFSPROGRAMME

Er erhält offene Besuche von Francine Laflamme, seiner Konsens-Ehefrau. Er war für das Private-Familien-Besuchs-Programm mit seiner Konsens-Ehefrau vorgesehen, aber es wurde wegen einer Klage des Genusses von Rauschmitteln während eines privaten Familienbesuchs am 13/05/91 abgesetzt. Die offenen sowie die privaten Familienbesuche wurden wiedereingesetzt. ROCK THÉRIAULT, seine Konsens-Ehefrau und ihr Sohn hatten am 03/10/92 einen privaten Familienbesuch, der ohne Zwischenfall verlief. Seit diesem Datum fand etwa alle sechs Wochen ein privater Familienbesuch statt. Es gab keine weiteren Probleme. Seine Konsens-Ehefrau besucht ihn regelmäßig wenigstens zweimal pro Woche, und außerdem stehen sie in telefonischer Verbindung.

FREIZEITAKTIVITÄTEN

Obwohl er kein Einheimischer ist, nimmt ROCK THÉRIAULT an der Native Brotherhood und den French Cultural Groups teil. Er verbringt Zeit in seiner Zelle mit Lesen. Er entwickelte ein Interesse an der Kunst und erhält dabei eine gewisse Unterstützung durch andere Häftlinge. Er hat ein Buch über Philosophie geschrieben, das er zur Zeit ins Englische übersetzt. Außerdem unternimmt er Spaziergänge auf dem Hof.

MEDIZINISCHER UND LEGALER STATUS

ROCK THÉRIAULT ist kanadischer Bürger. Ihn erwartet eine Klage wegen Totschlag, die noch in der Schwebe ist.

Er hat gewisse Probleme mit seiner Ernährung, ein Problem mit der Hüfte und ein paar geringere Probleme mit der Behandlung seines Herzens. Die Anstalt befaßt sich mit diesen Gesundheitsproblemen.

ÜBERFÜHRUNGEN / BEDINGUNGSWEISE VERLEGUNGEN

Er wurde am 17/10/89 der Millhaven Transfer Unit überstellt und am 27/12/89 in die Millhaven-Anstalt überführt. Zur Zeit liegt kein Antrag auf Überführung in eine verminderte Sicherheitsstufe vor.

DISZIPLINIERUNGSMASSNAHMEN

Seine Akte über Disziplinierungsmaßnahmen enthält folgende Einträge:

Er wurde am 06/04/90 in Sonderhaft genommen, weil er in seiner Zelle selbstgebrannten Schnaps aufbewahrte. Er wurde am 12/04/90 in seine Abteilung zurückversetzt, da das Anstaltsbüro für Disziplinierungsmaßnahmen die Klage zurückzog.

Am 13/05/91 wurde ihm zur Last gelegt, ein Rauschmittel genossen zu haben, während er einen privaten Familienbesuch seiner Frau hatte. Er erhielt eine Strafe von fünf Dollar, seine Privilegien privater und offener Familienbesuche wurden ausgesetzt, aber im August 1991 wiedereingesetzt. Er hat nach ihrer Wiedereinsetzung mehrere private Familienbesuche absolviert, und es wurden keine Verstöße berichtet.

Am 25/04/92 wurde ihm zur Last gelegt, sein Zellenfenster verdeckt zu haben. Es handelte sich um eine geringfügige Beschwerde, da die meisten der Anstaltsinsassen an diesem Abend ihre Zellenfenster verhängt hatten. Er wurde verwarnt.

TEILNAHME AN PSYCHOLOGISCHEN/
PSYCHIATRISCHEN KURSEN

ROCK THÉRIAULT wurde am 18/04/90 einem Psychologen vorgeführt. Es ging um die Frage, ob er für einen privaten Familienbesuch in Frage kam. Ein weiterer Besuch beim Psychologen fand am 01/05/90 wegen seiner Kategorie-1-Überführung statt. Obwohl seine Besuche beim Psychologen nicht regelmäßig stattfanden, mußte er am 30/05/91 erneut zu ihm gehen, weil seine Privilegien privater Familienbesuche ausgesetzt worden waren . . .

GESAMTBEURTEILUNG

ROCK THÉRIAULT war seit dem 17/10/89 in der Millhaven Transfer Unit und seit 27/12/89 in der Millhaven-Anstalt. Er hat eine kooperative Haltung gegenüber dem Personal gezeigt und wenige Schwierigkeiten gemacht. Er hat einen großen Teil der Zeit in der Living Unit verbracht, und das ermöglicht den Anstaltswächtern, täglich mit ihm Umgang zu pflegen. Die Beamten berichten, daß er sehr zuvorkommend und ein guter Arbeiter ist, der ohne ständige Aufsicht arbeiten kann.

Er hat knapp über drei Jahre in der Millhaven Transfer Unit und der Millhaven-Anstalt verbracht. In diesem Zeitraum wurde er zweimal vom anstaltsinternen Gericht angeklagt und verurteilt. Das erste Mal am 13/05/91, weil er unter dem Einfluß von Rauschmitteln stand. Das ist eine schwerwiegende Anklage. Es hat keine Wiederholungen dieses Fehlverhaltens gegeben. Seitdem sind neunzehn Monate verstrichen. Das zweite Mal war am 25/04/92, weil er sein Fenster verdeckt hatte. Das war eine geringfügige Klage. Dieser Bericht über Verstöße (oder das Ausbleiben von Verstößen) ist sehr günstig. Er hat gezeigt, daß er in einer Hochsicherheitsanstalt leben kann, ohne viele Klagen auf sich zu ziehen.

Er gibt an, daß er an Lehrkursen interessiert und bereit ist, an ihnen teilzunehmen. Er hofft, in diesem Januar mit einem

Kurs über Drogenmißbrauch beginnen zu können. Seine kooperative Einstellung, seine Lernbereitschaft und seine wenigen Klagen in der Anstalt haben zu Gesprächen mit ihm über eine Verlegung in eine Anstalt mit geringerer Sicherheitsstufe geführt. Er sollte fähig sein, sich auch in einer Anstalt mit mittlerer Sicherheit gut zu führen. Er stellt fest, daß er sich hier wohlfühlt und seine Konsens-Ehefrau in der Nähe lebt, trotzdem will er über einen Transfer nachdenken.

ROCK THÉRIAULT hat geäußert, daß er Interesse an seiner Rehabilitation hat. Er scheint bereit zu sein, sich mit den Problemen, die er verursacht hat, auseinanderzusetzen, und zu diesem Zweck auf eine konstruktive Weise in sich hineinzuschauen. Er wirkt für den Rehabilitationsprozeß aufgeschlossen und weist eine positive Entwicklung auf.

Ausgestellt von ORR D. C.
Datum 29/12/92

ANHANG 3

24. Dezember 1992

An: Mr. Julian Falconer

Barrister
11 Prince Arthur Avenue
Toronto, Ontario M5R 1B2

Von: G. B. Jones, Ph. D., C. Psych.

Director
Regional Forensic Services Program
Kingston Psychiatric Hospital
Assistenz-Professor für Psychiatrie und Psychologie
Queen's University

Betrifft: Mr. Rock Thériault

Bezug

Mr. Falconer nahm telefonisch Kontakt mit mir auf und bat mich, Mr. Thériault zu besuchen, um mir in Hinblick auf eine Rehabilitation eine Meinung über ihn zu bilden. Mr. Falconer ließ mir in der Folge eine Kopie der Feststellung der Tatsachen bezüglich eines Schuldgeständnisses in Sachen Totschlag als Hintergrundmaterial zukommen.

Gespräch

Ich traf mich mit Mr. Thériault in der Millhaven-Anstalt in einem privaten Gesprächsraum abseits seines Lebensbereichs. Er wirkte die ganze Zeit über ausgeruht und gut orientiert.

Ich informierte Mr. Thériault über den Zweck meines Berichts, insbesondere darüber, daß ich auf Mr. Falconers Bitte hin versuchen würde, mir eine Meinung über Fragen zu bilden, die mit Mr. Thériaults Rehabilitationsfähigkeit und -wunsch zusammenhingen, und über den Fortschritt, den er bereits in diese Richtung gemacht hatte.

Ich traf mich dreimal mit Mr. Thériault, insgesamt für etwa viereinhalb Stunden.

Meinung

Mr. Thériault scheint ein geistig *sehr* reger Mann zu sein. Obwohl ich abgesehen von einem sehr groben Gedächtnistest keine formalen Tests durchgeführt habe, erweckte er den Eindruck eines Mannes mit scharfer Intelligenz, sehr weit gefächerten Interessen und großem Wissensdurst. Wir sprachen ausführlich über Mr. Thériaults verschiedene Berufungen, die er schon seit seiner Teenager-Zeit hatte, und obwohl mir die nötigen Kenntnisse fehlen, um seinen Bericht bestätigen zu können, sagt mir mein allgemeines Wissen über diese Dinge, daß er weiß, wovon er spricht. Zum Beispiel unterhielten wir uns über Mr. Thériaults Interesse an der Heilkunde. Er berichtete, als Teenager Assistent eines Veterinärs und später Ambulanzhelfer gewesen zu sein. Schließlich habe er ein privates, ›holistisches‹ Gesundheitszentrum betrieben. Er gab zu, daß dieser Weg ihn letztlich in die Situation geführt haben mag, in der er sich jetzt befindet, und sagte, das ändere aber nichts daran, daß er über beträchtliches Wissen auf diesen Gebieten verfüge, besonders in der Physiologie und der ›praktischen‹ oder ›Feld‹-Medizin. Ebenso hat er ein starkes Interesse an Psychiatrie, besonders an der Psychoanalyse. Er gab zu, daß dies zum Teil an seinem Wissen lag, daß er sich selbst besser verstehen muß. Er sprach von seiner Faszination über die Beziehungen zwischen Freud, Jung und Nietzsche und bewies, daß er die Lehren all dieser Autoren durchaus verstanden hatte. Ich hatte keine Ahnung, daß es sich hierbei um ein ganz neues Interesse Mr. Thériaults handelte, und wußte auch nicht, daß er es sich nur im Hinblick auf mich angeeignet hatte.

Mr. Thériault berichtete, er sei tätiger Teilhaber an einem bestehenden Geschäftsunternehmen (einer Bäckerei), das er gemeinsam mit Partnern in Millhaven betreibe, und aus den Aufzeichnungen geht hervor, daß er auch über anderweitige kaufmännische Erfahrungen verfügte. Außerdem sprach er von früheren Erfahrungen mit Holzarbeiten und daß er besonders erfreut darüber sei, in der Millhaven-Anstalt diesen beiden Beschäftigungen nachgehen sowie sich, wie es aussähe, auch mit den Künsten beschäftigen zu können. Mr. Thériault hat offenbar große Freude aus seiner Malerei gezogen; etwas, in dem er sich seit Ende seiner Kindheit versucht hat. Er erhält Unterricht durch einen Professor an der Queen's University, der nach Millhaven kommt. Mr. Thériault sagte, daß er auch Spaß daran habe, seine eigenen Kunsterzeugnisse an andere fortzugeben, damit sie sich daran erfreuten, und daß er zwei seiner Mitgefangenen überredet habe, zu ihrer Freude Malen zu lernen. Mr. Thériault und ich sprachen ausführlich über den psychologischen Nutzen der kreativen Künste. Er sagte, für ihn stelle das Malen eine ›gute‹ Methode dar, seine Gefühle auszudrücken. Tatsächlich wurde die Kunsttherapie schon vor langer Zeit als erfolgreiche Methode erkannt, mit deren Hilfe Personen mit ›emotionaler Ausdrucksschwäche‹ lernen können, sich ihrer inneren Erfahrungen bewußt zu werden. Wenn ihnen diese Ausdrucksmöglichkeit fehlt, haben solche Personen oft Schwierigkeiten mit ihrer emotionalen Kontrolle, weil sie sich vielleicht nicht ihrer emotionalen Fähigkeiten und der Faktoren bewußt sind, die sie stärken. Schließlich teilte Mr. Thériault mir mit, daß er zur Zeit ein Buch schreibe und sogar bereits eines (zumindest eines) geschrieben hat, das veröffentlicht und in mehreren tausend Exemplaren verkauft wurde.

Aufgrund dieser Mitteilungen, von denen ich einen großen Teil nachprüfen konnte, und aufgrund der Art und Weise, wie Mr. Thériault sich darstellte, besteht nur geringer Zweifel daran, daß er über ausreichende Fähigkeiten und Kenntnisse verfügt, um nach seiner Entlassung in der Gesellschaft gut zurechtzukommen. Im Grunde erinnert Mr. Thériault ein wenig an einen ›Renaissance-Menschen‹. Seine Hauptschwierigkeit könnte darin bestehen, sich reibungslos in eine andere als eine Gelehrten-Gesellschaft einzufügen. Vielleicht würde er sich heute in genau einer solchen Gemeinschaft befinden, wenn seine Kindheit und Jugend weniger gestört gewesen wären und er bessere Chancen erhalten hätte.

Zusammenfassend läßt sich bis jetzt sagen, daß dieser Mann nicht vor allen Dingen die übliche berufliche Rehabilitation braucht, aber es bestehen gute Gründe zu der Annahme, daß er sich ohne eine umfassende, psychologische Rehabilitation kaum erfolgreich in die Gesellschaft wieder einfügen würde. Mr. Thériault scheint dies zu begreifen, wie seine eifrige Lektüre von Abhandlungen über frühe Kindheitserlebnisse und über zahlreiche psychotherapeutische Theorien zeigt. Dennoch braucht er meiner Ansicht nach eine gründliche Beratung und Therapie, um Konflikte aufzulösen, die von den Mißhandlungen in seiner frühen Kindheit sowie dem Fehlen von Möglichkeiten angesichts seiner – wie es scheint – beträchtlichen Begabung herrühren; und vielleicht einfach nur, um ihm die Last zu erleichtern, ein ungewöhnlicher Mensch in einer gewöhnlichen Welt zu sein. Meine sehr beschränkte formale Bewertung läßt natürlich auch die Möglichkeit zu, daß ich Mr. Thériaults Begabung ein wenig überschätze. Aber ich habe nicht das Gefühl. Auf jeden Fall vermittelt er den Eindruck, verbal, ›psychologisch ausgerichtet‹ und motiviert zu sein; Eigenschaften, die für einen positiven Ausgang der Psychotherapie sprechen.

In unserem Gespräch über die Notwendigkeit psychologischer Hilfe stimmte Mr. Thériault mit meiner Beobachtung überein, daß seine derzeitige Umgebung zu seiner Rehabilitation fast ideal sei. Er kann wie ein religiöser Asket Nutzen aus seiner psychischen und gesellschaftlichen Isolierung ziehen und mit den Mitteln der Selbst-Reflektion und des Studiums nach innen schauen. Diesen Vorteil mit professioneller Hilfe zu verstärken, würde ihn sehr viel weiter bringen. Während eine berufliche Rehabilitation zum Zweck einer erfolgreichen Wiedereingliederung dieses Mannes in die Gesellschaft nicht unbedingt erforderlich sein mag, trifft dies in meinen Augen auf die psychologische Rehabilitation durchaus zu.

Mr. Thériault scheint aufrichtig motiviert zu sein, sich in jemanden zu verwandeln, auf den er selbst, seine Kinder und seine Eltern stolz sein können. Er berichtet, daß seine Eltern, oder zumindest sein Vater – den er als gewalttätigen Alkoholiker bezeichnet – ihn mißhandelt haben, und daß sie sich heute wegen der Auswirkungen schuldig fühlen, die diese Behandlung auf ihren Sohn hatte. Mr. Thériault macht sich Sorgen, daß seine Eltern mit ›diesem [Schuldgefühl] im Herzen sterben werden‹, und er ist entschlossen, etwas aus sich zu machen, um zu beweisen, daß man diese frühen Jahre vergessen kann. Er sagte, diese Haft habe ihm die Chance verschafft, sich von den tausend Dingen zu distanzieren, die zuvor in seinem Denken waren, und sich auf die Ursachen für seine bisherige Lebensweise mitsamt ihren schrecklichen Folgen für andere zu konzentrieren. Er sagt, er nutze diese Möglichkeit, indem er studiere, Innenschau halte, seinen Mitgefangenen Gutes tue und ein zweites Buch schreibe, um das ihn anscheinend ein Verleger gebeten hat. Mr. Thériault glaubt, daß es dem Verleger um Sensationen geht. Trotzdem sagte er, er wolle die Chance dazu nutzen, ›der Gesellschaft mitzuteilen, daß ich so böse war; ich muß zeigen, wieso es Menschen wie mich geben kann, wie es aber möglich ist, ehrbar zu werden, und . . . wie ich mich selbst und den Menschen, der ich eigentlich bin, wieder zum Leben erwecken kann.‹ Er ist entschlossen, nachzuweisen, daß ein Mensch schreckliche Dinge tun und dennoch Güte in sich haben kann.

Mr. Thériaults erster Schritt im Rehabilitationsprozeß bestand darin, daß er sich selbst seine Schuld eingestand und jede Strafe akzeptierte, zu der das Gericht ihn verurteilen mochte. Tatsächlich empfindet er die Notwendigkeit, sich ›Rechenschaft‹ über seine Fehler abzulegen, und daß er nur, indem er dies tut – das heißt, indem er seine Strafe verbüßt –, ein neues Leben beginnen kann. Mr. Thériault brachte zum Ausdruck, wenn seine Strafe auf irgendeine Weise aufgehoben würde, wäre ihm dies sehr hinderlich und würde seinen Bemühungen im Wege stehen, mit sich ins reine zu kommen und ›ein neues Leben zu beginnen‹. Er sagte: »Ich empfinde tiefes Bedauern für diejenigen, die ich verletzt habe; es ist ein großer Makel für mich; ich schäme mich zutiefst«, aber »jetzt werde ich älter und bin glücklich.«

Alkohol hat eindeutig eine große Rolle in der Tragödie seines Lebens gespielt. Mr. Thériault weiß dies, hat aber, wie so viele andere, keinen eigentlichen Plan, wie er sich von ihm fernhalten kann. Er gab an, ein diabetisches Leiden verbiete ihm jetzt, zu trinken, und er habe einmal während eines ›Kurzbesuchs‹ versucht, zu trinken, und sei davon krank geworden. Er sagte außerdem, in der Millhaven-Anstalt sei Alkohol in der Regel leicht erhältlich, was vermutlich auch stimmt, aber er sei nicht versucht. Er sagte: »Ich will nicht sagen, daß ich diesen Alkohol niemals anrühren werde, es ist nur so, daß ich ihn nicht brauche.« Das könnte stimmen, aber in der Gesellschaft außerhalb treten andere Streßfaktoren und Situationen auf, und wahrscheinlich kann nur ein förmliches, professionelles Eingreifen und eine gesellschaftliche Unterstützung auf lange Sicht wirksam sein. Mr. Thériault gibt zu, daß er zu diesem Zweck mehr wissen muß. Er hat zwei vorbereitende Gespräche mit dem professionellen Anstaltsstab geführt und hofft, zu einem Alkohol-Rehabilitationsprogramm zugelassen zu werden, das Anfang Januar beginnen soll. Das Bestehen dieses Kurses und Mr. Thériaults Bemühen um eine Teilnahme wurde durch Mr. David Orr, Mr. Thériaults Classification Officer, bestätigt. Der Kurs dauert zwölf Wochen und wird von Dr. L. Lightfoot in Millhaven geleitet. Er folgt offenbar dem ›Risk Management‹-Ansatz* zur Enthaltsamkeit; ein Ansatz, den die Literatur anhand von langfristigen Daten stark unterstützt. Es handelt sich um dieselbe Technik, die auch der Forensic Service im Umgang mit den verschiedensten Formen des Fehlverhaltens anwendet. Wenn Mr. Thériault diesen Kurs erfolgreich absolviert und an den Nachfolgestufen teilnimmt, wird die Wahrscheinlichkeit, daß er abstinent lebt, erheblich vergrößert.

Mr. Thériault hält die Verbindung mit der Gesellschaft aufrecht. Er sagte, er sei gemeinsam mit zwei Freundinnen, die jetzt in Millhaven leben, an einem kleinen Bäckerei-Unternehmen beteiligt, und er pflege Kontakt mit seiner gesetzlichen Ehefrau und mit einigen Freunden. Es ist nicht ganz klar, inwieweit er die Verbindung mit seinen Eltern unterhält.

Zusammenfassung

Mr. Rock Thériault scheint ein sehr intelligenter, wißbegieriger und empfindsamer Mann zu sein. Er berichtet von einer sehr gestörten Kindheit und Jugend, von einem alkoholabhängigen Vater und von körperlichen und psychischen Mißhandlungen. Er behauptet, bis gegen Ende seiner zwanziger Jahre ein einigermaßen normales Leben geführt zu haben. Dann entwickelte er ein zunehmendes Interesse an philosophischen Themen und trieb zugleich immer exzessiver Alkoholmißbrauch, und der Alkohol machte ihn gewalttätig. Seine unübersehbar charismatische Erscheinung, der Umfang seines Wissens und seiner Fähigkeiten, das Geschick, andere zur Zusammenarbeit zu überreden, führten zur Gründung einer ›Kommune‹, die sich immer stärker von der Umwelt isolierte und Mr. Thériaults Wirklichkeitssinn immer mehr veränderte. All diese Faktoren führten im Endeffekt zum Tod eines der weiblichen Mitglieder der Gemeinschaft.

Seitdem hat Mr. Thériault in dem Versuch, zu begreifen, wie

* Risk Management = Einschätzung, Minderung und Vorbeugung von unerwartetem Verlust (bei Geschäften), zum Beispiel durch Versicherungen und Sicherheiten.

es dazu hatte kommen können, in sich hineingeschaut. Er hat die Schuld nicht auf andere geschoben; er hat nicht versucht, das Rechtssystem dazu zu bringen, daß es sein Verhalten entschuldigte. Mr. Thériault ist redlich bemüht, etwas aus dem Rest seines Lebens zu machen, und er sieht die Strafanstalt als den besten Ort zur Verwirklichung dieses Vorhabens an. Er hat in vielen Bereichen studiert, schreibt ausdauernd und verbringt lange Stunden mit dem Versuch, die Konflikte in seinem Inneren mit ihren schrecklichen Folgen zu verstehen. Er hat nach meiner Meinung bereits beachtliche Fortschritte in dieser Richtung gemacht, aber er braucht eine langfristige, professionelle Hilfe, wenn er letztlich erfolgreich sein soll. Diese Hilfe muß in Form einer Psychotherapie geschehen, die sich mit seinen psychischen Konflikten befaßt, und in Form einer Beratung in bezug auf seinen Alkoholkonsum. Endlich braucht er Hilfe bei der praktischen Frage, wie er in die reale Welt draußen ›paßt‹. Diese Hilfe muß nicht so sehr die Form einer Entwicklung seiner Fähigkeiten oder einer Jobsuche annehmen, sondern einer Hilfe bei der Konzentration auf einen Bereich, der für ihn in Frage kommt. Dies wird ihm die innere Befriedigung verschaffen, die er so dringend braucht, um sein Leben lebenswert zu machen. Wie viele andere in seiner Lage ist Mr. Thériault bestrebt, anderen, die sich in derselben Situation wie er befinden, zu helfen. Aber anders als viele andere hat er wahrscheinlich auch die Fähigkeit dazu.

Ich sehe nicht, wie eine protrahierte Inhaftierung bei der Rehabilitation dieses Mannes von Nutzen sein könnte. Sicherlich ist eine gewisse Zeit erforderlich, um ihm zu helfen, sich über seine vielen psychischen Probleme Klarheit zu verschaffen, aber es sind keine Anzeichen dafür erkennbar, daß ein antisoziales oder kriminelles Denken die Oberhand gewinnen könnten oder daß man sie befürchten müßte. Natürlich besteht immer Besorgnis wegen der Möglichkeit eines Rückfalls, aber ich würde sagen, daß Mr. Thériault jene Eigenschaften aufweist, die man in der Regel mit einer guten Ansprechbarkeit auf eine Behandlung ansieht und daß er wahrscheinlich am meisten von einer allmählichen, unterstützten und kontrollierten Wiedereinfügung in die Gesellschaft profitieren wird, in Verbindung mit einer fortgesetzten psychotherapeutischen Hilfe.

Ich hoffe, daß dieser Bericht sowohl Mr. Thériault als auch dem Gericht von Nutzen sein wird.

ENDE

Band 13 576

Ann Rule

Alles, was sie sich erträumte

Deutsche Erstveröffentlichung

Von Kindheit an beanspruchte Patricia die uneingeschränkte Aufmerksamkeit ihrer ganzen Umgebung. Beging ihr Bruder deswegen einen nie restlos aufgeklärten Selbstmord? Später heiratete die hübsche ›Pat‹, wie sie allerorten genannt wurde, einen Militäroffizier. Er schenkte ihr drei Kinder – blieb ihr aber das erhoffte Eintrittsbillett zur gesellschaftlichen Elite schuldig.
Nach der Scheidung verliebte die Südstaaten-Schönheit sich in den sechs Jahre jüngeren Tom Allanson – und feierte die Hochzeit im Stil einer modernen Scarlett O'Hara. Doch dem rauschenden Fest folgte bitterer Katzenjammer. Mit den Schwiegereltern verstand Pat sich überhaupt nicht. Als diese ermordet aufgefunden wurden, richtete sich der Verdacht aber seltsamerweise auf Tom. Pat wollte sich unbedingt selbst um seine Verteidigung kümmern – mit dem Ergebnis, daß er lebenslänglich erhält.
Nach Toms Verhaftung reißt die Unglückswelle in der Allanson-Familie nicht ab. Im Gegenteil: Wen immer Pat mit ihrer Fürsorge belagert – er oder sie darf sicher sein, bald einen bösen Schicksalsschlag zu erleiden.

BASTEI LÜBBE

Sie erhalten diesen Band im Buchhandel, bei Ihrem Zeitschriftenhändler sowie im Bahnhofsbuchhandel.